Arena-Taschenbuch
Band 1900

D1876336

Die erfolgreichsten »Großen der Welt«–Bände
unter der Herausgeberschaft von Georg Popp:

»Die Großen der Welt«
»Große Frauen der Welt«
»Große Frauen des 20. Jahrhunderts«
»Die Großen der Menschenrechte«
»Die Großen der Versöhnung«

Georg Popp

Große Frauen der Geschichte

Herausgegeben unter der Mitarbeit von
Gisela Bonn, Ursula Carl, Agnes Emrich,
Ernst L. Erd, Christian Feldmann,
Klaus Klöckner, Ernst Knoll,
Mareta Luchner, Gerda Neumann,
Heinrich Pleticha, Bruno Rottenbach,
Max Schäfer, Ellen Schöler,
Hermann Schreiber,
Margarete von Schwarzkopf,
Karl Rolf Seufert, Heinz Vonhoff,
Volkmar Zühlsdorff

Arena

Die Deutsche Bibliothek – CIP-Einheitsaufnahme

Große Frauen der Geschichte / Georg Popp.
Hrsg. unter der Mitarb. von Gisela Bonn . . .
- 1. Aufl. - Würzburg: Arena, 1994
(Arena-Taschenbuch; Bd. 1900)
ISBN 3-401-01900-7
NE: Popp, Georg [Hrsg.]; Bonn, Gisela: GT

Der Umschlag zeigt (von oben nach unten, von links nach rechts):
Hatschepsut, Sophie Scholl, Hildegard von Bingen,
Annette von Droste-Hülshoff, Mutter Teresa,
Käthe Kollwitz, Indira Gandhi

1. Auflage als Arena-Taschenbuch 1994
© dieser Taschenbuch-Ausgabe by Arena Verlag GmbH,
Würzburg 1994
Die Beiträge wurden den im Arena Verlag erschienenen
Bänden entnommen:
»Große Frauen der Welt« (1980) und
»Große Frauen des 20. Jahrhunderts« (1986)
Alle Rechte vorbehalten
Umschlagillustration: Marlis Scharff-Kniemeyer
Gesamtherstellung: Chemnitzer Verlag und Druck GmbH,
Werk Zwickau
ISSN 0518-4002
ISBN 3-401-01900-7

Inhalt

Alphabetisches Verzeichnis 8

Vorwort 9

HATSCHEPSUT Ausgelöschte Erinnerung
von Heinrich Pleticha 11

KLEOPATRA Herrscherin zwischen Orient und Abendland
von Margarete von Schwarzkopf 17

LIVIA Mutter der Kaiser
von Heinrich Pleticha 23

THEODORA VON BYZANZ Kaiserin oder Teufelin?
von Heinrich Pleticha 29

ADELHEID VON BURGUND Die Mutter der Könige
von Karl Rolf Seufert 35

HILDEGARD VON BINGEN Äbtissin, Seherin, Naturwissenschaftlerin
von Karl Rolf Seufert 40

ELEONORE VON AQUITANIEN Königin der Troubadoure
von Margarete von Schwarzkopf 47

HEDWIG VON SCHLESIEN Patronin der Versöhnung
von Klaus Klöckner 53

KATHARINA VON SIENA Mahnerin der Mächtigen
von Ernst Knoll 60

JEANNE D'ARC Das Mädchen aus Domrémy
von Hermann Schreiber 65

ISABELLA I. Königin eines geeinten Spanien
von Margarete von Schwarzkopf 70

ANGELA MERICI Die Freundin der Habenichtse
von Christian Feldmann 76

Vittoria Colonna Männer um Vittoria Colonna
von Heinrich Pleticha 82

Teresa von Avila Unterwegs in Sachen Gottes
von Ellen Schöler 88

Elisabeth I. Herrscherin über die Wellen
von Hermann Schreiber 94

Christina von Schweden Königin ohne Thron
von Agnes Emrich 101

Maria Sibylla Merian Die forschende Künstlerin
von Ernst L. Erd 107

Maria Theresia Tugendwächterin und Reformerin
von Max Schäfer 113

Katharina die Grosse Regierungsantritt
von Ellen Schöler 118

Madame de Staël Eine Frau gegen Napoleon
von Hermann Schreiber 124

Rahel Varnhagen »Wer charmant geboren ist ...«
von Gerda Neumann 130

Elisabeth Fry Der Engel der Gefangenen
von Heinz Vonhoff 136

Annette von Droste-Hülshoff »Ehre dem Herrn«
von Gerda Neumann 142

George Sand Vernunft und menschliche Güte
von Bruno Rottenbach 148

Harriet Beecher-Stowe Onkel Toms Hütte
von Karl Rolf Seufert 155

Louise Otto-Peters Vorkämpferin der Frauenrechte
von Christian Feldmann 161

Victoria Symbol ihrer Epoche oder mehr?
von Karl Rolf Seufert 168

Clara Wieck-Schumann Tragik und Ruhm
von Mareta Luchner 174

Florence Nightingale Die Lady mit der Lampe
von Karl Rolf Seufert 179

BERTHA VON SUTTNER Kämpferin für den Frieden
von Heinrich Pleticha 185

EMMELINE PANKHURST Streiterin für die Gleichberechtigung der Frau
von Margarete von Schwarzkopf 191

SELMA LAGERLÖF Achtung vor dem Menschenbild
von Gerda Neumann 197

KÄTHE KOLLWITZ Kunst aus der Armenpraxis
von Hermann Schreiber 203

MARIE CURIE Eine Frau und die Strahlen
von Hermann Schreiber 210

MARIA MONTESSORI Neue Wege der Erziehung
von Agnes Emrich 217

LISE MEITNER Im Schatten der Männer
von Volkmar Zühlsdorff 223

HELEN KELLER Hoffnung und Ermutigung
von Agnes Emrich 229

ELSA BRÄNDSTRÖM Engel der Gefangenen
von Karl Rolf Seufert 235

EDITH STEIN Weg nach Innen
von Mareta Luchner 242

GOLDA MEIR »Den Preis zahlen«
von Klaus Klöckner 247

SIMONE DE BEAUVOIR Rebellin aus gutem Hause
von Ursula Carl 254

SIMONE WEIL Die Kompromißlose
von Volkmar Zühlsdorff 260

MUTTER TERESA Für die Ärmsten der Armen
von Gerda Neumann 267

INDIRA GANDHI Die Unbeugsame
von Gisela Bonn 273

SOPHIE SCHOLL Gewalten zum Trotz
von Klaus Klöckner 280

Stichwortverzeichnis

Adelheid von Burgund 35
Beauvoir, Simone de 254
Beecher-Stowe, Harriet 155
Brändström, Elsa 235
Christina von Schweden 101
Colonna, Vittoria 82
Curie, Marie 210
D' Arc, Jeanne 65
Droste-Hülshoff, Annette von 142
Eleonore von Aquitanien 47
Elisabeth I. 94
Fry, Elisabeth 136
Gandhi, Indira 273
Hatschepsut 11
Hedwig von Schlesien 53
Hildegard von Bingen 40
Isabella I. 70
Katharina die Große 118
Katharina von Siena 60
Keller, Helen 229
Kleopatra 17
Kollwitz, Käthe 203
Lagerlöf, Selma 197
Livia 23
Maria Theresia 113
Meir, Golda 247
Meitner, Lise 223
Merian, Maria Sibylla 107
Merici, Angela 76
Montessori, Maria 217
Mutter Teresa 267
Nightingale, Florence 179
Otto-Peters, Louise 161
Pankhurst, Emmeline 191
Sand, George 148
Scholl, Sophie 280
Staël, Madame de 124
Stein, Edith 242
Suttner, Bertha von 185
Teresa, Mutter 267
Teresa von Avila 88
Theodora von Byzanz 29
Varnhagen, Rahel 130
Victoria 168
Weil, Simone 260
Wieck-Schumann, Clara 174

Menschen wie wir

In keinem Jahrhundert haben sich das Bild und das Verständnis vom Wesen der Frau so gewandelt wie in unserem.
In einer Männerwelt, in der die Geschichtsschreibung vor allem aus einer Aufzählung von Kriegen und Eroberungen bestand, hatten Frauen nur selten einen Platz in der Gesellschaft. Ihnen war der häusliche Bereich, die alleinige Zuständigkeit für Familie und Kindererziehung zugedacht. Die drei großen K – Kinder, Küche, Kirche – bestimmten lange Zeit ihr Dasein. Im Vordergrund der Geschichte standen immer die Herrscher und die Kriegshelden. In Wirklichkeit aber waren es große Frauen, die das Miteinander unter den Menschen erträglicher und gerechter gemacht haben.
Ob sie in der Öffentlichkeit gewirkt haben, so daß wir sie hier in diesem Band als große Frauen darstellen können – oder ob sie tagaus, tagein im Alltag, an ihren Arbeitsplätzen oder in der Familie ihren Dienst tun: Keine konnte die einmalige Bedeutung der Frau in der Gesellschaft besser hervorheben, als dies Gertrud von le Fort, eine der großen Dichterinnen des 20. Jahrhunderts, einmal beschrieben hat: »Es steht und fällt ein Volk mit seinen Frauen.«
Diese Taschenbuch-Sonderausgabe, die aus den beiden erfolgreichen Bänden »Große Frauen der Welt« und »Große Frauen des 20. Jahrhunderts« entstanden ist, kann nur einen kleinen Überblick geben. Sie will aber zeigen, wie Frauen in allen Jahrhunderten mit ihrer Persönlichkeit und ihren Leistungen die Kultur ihres Landes beeinflußt oder gar das Weltbild verändert haben.

Dabei waren sie Menschen wie wir. Sie haben die Höhen und Tiefen des Lebens erfahren, Glücksgefühle, Erfolge und Enttäuschungen erlebt. Aber sie haben bei all ihren vorhandenen Schwächen auch ihre Möglichkeiten erkannt und in ihrem Leben verwirklicht.
Dieses Taschenbuch »Große Frauen der Geschichte« will uns ein Zeugnis geben, wie Menschen trotz aller Widrigkeiten ihr Schicksal meistern und ihre Umwelt positiv beeinflussen konnten. Lassen wir uns von ihnen eine neue Sicht für die Chancen unseres Lebens schenken. Einen Blick, der unseren Alltag verändern kann.

Georg Popp

Hatschepsut
Ausgelöschte Erinnerung

von Heinrich Pleticha

Sie war die erste bedeutende Frau der Weltgeschichte, Herrscherin über Ägypten, eines der Großreiche der Alten Welt. Sie war ebenso klug wie energisch; ob sie beliebt war bei ihren Untertanen, wissen wir nicht. Von Thutmosis III., ihrem Stiefsohn und Nachfolger auf dem Thron der Pharaonen wurde sie gehaßt, und wäre es nach ihm gegangen, so würde ihr Name in Vergessenheit geraten sein und sich niemand mehr an sie erinnern.

Heute zeigen eifrige Fremdenführer in den Tempeln von Karnak und Deir el-Bahri die Stellen, wo Steinmetze im Auftrag Thutmosis' III. ihr Bildnis und ihren Namen ausmeißelten. Die Besucher registrieren kopfschüttelnd die scheinbar läppische Rache eines großen, kriegerischen Königs, der an den Grenzen des Reiches die Feinde Ägyptens bekämpfte und im Innern das Andenken seiner Vorgängerin. Wer aber Denken und Jenseitsvorstellung der alten Ägypter etwas näher kennt, weiß auch, daß die Rache des Pharao gar nicht so kindisch war, wie es heute den Anschein hat, sondern im Gegenteil für die damaligen Verhältnisse wohlüberlegt und grausam zugleich; denn mit der Zerstörung des Namens wurde die tote Königin im Jenseits, in der Ewigkeit getroffen. Nicht nur die Zeitgenossen und die Nachwelt sollten Hatschepsut vergessen, sondern mit der Zerstörung des Namens sollte auch ihr Leben im Jenseits noch einmal ausgelöscht und mit der Zerstörung der Bildnisse und Statuen des »Ka« vernichtet werden. Unter diesem Begriff verstanden die Ägypter die über den Tod hinaus wirkende Lebenskraft. Namen und Bildnisse zu vernichten, bedeutete demnach eine für uns kaum vorstellbare Rache an der Toten.

Die Frage nach den Gründen für ein so nachtragendes Vorgehen führt zwangsläufig zu der Frage nach Leben und Wirken der Königin Hatschepsut. Die Antwort darauf bleibt leider nicht nur dürftig, sondern zugleich auch höchst ungenau; denn über kaum eine andere

Herrschergestalt Ägyptens sind die Aussagen so verwirrend und widersprüchlich wie über diese einzige Frau auf dem Thron der Pharaonen, und insofern hätte Thutmosis sein Ziel für das Diesseits und die Geschichte beinahe erreicht. Wie bei der Suche nach den Gründen für ihre Verdammung durch den Nachfolger, müssen wir wieder auf die religiösen Vorstellungen der Ägypter zurückgreifen, um überhaupt verstehen zu können, wie es möglich war, daß eine Frau den Thron der Pharaonen mit allen Pflichten und Rechten des Königs besteigen konnte.

Der Pharao war Gott, war Sohn des Gottes Rê. In seinen Adern floß das reine Blut des Sonnenfalken Horus. Aber dieses Blut wurde nach Vorstellung der Ägypter nicht durch die Männer weitervererbt, sondern nur durch die Frauen, durch die königlichen Gemahlinnen. Deshalb mußte der Pharao auch seine Schwester heiraten; denn nur sie als Tochter des verstorbenen Pharao konnte ihm den rechtmäßigen Erben und Nachfolger schenken. Solches Denken konnte bei Streitigkeiten um die Nachfolge gefährlich werden, und Ägypten wäre das einzige Land der Erde gewesen, in dem es keine solchen Streitigkeiten gegeben hätte, zumal die Pharaonen neben der eigenen Schwester königlichen Geblüts ja noch andere Frauen heirateten.

Wir nehmen heute an (anders kann man das beim gegenwärtigen Stand der Forschung nicht sagen), daß der Pharao Thutmosis I. von seiner Schwester und Gemahlin Ahmôse nur eine Tochter hatte, eben die Prinzessin Hatschepsut. Ein rechtmäßig geborener Sohn blieb ihm verwehrt, den schenkte ihm nur eine Nebenfrau. Um nun die Thronfolge für beide Kinder zu sichern, verfiel er auf die Idee, die

Hatschepsut

Makare-Hatschepsut war die Tochter des Pharao Thutmosis I. Sie wurde mit ihrem Halbbruder, dem Pharao Thutmosis II., vermählt. Die Tochter aus dieser Ehe heiratete den Sohn Thutmosis' II. aus der Ehe mit einer Nebenfrau. Nach dem Tode des Pharao übernahm Hatschepsut zuerst die Regentschaft für den unmündigen Stief- und Schwiegersohn, erklärte sich dann aber zur alleinigen Herrscherin und ließ den jungen Thutmosis III. nur formell zum Mitregenten zu. Ihre Herrschaft war eine Friedenszeit für Ägypten. Berühmt wurde ihre große Handelsexpedition in das Weihrauchland Punt. Sie starb im Winter 1469/68 v. Chr.

beiden miteinander zu verheiraten. Hatschepsut scheint sehr stolz darauf gewesen zu sein, daß in ihren Adern allein das reine göttliche Blut floß, aber auch in ihrer Ehe wiederholte sich noch einmal das gleiche wie in der Ehe ihrer Eltern. Sie selbst hatte nur eine Tochter, während ihr Mann, der Pharao Thutmosis II., mit einer Dienerin einen Sohn zeugte. In den Augen Hatschepsuts war dieser Knabe ein Nichts, ein Bastard und Sohn eines Bastards, der ihr, der göttlichen Herrscherin, nie und nimmer ebenbürtig war. Trotzdem verheiratete sie ihn mit ihrer eigenen Tochter aus der Geschwisterehe mit Thutmosis II. Als der Pharao nach etwa fünfzehnjähriger Ehe starb, übernahm sie sogleich offiziell die Regentschaft für den unmündigen Stief- und Schwiegersohn, den späteren Thutmosis III. Vorerst führte sie einen Titel, der die ganzen verwickelten Verwandtschaftsverhältnisse spiegelt: »Königstochter, Königsschwester, Große königliche Gemahlin, Gottesgemahlin«.

Dann aber, im zweiten Jahr der Regentschaft, geschah das Unglaubliche, das aller Tradition und allem Herkommen Hohn sprach: Hatschepsut bestieg selbst den Thron der Pharaonen. Und was sie tat, tat sie auch ganz. Nicht als Königin regierte sie über Ägypten, sondern als König, als Pharao. Selbst in den kleinsten Äußerlichkeiten blieb sie dabei kompromißlos; denn einige der wenigen erhalten gebliebenen Bildnisse zeigen sie sogar mit dem künstlichen Kinnbart der Pharaonen, den diese bei feierlichen Anlässen zu ihrem Ornat anlegten. Sie wollte nicht mehr Frau sein, sondern den Männern gleichen, die vor ihr regiert hatten.

Sie scheint auch stolz gewesen zu sein, sehr stolz und wahrscheinlich herrschsüchtig dazu, und sie mag ihren Schwiegersohn, der sich nach dem Tod des Vaters berechtigte Hoffnung auf eine sofortige Nachfolge gemacht hatte, hart gedemütigt haben. Nur so ließe sich dessen späteres Vorgehen erklären und motivieren.

Gegen solche Vermutungen sprechen die Taten Hatschepsuts, spricht vor allem eine zwanzigjährige friedliche Herrschaftszeit. Das klingt so harmlos und nichtssagend. Wer aber nur ein wenig von der wechselvollen Geschichte des Niltals kennt, der ahnt auch, was die ruhigen Jahre für das Land bedeuteten. In den zwei Jahrhunderten vor ihrer Regierung hatten die Hyksos, Nomadenvölker aus Vorderasien, über Ägypten geherrscht. Zwar waren sie um 1550 v. Chr. wieder vertrieben worden, aber noch hatten die Könige keine Zeit gefunden, die Folgen des Befreiungskampfes zu beseitigen und die Wunden zu heilen, die dem Land dabei geschlagen worden waren. Hatschepsut scheint das rechte Gespür für die Nöte der Bevölkerung gehabt zu haben: »Ich habe wiederhergestellt, was zerstört, und aufgerichtet, was unvollendet war, seitdem die Asiaten im Nordland lebten ... und stürzten was geschaffen war«, verkündete sie stolz auf einer erhaltenen Inschrift.

Aber sie begnügte sich nicht nur mit der Beseitigung alter Schäden. Auch für sich selbst schuf sie eines der prächtigsten Bauwerke des alten Ägypten, das die Besucher des Niltals heute noch in seiner vollen Schönheit bewundern können und das ihren Namen wahrscheinlich mehr als alles andere unsterblich gemacht hat. Es ist ihr Totentempel im westlichen Theben. Etwa drei Kilometer westlich des Nils, nahe dem berühmten »Tal der Könige« bilden im Kessel von Deir el-Bahri, wie die Stelle heute heißt, die steil aufragenden Kalksteinfelsen ein gewaltiges Halbrund. Und an diesem schon von Natur aus so beeindruckendem Platz ließ die Königin durch ihre Baumeister und Günstlinge Senenmut und Dedia auf drei Terrassenstufen einen Tempel anlegen, der sich so harmonisch in die Naturkulisse einfügt, daß er unter dem Baldachin des blauen Himmels mit dem Felsenrund zu einer Einheit verschmilzt, wie man sie schöner in ganz Ägypten nicht mehr findet. Breite Rampen führen von der unteren zur mittleren und weiter zur oberen Terrasse, auf der ein – heute leider weitgehend zerstörter – prächtiger Säulensaal stand. Auf der mittleren Stufe hatte die Königin zu beiden Seiten der Rampe Hallen anlegen lassen, die besonders reich mit Wandbildern geschmückt waren. Die rechte zeigt mythische Szenen ihrer göttlichen Geburt, die linke Bilder von dem wohl bedeutendsten Ereignis ihrer Regierungszeit, der Expedition in das Weihrauchland Punt.

Es spricht für die Königin, daß sie keine kriegerischen Szenen zu verherrlichen suchte wie ihre Vorgänger oder wie dann besonders ihr Stiefsohn Thutmosis III., sondern ein friedliches Unternehmen, das dem Wohlstand des Landes und der Verbesserung von Handelsbeziehungen dienen sollte. Und so entstand hier ein reizvoller Bilderbogen altägyptischen Lebens, der den Stolz der Königin über das gelungene große Unternehmen spiegelt.

Wenn es heute zwar einige gelehrte Streitigkeiten über die Lage dieses Weihrauchlandes gibt, so dürfen wir es doch mit größter Wahrscheinlichkeit an der Küste des Somalilandes vermuten. Das Unternehmen wird in Wort und Bild genau beschrieben. Angeblich hatte

ihr Gott Amun höchstpersönlich durch ein Orakel befohlen, Schiffe auszurüsten, die in Punt Weihrauchbäume, Harze und wohlriechende Essenzen und Drogen holen sollten, was bei den damaligen Verkehrsverhältnissen kein ungefährliches Unternehmen war. Insgesamt wurden fünf Schiffe ausgestattet, jedes mit dreißig Ruderern bemannt, dazu Soldaten und Troßleute. Wir vermuten, daß die Schiffe nilabwärts bis auf Höhe des heutigen Kairo fuhren; dann einen Süßwasserkanal zum Roten Meer benutzten und schließlich nahe der Küste entlang bis zur Somali-Halbinsel segelten. Die Ankunft in Punt, das Leben dort und die Verhandlungen mit König Parhu und Königin Iti sind ebenfalls genau beschrieben. Diese Iti ist damit die erste Negerin, die aus dem Dunkel der Anonymität heraustritt und deren Namen und Bildnis wir kennen. Der Künstler hat ihr nicht geschmeichelt, sondern höchst realistisch eine ungemein fettleibige Frau dargestellt, die entweder ein lokales Schönheitsideal verkörperte oder an einer Drüsen- oder Tropenkrankheit litt. Die Bevölkerung von Punt lieferte brav alle Waren, die von den Ägyptern gewünscht wurden: Ebenholz und Elfenbein, Pantherfelle und Goldbarren, vor allem aber die wichtigen Räucherharze und die Weihrauchbäume, die sorgfältig in Kisten verpackt und jeweils von zwei Mann transportiert wurden.
Wieder in allen Einzelheiten wird dann die Rückkehr der Expedition nach Theben und der feierliche Empfang durch Hatschepsut beschrieben. Dabei gibt es eine winzige Szene, die uns einmal, ein einziges Mal nur, Hatschepsut als Frau zeigt. Als Königin überwachte sie persönlich die Abrechnung und überprüfte die Geschenke und Importe, dann aber konnte sie der Versuchung nicht widerstehen. Sie nahm von dem frischen Räucherharz, wie man es in dieser Qualität in Ägypten wahrscheinlich bisher nicht gekannt hatte, aber statt es dem Gott Amun zu opfern, rieb sie ihre Haut damit ein. Das war ein so einmaliger Vorgang, daß prompt der Chronist darüber berichtet: »Ihre Majestät selbst nimmt den besten Weihrauch in ihre Hände für alle ihre Glieder; ihr Parfüm wird ein göttlicher Wohlgeruch, ihr eigener Geruch mischt sich mit jenem von Punt, ihre goldene Haut wird zu reinem Gold, sie erglänzt im Innern des Festsaals wie die Sterne im Angesicht des ganzen Landes«. Und er erzählt weiter, daß die Anwesenden daraufhin in einen Freudentanz ausbrachen.
Es ist seltsam, daß die Ägypter, die mit ihren Statuen und Bildnissen Frauenschönheit sehr wohl und oft höchst raffiniert zu würdigen

wußten, bei ihrem einzigen weiblichen Pharao nur die männlichen Attribute des Herrschers betonten. Nur einmal, bei einer lebensgroßen Kalksteinstatue aus Deir el-Bahri, die heute im Metropolitan-Museum in New York steht, ist die weibliche Natur des Pharao reizvoll dezent angedeutet.
Vielleicht gab es noch andere ähnliche Bildnisstatuen. Dann aber sind sie dem Haß ihres Nachfolgers zum Opfer gefallen. Und so bleibt das Bild dieser ersten bedeutenden Frau der Weltgeschichte ebenso weitgehend im Dunkel wie ihr Schicksal.

Kleopatra Herrscherin zwischen Orient und Abendland

von Margarete von Schwarzkopf

Die ägyptische Königin Kleopatra zählt neben einigen Figuren der antiken Sagenwelt wie der schönen Helena oder der göttlichen Aphrodite zu den berühmtesten Frauen des Altertums. Um ihre Person ranken sich seit alters her zahllose Mythen und Legenden, Skandalgeschichten und historisch verbriefte Darstellungen. Die Dichter späterer Jahrhunderte haben über diese Frau, die die Geschichte des letzten vorchristlichen Jahrhunderts entscheidend mitprägte, Dramen, Hymnen und Lebensbeschreibungen verfaßt. Schon der klassische Historiker Plutarch widmete in seiner Biographie des Mark Antonius der Kleopatra einige Kapitel, waren die letzten Jahre ihres Lebens doch auf das engste mit dem des Antonius verbunden. Bei Plutarch, dem Griechen, schnitt die Königin aus dem griechischen Herrscherhaus der Ptolemäer wesentlich günstiger ab als in den Darstellungen seiner römischen Kollegen, die in der Königin des Nillandes eine machtgierige, männermordende Schlange sahen.

Schon früh waren die Geschicke Kleopatras und Ägyptens mit dem des Römischen Reiches verstrickt. Ihr Vater herrschte über das Land als König von römischen Gnaden. Als er, den die Römer auf Grund seiner Liebe zur Musik nur verächtlich den »Flötenspieler« nannten, im Jahre 51 v. Chr. starb, zählte Kleopatra gerade 18 Jahre. Gemeinsam mit ihrem Bruder Ptolemäus XIII. übernahm sie die Regierung des Landes, mußte aber knapp zwei Jahre später über die Ostgrenze ins Ausland fliehen. Obwohl die junge Königin fast zwei Jahre als Alleinherrscherin Ägypten regiert hatte – Münzen aus jener Zeit zeigen nur immer ihr Profil, nie das ihres jüngeren Bruders –, fiel sie schließlich dann den Hofintrigen des Beraterstabs von Ptolemäus XIII. zum Opfer.

Doch Kleopatra ließ sich nicht entmutigen. Sie sammelte ein Heer um sich und wartete auf den günstigsten Zeitpunkt, wieder in Ägypten einzumarschieren. Am Berge Kasios schlug sie ihr Lager auf. Ehe

es aber zur entscheidenden Auseinandersetzung zwischen den Armeen der feindlichen Geschwister kommen konnte, wurde Ägypten erneut in das weltpolitische Geschehen verwickelt:
In Rom wogte der Kampf zwischen Cäsar und Pompejus. Nachdem Cäsar den Pompejus in Griechenland geschlagen hatte, segelte dieser hilfesuchend nach Ägypten, da der »Flötenspieler«, Kleopatras Vater, einst in einer Art von Klientelverhältnis, also in Abhängigkeit von ihm gestanden hatte. Pompejus wollte von Ägypten aus neue Operationen gegen Cäsar durchführen. Als er im September des Jahres 48 die ägyptische Küste bei Pelusium erreichte, wo das Lager des Ptolemäus stand, wurde er beim Landgang von Septimus, einem seiner Offiziere, den die Ratgeber des Ptolemäus bestochen hatten, hinterrücks erschlagen.
Wenig später landete Cäsar in Ägypten, um hier mit eisernem Besen Ordnung in die verworrenen Verhältnisse zu bringen. Da sich der römische Feldherr aufgrund taktischer Ungeschicklichkeiten den Unwillen der Bevölkerung zugezogen hatte, mußte er sich auf sein Schiff zurückziehen, um Mordanschlägen zu entkommen.
An einem Abend wurde ihm gemeldet, ein Teppichhändler wünsche an Bord zu kommen, um ihm einige seiner Waren zu zeigen. Zunächst zeigte sich der Römer ob dieser überflüssigen Störung unwillig. Doch dann gab er nach. Der Händler, ein junger Mann, schwang sich an Bord des Schiffes. Über seine Schulter hing ein schwerer, kostbarer Teppich. Mit äußerster Vorsicht setzte der Kaufmann seine Last auf den Planken ab und rollte den Teppich auf. Darin lag Kleopatra, die sofort aufsprang und vor Cäsar auf die Knie sank. Verwirrt und zugleich angetan über so viel weibliche Schlauheit hob Cäsar die junge Frau auf und geleitete sie in seine Kabine. Dieses erste Treffen zwischen dem größten Feldherrn Roms und der jungen Königin von Ägypten war oft genug Stoff romantischer Erzählungen und für Filmdrehbücher. Doch muß Cäsar in der Tat von dem Charme, der Klugheit und dem Witz Kleopatras rasch gefangen worden sein. Nicht umsonst galt sie als eine der gebildetsten Frauen ihrer Zeit, die fließend neun Sprachen beherrschte – nur das Lateinische nicht, da sie als Griechin diese »Bauernsprache« verachtete. Nicht ihre Schönheit war, wie immer wieder in Dramen oder Filmen behauptet wird, ihre größte Waffe, sondern ihr Esprit. Denn schön im landläufigen Sinne konnte man Kleopatra kaum bezeichnen. Büsten und Abbildungen auf Münzen zeigen ein eher herbes

Gesicht mit großer Nase, einem ausgeprägten Kinn und schwerlidrigen Augen.
Jedenfalls aber entzückte Kleopatra den Gast aus dem fernen Rom so sehr, daß er die Vermittlungen zwischen ihr und ihrem Bruder so führte, daß Kleopatra als im Grunde wahre Herrscherin des Nillandes daraus hervorging. Allerdings bewogen auch handfeste Gründe politischer Natur den Römer dazu, sich Kleopatra gewogen zu halten. Ägypten sollte so ein getreuer Bundesgenosse Roms werden und eine Bastion im nordafrikanisch-orientalischen Grenzgebiet, das immer wieder zum Herd für Unruhen geworden war.
Kleopatra aber wollte ihrem Land wieder den alten Glanz zurückverleihen, den Ägypten einst besessen hatte. Mit Hilfe Roms sollte ihr Königreich wie Phönix aus der Asche wieder erstehen, als Synthese zwischen Ost und West, als Erbe Alexanders des Großen.
Cäsar allerdings wäre auf die Dauer nicht der richtige Gefährte für solcherlei politische Planspiele gewesen. Ihm lag Roms Ruhm am Herzen. Solange er lebte, konnte er den Ehrgeiz der Königin noch in Bahnen halten und mäßigen. Nach seiner Ermordung im Jahre 44, drei Jahre nach der Geburt seines Sohnes mit Kleopatra, Kaisarion, stand das Spiel wieder offen. Kleopatra setzte ihren kleinen Sohn zum Mitregenten ein, nachdem sie sich ihrer beiden jüngeren Halbbrüder erledigt hatte, die laut ägyptischem Recht mit ihr die Regierung teilten. Dann sah sie sich nach einem neuen Bundesgenossen um – und fand ihn in Markus Antonius, einst Vertrauter Cäsars, nun einer der Triumvirn zusammen mit Cäsars Adoptivsohn Oktavian und Lepidus.

Kleopatra

Kleopatra VII. wurde als Tochter des ägyptischen Königs Ptolemaios XII. 69 v. Chr. geboren. Nach dem Tod des Vaters regierte sie seit 51 v. Chr. gemeinsam mit ihrem Brudergemahl Ptolemaios XIII., wurde jedoch drei Jahre später vom Thron vertrieben. Als Verbündete und Geliebte Julius Caesars erlangte sie die Herrschaft zurück und regierte zusammen mit einem anderen Brudergemahl. 47 gebar sie Caesar einen Sohn. Zwei Jahre weilte sie in Rom, ging aber nach Caesars Ermordung wieder nach Ägypten. 41 wurde sie die Geliebte des Marcus Antonius und dessen Verbündete im Kampf gegen Octavian. Nach der Niederlage bei Actium beging sie 30 gemeinsam mit Marcus Antonius Selbstmord.

Mark Antonius besaß nicht die kühle Genialität Cäsars oder Oktavians. Er war ein bäuerischer Typ, schlau, eitel, ein wenig grobschlächtig, aber getrieben von großem Ehrgeiz. Drei Jahre nach Cäsars Ermordung traf er mit Kleopatra zusammen, und wieder verfehlte die Ausstrahlung der inzwischen 29jährigen Königin ihr Ziel nicht. Antonius blieb bei Kleopatra, die im Jahr darauf ein Zwillingspärchen zur Welt brachte, Alexander und Kleopatra. Doch noch erschien die Zeit nicht reif, gemeinsame politische Ziele zu verfolgen, die vielleicht nicht im Interesse Roms liegen könnten.
Antonius kehrte nach Rom zurück und heiratete Oktavia, die Schwester Oktavians. Er kletterte die Stufen der Erfolgsleiter durch geschickt geführte Feldzüge hinauf und stand drei Jahre später wieder am Nil. Von da an waren der Römer und die Ptolemäerin unzertrennlich. Antonius übertrug nach seinen erfolgreichen Feldzügen in Illyrien ganze Gebiete an die Königin und zog im Triumph in Alexandria ein. Oktavian zeigte sich äußerst bestürzt über diese Ereignisse. Diese unerhörte Stärkung der Dynastie der ägyptischen Königin war ein Schwertschlag gegen die Herrschaftsansprüche Roms. Im Jahre 33 kritisierte Oktavian seinen einstigen Vertrauten Antonius zum ersten Mal öffentlich. Antonius schickte ihm darauf zwei Antwortschreiben, von denen das eine bruchstückweise erhalten ist. Hier schreibt Antonius:
»Was ist über dich gekommen? Ist es, weil ich mit der Königin ins Bett gehe? Ist sie denn meine Frau? Und ist das denn etwas Neues? Tue ich das nicht schon neun Jahre?«
Offenbar hat Antonius Kleopatra nie als seine rechtmäßige Ehefrau angesehen, da er ja nach römischem Recht mit Oktavia verheiratet war, und zudem ein Römer keine Ausländerin heiraten durfte. Plutarch spricht später von einer »Ehe gegen das Gesetz«, und Livius sagt, Kleopatra habe in Alexandria die Stelle seiner Frau (uxor loco) angenommen.
Doch es ging Oktavian mit seiner öffentlichen Kritik nicht so sehr um Antonius' Privatleben, sondern um die politischen Gewitterwolken, die sich da am östlichen Firmament des Reiches zusammenballten. Schon im Herbst desselben Jahres kam es zu wilden und giftigen gegenseitigen Attacken. Gegen Antonius lief in Rom ein regelrechter Propagandafeldzug. Die Anhänger des Antonius konterten mit wüsten Anklagen gegen Oktavian und versuchten, ihm eine niedrige Herkunft anzuhängen.

Kleopatra blieb derweil nicht müßig. Sie unterstützte Antonius in seiner Bitterkeit gegenüber Oktavian und errang im Jahre 32 ihren größten Erfolg, als sich Antonius auf ihr stetes Drängen hin von Oktavia scheiden ließ. Damit war das letzte Band zwischen Oktavian und Antonius zerschnitten.

Den Winter des Jahres 33/32 verbrachte das Paar in Ephesos. Hier versammelte Antonius ein gewaltiges Heer um sich, das sich aus 500 Kriegsschiffen – 200 davon stammten von Kleopatra – und rund 100000 Mann unter Waffen zusammensetzte. Zum ersten Mal seit der Zeit Alexander des Großen befand sich der Osten in der Hand eines Mannes.

Im Sommer des Jahres 32 zogen Antonius und Kleopatra dann nach Athen, wo ihnen ein herzlicher Empfang bereitet wurde. Nun durfte Oktavian, wollte er das römische Reich zusammenhalten, nicht länger zögern. Der ständige Propagandakrieg gegen Kleopatra, »die lüsterne, machthungrige Orientalin«, begann erste Wirkungen zu zeigen. Die Stimmung in Rom gärte. Oktavian entkleidete den Antonius all seiner römischen Ämter und bereitete seinen Feldzug gegen Antonius und seine »ägyptische Buhle« mit allem Eifer vor.

Horaz ist es zu verdanken, daß wir von der schicksalsschweren Schlacht bei Actium heute noch so genaue Darstellungen haben. Hier trafen im August des Jahres 31 die Flotten des Oktavian und des Antonius und Kleopatras zusammen. Den Sieg des Oktavian und damit letztendlich des westlich orientierten römischen Reiches gegen das hellenistisch-orientalische Gott-Herrscherwesen, wie es Antonius und Kleopatra vorschwebte, schildert Horaz: (Damals plante die wilde Königin) »... zu vernichten das Imperium ... Sie taumelte trunken vor Glück! Doch ihre Flotte ging in Flammen auf bis auf das letzte Schiff.«

Nach Oktavians Sieg bei Actium brach der Widerstand der verbündeten Heere des Antonius und der Kleopatra bald zusammen. Antonius und Kleopatra flohen nach Ägypten, versuchten noch einmal die letzten Kräfte zu mobilisieren. Doch der Siegeszug des Oktavian war nicht mehr aufzuhalten. Antonius stürzte sich in sein Schwert, um sich der Schande des Gefangenendaseins zu entziehen. Kleopatra folgte ihm wenig später in den Tod. Ihr Selbstmord ist wie ihr erstes Zusammentreffen mit Cäsar inzwischen Teil der historischen Legende geworden: Sie ließ sich von zwei Schlangen, den heiligen Tempeltieren Ägyptens, zu Tode beißen. Ihr mutiger Tod nötigte selbst Oktavian Bewunderung ab, der sie mit allen königlichen Ehren neben Antonius bestatten ließ. Und wieder ist es der römische Dichter Horaz, der den Tod der Kleopatra verewigte und ihr damit die schönste Grabinschrift schenkte:

»Sie wählte eine edle Art zu sterben.
Sie scheute nicht – wie eine Frau – den Dolch
Und suchte nicht, auf schnellen Schiffen Ägypten zu verlassen . . .
Mit ruhiger Hand ergreift sie
Die bösen Vipern, bis tödliches Gift
Ihr in die Adern dringt.
Dann stirbt sie todesmutig, mutiger denn je,
Zu stolz, um im Triumph davongeführt zu werden.«

Livia
Mutter der Kaiser

von Heinrich Pleticha

Auf dem Palatin, jenem der sieben Hügel Roms, auf dem im Altertum die Kaiser ihre Paläste errichtet hatten, werden dem Touristen heute die Ruinen des »Hauses der Livia« gezeigt. Niemand weiß, warum der Volksmund dieses prächtige Gebäude mit seinen reichen Wandmalereien der Gemahlin des Kaisers Augustus zuschreibt, aber diese Namensgebung ist zumindest ein Beweis dafür, daß die Erinnerung an Livia auch heute noch, nach zwei Jahrtausenden, im Volk fortlebt. Tatsächlich hat keine andere Frau eines römischen Herrschers die gleiche Bedeutung erlangt wie sie.

Die Frauen der Kaiser waren häufig von Skandalen umwittert; sie leben oft nur in Klatschgeschichten fort. Auch Livia blieb nicht völlig davon verschont, denn mit einem selbst für römische Verhältnisse erheblichen Skandal begann ihre Ehe mit Octavian, der unter seinem späteren Beinamen Augustus der erste Kaiser des römischen Reiches wurde. Octavian war 24 Jahre alt, als er 39 v. Chr. die fünf Jahre jüngere Livia kennenlernte. Im Kampf gegen seine Rivalen hatte er sich als Erbe Caesars durchgesetzt und galt zusammen mit seinem Gefährten und späteren Rivalen Marc Anton als der mächtigste Mann Roms. Es war gefährlich, sich ihm zu widersetzen, das wußten gleichermaßen seine Freunde und seine Feinde, und das wußte am besten er selbst; denn sonst hätte er sich wohl kaum zu einem so schockierenden Verhalten gegenüber Livia hinreißen lassen.

Als Octavian sich in sie verliebte, war sie bereits seit fünf Jahren mit Tiberius Claudius Nero verheiratet, hatte einen dreijährigen Sohn, der wie sein Vater Tiberius hieß, und war wieder schwanger. Das alles hinderte Octavian nicht, die Auflösung ihrer Ehe zu erzwingen und sie im Januar 38 v. Chr. zu heiraten. Livia muß Octavian damals sehr geliebt haben und mit dem Vorgehen einverstanden gewesen sein, sonst hätte er wohl kaum so rücksichtslos gehandelt.

Drei Monate nach der ungewöhnlichen Heirat gebar sie ihren zweiten

Sohn Drusus. Ganz Rom lästerte und pries das junge Paar, niemand gab der Ehe eine lange Dauer, zumal ja Octavian schon zweimal verheiratet gewesen war – und doch sollten sich alle täuschen; denn diese Ehe dauerte fünfzig Jahre. Als Augustus, wie er dann nur noch genannt wurde, am 19. August 14 n. Chr. seinen Tod herannahen fühlte, waren seine letzten Worte: »Livia, gedenke unserer gemeinsamen Liebe, so lange du lebst. Lebe wohl!«

Kann es eine bessere Bestätigung für die große Liebe der beiden geben?

Daß diese Ehe alle familiären Krisen und politischen Stürme überdauerte, war in erster Linie Livias Verdienst; denn sie war gleichermaßen eine schöne wie eine ungemein kluge Frau. Wer nach dem turbulenten Beginn eine Fortsetzung von Skandalen erwartete, sah sich rasch enttäuscht. Die beiden Knaben aus der ersten Ehe wurden im Haus des Vaters erzogen, kehrten aber schon nach dessen Tod im Jahr 33 v. Chr. zur Mutter zurück und wuchsen im Haus des Stiefvaters auf. Es erwies sich als geradezu schicksalhafte Tragik, daß die Ehe zwischen Livia und Octavian nach einer Fehlgeburt kinderlos blieb. Um so erstaunlicher bleibt es, daß Octavian die beiden ihm nun anvertrauten Jungen mehr liebte und schätzte als seine eigene Tochter Julia aus seiner 2. Ehe, die ihm aber auch nur Kummer und Ärger bereitete.

Livia liebte ihre Kinder, das bezeugen die Zeitgenossen. Tragischerweise starb ihr Lieblingssohn Drusus als junger Mann, und Livia bemühte sich, wie wir noch hören werden, mit allen ihr nur zur Verfügung stehenden Mitteln die Stellung ihres älteren Sohnes Tiberius so zu festigen, daß er nach dem Tode ihres Gatten einmal als der erste Mann im Reich und damit praktisch als Alleinherrscher nachrükken konnte.

Als Ehefrau Octavians hatte es Livia bestimmt nicht leicht, aber sie verstand es recht geschickt, auf seine alltäglichen Sorgen einzugehen, besonders seine Furcht vor tatsächlichen und eingebildeten Krankheiten zu dämpfen und sich damit unentbehrlich zu machen. Im großen Haushalt, der sich ja im Lauf der Jahre zu einer regelrechten Hofhaltung weitete, kümmerte sie sich um die kleinsten Einzelheiten, so wie es sich für eine ideale römische Hausfrau gehörte. Ihre persönliche Bescheidenheit war allgemein bekannt, und in diesem Punkt hatten selbst böswillige Kritiker nichts an ihr auszusetzen. Als Augustus einmal im Senat gegen Sittenverderbnis und Luxus wetterte und die

reichen Senatoren in seinem Eifer aufforderte, doch bei ihren Frauen ebenso scharf dagegen vorzugehen wie er daheim bei seiner eigenen, erntete er mit dieser überflüssigen Bemerkung einen beachtlichen Heiterkeitserfolg.
Glücklicherweise übertrug Livia persönliche Gewohnheiten nicht auf offizielle Gastmähler; denn sie war Vegetarierin, bevorzugte Salate vermischt mit Kräutersäften und Früchten und trank dazu bis ins hohe Alter herben dalmatinischen Landwein, dessen regelmäßigem Genuß sie ihre ausgeprägte Gesundheit zuschrieb.
Es konnte nicht ausbleiben, daß eine so kluge Frau auch einen gewissen Einfluß auf die Politik gewann. Wie stark er allerdings war, darüber sind sich die Historiker auch heute noch uneins. Bestimmt suchte Octavian als alleinherrschender Augustus ihren Rat, aber was die Stärke ihres Einflusses betrifft, sind wir letztlich auf Indizien und damit eigentlich auf Vermutungen angewiesen. Trotzdem sind sich die modernen Geschichtsschreiber überraschend einig, daß hier die besonderen Verdienste Livias gesucht werden müssen.

Livia

Livia Drusilla wurde am 30. Januar 58 v. Chr. als Tochter des M. Livius Drusus Claudianus geboren. Noch nicht einmal 15jährig, wurde sie mit ihrem wesentlich älteren Vetter Tiberius Claudius Nero verheiratet, dem sie am 16.11.42 v. Chr. ihren ältesten Sohn Tiberius gebar. Etwa drei Jahre später lernte sie Octavian kennen. Obgleich sie wieder ein Kind erwartete, willigte ihr Gatte in die Auflösung der Ehe ein, und Livia heiratete am 17. Januar 38 v. Chr. den bereits zweimal geschiedenen 25jährigen Octavian, den Neffen und Erben Cäsars. Drei Monate später wurde ihr zweiter Sohn Drusus geboren. Entgegen allen Vermutungen hatte diese so spektakulär geschlossene Ehe Bestand, blieb aber nach einer Fehlgeburt kinderlos.
Livia besaß großen Einfluß auf ihren Gatten und gewann einen gewichtigen Anteil am politischen Aufstieg des Augustus zum Alleinherrscher und ungekrönten Kaiser des römischen Reiches. Nach 50jähriger glücklicher Ehe starb Augustus im Jahr 14 n. Chr. und verlieh seiner Frau im Testament noch den Ehrentitel Augusta (die Erhabene). Die folgenden Jahre bis zu ihrem eigenen Tod im Jahr 29 n. Chr. verliefen allerdings nicht mehr so harmonisch, da sie immer wieder Einfluß auf die Regierung ihres Sohnes Tiberius zu erlangen suchte, der aber nicht gewillt war, sich von der Mutter bevormunden zu lassen.

Sie hat ihren Gatten sicher bei seinem ständigen Bemühen um Bewahrung und Festigung der alten römischen Sitten und Tugenden unterstützt. So schenkte sie beispielsweise den Töchtern verarmter Familien eine Aussteuer, um ihnen so das Heiraten zu erleichtern, auch kümmerte sie sich um die Ausbildung armer Kinder. Dementsprechend war sie auch in der Öffentlichkeit beliebt. Und schmunzelnd stellen wir fest, daß man vor zweitausend Jahren schon einen ähnlichen Personenkult und Reklamerummel kannte wie heute; denn die Geschäftsleute nützten die Beliebtheit der »ersten Dame« und verkauften Livia-Wein, Livia-Feigen und sogar Livia-Papier (Papyrus).

Auch in die Außenpolitik scheint sie beratend eingegriffen und dabei dem Orient besondere Aufmerksamkeit geschenkt zu haben; denn gerade die kleinen Machthaber des Ostens bemühten sich um ihre Gunst und bedachten sie auch, wie etwa Herodes und seine Schwester Salome, in ihren Testamenten.

Wenn ein zeitgenössischer römischer Schriftsteller allerdings behauptet, Augustus, der ein schlechtes Gedächtnis besaß, habe regelmäßig Aufzeichnungen über die Gespräche mit seiner Frau geführt, ließe das auf eine gewiße Unsicherheit des hohen Herrn gegenüber den Wünschen seiner Frau schließen. Andererseits kennen wir ein Beispiel, wo er bewußt einen Mittelweg zwischen seiner eigenen Auffassung und den Wünschen seiner Frau suchte. Als ihn diese nämlich bat, einem Gallier das römische Bürgerrecht zu verleihen, lehnte er zwar ab, gewährte ihm dafür aber Steuerfreiheit.

Es gibt zahlreiche Beweise dafür, daß Livia mäßigend auf ihren Gatten einwirkte und somit wesentlich dazu beitrug, daß er sich vom schroffen und kalten Machtpolitiker seiner frühen Jahre zu einem ausgeglichenen, fürsorglichen Staatsmann wandelte. Und so darf man wohl mit Recht sagen, daß ihr ein erheblicher Anteil an dessen Lebenswerk und damit letztlich auch an seiner politischen Größe zukommt. Augustus hat das wohl selbst richtig erkannt und eingeschätzt; denn in seinem Testament verfügte er, daß ihr der Titel »Augusta« (die Erhabene) zuerkannt werden solle. Das war eine Auszeichnung, die er Zeit seines Lebens eifersüchtig für sich allein in Anspruch genommen hatte.

Jeder Mensch hat seine Schwächen, und auch Livia war nicht frei davon. Sie erwuchsen aus ihrer ungemein ehrgeizigen Familienpolitik und aus ihrer besonderen Liebe zu Tiberius und Drusus, den Söhnen aus ihrer ersten Ehe. Man kann ihre Schach- und Winkelzüge dabei

nur verstehen, wenn man auch ein wenig die verworrenen Verwandtschaftsverhältnisse in der Familie des Augustus kennt. Letztlich drehte sich dabei alles um dessen Nachfolge und damit um Macht und Reichtum. Augustus hatte selbst nur eine Tochter namens Julia aus seiner 2. Ehe, die er mit seinem Freund Agrippa verheiratete, um ihm und vor allem den Kindern des Paares die Nachfolge zu sichern.
Alles schien in bester Ordnung, da zerstörten hintereinander mehrere überraschende Todesfälle das wohl ausgeklügelte System. Zuletzt starb Agrippa, und nun nutzte Livia die Situation, um ihren Sohn Tiberius in die Nachfolge einzubauen. Obwohl dieser glücklich verheiratet war, mußte er sich von seiner Frau scheiden lassen und auf Weisung seiner Mutter und seines Stiefvaters Julia heiraten, deren leichtsinniger, skandalöser Lebenswandel in ganz Rom Stoff für Klatschgeschichten lieferte. Trotz ihrer Abneigung gegen die Stieftochter erzwang Livia diese Ehe – und machte Tiberius damit unglücklich. Er fügte sich zwar der Familien- und Staatsräson, aber verwunden hat er diesen Druck der Mutter niemals und ihr auch nie verziehen. Doch Livia hatte richtig kalkuliert. Als auch der bei allen beliebte Drusus infolge eines Unfalls und bald danach die beiden als Nachfolger des Augustus vorgesehenen Söhne Agrippas starben, erreichte es Livia nach langem Drängen, daß Augustus schließlich Tiberius adoptierte und damit zu seinem Nachfolger bestimmte.
Was hier mit wenigen Worten zusammengefaßt wird, war in Wirklichkeit ein recht langwieriger und komplizierter Vorgang, aber schließlich war Livia dann doch Gattin des regierenden Herrschers und Mutter des Nachfolgers. Sie hatte alles erreicht, was sie erreichen konnte und in ihrem Ehrgeiz auch erreichen wollte. Menschlich gesehen zahlte sie aber einen hohen Preis. Sie hatte zusammen mit Augustus das Lebensglück ihres Sohnes zerstört, und Tiberius verzieh ihr das nie.
Das zeigte sich auch mehr oder minder deutlich in den Jahren nach dem Ableben des Augustus. Livia war bei seinem Tod bereits 72 Jahre alt, jedoch hinderte sie dieses für damalige Verhältnisse überdurchschnittliche hohe Alter keineswegs daran, sich höchst energisch und herrschsüchtig einen Platz neben Tiberius zu behaupten, der ja mit 56 auch kein Jüngling mehr war. Sie bildeten schon ein etwas merkwürdiges Gespann, der menschenscheue und menschenverachtende Kaiser und seine mit zunehmenden Alter immer herrschsüchtigere Mutter.

Kein Wunder, daß schon die zeitgenössischen römischen Schriftsteller, diese Spannungen in ihren Berichten hervorhoben.
»Schwer lastete sie auf dem Staat als Mutter, schwer als Stiefmutter auf dem Kaiserhaus«, schrieb Tacitus in seinen »Annalen«, und Sueton malte in seinen »Caesarenleben« geradezu genüßlich die spannungsgeladenen Szenen zwischen Tiberius und seiner Mutter aus. Wenn er allerdings behauptet, daß schließlich zwischen den beiden »offene Feindschaft« ausbrach, so stimmt das nicht ganz; denn obwohl Tiberius alle Hände voll zu tun hatte, um die beständigen Einmischungsversuche der Mutter als einer Art Mitregentin zurückzudrängen, behandelte er sie doch mit aller ihr gebührenden Ehrfurcht. Nur als der Senat beantragte, daß er in seinen offiziellen Ehrentiteln neben der Bezeichnung »Sohn des Augustus« auch »Sohn der Livia« hinzusetzen sollte, lehnte er entrüstet ab.
Livia war 86 Jahre alt, als sie 29 n. Chr. in Rom starb. Tiberius, der sie in den letzten drei Jahren ihres Lebens kaum mehr gesehen hatte, hielt nicht einmal die offiziell übliche Leichenrede, er widersetzte sich auch dem Wunsch des Senats, die tote Mutter zu göttlichen Ehren zu erheben, aber er ordnete an, daß sie auf Staatskosten im Mausoleum des Augustus bestattet wurde und die römischen Frauen ein Jahr um sie trauern sollten.
Acht Jahre später starb Tiberius ohne Nachfolger, aber der Sohn und zwei Enkel seines Bruders Drusus folgten ihm auf dem Kaiserthron, und so war Livia zur Begründerin einer Dynastie geworden. Mag ihr Verhalten in den letzten Jahren ihres Lebens auch das Bild der großen Frau etwas verdunkelt haben, so beweisen doch die folgenden Jahre, daß keine der Kaiserinnen auch nur annähernd ihre Bedeutung und innere Größe erreichte.

Theodora von Byzanz
Kaiserin oder Teufelin?

von Heinrich Pleticha

Wer Theodora, der Gemahlin Kaiser Justinians I. und Kaiserin von Byzanz, begegnen will, kann es auch heute noch, eineinhalb Jahrtausende nach ihrem Tod. Einmal in Ravenna, im Chor der Kirche von San Vitale. Dort zeigen zwei alte, in ihrer Schönheit unübertroffene Mosaiken die beiden Herrscher: auf der einen Seite das Bild Kaiser Justinians mit seinem Gefolge, auf der anderen Theodora mit ihrem Hofstaat. Die Kaiserin wird von zwei Hofbeamten und einer Gruppe vornehmer Damen geleitet. Der Künstler, der sie vielleicht kannte, hat alles getan, um sie hervorzuheben. Mit ihrem prächtigen, kronenartigen Kopfputz wirkt sie etwas größer als ihr Gefolge, der goldbestickte dunkle Mantel und der kostbare Schmuck betonen ihre hoheitsvolle Erscheinung. In dem schmalen Gesicht bestechen die dunklen Augen, die schon von den Zeitgenossen gerühmt wurden. Man spürt deutlich, daß der Schöpfer dieses Mosaikbildes eine Kaiserin in ihrer ganzen Hoheit und Würde darstellen wollte.

Da ist aber noch eine andere Theodora, die uns in dem Werk eines zeitgenössischen Schriftstellers begegnet. Dieser Mann, ein gewisser Prokopius aus Caesarea, seines Zeichens Hofbeamter und Geschichtsschreiber unter Justinian, hat viel Fleiß und Mühe darauf verwendet, in einer »Geheimgeschichte« ein Bild Theodoras zu zeichnen, das sie von der dunkelsten, häßlichsten Seite zeigt, als leichtsinniges Frauenzimmer, als käufliche Dirne, berüchtigt und verkommen. So jedenfalls schildert er die junge Theodora, bevor sie den Thron bestieg, und jeder Leser seiner Anekdoten sollte und mußte zwangsläufig zu dem Schluß gelangen, daß die Kaiserin auch nicht besser sein konnte als die Dirne.

Längst haben sorgfältig wägende Historiker erkannt, daß von diesem Bild viele, sehr viele Abstriche gemacht werden müssen, daß Prokopius Fakten und bösen Klatsch schön gemischt verkauft und kritisches Abwägen bewußt vermeidet.

Wer aber ist nun die richtige Theodora? Die erhabene Fürstin auf dem Mosaik in Ravenna oder die leichtlebige Dirne, die durch Zufall und Intrigen auf einen Thron gelangte? Um Theodora verstehen und beurteilen zu können, muß man den Hintergrund näher untersuchen, vor dem sich ihr eigenartiges Leben abspielt. Man muß zum andern auch ihren Mann kennen; denn hier gehören Mann und Frau eng zusammen, die eine wäre nichts ohne den anderen.

Der Hintergrund, das ist Byzanz, oder, wie es damals hieß, Konstantinopel, jene Stadt, die von Kaiser Konstantin 324 an der Stelle des alten Byzanz neu gegründet und zur Hauptstadt des Römischen Reiches erhoben worden war. Während Rom im Westen mehr und mehr zur Bedeutungslosigkeit absank, blühte dieses Konstantinopel auf und wurde von den hier residierenden Kaisern und dem ansässigen Adel mit prachtvollen Bauten geschmückt, zog wie jede der wenigen Großstädte der damaligen Zeit die Menschen an sich. Und so wie in Rom die Massen Einfluß genommen hatten auf die Geschicke der Stadt, auf die Kaiser und damit auf das Reich, wie sie von den Kaisern umworben, gefürchtet, gehaßt und unterdrückt wurden, weil sie ihrer nie sicher waren, so auch in Byzanz. Diese Massen gehörten zur Stadt, und die Stadt gehörte ihnen. Sie beherrschten sie zusammen mit den Kaisern – und mit der Kirche. Wie der kaiserliche Palast die Macht des Herrschers symbolisierte, die vielen Kirchen deutliche Zeichen für den Einfluß der Religion und des Klerus waren, so war das Hippodrom oder der Circus der Sammelplatz für das Volk.

Hier fanden regelmäßig die großen Wagenrennen statt, an denen die Menge leidenschaftlich Anteil nahm. Sie spaltete sich dabei in zwei Parteien, die Blauen und die Grünen. Die Blauen gehörten zu den wohlhabenden Bürgern, während die Grünen die Ärmeren waren. Diese beiden Parteien beeinflußten nicht nur die Spiele, sondern auch das Alltagsleben und die städtische Politik. Ihre Gegensätze bildeten die Chancen für die Kaiser; denn wehe wenn sie sich einmal zur Verteidigung oder Durchsetzung gegen die Herrscher zusammenschlossen, dann konnten sie, wie wir gleich noch hören werden, eine große Bedrohung bedeuten.

Theodora war ein Kind dieses Volkes, die Tochter eines Bärenwärters aus der Arena. Die Eltern waren aus Zypern oder Syrien – wir wissen es nicht genau – zugewandert. Die Schönheit Theodoras schien ihren Beruf vorzuzeichnen. Sie wurde Schauspielerin, gehörte nach heutigen Begriffen zum Tingeltangel und damit zu einer verachteten

Klasse. Aus solcher Verachtung heraus sind wohl auch die Skandalgeschichten Prokops zu erklären. Eine mißglückte Ehe und Kontakte mit Christen scheinen eine Wende in ihrem Leben bedeutet zu haben. Sie verließ plötzlich das Theater, bezog in Konstantinopel ein einfaches Häuschen und führte ein sittenstrenges Leben. Um diese Zeit lernte sie auch Justinian kennen, den Neffen des damaligen Kaisers Justin I. Es ist nur verständlich, daß die Verwandten des damals etwa vierzigjährigen hohen Offiziers die sich anbahnende Liebschaft zu einer Dame »mit Vergangenheit« gar nicht gern sahen und alle erdenklichen Anstrengungen unternahmen, die beiden auseinanderzubringen. Sie erreichten nur das Gegenteil.

Justinian setzte es bei seinem kaiserlichen Onkel durch, daß er Theodora allen Widerständen und Gesetzen zum Trotz heiraten durfte. Er hat es wohl auch niemals bereut; denn als er 527 Kaiser des römischen Reiches wurde, war sie keineswegs nur eine schöne Modepuppe an seiner Seite, wie manche Zeitgenossen erwartet haben mochten, auch keine Dirne auf dem Thron, wie andere in Erinnerung an einige frühere Kaiserinnen in Rom befürchteten, sondern dem Herrscher eine ebenbürtige, manchmal sogar überlegene Partnerin. Mehr noch: Sie allein rettete ihm fünf Jahre später, als seine Minister und Offiziere versagten, den Thron.

Es war anläßlich einer jener oben erwähnten gefährlichen Situationen, in der sich die Blauen und die Grünen im Hippodrom gegen den Kaiser zusammenschlossen. Justinian hatte – zu Recht übrigens – ein paar Mitläufer aus beiden Parteien wegen verschiedener Mordtaten zum Tode verurteilen lassen. Um wenigstens zwei der Delinquenten zu retten, schlossen sich die normalerweise verfeindeten Parteien zusammen und bedrängten den Kaiser. Als Justinian aber nicht nachgab, spitzte sich die Lage in wenigen Stunden dramatisch zu. »Nika«, d.h. Sieg, wurde zur Losung der allgemeinen Empörung. Die Menge tobte in der Stadt, brannte öffentliche Gebäude nieder und forderte die Absetzung der höchsten Beamten. Als sich die Schmähungen dann auch gegen den Kaiser richteten, befahl dieser seinem General Belisar, einen Ausfall aus dem Palast zu unternehmen. Der aber wurde mit seinen Soldaten zurückgedrängt, und die Aufständischen zündeten die Sophienkirche, unmittelbar neben dem kaiserlichen Palast, an. Nun wurden auch germanische Truppen eingesetzt, vermochten aber ebenfalls gegen die wütende Menge nichts auszurichten. Schon stand ein Teil der Stadt in Flammen, als Justinian einen letzten Vermittlungsversuch unternahm. Doch die Aufständischen antworteten nur mit der Ausrufung und Krönung eines Gegenkaisers. Es schien alles verloren, und bei einer Beratung im Palast entschieden sich Justinian und die Generäle für die Flucht. Da aber griff Theodora, die an dem Gespräch teilnahm, ein. Prokop, ihr Intimfeind, hat die Worte überliefert, die sie angeblich gesprochen haben soll: »Ich hoffe, daß man in diesem Augenblick nicht zu behaupten wagt, einer Frau gebühre unter Männern keine Stelle, und es sei nicht in der Ordnung, wenn sie Ängstlichen Kühnheit empfiehlt ... Ich bin der Meinung, daß Flucht jederzeit und so auch jetzt verwerflich ist ... für einen Herrscher ist es unerträglich, in der Welt als Flüchtling umherzuirren ... ich bleibe, denn ich halte es mit dem alten Wort: Das schönste Grabmal ist der Herrscherthron.« Ob Theodora so oder nur ähnlich gesprochen hat, bleibt unwichtig, wesentlich ist nur die Tatsache, daß sie durch ihre Standhaftigkeit den Thron für ihren Gatten und für sich rettete. Denn nun rafften sich auch die Männer noch einmal auf. Die Generäle Belisar und Mundus fielen über die Aufständischen her und richteten unter ihnen ein Blutbad an. Prompt lenkte das Volk ein und jubelte bald danach dem Kaiser und der Kaiserin zu, wie es sie kurz zuvor noch geschmäht hatte.

Justinian wußte nur zu genau, wem er seine Rettung zu danken hatte, und spätestens von diesem Zeitpunkt an sah er in Theodora die ebenbürtige Partnerin, die neben ihm und mit ihm gemeinsam regierte. Kaiserliche Erlasse wurden stets in beider Namen ausgestellt; Theodora hatte ihren festen Sitz im kaiserlichen Rat, dem sonst

Theodora

Theodora wurde um 497 als Tochter eines Tierwärters in Konstantinopel geboren. Sie erlebte eine ärmliche und sehr bewegte Jugend, wurde schließlich Schauspielerin in zweitrangigen Varietés und war berühmt wegen ihrer Schönheit. Kontakte mit Christen brachten eine Wende in ihrem Leben, und sie zog sich vom Theater zurück. Der spätere Kaiser Justinian I. heiratete sie und erhob sie 527 nach seiner Thronbesteigung zur Mitkaiserin. Theodora erwies sich als sehr energische Herrscherin. Sie beeinflußte Politik und Gesetzgebung und schreckte auch vor Intrigen nicht zurück. Im Nika-Aufstand rettete sie Justinian Leben und Thron. Sie starb am 28.6.548.

nur Männer angehörten; ihren Einfluß spürt man bei vielen Gesetzen; ihr Name wurde auf dem Staatssiegel neben dem Justinians geführt; die Beamten mußten ihren Eid auf den Kaiser und die Kaiserin gleichermaßen leisten. Natürlich griff Theodora auch in die Außenpolitik ein, und dementsprechend konnte sie auch an die Minister des Perserkönigs schreiben: »Der Kaiser entscheidet niemals etwas, ohne mich zu fragen.«

Wir hören von ihren überreichen Spenden an die Kirche, von Kirchenbauten und Klostergründungen. Wir hören von ihrer Bauleidenschaft, in der sie mit ihrem Gatten übereinstimmte. Die nach dem Nika-Aufstand neu erbaute Sophienkirche, so wie sie heute als Hagia Sophia zum Wahrzeichen Istanbuls geworden ist, verdankt ihre Entstehung nicht zuletzt der Energie Theodoras. Kaum eine andere Frau der römischen Kaiserzeit besaß ähnliches Ansehen. Sie war nicht Gemahlin eines Kaisers, die ihren Mann mit mehr oder minder Erfolg aus dem Hintergrund beeinflußte, sondern sie war ebenbürtige Partnerin, war so tüchtig und so energisch wie Justinian, ja sie übertraf ihn sogar, und er wäre ohne sie kaum denkbar.

Das ist die eine, die helle Seite. Doch auch die andere, die dunkle, darf nicht verschwiegen werden. Nicht nur Prokop wandte sich in seinen Schriften gegen die Kaiserin. Auch andere Zeitgenossen klagen deutlich über ihre Herrschsucht, mit der sie sich in alle Angelegenheiten einmischte. Sie kritisieren ihr hartes Vorgehen gegenüber ihren politischen Gegnern, wenn auch die angeblichen unterirdischen Palastgefängnisse, in denen ihre Feinde schmachten mußten, von einer kritischen Geschichtsschreibung längst in das Reich der Fabel verwiesen worden sind. Sie weisen darauf hin, daß sie das byzantinische Hofzeremoniell eingeführt und gefördert habe, wonach sich die Besucher und Bittsteller dem Herrscherpaar mit Zeichen tiefster Ergebenheit nahen und bei der Begegnung den Fuß küssen mußten. Sie prangern den übertriebenen Luxus an, mit dem sich diese Frau umgab, die doch aus den einfachsten Verhältnissen stammte und die allein schon durch ihr prunkhaftes Auftreten jede Erinnerung an ihre bescheidene Herkunft im Keim zu ersticken suchte. Vor allem aber geißeln sie die unersättliche Habgier, mit der sie ihre Schätze anhäufte. Viele ihrer politischen Gegner ließ sie verbannen und zog deren Vermögen ein. In dieser Hinsicht war sie übrigens nicht besser als ihr Gatte. Prokop verteilt seinen Haß auf beide gleichmäßig, lastet aber die Hauptschuld dem Kaiser an: »Alle

kamen durch diesen Schurken um Hab und Gut, Vornehme und Geringe ... dem armen Volk aber ging es am schlimmsten ... mir und vielen unter uns sind Justinian und Theodora nicht wie Menschen, sondern wie eingefleischte Teufel erschienen.«
Teufelin oder große Kaiserin? Was bleibt, was ist richtig? Wie so oft in der Geschichte, werden wir nach der Mitte suchen müssen, um das Bild einer Frau zu zeichnen, in deren Leben es viel grelles Licht und deshalb auch viele dunkle Schatten gab.

Adelheid von Burgund
Die Mutter der Könige

von Karl Rolf Seufert

Ein Elfenbeinrelief, nur wenige Zentimeter groß, in Mailand um 960 entstanden, zeigt Otto I. mit seiner Gemahlin Adelheid von Burgund zu Füßen Christi. Die Darstellung will kein Porträt sein, auffallend daran jedoch: Die junge Kaiserin kniet gleichberechtigt ihrem Gemahl gegenüber, den achtjährigen Thronfolger vor sich im Schoß. Das läßt sich nicht politisch interpretieren, aber es zeigt die Bedeutung, die der unbekannte Schnitzer der Gattin des Kaisers beimaß.

Es lag viel Zynismus in den Herrschenden damals, in ihren Argumenten wie in ihren Handlungen und überhaupt in der Art wie sie Politik betrieben. Die Falschheit gedieh unverhüllt neben dem Edlen und Guten, nur der Egoismus war ihnen allen gemeinsam.

Burgund verdankte seine politische Bedeutung weniger seinem Reichtum noch dem Wein oder gar der Schönheit des Landes, sondern der geographischen Lage im Dreieck zwischen Frankreich, Deutschland und Italien. Es wurde darum von allen heiß begehrt, wobei den Mächtigen jedes Mittel recht war, wenn es nur Erfolg verhieß.

Adelheid von Burgund war gerade sechs Jahre alt, als die Politik zum ersten Mal nach ihr griff. Es wurde ein Leben in Extremen daraus: Jahrzehnte voller Höhen und Verantwortung, reich an Ehren, aber auch Jahre der Einsamkeit, die einen weniger gefestigten Charakter zerbrochen hätten. Ihr Vater, König Rudolf II. von Burgund, war 937 unerwartet gestorben. Da erschien schon König Hugo von Norditalien und vermählte sich mit der jungen Witwe Bertha von Schwaben. Gleichzeitig verlobte er seinen Sohn Lothar mit der kleinen Stieftochter.

Es war eine rein politische Entscheidung, die nichts mit Gefühlen zu tun hatte, wie sie aber an allen Höfen üblich war. Niemand fragte die Kinder nach ihren Wünschen. Doch die Verbindung hielt. Mit sechzehn Jahren folgte Adelheid ihrem Gatten nach Italien, und es wurde eine gute Ehe; nur war ihr keine Dauer beschieden. Schon nach drei

Jahren, 950, starb König Lothar unter niemals ganz geklärten Umständen.

Man sprach von Mord und nannte den ehrgeizigen Gegenspieler des Königs, wenn nicht als Täter, so doch als Anstifter: Markgraf Berengar von Ivrea. Beweisen konnte man es nicht; wahrscheinlich war es auf jeden Fall. Er war in dem langen Spiel um mehr Macht nie zimperlich gewesen, dieser hochfahrende Herr. Und die Krone der Lombardei rechtfertigte sie nicht jeden Preis?

Tatsächlich ließ er sich schon wenig später krönen, und gleichzeitig hielt er für seinen Sohn um die Hand der jungen Witwe an. Adelheid lehnte empört ab. Berengar kannte selbstverständlich die Gerüchte, die über ihn in Europa umgingen. Er wußte auch, daß ihm ohne die Zustimmung Adelheids jene letzte Legitimation fehlte und ihm für immer der Geruch des Königsmörders und Thronräubers anhaften mußte. Darum handelte er rasch. Ohne Skrupel ließ er die Königswitwe auf dem unzugänglichen Bergschloß Como unter grausamen Bedingungen gefangensetzen.

Doch Adelheid zeigte Mut, Geduld und Größe. Brutale Gewalt konnte sie nicht brechen. Sie suchte über die beiden Vertrauten, einen Geistlichen und die Dienerin, die man ihr belassen hatte, Verbindung mit der Außenwelt. Und sie blieb nicht ohne Antwort. Eines Tages, so heißt es, legte ein Knecht im Burghof mit Holzscheiten das Wort »Grabet« aus, während sie auf dem Söller stand. Die beiden Frauen gruben einen Schacht in den festgestampften Lehmboden des Kerkers und entdeckten einen jahrhundertealten, längst vergessenen Gang, der irgendwo im Wald der Umgebung endete. Die Flüchtenden versteckten sich. Als man sie schließlich in Sicherheit brachte, erinnerte nur noch wenig an die junge, elegante Königin aus dem Marmorpalast in Pavia: In zerrissenen Kleidern, schmutzig, abgemagert, von den monatelangen Strapazen gezeichnet, erkannten sie selbst ihre vertrauten Freunde kaum wieder.

Adelheids Hilferufe waren auch über die Alpen gedrungen und hatten König Otto erreicht. Allezeit ein Politiker, der seine Chance zu nutzen wußte, erkannte er die einmalige Gelegenheit, die sich ihm hier bot. Er war seit fünf Jahren Witwer. Nun rüstete er in Eile ein Heer aus und kam im Frühherbst 951 nach Norditalien, »um einer unserem Hause nahestehenden edlen Frau in ihrer Not beizustehen«. Berengar floh; er wußte, einer solchen Streitmacht hatte er nichts entgegenzusetzen. Kampflos hielt Otto Einzug in Pavia. Wenn der Chronist

berichtet, der damals knapp vierzigjährige Otto sei beim Anblick der zwanzigjährigen Adelheid in Liebe entflammt, so mag das richtig sein. Entscheidend war es sicher nicht. Entscheidend war vielmehr, daß ihm die junge Frau Oberitalien brachte und ihn damit zum mächtigsten Herrscher Europas machte. Aus dem Rex Francorum, dem König der Franken, war der König der Franken und Langobarden geworden – ein wichtige Etappe für den Mann, der die Nachfolge Karls des Großen erstrebte.
War Adelheid bisher mehr Objekt der großen Politik gewesen, so zeigte sich nun, daß sie eine über ihre Jahre hinaus gereifte Frau war, gebildet, klug, kritisch. Wie selbstverständlich nahm sie fortan an allen wichtigen Entscheidungen teil, so auch am Italienzug der Franken, dessen Höhepunkt die Kaiserkrönung des Paares wurde. Berengar wurde endgültig besiegt und nach Deutschland in Gefangenschaft gebracht, wo er bald starb. Adelheid nahm sich der Töchter an, ließ sie standesgemäß erziehen und nahm sie dann unter ihre Hofdamen auf.
Die Machterweiterung brachte Otto neue Pflichten und Aufgaben. Adelheid beriet ihn dabei mit kluger Zurückhaltung. Ihr Einfluß wurde besonders in kirchlichen und kulturellen Belangen spürbar. Eine Atmosphäre von Bildung und hoher Kultur entwickelte sich am Kaiser-

Adelheid von Burgund

Adelheid von Burgund, geboren 931, wurde bereits mit sechs Jahren mit Lothar, dem Sohn des Königs von Norditalien, verlobt. Doch ihrer Ehe, die sie 947 einging, war nur eine kurze Dauer beschieden. Ihr Mann, König Lothar, starb bereits 950 unter ungeklärten Umständen.
Im Jahr 951 heiratete sie in zweiter Ehe Otto I., auch Otto der Große genannt. Sie gewann rasch Einfluß auf die große Politik und nahm an allen wichtigen Entscheidungen Ottos teil. Nach dem unerwarteten Tod des Kaisers (973) führte sie die Regierungsgeschäfte für den unmündigen Sohn. Jahre später griff sie noch einmal in die Politik ein und übernahm auch die Vormundschaft für den Enkel.
Sie gehört zu den wenigen Frauen, die an der von Männern bestimmten Welt des frühen Mittelalters aktiv Anteil nahmen – eine überaus kluge Frau mit staatsmännischem Geschick, Takt und Weitsicht, furchtlos und kritisch über ein halbes Jahrhundert hin.
Sie starb am 16. Dezember 999 als Nonne in dem von ihr gegründeten Kloster Selz im Elsaß.

hofe. Künste und Wissenschaften gelangten unter ihrer behutsamen Förderung zu hoher Blüte.
Da starb Otto I. 973 in Italien. Sein Sohn, Otto II., war bereits zum König gesalbt. Dennoch blieben auch ihm Auseinandersetzungen mit dem Hochadel nicht erspart. Der achtzehnjährige Herrscher setzte die Politik des Vaters unter der klugen Mithilfe Adelheids fort. Otto II. war mit der griechischen Prinzessin Theophano verheiratet, einer Frau von vollendeten Manieren und höchstem geistigem Niveau, die Adelheid an Bildung und Charakter kaum nachstand, wohl aber an politischer Erfahrung. Wen könnte es wundern, daß es zu Meinungsverschiedenheiten kam. Adelheid verließ den Hof und ging zu ihrem Bruder nach Burgund.
Im Jahre 980 wurde Otto II. ein Sohn geboren, den er wiederum Otto nannte. Wenige Wochen später reiste er mit seiner Frau, dem Kind und großem Gefolge nach Italien. Als Adelheid davon erfuhr, eilte sie voraus. In Pavia kam es zur Aussöhnung. Gemeinsam feierte man das Weihnachtsfest. Adelheid kannte sehr wohl die Schwächen des Sohnes, seine nervöse Unrast, die ehrgeizigen Pläne. Er nannte sich jetzt, wie auch die oströmischen Kaiser, Romanorum Imperator Augustus. Adelheid war Zeuge der politischen Gespräche, die sich um die Bekämpfung der Sarazenen drehten. Am Ende wurde ihr zur Geschichte, was sie selber erlebte.
982 errang Otto südlich von Cortone in Kalabrien einen glänzenden Sieg; doch dann geriet das sorglos gewordene Heer in einen Hinterhalt und wurde fast gänzlich aufgerieben. Er selbst konnte sich nur durch eine abenteuerliche Flucht retten. Sein gesamtes Werk, die lange Aufbauarbeit waren gefährdet. Jetzt setzte er die Mutter als Statthalterin für Oberitalien ein. Und es gelang der geschickten Diplomatie der Mutter, dem Sohn das Land zu erhalten.
Da starb Otto am 7. Dezember 983 an Malaria. Die Regierung für das gerade drei Jahre alte Kind übernahmen die beiden Kaiserinnen zunächst gemeinsam, dann, ab 985, Theophano allein. Wieder hatte Adelheid um des höheren Zieles willen verzichtet. Als Theophano mit dem Sohn nach Deutschland zurückkehrte, blieb sie in Italien und übernahm erneut die Statthalterpflichten. Nach wie vor schätzten die Langobarden ihre einstige Königin und hingen ihr in Treue an. Das Land blieb ruhig.
Doch die Gegnerschaft der beiden Frauen ruhte nur. 989 kehrte Theophano nach Italien zurück, bestrebt, den Einfluß Adelheids zu

dämmen. Und sie hatte Erfolg. Drei Jahre später erklärte sie: »Wenn ich noch ein volles Jahr lebe, wird man die Herrschaft Adelheids mit der flachen Hand umspannen können.« Doch die Zeit sollte ihr nicht mehr bleiben. Theophano starb unerwartet nur wenige Monate später.

Noch einmal übernahm Adelheid die Herrschaft, weise geworden in einem langen Leben. Sie umgab sich mit bewährten Freunden, Männern wie Erzbischof Willigis, deren politisches Geschick außer Frage stand. Doch es blieb ihr keine Zeit, eigene Ideen umzusetzen. Ihre Staatskunst brauchte sie beinahe ausschließlich für das Verteidigen, Bewahren, Verhindern und dazu, die jungen Hitzköpfe um ihren Enkelsohn vor ihrem eigenen Aberwitz zu schützen. Frömmigkeit, Geschichtsglaube, Hoffnung und Bitterkeit hielten sich hier die Waage. Sie nahm ihre Rolle auf sich wie schon so vieles davor, jetzt bereits eine Frau Anfang der Sechzig.

995 wurde Otto III. fünfzehn Jahre alt und forderte die Selbständigkeit. Klaglos zog sich Adelheid aus dem öffentlichen Leben zurück und ging in das von ihr gegründete Kloster Selz im Elsaß. Dort starb sie am 16. Dezember 999.

Während das Volk sie schon bald als eine heiligmäßige Frau verehrte, dauerte es lange, bis auch die Historiker Notiz von ihr nahmen. Immer zwischen hochbegabten Männern und mit europaweiter Politik befaßt, ging sie ihren Weg – ratend, mahnend, helfend. Man nannte sie die »Mutter der Könige«, denn ihr Sohn, die Neffen, der Enkel und die Schwiegertöchter herrschten viele Jahre auf europäischen Thronen.

Nach der Krönung hatte Otto III. der alten Frau noch einen Brief geschrieben, der sicher manches vergessen machen sollte: »Daß Uns nach Eurem Wunsch und Verlangen die Gottheit die Rechte des Kaisertums glücklich übertragen hat, darin verehren Wir ebensosehr den göttlichen Willen, wie Wir Euch dafür Dank wissen. Denn es sind Uns Eure mütterliche Zärtlichkeit und Eure Liebeswerke wohlbekannt, für die Wir ewig Euer Diener bleiben müssen.«

Abt Odilo von Cluny, ihr Biograph, schrieb von ihr, sie habe die höchste aller Tugenden besessen, die Diskretion, die Gabe der Unterscheidung, der klaren und unbestechlichen Sicht, und nannte sie die »kaiserlichste aller Kaiserinnen«.

Hildegard von Bingen
Äbtissin, Seherin, Naturwissenschaftlerin

von Karl Rolf Seufert

In einer Miniatur aus dem letzten Viertel des 12. Jahrhunderts ist uns ihr Bild überliefert: Hildegard von Bingen sitzt in einem turmartig gewölbten Klosterraum. Mit erwartungsvoll entrücktem Gesicht, den Kopf in einer Flammenlohe, die Füße auf einem Schemel, hält sie die Schreibtafeln im Schoß. Die rechte Hand führt einen Griffel, um die Gesichte auf den Wachstafeln festzuhalten. Ein bärtiger Mönch, dessen Kopf halb in das sonst leere Gemach hineinragt, lauscht ihren prophetischen Worten, um sie in einem Buch aufzuzeichnen.

Es handelt sich um ein typisches Innenraumbild, charakteristisch für jene Zeit wie auch für die Persönlichkeit der Dargestellten: ein Mensch, ganz der Gottschau des Hochmittelalters hingegeben. Visionen, Bekenntnisse und kosmologische Weltschau, die nichts mit Überschwang und Ekstase gemein haben, verbinden sich hier mit kritischer Selbstbeobachtung.

Das geistige und religiöse Leben jener Epoche wurde vor allem von Gemeinschaften geprägt – von Königshöfen, Bischofsschulen, Mönchsorden und Ritterschaften: Geistesgeschichte war damals Sozialgeschichte.

Das Ideal des Jahrhunderts – die Überwindung der machtpolitischen Verlockungen durch den Glauben – war sicher nicht zu erreichen. Um so mehr bewundern wir die Kraft, mit der jene Menschen um dieses Ideal, um überzeitliche Normen und Prinzipien rangen.

Dabei ragen dann auch die Namen einzelner heraus: Friedrich Barbarossa, Bernhard von Clairvaux, Albertus Magnus, Roger Bacon, Walther von der Vogelweide, Gottfried von Straßburg, doch nicht nur sie. Zu ihnen gehören auch einige Frauen, so Eleonore von Aquitanien, Königin der Troubadoure, wie man sie nennt, und die Landgräfin Elisabeth von Thüringen.

Die bedeutendste unter ihnen, »die größte Frau des Jahrhunderts« wie sie auch genannt wird, ist jedoch die Benediktinerin Hildegard

von Bingen – Heilige, Äbtissin, Seherin, eine anerkannte Autorität des kirchlichen Lehramtes, dazu eine Frau mit einer Fülle ungewöhnlicher Begabungen, eine Ordensfrau, die in Biologie und Medizin, in Philosophie und Theologie, ja in Astronomie und Musik bedeutsame Erkenntnisse hatte.
Ihre einzigartige Größe, die überzeitliche Bedeutung liegen für uns heute jedoch in ihrer Spiritualität. So verstand sie sich immer als Mahnerin und Helferin – »das Orakel und der lebendige Tempel Gottes«, wie die Zeitgenossen sie nannten.
Hildegard wurde 1098 in Bermersheim (nördlich von Alzey) als zehntes Kind des Edelfreien Hildebert von Bermersheim und dessen Ehefrau Mechthild geboren.
Mit acht Jahren gaben die Eltern das begabte Mädchen in das Benediktinerkloster auf den Disibodenberg. Die uralte Anlage, heute Ruine, die um 700 von dem germanischen Missionar Disibod gegründet worden war, liegt auf einem Bergrücken zwischen Nahe und Glan und gehörte zum Erzstift Mainz. Dem Mönchskloster war eine Frauenklause angegliedert, das der »Meisterin« Jutta von Sponheim unterstand. Sie übernahm auch die Betreuung des Mädchens und »erzog Hildegard in Demut und Herzensreinheit, unterwies sie in den Gesängen Davids und lehrte sie das Singen der Psalmen«, heißt es in ihrer Lebensbeschreibung. »Außer dieser einfachen Kenntnis der Psalmen empfing sie von niemandem Unterricht, weder im Lesen noch in der Musik.« Das ist sicher nicht wörtlich zu nehmen. Dem Chronisten kam es wohl vor allem darauf an, ihre Genialität und ihre Begnadung als Seherin zu betonen. Auch Hildegard nannte sich später gern »indocta« (ungelehrt), was sicherlich nur bedeuten sollte, daß sie keinen systematischen wissenschaftlichen Unterricht erhalten hatte. »Ich legte Hand ans Schreiben«, stellt sie in der Vorrede ihres Erstlingswerks fest.
Nach dem Tode Juttas wählten die Nonnen die kaum achtunddreißigjährige Hildegard (1136) zur Nachfolgerin und geistlichen Mutter. Hildegard lebte insgesamt 44 Jahre auf dem Disibodenberg, ehe sie 1150 in das von ihr gegründete Kloster auf dem Rupertsberg an der Nahe, Bingen gegenüber, einzog.
Um 1141 erfolgten ihre Visionen und die Berufung zum Prophetentum. »Nun erschloß sich mir plötzlich der Sinn der Schriften«, bekennt sie, aber »ich weigerte mich zu schreiben – nicht aus Hartnäckigkeit, sondern aus dem Empfinden meines Unvermögens her-

aus . . ., bis Gottes Geißel mich auf das Krankenlager warf. Da endlich legte ich, bezwungen durch viele Leiden, Hand ans Schreiben.« Das Werk, das unter der Mithilfe des Benediktinermönchs Volmar, ihres Lehrers, und der Nonne Richardis von Stade entstand, nennt sie »Scivias – Wisse die Wege«. Dem Buch folgten zwei weitere Werke »Liber vitae meritorum – Buch der Lebensverdienste« (Beginn 1158) und »Liber divinorum operum – Buch der Gotteswerke« (1173/74), die man später als Trilogie verstand.

Ihre Visionen, mit denen sie zur Zentralfigur des deutschen Symbolismus wurde, hatten nichts mit mystischer Schwärmerei gemeinsam. Sie waren auch nicht in Ekstase entstanden, sondern Gesichte – »wachend, besonnen und mit klarem Geiste« bei der Kontemplation empfangen – Visionen, die sie stets bis zum äußersten erschöpft zurückließen.

Was sie dabei sah, hatte keinerlei Bezug zu ihrem persönlichen Schicksal. Es ist das kosmische Drama der Weltschöpfung: kreisende Gestirnssphären, goldene Feuermeere, von farbigen Blitzen und Stürmen durchzuckt – ein wildbewegter Kosmos und in der Mitte der Mensch. So wie Gott die Geschichte mit dem Gefälle der Zeiten lenkt, so sieht sie ihn auch in der Natur am Werk und hört seine Stimme: »Ich zünde über die Schönheit der Felder hin, ich leuchte in den Gewässern, ich brenne in der Sonne, im Mond und in den Sternen und erwecke mit dem Lufthauch, mit dem unsichtbaren, alles haltenden Leben jegliches Ding . . .«

Ihr erstes Werk wurde ihr bekanntestes. Mit dem Titel »Scivias« lieferte sie zugleich auch einen Schlüssel zum Verständnis. Es geht ihr um die »Wege« zum Heil, zur Vervollkommnung und zur Vollendung. Allein im Sichtbaren und Zeitlichen kann der Mensch die unsichtbaren und ewigen Wahrheiten erfassen. Darum spricht sie in Zeichen und Bildern zu ihm. Der Mensch ist für sie immer Mitte und Höhepunkt. Nur durch den Menschen erhält die Schöpfung ihren Sinn. Alle Kräfte, alle Fruchtbarkeit und Schönheit sind der Natur nur gegeben, weil sie die Wohnung des Menschen ist. Daraus ergibt sich auch die hohe Verantwortung, die der Mensch für das Wohl und Wehe der Erde trägt.

Hildegard besaß einen besonderen Sinn für die Symbolsprache der Dinge. Alles Geschehen wurde ihr immer auch zum Gleichnis. Sie schaute die Sinn-Bilder in ihren Visionen als Hinweise auf die objektive Wirklichkeit, aber auch als Mittel und Anstoß zur Darlegung der

Glaubenswahrheiten und der aus ihnen abgeleiteten sittlichen Forderungen.
Unbestritten blieb dabei stets die Autorität der Kirche. Ihr überließ sie das Urteil — auch über die eigenen Visionen. Der für ihr Kloster zuständige Abt Kuno (1137–1155) schickte ihr erstes Buch über Erzbischof Heinrich von Mainz an Papst Eugen III., der vom November 1147 bis Februar 1148 auf einer Synode in Trier weilte. Die vom Papst bestellte Kommission unter dem Vorsitz des Bischofs von Verdun, kam mit positivem Ergebnis vom Disibodenberg zurück und überbrachte Eugen III. einen Teil der Handschrift der »Scivias«. Bernhard von Clairvaux setzte sich dabei persönlich für Hildegard ein, und der Papst bestätigte den visionären Charakter der »Scivias«. In der ältesten Lebensbeschreibung Hildegards heißt es: »Er erteilte ihr in Christi und des hl. Petrus Namen die Erlaubnis, alles, was immer sie im Heiligen Geist erkenne, kundzutun, und munterte sie zum Schreiben auf.«
Doch Eugen III. tat noch mehr: Öffentlich las er auf der Synode in Trier vor einem Auditorium von Kardinälen, Bischöfen und Würdenträgern aus »Scivias« vor. Die Folgen ließen nicht auf sich warten: Hildegards Ruhm verbreitete sich über ganz Europa.
Noch während sie mit den Vorbereitungen und dem Bau ihres Klosters auf dem Rupertsberg beschäftigt war, begann ein ausgedehnter Briefwechsel mit den bedeutendsten Persönlichkeiten des Abendlandes. So schrieb sie an König Konrad III., an dessen Nachfolger, Friedrich Barbarossa, an Heinrich II. von England und dessen Gemahlin Eleonore von Aquitanien, an Kaiserin Irene von Byzanz, an Päpste,

Hildegard von Bingen

Hildegard wurde 1098 als zehntes Kind des Grafen von Bermersheim auf Burg Böckelheim a. d. Nahe geboren. Das kluge, aber kränkliche Kind brachten die Eltern schon mit acht Jahren zu einer Klausnerin auf dem Disibodenberg. Als dort ein Benediktinerinnenkloster gegründet wurde, nahm Hildegard mit fünfzehn Jahren den Schleier. 1136 wurde sie Äbtissin des Klosters und gründete 1147 das Kloster Rupertsberg bei Bingen. Energisch setzte sie sich für eine Reform des kirchlichen Lebens ein. Sie erlangte nicht nur durch ihre mystischen Visionen, sondern auch durch ihre großen medizinischen Kenntnisse hohes Ansehen bei den Zeitgenossen. Sie starb am 17.9.1179.

Erzbischöfe, Nonnen- und Mönchsklöster, an Laien, Priester und Prälaten.
Wer immer sich an sie wandte, erhielt Antwort: Trost, Rat, Belehrung und Ermahnung. Sie schrieb lateinisch. Da sie diese Sprache nicht wissenschaftlich systematisch erlernt hatte, blieb ihr Wortschatz begrenzt. Lebendig, deutlich, gelegentlich auch überraschend nuancenreich, dabei immer mutig, korrespondierte sie mit den Großen der Welt – ein historisch einzigartiger Vorgang in dieser von Männern beherrschten mittelalterlichen Welt.
Zweimal traf sie mit Friedrich Barbarossa zusammen, einmal auf dessen Kaiserpfalz in Ingelheim, dann beim kaiserlichen Hoftag in Mainz. Hier erhielt sie am 18. April 1163 auch die kaiserliche Schutzurkunde für ihr Kloster Rupertsberg, das bis zum 30jährigen Krieg bestand.
Hildegards Schaffen ist von Musikalität durchtränkt. Wahrscheinlich lag sie auch ihrer Familie im Blut. Ihr Bruder wirkte als Domkantor in Mainz. Darüber hinaus war sie eine der ganz wenigen Frauen, die auf dem Gebiete der Musik schöpferisch tätig wurden: Siebenundsiebzig Lieder und ein geistliches Singspiel, »Ordo Virtutum – Spiel der Kräfte«, wurden von ihr getextet und vertont. Sie sind in zwei Handschriften überliefert. Es sind geistliche Lieder, eigenständige Kompositionen von hoher künstlerischer Aussagekraft, die für den liturgischen Gebrauch bestimmt waren. Hildegard dichtete und vertonte nicht nur für die eigene Gemeinschaft, sondern auch für befreundete Klöster, denen sie diese Gesänge schenkte.
Die durch ihre Visionen geprägte Sprache verband Hildegard mit einer eigenwilligen Melodiegestaltung, die sich deutlich vom frühmittelalterlichen Musikempfinden abhebt. Ihre weiträumige, fast ausschweifende Melodik, verbunden mit Texten, die sich durch ihre Bilder und Vergleiche nur schwer dem modernen Hörer erschließen, brauchen die Interpretation, ja die Übersetzung in unsere heutige Vorstellungswelt.
Hinzu kommen die naturwissenschaftlichen Werke Hildegards, die ihr den Ruf einer ersten schriftstellerisch tätigen deutschen Ärztin und Kennerin der zeitgenössischen Naturkunde eintrugen. Obwohl die natur- und heilkundlichen Schriften nur in Kopien erhalten sind, die nicht bis in ihre Zeit zurückreichen, gelten sie doch als authentische Arbeiten Hildegards.
Hierher gehört ihre »Naturkunde«, durch vier Handschriften überlie-

fert und nach der ersten Auflage »Physica« genannt. Sie ist ein aus der Volkstradition hervorgegangenes und für den praktischen Gebrauch bestimmtes Arzneibuch. Es ist in neun Kapitel gegliedert, die insgesamt 513 Einzelbeschreibungen enthalten. Zwei Kapitel behandeln dabei die Pflanzen, vier die Tiere, eines die Elemente, eines die Steine und das letzte den Ursprung der Metalle. Ein Schwerpunkt liegt auf der Botanik. 293 Darstellungen widmet sie allein den Kräutern und Heilpflanzen, die seit dem 9. Jahrhundert in den Klostergärten kultiviert wurden. Sie übernahm die Bezeichnungen aus den lexikografischen Werken und die Rezepte der Naturheilkunde. Dabei scheute sie sich auch nicht, wo ihr das lateinische Wort fehlte, die mittelhochdeutsche Bezeichnung zu verwenden und sie mit lateinischen Endungen zu versehen. Für alle naturwissenschaftlich Interessierten, vor allem auch für Ärzte und Apotheker, wurde Hildegards »Physika« eine historische Fundgrube. Ihre Darstellung der einheimischen Fische gehört zum Originellsten, das uns aus dem Mittelalter überliefert ist. Bis in unser Jahrhundert hinein wurde die Fischfauna des Rheins und seiner Nebenflüsse nicht genauer beschrieben.

Hinzu kommt ihr umfangreiches medizinisches Buch »Causae et curae«, das eigentlich »Vom Grund und vom Wesen der Heilung der Krankheiten« heißt, aber kurz »Heilkunde« genannt wird. In diesem Werk ging es Hildegard ebenso um den gesunden wie um den kranken Menschen. Nach einer umfassenden Einleitung beschreibt sie den gesunden und kranken Körper: wie ein Mensch wird; vom geschlechtlichen Verhalten; der Mensch zwischen Schlaf und Wachen; Gemütsbewegungen; Stoffwechselstörungen und Heilmittel.

Als Hildegard am 17. September 1179 als Zweiundachtzigjährige auf dem Rupertsberg bei Bingen starb, hatte sie trotz ihrer schweren Arbeitsbelastungen und der mehrjährigen Krankheitsperioden, die sie immer wieder ans Bett fesselten, noch das leerstehende Augustinerkloster Eibingen bei Rüdesheim erwerben können (um 1165), das sie fortan gleichfalls von ihren Nonnen bewohnen ließ. Zweimal wöchentlich fuhr sie in jenen Jahren von Bingen nach Rüdesheim. Durch Wibert von Gembloux wissen wir, wie sehr sie unter der Last der Amtsgeschäfte litt. Von ihren letzten Jahren berichtet der Chronist: »Ihr Leben war ständig das Bild eines kostbaren Sterbens ... Vom tätigen Leben, das sie in Angriff genommen hatte, pflegte sie nicht zu irgendeinem banalen Tun zurückzukehren; sie entspannte sich vielmehr in einer mystischen Schauung. Und umgekehrt ließ Gott sie von der Betrachtung seiner unausschöpflichen Majestät wieder zurückkehren zur Last des tätigen Lebens. Auf diese Weise war sie im Fleische tätig und sehnte sich in der geistigen Betrachtung doch zugleich nach dem Lichte Gottes ...«

Mit Hildegard von Bingen war eine der großen Frauengestalten der abendländischen Geschichte dahingegangen. Auftrag und Erfüllung hatten sie ein langes Leben lang unter eine Spannung gesetzt, die sie bis zum äußersten beanspruchte. »Von meiner Kindheit an lebte ich nie in Sicherheit, nicht eine einzige Stunde«, schrieb sie an Bernhard von Clairvaux – ein überraschendes, ja bestürzendes Bekenntnis.

Diese Frau, die ein so umfangreiches Wissen in Theologie, in Philosophie, in Musik und den Naturwissenschaften besaß, war über drei Jahrzehnte hin das Staunen und die Freude des Abendlandes. In einem Jahrhundert, das nichts von Frauenemanzipation wußte, war sie die Beraterin von Kaisern, Päpsten und Fürsten, die Partnerin von Bischöfen, Philosophen und Wissenschaftlern.

Ihre Briefe waren naiv und geistreich zugleich. Sie hatte oft verblüffende Wendungen, witzige Assoziationen. Dabei blieb sie immer offen – eine freimütige Offenheit, die verblüffte und Vertrauen gewann. Ob sie sich an eine verschreckte Nonne wandte oder einem hochmütig gelehrten Kanonikus ins Gewissen redete, ihre Sprache war stets von Erfahrung, Lebensweisheit und Verständnis geprägt.

Hildegard von Bingen besaß das Geheimnis, die Freundschaft und das Vertrauen der Menschen zu gewinnen, denn sie war frei von Pose, was sie auch tat. Sie wußte jeden als ihresgleichen zu behandeln, ohne Rang und Würde anzutasten. Sie stellte Kaiser Barbarossa mit der gleichen eindringlichen Energie zur Rede wie den Klerus in Köln; sie sprach in den Konventen der Klöster kaum weniger offen als auf den Marktplätzen in Trier und Würzburg.

Dabei war sie insgeheim niemals ganz frei von Zweifeln und Ängsten, das macht sie so menschlich. Aber sie besaß auch ein historisches Gefühl für die Größe und Einmaligkeit ihrer Sendung. Das half ihr, denn alle spürten das Charisma ihrer Sehergabe.

Eleonore von Aquitanien
Königin der Troubadoure

von Margarete von Schwarzkopf

Wann immer sich Eleonore, Herzogin von Aquitanien und der Gascogne, Gräfin von Poitiers und Königin von England, von den Strapazen ihres aufreibenden politischen Lebens erholen wollte, zog sie sich in ihre Lieblingsstadt zurück. Poitiers, seit alters her Sitz der Herzöge von Aquitanien, galt im Mittelalter als eine der reizvollsten Städte Europas. Noch heute zeugen die mächtigen Mauern, Kirchen und Plätze von jener großen Vergangenheit, da Poitiers das Zentrum der Troubadoure war.

An ihrem prächtigen Hof zu Poitiers erholte sich Eleonore auch von ihrer nicht eben einfachen Ehe mit Heinrich, ihrem zehn Jahre jüngeren Ehemann, dessen cholerisches Temperament und Eigensinn ihr manchmal zur schweren Bürde wurden. Zudem liebte die Königin aus Aquitanien den Luxus, den ihr das eigene Stammland mit seinen kultivierten Sitten bieten konnte. In Poitiers vermochte sich diese Frau, die als die eleganteste und kunstsinnigste Königin ihrer Zeit galt, so zu geben wie sie wirklich war – lebensfroh, heiter und interessiert an allem Schönen. Zwar hatte sie auch aus ihrem Palast in Westminster einen wahren Musentempel gemacht, aber das sanfte Klima Frankreichs lag ihr mehr als der dunkle Himmel Englands. Wenn auch zu allen Zeiten viel Kritik an Eleonore geübt wurde – an ihrem nicht immer tugendhaften Lebenswandel in ihrer Jugend und ihrer unerschöpflichen Rachsucht gegen Heinrich, der sie bitter gekränkt hatte – so sind sich doch alle Historiker einig, daß die schöne Herzogin von Aquitanien zeit ihres 84jährigen Lebens die »Grande Dame« des Hochmittelalters war.

Eleonore verwandelte ihren Hof zu Poitiers in eine Heimstätte der Dichter, in das Herz höfischen und ritterlichen Lebens. Sie herrschte über einen Hofstaat ergebener Vasallen und Künstler. Einer ihrer häufigsten Gäste war Chrestien des Troyes, den zweierlei am Hofe von Poitiers beeinflußte: zum einen die keltischen Sagen, deren

Pflege sich Eleonore ganz besonders intensiv widmete, zum anderen die höfische Poesie. Wahrscheinlich gab Eleonore ihm selbst den Stoff zu seiner großen Dichtung »Erec und Enite«, der Geschichte eines liebenden Paares, das durch gemeinsame schwere Aufgaben und Erlebnisse aneinander gebunden ist. Viel Autobiographisches aus dem Leben Eleonores und ihrer Ehe mit Heinrich spiegelt sich darin wieder. So lange Eleonore und Heinrich gemeinsam den Ausbau des Angevinischen Reiches und die Erneuerung Englands als Lebensziel hatten, ging ihre Ehe sehr gut. Eleonore war Heinrichs beste Vertraute und seine größte Stütze in den schweren Jahren nach der Rückkehr des jungen Königs in ein feindlich gesinntes England.
Doch dann wandte Heinrich sich von seiner Frau ab. Der Vertrag zwischen den Ehepartnern löste sich in nichts auf. Eleonore, die betrogene Frau, widmete sich von da an mehr und mehr ihren Kindern, die sie später in allen Unternehmungen gegen den Vater unterstützte, und zog sich zeitweise völlig aus England nach Frankreich zurück. Sie machte aus ihrem Hof in Poitiers eine Heimstätte für ihre fünf Söhne, die hier auch die Aufstände gegen Heinrich planten, der durch die wachsende Einsamkeit immer verbitterter und grausamer zu werden drohte.
Eleonores Kinder fühlten sich in der Atmosphäre von Poitiers wohl. Auch die beiden Töchter aus ihrer Ehe mit Ludwig VII. von Frankreich, Marie und Alix, lebten häufig bei ihrer Mutter. Marie von Champagne war das einzige ihrer zehn Kinder, in dem Eleonore sich selbst wiedererkannte. Marie wird als »heiter und kunstsinnig« geschildert, als »das Licht der Champagne«. Ähnlich wie ihre Mutter förderte sie an ihrem Hof die Musen. Chrestien de Troyes schrieb unter ihrem Einfluß seinen Epos von »Lanzelot oder dem Karrenritter«, einem der Höhepunkte der Verherrlichung der Frau, wie sie damals Thema der gesamten Dichtung der Troubadoure und Minnesänger war: Um seiner geliebten Genoveva seine Verehrung zu beweisen, unterliegt Lanzelot freiwillig im Kampf.
Zu Eleonores Gästen in Poitiers gehörte auch die Dichterin Marie de France, von der gesagt wird, sie sei eine Halbschwester Heinrich II. gewesen. Ihre Dichtungen fußen auf der keltischen Sagenwelt, die Eleonore wegen der romantischen Schönheit und geheimnisvollen Atmosphäre besonders schätzte. Auch Eleonores eigene Söhne bewiesen beachtliches Dichtertalent. Ihr Sohn Gottfried, dem Eleonore als Erstgeborenen das keltische Gebiet der Bretagne verliehen

hat, dichtete gemeinsam mit Gaucelm Faidit Dialoge, und Eleonores dritter Sohn, Richard, erwies sich als wahrer Troubadour. Richard war zweifelsohne Eleonores Lieblingssohn, obwohl sie auch seinen älteren Bruder Heinrich, den zeitgenössische Historiker als lebensfrohen, stets prächtig gelaunten »Ritter« schilderten, liebte. Doch Richard stand ihr durch seine dichterische Begabung noch näher als sein schöner, liebenswerter, verschwendungssüchtiger älterer Bruder. Sie machte Richard zum Herzog von Aquitanien und hielt ihm später, als er auf der Burg Trifels in der Pfalz gefangen gehalten wurde, unerschütterlich die Treue. Von seinen Dichtungen sind leider nur zwei Werke erhalten geblieben, von denen er das eine während seiner Zeit in der Gefangenschaft schrieb. Es erinnert in seiner Tragik und dem in erschütternde Verse gekleideten Ausdruck des Leides an Oscar Wildes berühmte Ballade von »Reading Goal«.
Während der Hof von Poitiers »tanzte«, die Dichter sich mit den Musikern ein Stelldichein gaben und die Tage mit Festen und Jagden angenehm verstrichen, kämpfte Heinrich in England gegen die düsteren Schatten, die seit der Ermordung von Thomas Becket Ende des Jahres 1170 über seinem Thron lagen. Becket, einst engster Vertrauter und Ratgeber des Königs, war vor dem Altar seiner Bischofskirche zu Canterbury von einer verschworenen Gruppe ermordet worden. Diese Tat wurde dem König angelastet, da bekannt war, daß Heinrich und sein ehemaliger Kanzler sich vor Jahren schon wegen der Befugnisse von Kirche und Thron unrettbar zerstritten hatten.
Zum Neujahrsfest dieses schicksalsschweren Jahres erschien Eleonore wie stets zuvor wieder an Heinrichs Hof, um mit ihm gemeinsam zu feiern, aber auch die Spannung zwischen den beiden einst unzertrennlichen Ehepartnern ließ sich nicht länger verbergen. Zwei Jahre später gelang es Heinrich, sich mit der Kirche auszusöhnen, indem er öffentlich am Grabe des »Märtyrerbischofs« Becket in Canterbury Buße tat. Doch der Tod des Ex-Kanzlers und Eleonores eigenwillige Alleinherrschaft in Aquitanien, das Heinrich seit drei Jahren nicht mehr besucht hatte, schienen symptomatisch zu sein für die ersten Risse im einstmals so nahtlosen Gefüge des Angevinischen Reiches. Rein äußerlich erstreckte sich zwar Heinrichs Königtum vom 1171 »befriedeten« Irland im Westen bis tief hinein nach Frankreich, doch es gärte innerlich.
Eleonore verwaltete ihre Stammlande zwar vorbildlich, führte fruchtbare wirtschaftliche und soziale Reformen durch und kümmerte sich

eigenhändig um das Wohl ihrer und Heinrichs Untertanen, aber sie tat es nicht ihm zuliebe, sondern für ihre Söhne, denen sie ihr Reich als Basis für weitere Herrschaftsansprüche erhalten wollte. 1172 zog Heinrich nach der Krönung seines Sohnes Heinrich in Westminster nach Frankreich – ein rein theoretischer Vorgang, da der junge Heinrich vorläufig noch gar nichts zu melden hatte. In Frankreich machte sich Heinrich daran, zunächst für seinen erst siebenjährigen Sohn Johann, seinem Lieblingskind, eine gute Heirat zu sichern, da der kleine Johann bei einer früheren Verteilung von Apanagen an die königlichen Kinder nicht anwesend gewesen war. Johann wurde mit Alix von Maurienne verlobt, deren Vater riesige Gebiete um den Genfer See und in Savoyen besaß. Danach berief Heinrich eine Versammlung nach Limoges, um mit seinen Baronen weitere Pläne für die Ausdehnung seines Reiches – durch Verheiratung seiner Tochter Johanna mit Wilhelm von Sizilien bis in den tiefsten europäischen Süden – zu erörtern. Heinrichs Stern schien am höchsten Punkt zu stehen. Sein Herrschaftsgebiet erstreckte sich über fast ganz Westeuropa. Doch er hatte die Rechnung ohne seinen Sohn Heinrich den Jüngeren gemacht. Dieser wollte nicht untätig zum Werkzeug seines Vaters werden. Unterstützt auch von Eleonore, die offen mit ihren Söhnen gegen den autoritären Vater paktierte, rebellierte er gegen den König. Wenig später brach überall der offene Aufstand aus. Schottland erklärte sich auf seiten des jungen Heinrich, Eleonores Stammlande standen allein schon durch den Einfluß ihrer Regentin neben Heinrich dem Jüngeren. Nur noch die Normandie blieb Hein-

Eleonore von Aquitanien

Eleonore wurde um 1122 in Poitiers geboren. Mit 15 Jahren heiratete sie 1137 König Ludwig VII. von Frankreich. Anfangs erlangte sie großen Einfluß auf die Regierung, auch nahm sie 1147 zusammen mit ihrem Mann am 2. Kreuzzug teil, doch dann kam es zu Zerwürfnissen, und die Ehe wurde geschieden. 1152 heiratete sie den späteren englischen König Heinrich II. Nach der Thronbesteigung wurde sie zur großen Förderin höfischer Kultur in England. Aber auch diese Ehe brach auseinander. Eleonore unterstützte eine Empörung ihrer Söhne gegen den Vater. Sie wurde daraufhin bis zu dessen Tod gefangengehalten. Dann mischte sie sich wieder in die Politik. Sie starb 1204.

rich II. treu ergeben. Nachdem sich der König von seinem ersten Schrecken erholt hatte – der Aufstand seiner Söhne traf ihn doch überraschend – handelte er mit gewohnter Geschwindigkeit. Innerhalb einer Woche verlegte er im August 1173 seine Armee von Rouen nach Saint-James de Beuvron, und in Eilmärschen eroberte Heinrich sein Territorium zurück.
Die Frage, wer diese Rebellion angezettelt hatte, blieb nicht lange unbeantwortet. Zu deutlich wiesen alle Anzeichen auf Eleonore hin, die aus ihrem Hof zu Poitiers das Zentrum des Aufstandes gemacht hatte. Politik vor dem Hintergrund höfischen Lebens und kulturellen Geistes – das lag ganz in Eleonores Geschmack und in ihrem Charakter verwurzelt. Nie hatte sie beides getrennt, denn für sie bedeutete die Politik ein ebenso kunstvolles Gewebe und ein Spiel voller Raffinesse, wie die Sitten des mittelalterlichen Hofes dies in den anderen Bereichen des täglichen Lebens forderten.
Heinrich schickte seiner »intriganten« Frau eine ausführliche Strafpredigt, in der er sie aufforderte, sofort ihr Ränkespiel zu unterlassen und zu ihm zurückzukehren: »Bevor uns die Ereignisse zu einem schrecklichen Ende führen, komm mit Deinen Söhnen zu Deinem Gatten zurück, dem Du gehorchen und bei dem Du leben sollst ... Entweder Du kommst zu Deinem Gatten zurück, oder wir sehen uns gezwungen, nach kanonischem Recht die Kirchenstrafe gegen Dich auszusprechen ...«
Natürlich dachte Eleonore nicht daran, zu ihrem Mann zurückzukehren, der sie durch seine Beziehungen zu anderen Frauen, vor allem zu der »schönen Rosamunde«, Heldin vieler Gedichte und Erzählungen englischer Schriftsteller und Chronisten des 12. und 13. Jahrhunderts, so tief gekränkt hatte. Als Heinrich nichts von seiner Frau hörte, fiel er in ihr Land ein und begann, das Gebiet zwischen Tours und Poitiers zu verwüsten. Er hoffte, sie dadurch zur Kapitulation zu zwingen. Doch Eleonore hatte Poitiers längst heimlich verlassen und befand sich auf dem Weg nach Norden, um am Hofe des französischen Königs, ihres ersten Mannes, um Asyl zu bitten. Auf dem Wege dorthin aber wurden sie und ihre kleine Gefolgschaft von einer Truppe Heinrichs II. überrascht und gefangengenommen. Zu ihrem großen Erstaunen erkannten die Offiziere aus Heinrichs Heer unter den gefangenen Poitevanern Königin Eleonore in Männerkleidern. Sie wurde sofort auf die Burg Chinon gebracht und sechs Monate später, im Juli 1174, im Hafen von Barfleur eingeschifft mit

Ziel England, wo sie die nächsten Jahre, bis zur Thronbesteigung ihres Sohnes Richard, mehr oder minder als Gefangene leben mußte. Genau 20 Jahre vor diesem Juli 1174 hatte die junge Eleonore im selben Hafen auch ein Schiff bestiegen, damals an der Seite ihres Mannes Heinrich. Damals hatten Heinrich und sie bei Sturm und gewaltigen Wellen das Meer in Richtung England überquert, um in der Kathedrale von Westminster die englische Krone entgegenzunehmen. Nun kehrte sie wieder nach England zurück, aber als Gefangene jenes Mannes, dem sie einst mit allen Kräften geholfen hatte, aus den Trümmern eines zersplitterten Reiches ein starkes, einiges Königreich zu errichten.

Hedwig von Schlesien
Die Patronin der Versöhnung

von Klaus Klöckner

»Diese Hedwig stammt ab von hohen Ahnen, von solchen, die Länder regiert haben und berühmt waren durch ihre große Macht. Und sie konnte wirklich zurückschauen auf einen Stammbaum, auf den sie ohne einen Schein von Überheblichkeit stolz sein durfte, hätte es gegolten, sich vor der Welt und den Menschen seiner zu rühmen.« So berichtet es die »Legende« vom Jahre 1300, eine Lebensbeschreibung, der ein hoher Grad von Zuverlässigkeit beizumessen ist. Sie geht zurück auf den Bericht eines Mönchs, der etwa vier Jahrzehnte vorher zusammengetragen hatte, was man von dieser Frau wußte, die »heiliggesprochen« werden sollte, und das hieß: zum Vorbild gesetzt für die Christen aller künftigen Zeiten.
Vorbild warum und wofür? Den Menschen jener Zeit, die man später das »Mittelalter« nannte, wäre diese Frage unverständlich erschienen: Sie vertrauten der Autorität der Kirche, die aus dem Munde des Papstes sprach, der Hedwig am 27. März 1267 in der italienischen Stadt Viterbo zur »Heiligen« erklärte. Die Urkunde sagt in der feierlichen Sprache der Kirche: »Es soll ans Licht gestellt und Kunde davon gegeben werden, wer sie sei, auf daß nicht vom Nebel menschlicher Unwissenheit die Kenntnis von ihr verhüllt werde und ihr der Lobpreis versagt bleibe, mit dem sie um ihrer Verdienste willen allerseits in allen Regionen der Erde erhoben werden soll.«
Um welcher Verdienste willen? War sie nicht belohnt genug durch Herkunft, Reichtum, Anteil an der Macht? Durch die Fülle der Möglichkeiten, die ihr das Fürstenleben bot? »Von hohen Ahnen« in der Tat. Mächtige Fürstengeschlechter waren es, auf seiten der Mutter die Wettiner, auf Vatersseite die Grafen auf Andechs am Ammersee, die im Südosten des Deutschen Reiches gewaltige Besitztümer hatten und mit »aller Welt« verwandt oder verschwägert waren. Aus den Titeln, die Hedwigs Geschwister später trugen, läßt sich einiges davon ablesen. Vier Brüder: Otto, Herzog von Meran, Pfalzgraf von Bur-

gund; Heinrich, Markgraf von Istrien; Ekbert, Bischof von Bamberg; Berthold, Patriarch von Aquileja – auch Bischofsämter, die man den jüngeren Söhnen verschaffte, bedeuteten Macht. Vier Schwestern: Eine, deren Name nicht bekannt ist, war mit einem serbischen Fürsten verheiratet; Agnes, Königin von Frankreich; Gertrud, Königin von Ungarn; Mechtild, Äbtissin des Benediktinerinnenklosters in Kitzingen – unverheiratet gebliebenen Töchtern verschaffte man die Stellung einer Äbtissin. Kurz: grenzenlos Ansehen, Macht, Beziehungen. Die Kehrseiten dieser glänzenden Münzen waren in Kauf zu nehmen: Gertrud, im Volke verhaßt, wurde ermordet; Agnes' Ehe wurde für ungültig erklärt, der König hatte ihretwegen seine erste Frau verstoßen. Ehepolitik konnte scheitern.

Auch Hedwig, die um 1175 als achtes Kind zur Welt kam und etwa vom fünften Lebensjahr an zur Erziehung in das fränkische Kloster Kitzingen kam, sollte, so sah es aus, zu einer Figur auf dem Schachbrett der Machtpolitik werden. Es war üblich, daß die Mächtigen ihre Kinder früh einander verlobten, und Mädchen wurden mit zwölf, Jungen mit vierzehn Jahren rechtsfähig.

Hedwig wurde als Zwölfjährige mit dem Sohn des polnischen Herzogs Boleslaw I. vermählt. Heinrich, ihr Mann, war etwa sechs Jahre älter und wurde 1201 Herzog von Schlesien. Hedwigs Großvater und Heinrichs Vater waren alte Waffengefährten, kannten sich von Barbarossas Feldzügen in Italien her. 30 000 Mark Silber waren die Mitgift, eine Summe, die heute in – wer weiß wie viele? – Millionen zu übersetzen wäre.

Die »Legende« berichtet später: »So wurde sie im zarten Alter... mit dem mächtigen Herzog Heinrich von Schlesien und Polen vermählt. Diesen hochgesinnten Mann nahm sie... in der Furcht des Herrn und nicht aus Begierlichkeit zum Ehegemahl. Man sagte überhaupt, daß sie bei dieser Eheschließung mehr den Willen der Eltern als ihren eigenen erfüllt habe.« Diese Sätze zeigen, in welcher Absicht sie geschrieben wurden: Gehorsam vor Gott und den Eltern, Pflichterfüllung, nicht persönliche Neigung – das galt als Weg zu einem gottgefälligen, reich gesegneten Leben: zur Heiligkeit.

Aber zunächst war es für die Ehefrau, die fast noch ein Kind war und dann mit vierzehn schon Mutter wurde, der schwere Weg in die Fremde. Zwar wurde sie von vertrauten Menschen begleitet und von der neuen Familie »heimgeholt«, doch in immer weitere Ferne entschwand die Heimat: Unbekanntes Land umgab sie, das unwirtlich erschien, kaum besiedelt war; fast nur noch fremde Laute drangen an ihr Ohr. Dabei hatte Hedwig Glück, bedenkt man, wie diese Ehe zustande gekommen war. Heinrich war ein umgänglicher Mann, der seine Frau liebgewann und ihr viel persönliche Freiheit einräumte, das war keineswegs selbstverständlich. Und alles spricht dafür, daß Hedwig Einfluß gewann: auf das Klima des Umgangs bei Hofe und manchmal wohl auch auf politische Entscheidungen. Anteil an der Macht hatten Frauen nur in seltenen Ausnahmefällen.

Heinrich I. war ein zielstrebiger, umsichtiger Fürst, der auf wirtschaftliche und militärische Stärke bedacht war; in drei Jahrzehnten weitete er seine Herrschaft beträchtlich aus. Den Untertanen erschien er gerecht und »leutselig«, also nicht anmaßend enthoben. Die Frau an seiner Seite setzte sich in den Bereichen durch, in denen sie ihr Lebensideal fürstlicher Mildtätigkeit verwirklichen konnte. Die »Legende« der späteren Heiligen sieht darin fast ihre ganze Tätigkeit, in den »Werken der Barmherzigkeit«: Hungrige speisen, Durstige tränken, Nackte bekleiden, Fremde beherbergen, Kranke pflegen, Gefangene besuchen, Trauernde trösten, Tote bestatten. Mit anderen Worten: für sich selbst anspruchslos sein, für andere, die es nötig haben, alles tun. Kein Zweifel, daß Herzogin Hedwig darin vorbildlich war. Sie lernte die polnische Sprache und hatte Umgang mit den – nach damaliger Rangordnung – »Niedrigsten«. Alle Mittel, über die sie verfügen konnte oder die sie darüber hinaus von ihrem Manne erbat, gab sie aus, um Bedürftigen zu helfen. Selbst Gegner des Herzogs soll sie im Gefängnis besucht, sogar die Freiheit für sie erbeten und schon Verurteilte gerettet haben. So konnte sie in manchen Fällen mildern, was der barbarische Rechtsvollzug der damaligen Zeit anrichtete.

»Beweisen« durch verbürgte Urkunden läßt sich das nicht, aber es gibt keinen Grund, daran zu zweifeln: Die Berichte über Hedwigs segensreiches Wirken, die schon bald nach ihrem Tode zusammengetragen wurden, sprechen eine deutliche Sprache. Da erscheint es dann nicht so wichtig, ob etwa die folgende Episode, die für Hedwigs Frömmigkeit und ihre Hinwendung zu den »Niedrigsten« spricht, sich in jeder Einzelheit so zugetragen hat: Sie hatte »unter den Dienerinnen eine Wäscherin, die schon bei Jahren war, die das Vaterunser überhaupt nicht beten konnte; dieser brachte sie das Vaterunser mit solchem Eifer bei, daß sie dieselbe nicht einmal zur Nachtzeit durch volle zehn Wochen hindurch entließ, sondern sie neben ihrem Lager in ihrem eigenen Schlafzimmer verweilen und ruhen ließ, damit sie die Sätze des heiligen Gebetes, die sie ihr am Tage vorbuchstabiert hatte, in der Nacht bisweilen wiederholen konnte, um sie so dem Gedächtnis besser einzuprägen.«

Trauernde trösten: Dieses Werk der Barmherzigkeit hat Hedwig selbst oft genug bitter nötig gehabt. Von den sieben Kindern, die sie im Laufe eines Jahrzehnts gebar, sind fünf sehr früh gestorben, und nur ihre Tochter Gertrud lebte länger als sie. Tote zu bestatten war ihr ständiges Los. Noch zwei Jahre vor ihrem eigenen Tod verlor sie ihren Sohn Heinrich, der 1238 nach des Vaters Tod die Herzogwürde erlangt hatte.

Im Jahre 1241 drangen die Mongolen über Rußland nach Westen vor und fielen auch in Polen ein, »das sie größtenteils verheerten und ausplünderten«, berichtet eine alte Chronik. »Herzog Heinrich von Schlesien, der sich ihnen mit noch einem Herzog in tapferem Kampfe stellte, wurde bei Liegnitz besiegt, beide Herzöge und viele tapfere Ritter fielen, die Tataren schnitten Herzog Heinrich den Kopf ab und nahmen ihn mit.« Es waren nicht nur Fürsten und Ritter, auch Bauern, Bürger, Bergleute – polnische, deutsche und böhmische. Es wird berichtet, daß Hedwig selbst den verstümmelten und der Kleider

Hedwig von Schlesien

Hedwig von Schlesien wurde um 1175 als Tochter Bertholds IV., Grafen auf Andechs am Ammersee, geboren und ab ihrem 5. Lebensjahr im Benediktinerinnen-Kloster Kitzingen erzogen. Als 12jährige wurde sie mit dem späteren Herzog Heinrich I. von Schlesien (1201–38) vermählt. Von ihren sieben Kindern – das erste gebar sie mit 14 Jahren – wuchsen nur zwei heran: Heinrich (später Heinrich II., genannt der Fromme, 1238–41) und Gertrud (später Äbtissin des 1202 von ihrem Vater gegründeten Klosters Trebnitz).

Als hochangesehene »Landesmutter« übte sie eine unablässige karitative Tätigkeit aus. Auch politisch war sie nicht ohne Einfluß, besonders im Zusammenhang mit der großangelegten Siedlungspolitik. 1229 befreite Hedwig durch eine persönliche, friedliche Aktion ihren Mann aus der Gefangenschaft Konrads von Masowien.

1241 starb ihr Sohn Heinrich II. in der Schlacht gegen die Mongolen bei Liegnitz. In den letzten Jahren lebte sie im Kloster von Trebnitz, ohne selbst in den Orden eingetreten zu sein. Dort starb sie auch am 14. oder 15. Oktober 1243. 1267 wurde Hedwig von Schlesien heiliggesprochen. Seither wird sie als »Patronin Schlesiens« verehrt.

beraubten Leichnam ihres Sohnes heimgeholt hat von der Walstatt des Grauens. Nicht nur persönliches Leid war damit besiegelt, die Zukunft des Landes war in Frage gestellt. Die Mongolen, obwohl siegreich, zogen sich wieder zurück in die Steppen Asiens – aber das Land, in dem Hedwig über ein halbes Jahrhundert segensreich gewirkt hatte, lag verwüstet.

Das Großreich, das Vater und Sohn geschaffen hatten, Heinrich der Bärtige und Heinrich der Fromme, zerfiel im Bruderkrieg der Enkel in die drei Herzogtümer Liegnitz, Breslau und Glogau. Doch die Fundamente waren fest genug für den Wiederaufbau, für den Fortgang bäuerlichen und bürgerlichen Lebens, kirchlicher und weltlicher Kultur. Es war die Fortführung eines großartigen Siedlungswerks, das schon unter Hedwigs Schwiegervater begonnen und in der Mitte des 13. Jahrhunderts seinen Höhepunkt erreicht hatte. Keine »Germanisierung«, wie später behauptet wurde, solche Vorstellungen waren dem Mittelalter fremd.

Den polnischen Fürsten ging es um neue, ertragbringende Formen in Wirtschaft und Verfassung, um Ausbau des Landes, kulturellen Fortschritt im weitesten Sinne. Unbebautes Land wurde an Siedler vergeben, die dafür Abgaben entrichteten, Dienste leisteten und das Land notfalls verteidigten. Städte wurden gegründet, Handwerker und Kaufleute kamen. Oder man versah vorhandene Städte mit neuen Stadtrechten: »Damit eueren Bürgern künftig kein Schade geschehe, übergeben wir euch ... einige Rechtssätze unserer Stadt«, schrieben 1213 selbstbewußt »Richter, Schöffen und Bürgerschaft von Magdeburg ... dem edlen Herrn Heinrich, Herzog in Polen« auf dessen Bitte hin, ein Beispiel für viele. Vorzüge dieses »deutschen Rechts« waren persönliche Freiheit, festgelegter Zins und andere feste Gebühren, Selbstverwaltung, ordentliches Gerichtswesen und anderes. »Die Anlage ... eines deutschen Ortes geschah regelmäßig nach derselben Art und Weise. Fürsten oder Grundherren machten Verträge mit einem Unternehmer (Locator). Er hatte die deutsche Stadt oder Bauernschaft einzurichten. Dafür wurde er selbst Vogt oder Schulze des Dorfes« (Gustav Freytag). Wirtschaftlicher Aufschwung und rascher Anstieg der Bevölkerung waren sichtbare Folgen dieser zielstrebigen Siedlungspolitik.

Untrennbar damit verbunden war die Gründung von Klöstern, in denen die Regel des Benedikt – »Bete und arbeite!« – für ein Zusammenwirken von geistiger und materieller Kultur sorgte. Die Stiftungs-

urkunde für das Kloster Leubus im schlesischen Polen markiert den Anfang. Darin wird den aus dem Kloster Pforta an der Saale herbeigerufenen Zisterziensern »die Unantastbarkeit der Zehnten von seinen Ländern und Leuten, seinem Zugvieh und seinem Kleinvieh bestätigt«. Das war im Jahre 1175, das man als Geburtsjahr Hedwigs ansieht, die dann 27 Jahre später mit Zisterzienserinnen aus Bamberg in Trebnitz das erste Frauenkloster begründen half, dessen zweite Äbtissin dann ihre Tochter Gertrud wurde. Deutsche und Polinnen wirkten zusammen in diesem »Mutterkloster« für den osteuropäischen Raum.
So hängt das alles zusammen. Das Bild der heiligen Hedwig, die »ohne Zeichen und Zier im härenen Gewande« unbeschuht einherging, ist nur Teil einer größeren Wahrheit, die asketische Seite dieser vielseitigen Frau. Und Sorge für Notleidende galt damals als Pflicht derer, die man »Landesmütter« nannte. Etwas ganz Besonderes war es dann aber, wenn eine Fürstin tatkräftig zupackte und wirkliche Seelsorge leistete. Darin hat auch das Beispiel ihrer Nichte, der Elisabeth von Thüringen, auf Hedwig eingewirkt. Aber Hedwig war darüber hinaus eine selbständig denkende und handelnde Frau. Obwohl sie zuletzt wie eine Nonne lebte, in »ihrem« Kloster Trebnitz, trat sie nicht in den Orden ein. Sie wollte nicht besitzlos sein, sondern ihr Witwengut einsetzen für den Dienst an Bedürftigen.
Tapferkeit und Tatkraft, Liebe und Dienstbereitschaft – das gehörte zusammen bei dieser Frau, von der es dann hieß, als man sie heiligsprach: »... in einer Zeit, in der diese Welt zum Abend neigt«, habe sich »wie eine unschätzbare Perle ein starkes Weib gefunden, deren festes Seelenbollwerk unerschütterlich standgehalten hat«. Nicht »Frau« steht da, das hieß damals Herrin, sondern »Weib«, und das hieß Frau. Vielleicht kann man, was sie bewirkt hat, heute in einen Begriff fassen: Sie wollte Frieden bringen. Daß sie von Polen und Deutschen gleichermaßen verehrt wurde – und wird –, könnte ein Zeichen sein. In der einzigen erhaltenen Urkunde, die Hedwig selbst ausstellen ließ, heißt es: »Hadwigis ducissima Zslesie« – Herzogin Schlesiens. Eine Fürstin, die höfisch auftreten konnte, nüchtern dachte, praktisch handelte und sogar politisch eingriff. Als 1229 zwei führende Piasten-Fürsten um die Nachfolge im Herzogtum Krakau kämpften, siegte Heinrich, wurde aber von Konrad von Masowien überlistet und entführt. Sohn Heinrich und der schlesische Adel planten einen Feldzug zur Befreiung. Dem kam Hedwig zuvor: Sie nahm, über 50 Jahre alt, eine weite, beschwerliche Reise auf sich und stiftete Frieden – nach

Art der Zeit: Zwei ihrer Enkeltöchter wurden mit Söhnen Konrads verlobt.
Vom Kloster Jasna Gora aus, das ist heute Polens bedeutendster Wallfahrtsort, richtete Papst Johannes Paul II. 1979 »ein besonderes Grußwort an das Heiligtum der heiligen Hedwig in Trebnitz«: als »Ehrenbezeugung für die Heilige, die die Patronin für die Versöhnung zwischen den benachbarten Völkern« sei. Dieser Vision ist Wirklichkeit zu wünschen.

Katharina von Siena
Mahnerin der Mächtigen

von Ernst Knoll

Nur dreiunddreißig Jahre dauerte das Leben der Katharina Benincasa – welch spannungsgeladenes Charakterbild tritt uns entgegen. Immer kränkelnd, war sie doch mit einer fast unerschöpflichen Energie tätig. Weder im Aussehen noch im Umgang galt sie als sympathische Frau, doch faszinierte sie die Volksscharen, die ihr nachliefen und ihr die Hände küßten. Der Drang zur Einsamkeit, zum Gebet in der Stille hinderte sie nicht, gegen die Mächtigen ihrer Zeit aufzustehen und für die Geringen einzutreten. Ein harmonisches Leben begegnet uns hier nicht, vielmehr werden wir mit einer Kraft konfrontiert, die sich aus der Schwachheit und Brüchigkeit der menschlichen Natur entfalten konnte, weil sich ein Mensch der Führung Gottes öffnete. 1973 erklärte Papst Paul VI. Katharina von Siena zur Kirchenlehrerin; eine Frau, die kaum schreiben konnte und ein Leben lang heftig umstritten war, wird in den Kreis der dreißig Theologen und Wissenschaftler aufgenommen, die diesen Titel tragen.

Katharina wurde mit einer Zwillingsschwester 1347 als fünfundzwanzigstes Kind des Färbers Giacomo Benincasa und seiner temperamentvollen Frau Lapa in Siena geboren. Sehr früh kam sie mit dem Wirken der Dominikaner in Berührung. Als sechsjährige »sah« sie Christus: Es war der Anfang einer geheimnisvollen, immer wieder erfahrenen Verbindung mit Jesus, in der sie – mit allen Seligkeiten und Schrecken – auf den Grund der Dinge schauen durfte. Fast noch ein Kind, schloß sie sich den Bußschwestern des heiligen Dominikus an, den Mantellaten, die sich mit Krankenpflege und Sozialarbeit befaßten. Für drei Jahre zog sie sich in die Einsamkeit ihrer Zelle zurück. Katharina war neunzehn, als sie in einem mystischen Erlebnis erfährt, wie sich Christus mit ihr vermählt. An ihrem Finger sieht sie einen geheimnisvollen Ring, dessen Schönheit sie überwältigt und der die Worte Christi an sie bekräftigt: »Meine Tochter, was ich dir mit liebender Sorge zu tun auftrage, das vollbringe zuversichtlich

und ohne Zaudern. Jetzt nämlich stählt dich die Kraft des Glaubens. Was dir widersteht, wirst du überwinden!« So schreibt Raimund von Capua in ihrer Biographie. Mit diesem Ereignis beginnt die große Wende in diesem Leben: Nunmehr wird Katharina mit allen Mitteln für eine Politik der Versöhnung und für die Reform der Kirche wirken.
Katharinas Heimat war zerrissen von den Fehden der aufstrebenden Städte. Die führenden Familien waren zerstritten, die kleinen Territorien erhoben sich gegen den mächtigen Kirchenstaat. Der Kampfruf signalisiert die Gefahr der Spaltung: »Tod den Hirten der Kirche im Namen Gottes und der Heiligen!« Der innere Zustand der Kirche war erschreckend. Seit 1309 befand sich der päpstliche Hof in Avignon, der Einfluß des französischen Königs nahm zu, bald war die Mehrzahl der Kardinäle Franzosen. Im Papst sah man nicht mehr den religiösen Führer, vielmehr einen politischen Herrscher, der im Kampf um politische Ziele ähnlich skrupellos vorging wie andere Herrscher auch. Am Hof des deutschen Kaisers Ludwig des Bayern schrieben Marsilius von Padua und Wilhelm von Occam gegen das Papsttum. Der Bann über Ludwig veranlaßte die deutschen Fürsten zu antipäpstlichen Erklärungen. Als 1291 Akkon fiel, war die einigende Idee des Kreuzzugsgedankens für Europa zerstört. Der geistliche Stand war für viele Gläubige ein Ärgernis geworden. Katharina schrieb von Prälaten, »die nach nichts anderem trachten als nach Essen, schönen Palästen und großen Pferden«. Die Bettelorden der Franziskaner und Dominikaner, hundert Jahre vorher gegründet, um den Geist der Urkirche wieder zu beleben, waren selbst der Verweltlichung verfallen und bekämpften sich gegenseitig. Freilich gab es eine Hoffnung: Eine neue Gottes- und Christuserfahrung war in der Mystik spürbar geworden, eine glühende Christusliebe, die sich in der Sorge für die Kirche ausdrückte und die in Zeitgenossen Katharinas Ausdruck fand: Tauler, Seuse, Birgitta von Schweden, Gert Groote, dem Verfasser der »Nachfolge Christi«.
Das öffentliche Leben Katharinas, besonders die letzten zehn Jahre, waren ein unruhiges Wanderleben. »Pace, pace«, war ihre Losung. 1374 war für Siena ein schreckliches Pestjahr. Katharinas Beispiel der Krankenpflege ermunterte viele zum Helfen und zum Durchhalten. 1375 glaubte sie, nach dem Empfang der Kommunion die Wundmale Christi empfangen zu haben. 1376 zieht sie mit zwanzig Anhängern nach Avignon zu Papst Gregor XI. Schon früher hatte sie ihn mit ein-

dringlichen und energischen Briefen zur Rückkehr nach Rom gemahnt. »Auf denn, Vater! Verweilt nicht länger. Achtet auf keinen Widerspruch, den Ihr etwa erfahrt, sondern kommt wie ein mannhafter Mann und ohne jegliche Furcht. Und hütet Euch, so lieb Euch das Leben ist, mit einem kriegerischen Heer zurückzukehren, sondern kommt mit dem Kreuz in der Hand wie das sanftmütige Lamm. So handelnd werdet Ihr Gottes Willen erfüllen; aber wenn Ihr auf andere Weise kommt, werdet Ihr ihn übertreten und ihn nicht erfüllen. Freut Euch, Vater und frohlockt! Kommt, kommt!« Auch die Gespräche mit dem Papst sind eindeutig. Raimund, der als Dolmetscher fungierte – der Papst sprach lateinisch, Katharina in ihrer toskanischen Mundart –, berichtet von dem Freimut dieser Gespräche und zitiert einen Ausspruch Katharinas: »Ich bin furchtlos, da es um die Ehre des allmächtigen Gottes geht, daß die Sünden des päpstlichen Hofes bis nach Siena stinken, von wo ich herkomme und mir noch mehr Ekel einjagen als den Leuten hier, die sich mit ihnen besudelt haben und sich noch jeden Tag weiter besudeln.« Ist es verwunderlich, daß man von Katharina in Avignon als dem »Schrecken« sprach? Als Kind ihrer Zeit sah sie in einem Kreuzzug den Weg, die Christen miteinander zu versöhnen. »Auf diese Weise, heiliger Vater, erreicht Ihr mit einem Schlage mehrere Vorteile: Ihr werdet den Christen, die nichts sehnlicher wünschen als ruhige Zeiten, Frieden geben, während diese in Sünde verstrickten Kriegsgesellen den inneren Frieden finden mögen. Seht Ihr das dreifache Glück, das uns ein Kreuzzug brächte? Friede für die Christen, Buße für die Landsknechte, Rettung vieler Sarazenen!« 1377 finden wir Katharina in Florenz, über das der

Katharina von Siena

Katharina war das 25. Kind des Wollfärbers Benincasa in Siena. Sie wurde 1347 geboren, schon mit dreizehn Jahren trat sie in ein Kloster des 3. Ordens der Dominikaner ein. Bis zur Aufopferung betreute sie in Siena Arme und Kranke. Schon bald erlangte sie hohes Ansehen durch ihre Visionen, und das einfache Mädchen stieg auf zu einer geistigen Führerin der Großen ihrer Zeit. Der Papst und geistliche wie weltliche Fürsten suchten ihren Rat. Sie führte Friedensverhandlungen und bewegte Papst Gregor XI. zur Rückkehr von Avignon nach Rom. Verzehrt von ihrem Eifer, ihren schweren Aufgaben und ihrer Askese, starb sie – erst 33 Jahre alt – am 29.4.1380 in Rom.

Papst das Interdikt verhängt hatte. In ihrer Mittlerrolle wird sie von keiner Seite ganz angenommen, der Pöbel bedroht sie mit dem Tod.
1377 war Gregor XI. nach Rom zurückgekehrt; enttäuscht wollte er ein Jahr später die Stadt wieder verlassen. Da starb er, und nun mußte nach mehr als siebzig Jahren wieder ein Konklave in Rom abgehalten werden. Da elf von den sechzehn Kardinälen Franzosen waren, schien das Ergebnis schon festzustehen. Doch unter dem schweren Druck bewaffneter Horden wählten die Kardinäle den Erzbischof von Bari zum Papst, der sich Urban VI. nannte. Drei Monate später verließen die elf französischen Kardinäle und der einzige Spanier Rom trotz ihres Treueides, erklärten die Wahl Urbans für ungültig und wählten Robert von Genf zum Papst. Er nannte sich Klemens VII. und nahm seinen Sitz in Avignon. Auch die italienischen Kardinäle traten zu Klemens über. Die Kirche hatte zwei Päpste, das Schisma war perfekt. Die ganze Christenheit brach in zwei Gefolgschaften auseinander. Katharina hatte in Urban einen Reformpapst erhofft, sie warb für ihn und kam auf seinen Wunsch von Siena nach Rom. Sie schlug vor, einen Rat (consilium) aus frommen, erprobten, reformfreudigen Männern zu bilden. Wieder blieb der Versuch in den Anfängen stecken, die politischen Kräfte verhinderten eine Lösung des unheilvollen Konflikts.
Im Frühjahr 1380 brach Katharina in St. Peter zusammen. Acht Wochen lang lag sie unbeweglich unter großen Schmerzen. Mit den Worten »Vater, in deine Hände, befehle ich meine Seele und meinen Geist« starb sie.
Ihre zielbewußte Art und ihr leidenschaftlicher Charakter spiegeln sich in den rund 380 Briefen wieder, die sie als Schriftstellerin von Rang ausweisen. Die meisten Briefe sind mit Hilfe von Schreibern verfaßt, doch sind Stil und Formulierungen von ihrer Eigenart geprägt. Im Lauf der Zeit hatte sie Freude am Schreiben bzw. Diktieren gefunden, so daß sie einmal schrieb: »Gott ließ mich meine Schmerzen durch das Schreiben vergessen.« Ihre temperamentvolle Sprache klingt nach, wenn sie an den Papst schreibt: »Helft, Babbo (Väterchen), daß es nie wieder Krieg gibt!« An die drei italienischen Kardinäle, die schismatisch geworden waren: »Ihr Dummköpfe, die ihr einen tausendfachen Tod verdient!« An einige Mönche, die sich weigerten, wegen eines Auftrags ihr Kloster zu verlassen: »Wie schwach ist der mit dem Geist verbunden, der diesen Geist wegen eines Ortswechsels verliert!« Welches Bild Katharina von der Welt

und dem Menschen hatte, die Synthese ihres gläubigen Verständnisses von Gott, dem Menschen und der Welt kann man im »Dialog«, dem Zwiegespräch sehen. Ein Mensch richtet vier Bitten an Gott, er möge in vier Notlagen Barmherzigkeit üben. Gott antwortet und zeigt dem Bittenden, wie er für alles in unbeirrbarer Güte sorgt. Die einprägsame und bildreiche Sprache zeigt, in welche Gefühlstiefen die Mystik hinabreichte und welche Innigkeit der Gefühle aufbrach.
Katharina war zu ihren Lebzeiten umstritten. Von vielen als Heilige verehrt, von anderen als Betrügerin angeklagt, mußte sie sich 1374 vor dem Generalkapitel der Dominikaner verantworten. Gerechtfertigt konnte sie weiter ihrer prophetischen Sendung nachgehen: Befreiung der Kirche aus der Verweltlichung, Abwendung aller in der Kirche von Habsucht, Genußsucht, Herrschsucht und Ehrsucht. Hier liegt der Schlüssel zu ihrem Verständnis. »Im Auftrag des Gekreuzigten« versteht sie ihr Handeln. Obwohl die äußere Gestalt der Kirche zum Ärgernis werden konnte, zerbrach Katharina daran nicht; sie litt um die Kirche, die »blaß geworden« war, bei der die »Farbe des gesunden Lebens aus dem Antlitz gewichen« war. Diese Farbe wollte sie ihr zurückgeben durch die sittliche und religiöse Erneuerung. So predigte sie nicht die Trennung von der Kirche, sondern die Umkehr und Buße in der Kirche, damit eine »freie Kirche« komme. Für dieses Ziel kämpfte sie mit aller Leidenschaft, und es ist nicht verwunderlich, daß dabei die Gegensätze ihrer Person so deutlich werden. Katharina hat sich wohl selbst am besten charakterisiert: »Feuer ist mein Wesen.«

Jeanne d'Arc
Das Mädchen aus Domrémy

von Hermann Schreiber

Ihre Geschichte ist die schönste, die uns das wundergläubige Mittelalter erzählt, und darin liegt eine gewisse Gefahr: Man könnte beginnen, das Mädchen Jeanne um seiner Geschichte willen zu lieben und darüber vergessen, daß sie ja ein Stück französischer Wirklichkeit ist, und das bis auf den heutigen Tag ...

Das Haus, in dem sie zur Welt kam, gibt es noch. Es steht in dem Dorf Domrémy im heutigen Departement Vogesen, das mit seinen 270 Einwohnern heute kaum größer sein dürfte als in jenem Jahr, vermutlich 1411, an dessen Epiphaniastag (6. Januar) Monsieur d'Arc, dem einstigen Dorfschulzen, ein Mädchen geboren wurde, das Jeanne getauft und Jeanette gerufen wurde. Die Zeiten waren schwer, Frankreich von einem Bürgerkrieg heimgesucht, weil die Burgunder es mit den eingedrungenen Briten hielten, und der König noch nicht gekrönt, weil die alte Krönungsstadt Reims nicht in seiner Hand war. Diese Situation lernte Jeanne schon als Kind kennen, denn im Nachbardorf war man nicht so königstreu gesinnt wie in Domrémy und es gab oft Prügeleien unter der Dorfjugend. Jeanne selbst freilich blieb brav, war sehr fromm, sonderte sich hin und wieder ab, um zu beten und tat ihre Pflicht. Das Haus, aus dem sie stammte, war keineswegs arm, aber die Zeiten nötigten ebenso zur Bescheidenheit wie der dörfliche Zuschnitt des ganzen Lebens.

Im Alter von elf oder zwölf Jahren hörte Jeanne zum erstenmal das, was sie später, in dem großen Prozeß am Ende ihres kurzen Lebens, ebenso schlicht wie stolz »die Stimmen« nennen wird. Sie vernahm sie meist aus der Richtung des Kirchturms, verbunden mit dem Eindruck starken Lichtes und gelangte nach und nach zu der Überzeugung, daß es Gott sei, der ihr durch Engel, vor allem aber durch den Erzengel Michael, sagen lasse, was sie tun solle, um Frankreich aus seiner Bedrängnis und tiefen Not zu erretten.

Jahrelang scheint sie mit diesen Stimmen gelebt zu haben, die sie aus

der Vorpubertät, einer Phase besonderer Empfindsamkeit und Luzidität, bis zum eigentlichen Reifen der Weiblichkeit in ihr begleitet haben. Nicht wenige Menschen hatten und haben solche Erscheinungen, wissenschaftlich Halluzinationen genannt, ohne in ihrem Verstand, in ihrer Lebensführung, in ihrem Beruf dadurch behindert zu sein. Bei Jeanne jedoch kam hinzu, daß sie ein besonders tiefgläubiger Mensch war, ja daß auch um sie herum das Wunder als eine durchaus echte Realität empfunden wurde, in schweren Zeiten sogar erwartet wurde: Ganz Frankreich hoffte, und Jeanne d'Arc sollte diese Hoffnungen erfüllen.
Sieht man die Lebensgeschichte dieses außerordentlichen Mädchens kritisch, so ist das, was nun beginnt, ungleich wunderbarer als die sogenannten Stimmen. Denn es gelingt diesem Dorfkind – das nichts anderes gelernt hat, als ein paar Kernsätze aus dem Neuen Testament, ein paar Lieder und die Zahlen – aus Domrémy bis ins Schloß von Chinon an der Loire vorzudringen, wo der Dauphin, der ungekrönte Karl VII., Hof hält, während die Engländer ein paar Kilometer stromaufwärts seine wichtige Stadt Orléans berennen. Und eben, weil dies so wunderbar und beinahe undenkbar ist in einer Zeit der unsicheren Straßen, der Marodereiter, der Adelsgleichgültigkeit gegenüber dem kleinen Volk, eben darum hat hier die Skepsis moderner Kritiker angesetzt und die Meinung vertreten, so könne es nicht gewesen sein: Jeanne-Johanna müsse von hoher Geburt gewesen sein, man habe sie, die ritterlich Erzogene, in äußerster Not zur Retterin Frankreichs aufgebaut, und ihr Auftauchen aus dem lothringischen Land, ihre Kostümierung als naiv-fromme Hirtin, seien nichts anderes als Teile einer geschickten und schließlich auch erfolgreichen Inszenierung.
Aber: ist Geschichte auch Wirklichkeit, so schließt sie das Überraschende, Sonderbare, Verblüffende darum doch nicht aus. Vor allem dann nicht, wenn ein ganzes Zeitalter, ein ganzes Volk und natürlich auch seine großen Herren an die Wunder der Religion, die bösen Taten des Teufels und die Existenz von Feen, Dämonen und anderen Zwischenwesen glauben. Karl VII., dem man das Mädchen im Rahmen einer großen Audienz auf Schloß Chinon vorstellt, zaudert zunächst, wittert dann aber die Chance, so wie sie schon der alte und kranke Herzog von Lothringen witterte, der im Februar 1429 die junge Jeanne in Nancy empfing und sich von ihrer reinen und gläubigen Gegenwart wohl Heilung erhofft hatte. Karl VII. ist kein sehr

selbstbewußter Herrscher; Unsicherheit und Ängste prägen vor allem seine jungen Jahre, sein Vater ist im Wahnsinn gestorben. Es liegt nahe, daß dieser junge Mann, der in schweren Zeiten auf einen gefährdeten Thron gelangte, sich sagt, daß er nichts zu verlieren, aber alles zu gewinnen habe, und daß es vielleicht wirklich höhere Mächte seien, die ihm diese wie unter einem Zwang, ja mit seherischer Sicherheit auftretende Maid aus Lothringen schickten.

Wenn er Jeanne dennoch eingehend prüfen ließ – durch Damen des Hofes und durch gelehrte Prälaten zu Poitiers – so geschah dies nicht, weil er an ihren besonderen Fähigkeiten, ja Kräften zweifelte, sondern um zu erfahren, ob es sich dabei um Gutes oder Böses handle. Daß etwas Besonderes an ihr sei, das hatten alle, die Jeanne bei jener ersten Audienz in Chinon erlebten, sogleich eingesehen und nie mehr bezweifelt.

La Pucelle, die Jungfrau, wie Jeanne fortan für den König und die ganze Armee heißt, erhält eine eigens geschmiedete Rüstung und sogar ein Banner, was einer Adelserhebung gleichkommt. Adjutanten werden ihr beigegeben, und sie darf, wie sie es ungeduldig begehrt hat, mit einem Nachschubtrupp in die beinahe völlig eingeschlossene Stadt Orléans vordringen. Sie hat dabei einen der fähigsten Prinzen Frankreichs an der Seite, nämlich Jean, den Bastard von Orléans, natürlichen Sohn des Herzogs Ludwig von Orléans, den die Burgunder ermordet hatten. Wie so mancher natürliche Sohn hatte dieser gute Kämpfer Charakter und Güte genug, um sich herzlich der jungen Jeanne anzunehmen. Wir wissen nicht, ob er sie tatsächlich als eine Himmelsbotin ansah; sicher ist jedoch, daß er ihre Reinheit und Arglosigkeit erkannte, ihren Mut schätzte und zu zügeln versuchte und ihr das entgegenbrachte, was sie in der Stunde der Bewährung am meisten brauchte: eine aufrichtige Männerfreundschaft, denn als Mann wollte Jeanne unter Männern in den Kampf ziehen.

Diese Kämpfe um die Stadt Orléans waren entscheidend. Die Stadt im Süden von Paris und im Herzen Frankreichs beherrschte den Loire-Strom, der damals eine Hauptverkehrsader des Landes war und die Verbindung des ganzen inneren Frankreich zum Meer bildete. Orléans durfte nicht verlorengehen, und Jeanne, für die diese Stadt schon seit Monaten eine besondere Rolle spielte, hatte darum, noch ehe sie in Orléans eintraf, zwei Briefe an die Engländer diktiert. Mit jener schlichten Überzeugungskraft, die schon die Prüfer von

Poitiers verblüfft hatte, war sie den Briten zuleibe gerückt, hatte ihnen vorgeworfen, fremdes Land zu besetzen und ihnen die Vernichtung angedroht, würden sie sich nicht zurückziehen.
Im Kampf um Orléans erkannten die Engländer, daß dies keine leeren Worte waren. Obwohl Jeanne keine Truppenteile anführte und an Kommandeurskonferenzen nie teilnahm, beeinflußte sie das Kampfgeschehen durch ihre bloße Gegenwart. Durch Rüstung und Banner weithin kenntlich, nahm sie an den Aktionen gegen die britischen Befestigungen im Vorfeld von Orléans teil und riß durch ihr Beispiel in einem Fall die bereits ermatteten französischen Truppen zu neuem Angriffsschwung hin, so daß die Lage der Belagerer bald chancenlos wurde. Nach dem Verlust ihrer wichtigsten Bastionen hoben sie die Belagerung auf und zogen sich nach Westen zurück. Ein Tagesbefehl König Karls VII. hob hervor, daß es die persönliche Gegenwart der Jungfrau und ihre Tapferkeit in den Kämpfen gewesen sei, die seinen Truppen die besondere Siegeszuversicht eingegeben hätte. Für das Volk und die Soldaten war sie bereits in diesem Augenblick die heilige Retterin Frankreichs.
In den folgenden Wochen kam es, wie nicht selten nach einem großen Erfolg, zu gewissen Meinungsverschiedenheiten zwischen Jeanne und der Generalität. Als religiös bestimmte, ja wohl ekstatische Natur drängte die Jungfrau auf die große Zeremonie, die Königskrönung in Reims. Die Führer der Truppe hingegen wollten begreiflicherweise die Verwirrung ausnützen, die bei den Engländern eingetreten war, deren sieggewohnte Scharen nach den aufeinanderfolgenden Niederlagen im Raum Orléans aus dem ganzen Loire-

Jeanne d'Arc

Johanna, die »Jungfrau von Orléans«, wurde um 1412 im lothringischen Domrémy als Tochter eines Bauern geboren. Durch »Stimmen« fühlte sie sich berufen, Frankreich von den Engländern zu befreien. 1429 ging sie im Auftrag König Karls VII. zum französischen Heer, stärkte Moral und Siegeswillen der Truppen, befreite Orléans von englischer Belagerung und führte Karl VII. zur Krönung nach Reims. Durch Verrat wurde sie 1430 gefangengenommen und den Engländern ausgeliefert, die ihr in Rouen den kirchlichen Prozeß als Hexe und Ketzerin machen ließen. Der französische Hof half ihr nicht, sie wurde verurteilt und am 30.5.1431 auf dem Marktplatz von Rouen verbrannt.

Raum vertrieben werden sollten, womit der Weg in die Normandie und zur britischen Aufmarschbasis frei gewesen wäre.
Karl VII. war aus Chinon über Loches nach Tours gekommen, die heutige Hauptstadt des ganzen Gebietes, deren Loirebrücken schon in karolingischen Zeiten umkämpft gewesen waren. Trotz aller Herzlichkeit – Karl umarmte die Jungfrau vor aller Augen – blieb sie weiterhin von den Beratungen ausgeschlossen, was sie einmal zum gewaltsamen Eindringen in solch einen Kriegsrat nötigte. Es half jedoch nichts: Die militärischen Notwendigkeiten lagen auf der Hand, die Franzosen rückten gegen die letzten britischen Bastionen an beiden Loire-Ufern vor, und Jeanne, die wieder in vorderster Reihe mitkämpfte, bewies zugleich Unerschrockenheit und Menschlichkeit: Einen Gefangenen, den man so mißhandelt hatte, daß er tödliche Verletzungen davontrug, ließ sie, selbst von einem Steinwurf verletzt, unter Trostworten in ihrem Schoß sterben.
Dem tapferen Mädchen wurde die verdiente Ehre zuteil, als Karl endlich nach Troyes und über Châlons-sur-Marne nach Reims zog, wo er am 17. Juli 1429 gekrönt wurde. Jeanne d'Arc stand mit ihrem Banner neben dem Altar, vor allen Würdenträgern, ihr Vater durfte dem feierlichen Akt beiwohnen und empfing vom König für sich und sein Dorf Freiheit von allen Abgaben auf alle Zeit.
Diesen Tag darf man als den Höhepunkt in der kurzen und glanzvollen Karriere des Mädchens aus Domrémy bezeichnen, denn es zeigte sich, daß die Politik komplizierter war als der Krieg selbst, und daß Jeanne zwar den britischen Soldaten den Mut genommen hatte, daß sie aber außerstande gewesen war, ihren eigenen Herrn und König so zu wandeln, wie die Lage es erfordert hätte. Karl neigte zum Abwarten und zur Unschlüssigkeit; er ließ sich von dem intriganten Burgunderherzog mit leeren Versprechungen zu einem Waffenstillstand überreden, der den Engländern Gelegenheit gab, frische Truppen über den Kanal heranzubringen. Der kurze Augenblick französischer Überlegenheit war damit verstrichen, ohne – wie Jeanne es gewünscht hatte – entsprechend genützt zu werden. Und wenn auch der Wunsch des Königs begreiflich erscheint, zunächst Frieden im eigenen Land zu haben und durch eine Einigung mit Burgund den Rücken frei zu bekommen für die Auseinandersetzung mit den Briten, so erwies sich durch die folgenden Ereignisse doch, daß eine Achtzehnjährige aus einem lothringischen Dorf mit ihrem schlichten Hausverstand die Lage richtiger eingeschätzt hatte als der König.

Isabella I.
Königin eines geeinten Spanien

von Margarete von Schwarzkopf

Als Isabella, die später in die Annalen der Geschichtsschreibung als »die Katholische« eingehen sollte, im Jahre 1451 als Tochter des Königs von Kastilien und Leon geboren wurde, bot Spanien politisch gesehen ein trauriges Bild. Das Land war in mehrere kleinere Königtümer zersplittert, regiert meist von schwachen, dafür um so machtgierigeren Herrschern, bedroht im Westen von der aufstrebenden jungen Seemacht Portugal, im Norden vom mächtigen Frankreich, das sich ständig in die innerpolitischen Vorgänge an den Höfen von Navarra und Aragon einmischte, und im Süden noch immer besetzt von den Mauren, den Nachfahren der sarazenischen Eroberer.
Auch Isabellas Vater, König Johann II., war alles andere als ein kraftvoller, entschlossener Regent. Er wurde von seinem Günstling Alvaro da Luna beherrscht, der alle Fäden der Staatsgeschäfte fest in seiner Hand hielt. Ihm gelang es – und nicht Johann – die aufständischen Vettern des Königs zu bändigen und den Adel, der immer wieder gegen den schwachen Herrscher rebellierte, in seine Schranken zu verweisen. Zwei Jahre nach Isabellas Geburt wurde Alvaro gestürzt. 1454 bestieg Heinrich IV., ein Sohn Johanns, den Thron, doch die Hoffnungen, die das Volk in den freundlichen jungen Mann gesetzt hatte, erwiesen sich als Illusion. Heinrich war weichlich und wankelmütig, und selbst seine Frau, Johanna von Portugal, hielt es mit diesem Schwächling auf dem Königsthron nicht lange aus. Die Tochter, die aus der Ehe hervorging, war sehr wahrscheinlich das Kind von Johannas Günstling Beltran de la Cueva, weshalb das Mädchen auch allgemein Juana de Beltraneja genannt wurde.
Heinrich ahnte dies und setzte deshalb heimlich seine Schwester Isabella, ein ungemein intelligentes und schönes Mädchen, als seine Erbin ein. 1469 hatte das junge Mädchen, bekannt für seinen Eigensinn und seine Energie, in aller Stille – ohne daß Heinrich als ihr nächster Verwandter es erfuhr – den jungen Ferdinand von Aragon

geheiratet. Beide verband ein großes Ziel: Spanien zu einigen und das Christentum »von Küste zu Küste« zu tragen, also auch die islamischen Mauren endlich zu vertreiben. Was allen anderen spanischen Herrschern nicht gelungen war – ihnen, das schwor sich das junge Paar, sollte es gelingen.
Doch ehe sich Ferdinand und Isabella an die Realisierung ihres großen Traumes machen konnten, mußte Isabella erst um ihren kastilianischen Thron kämpfen. Denn Juana de Beltraneja, unterstützt vom portugiesischen König Alfonso V., erhob gleichfalls Ansprüche auf den Thron ihres »Vaters«. Es kam zu langen, blutigen Auseinandersetzungen, aus denen Isabella 1479 als Siegerin hervorging. Im selben Jahr bestieg Ferdinand als Ferdinand II. den Thron von Aragonien. Der erste Schritt zur Einigung Spaniens schien damit bereits vollzogen zu sein, denn die drei Länder, die hier unter einer Krone vereint wurden, waren die Kernlande Spaniens. Allerdings blieb die Verbindung zwischen Isabellas Erblanden und dem Gebiet ihres Mannes eher lose. Denn in beiden Königtümern wachten die Stände eifersüchtig über ihre Rechte und wollten sich nicht in einen großen Topf werfen lassen mit dem Adel des Nachbarstaates. Isabella blieb Kastiliens eigentliche Regentin. Mit viel Energie und eisernem Willen begann die Königin, die in rascher Folge Mutter dreier Töchter (ihre Tochter Johanna, später »die Wahnsinnige« genannt, war die Mutter Karls V.) und einen Sohn gebar, aus ihren beiden Ländern Kastilien und Leon eine Stätte der Kultur und der Gelehrsamkeit zu machen. Sie selbst galt als eine der klügsten Frauen ihrer Zeit. Vor allem aber war sie durchdrungen von der Religion. Sie überredete ihren Mann dazu, die berühmten Glaubensgerichte, die Inquisition, in Spanien einzuführen und ließ sich in allen religiösen Fragen von dem Mönch Torquemada beraten. Die Inquisition uferte alsbald aus und wurde zum meistgehaßten Instrument der Kirche. Der Schaden allerdings, den zum Beispiel die Bekehrungsversuche und spätere Vertreibung der Juden für die Wirtschaft und das Geistesleben Spaniens anrichtete, war nie wiedergutzumachen. Isabella mag in bestem Glauben und Wissen gehandelt haben – doch hat sie, die an sich als eine gütige, weise und liebevolle Herrscherin galt, damit schwere Schuld auf sich geladen.
Ferdinand war auf einige Jahre hin beschäftigt, seine Erbansprüche auf italienischem Boden geltend zu machen, wo seine Vorfahren das Königtum Neapel zu ihrem Besitz gezählt hatten. Während er sich

auf die Erfüllung seiner Ansprüche konzentrierte, holte Isabella zum Schlag gegen den Süden aus – gegen die Mauren. Hier, im maurischen Gebiet – heute etwa die Gegend Andalusiens – regierte das Geschlecht der Nasriden, berühmt für ihr Mäzenatentum. Granada, ihre Hauptstadt, galt als eine Stätte von Kultur und Wissenschaft und als eine der schönsten Städte Europas. Unter Jusuf I. (1333 bis 1354) hatten die besten Baumeister des Orients mit der Errichtung der Alhambra begonnen, und am Hofe seines Sohnes Muhammed V. lebte der größte arabische Historiker Ibn Chaldun. Berühmt auch waren die maurischen Ärzte, deren Heilverfahren denen ihrer christlichen Kollegen im Abendland um einiges überlegen schienen.

Im Jahre 1481 marschierten Isabellas Truppen im Maurengebiet ein. Isabella schwor beim Anblick der trutzigen Festungsmauern Granadas, sie werde ihre »Unterkleider erst dann wieder wechseln, wenn diese Feste gefallen sei«. Seither heißt die Farbmischung gelb-beige-weiß nur noch »isabellenfarben«, denn mit den Jahren – und der Kampf um Granada zog sich bis zum Frühjahr 1492 hin – verfärbte sich das einst blütenweiße Unterkleid der Königin zu dieser weniger attraktiven Farbe. Während im Süden der Kampf gegen die Mauren tobte und die Heere der Isabella einen immer engeren Gürtel um das mächtige Granada zogen, begann Portugal seine Seemacht auszudehnen. Von Spanien, so schien es, würde noch geraume Zeit keinerlei Konkurrenz drohen. In jenen Tagen des Jahres 1486 erschien am Hofe der Allerkatholischten Majestäten zu Cordoba, bei Ferdinand und Isabella, ein sonderbarer Bittsteller. Die historische Sage erzählt zwar, daß Isabella den Genuesen mit Namen Christobal Colon, besser bekannt als Christoph Kolumbus, ausgelacht hat. Doch das ist nicht mehr als eine Legende. Im Gegenteil – als der Fremde seinen Plan bei Hofe vortrug, zeigte sich Isabella, die stets an allem Neuen lebhaftes Interesse hatte, äußerst geneigt. Dieser Kolumbus nämlich plante, einen westlichen Seeweg nach Indien zu entdecken, denn, wie er fest glaubte – und auch hierin verspottete ihn Isabella nicht, geschweige denn nannte ihn einen Ketzer – war die Erde eine Kugel. Deshalb müsse man Indien, dieses märchenumwobene Land, in dem Milch und Honig floß, auch auf westlicher Route erreichen können.

Da Kolumbus um Isabellas größten Wunsch, die Vertreibung der Mauren aus Südspanien, wußte, legte er einen weiteren Köder aus: Falls die hohe Königin ihm die Gelder für eine Flotte zur Verfügung stelle, wolle er zunächst westlich Indien ansteuern und danach immer weiter gen Westen segeln bis er »von hinten die Mauren in die Zange bekommen könne«. Doch Isabella winkte ab. Sie wollte diesen mühevollen, bitteren Krieg, der schon so viele Menschenleben gekostet hatte, so rasch als möglich beenden und nicht erst warten bis Kolumbus irgendwann mit seiner Flotte im Rücken der Mauren auftauchte.

Dennoch wollte sie den Plan des Kolumbus unterstützen, denn hier zeigte sich eine Chance, den Portugiesen Paroli zu bieten. Sie entließ Kolumbus mit den tröstlichen Versicherungen, sie werde seinen Plan einer Kommission zur Prüfung vorlegen, die dann nur noch die Gelder für die Fahrt bewilligen müßte. Kolumbus schien seinem Wunschtraum einen entscheidenden Schritt nähergekommen zu sein, nachdem er in den letzten Jahren die Türklinken der europäischen Herrscherhöfe blankgeputzt hatte. Zwar hörte ihn jeder an, aber keiner wollte auf seine »tollen« Ideen näher eingehen.

Die Kommission prüfte volle vier Jahre den Plan des Kolumbus. Isabella unterstützte in dieser Zeit den Genuesen aus eigener Tasche, da sie fürchtete, er könne doch noch zu den Portugiesen »überlaufen«. Doch als dann eines Tages die Zahlungen aufhörten und Kolumbus eine Einladung vom portugiesischen König erhielt, der ihn an seinen Hof einlud, »damit Euer Fleiß und Eure hohe Begabung uns nützlich sein können«, gab es für Kolumbus kein Halten. Als er aber in Portugal eintraf, erlebte er dort die triumphale Heimkehr von Bartolomeo Diaz, der den östlichen Seeweg nach Indien gefunden und das Kap der guten Hoffnung umsegelt hatte. König Johann von Portugal war

Isabella von Kastilien

Isabella war die Tochter König Johanns II. von Kastilien. Sie wurde am 22.4.1451 geboren. Der Wille der kastilischen Granden brachte sie 1468 statt ihres Bruders auf den Thron. 1469 heiratete sie Ferdinand, den nachmaligen König von Aragon. Damit waren die beiden großen Königreiche Spaniens vereint. Gemeinsam besiegten die »katholischen Majestäten« 1492 die letzten Mauren auf der Halbinsel. Im gleichen Jahr sandten sie Kolumbus auf seine Fahrt über den Atlantik. Isabella sorgte für politische und wirtschaftliche Reformen in ihrem Reich, unterstützte aber auch das brutale Vorgehen der Inquisition und die rücksichtslose Vertreibung der Juden aus Spanien. Sie starb am 26.11.1504.

nun an einer Entdeckung des sehr viel weiteren westlichen Seeweges nach Indien nicht mehr interessiert. Kolumbus kehrte nach Spanien zurück.
Wieder begann eine Zeit des Wartens. Der Krieg im Süden näherte sich allmählich seinem Ende. Am 2. Januar 1492 wurde Granada von den Truppen Isabellas eingenommen. Der letzte maurische König zog sich nach Nordafrika zurück. Ein paar Jahre später verlieh Papst Innozenz VIII. dem spanischen Herrscherpaar für die Vertreibung der islamischen Mauren von europäischem Boden den offiziellen Ehrentitel »Katholische Majestäten«. Die noch in Spanien zurückgebliebenen Reste des maurischen Volkes wurden nun entweder mit Feuer und Schwert zum Christentum »bekehrt« oder sie traten freiwillig zum christlichen Glauben über, blieben aber meist im Grunde ihres Herzens Allah treu. Viele jedoch wurden Opfer der unermüdlichen Inquisition.
Die maurische Kultur, die so herrliche Bauwerke wie das Alhambra hervorgebracht hatte, entging jedoch weitgehend der Zerstörung. Im Gegenteil – Isabella, die eine überaus kunstsinnige Frau war, »adoptierte« den maurischen Baustil und vermischte ihn mit den architektonischen Elementen der Gotik, der Renaissance und anderen traditionellen Stilarten. Die Schlösser, Verwaltungsgebäude und öffentliche Gebäude, die auf ihre Anweisung hin überall aus dem Boden wie Pilze schossen, tragen den Namen der Königin: »Isabelino« nennt sich die Architektur jener Epoche – ein lebendiges Denkmal und eine würdige Erinnerung an diese starke und im Volke beliebte Herrscherin.
Nachdem das Maurenproblem gelöst war, hielt Kolumbus die Zeit für gekommen, sich erneut an die Königin mit seiner Bitte um finanzielle Unterstützung für seine Expedition zu wenden. Doch erschienen seine Forderungen selbst Isabella, die alles andere als knauserig und engstirnig war, als zu hoch gegriffen. Unter anderem beanspruchte Kolumbus die Ämter eines Generalgouverneurs und Vizekönigs der von ihm noch zu entdeckenden Länder und den zehnten Teil aller Einnahmen aus diesen Gebieten. Schon wollte Kolumbus Spanien tief enttäuscht verlassen, als ihn im letzten Augenblick ein Bote der Majestäten zurückrief. Weshalb sich das königliche Paar doch noch im letzten Augenblick entschlossen hatte, den Forderungen des Genuesen nachzugeben und ihn mit der Aufgabe zu betreuen, ist bis heute ungeklärt. Wahrscheinlich aber war es Isabella, die hier

den Ausschlag gab. Ihr lag am Herzen, daß Spanien als Seemacht nicht länger die zweite Geige hinter Portugal spielen sollte. Ein großes, mächtiges Spanien – das war ihr Lebensziel, und nun, da sie durch Vertreibung der Mauren und durch die Vereinung von zwei Drittel des Landes diesem Ziel ein gutes Stück näher gekommen schien, wollte sie die Erfüllung ihres Traumes nicht an »Kleinigkeiten« scheitern lassen. Persönlich übernahm sie das Patronatentum über die Expedition des Kolumbus. Nur dreieinhalb Monate später stach die Armada des Christoph Kolumbus in See – Richtung Westen, Indien entgegen. Am 12. Oktober 1492 entdeckte Kolumbus San Salvador, später Kuba, dann Haiti. Als er im März 1493 im Triumph in Sevilla mit Geschenken für das Königspaar reich beladen einzog, wußte er immer noch nicht, daß er nicht Indien erreicht hatte, sondern die Westindischen Inseln entdeckt hatte. Damit hatte ein neues Zeitalter begonnen.
Isabella sollte die Erfüllung ihres Traumes von einem mächtigen Spanien noch erleben. Dreimal fuhr Kolumbus über das Meer gen Westen und brachte aus »Indien« kostbare Beute mit. Seiner gütigen Patronin Isabella legte er Schmuck und buntgeflügelte Papageien, Goldmasken und prächtig verzierte Waffen zu Füßen. Das Indien des Kolumbus floß offenbar vor Gold und Edelsteinen über.
Im Frieden von Tordesillas im Jahre 1495 teilten Portugiesen und Spanier auf Anregung des Papstes die Länder jenseits des Weltmeeres unter sich auf. Die eigentliche Eroberung dieses riesigen Kontinents erlebte Isabella nicht mehr mit. Im Jahre 1502 wurden die letzten rebellischen Mauren aus Spanien vertrieben, zwei Jahre später starb die Königin.

Angela Merici
Die Freundin der Habenichtse

von Christian Feldmann

Die Menschen haben sie schon zu ihren Lebzeiten vergöttert. Als sie gestorben war, stritten sich die Priester der beiden vornehmsten Kirchen von Brescia vier Wochen lang um die Ehre, den Leichnam im eigenen Gotteshaus beizusetzen. Noch heute ist der Kristallschrein mit ihren sterblichen Überresten keinen Tag ohne Blumen und Kerzen. Aber es dauerte 267 Jahre, bis Rom die Ordensstifterin und frühe Sozialarbeiterin aus Oberitalien heiligsprach, und noch einmal 54 Jahre, bis ihr Fest in der ganzen Kirche gefeiert werden durfte. »Ihre Ideen waren zu modern«, so erklärt das eine Biographin aus unseren Tagen.

Angela Merici gilt als Pionier eines intensiven religiösen Lebens mitten in der Welt. Lange vor den zahlreichen »Säkularinstituten« späterer Jahrhunderte verband sie die Hingabe an Christus mit sozialer, pädagogischer Arbeit an den Brennpunkten der Not. Dieses zähe, meist recht unauffällige Engagement war ihr wichtiger als jene außerordentlichen Begnadungen, nach denen ihre wundersüchtige Umwelt den Wert der Frömmigkeit zu messen pflegte: »Die ehrwürdige Mutter hielt nichts von irgendwelchen Visionen«, notieren ihre ersten Chronisten. Ja, sie habe alle Leute »unsympathisch« gefunden, die sich ihrer rühmten.

Um 1474 kam Angela Merici am Gardasee zur Welt, in dem zauberhaften Städtchen Desenzano. Ihre Familie gehörte zum kleinen lombardischen Landadel. Während die kleine Angela Putzen und Brotbakken lernt und vom Vater aus der Bibel und der Heiligenlegende vorgelesen bekommt, beginnt in Italien die Renaissance mit ihrem Verliebtsein in alles Schöne; malt Botticelli den Frühling, erscheint in England das erste gedruckte Buch, landet Kolumbus auf den Antillen, verfertigt Martin Behaim in Nürnberg den ersten Globus. Überall befreiender, hoffnungsvoller Neuaufbruch.

Aber die zehnjährige Angela macht auch eine bittere Verlusterfahrung, als kurz nacheinander ihre beiden Eltern und ihre geliebte Schwester sterben. Ein Onkel holt sie zu sich nach Salò, damals ein mondäner Erholungsort am Gardasee. Das junge Mädchen, eine zartgebaute Blondine mit einer energischen Kinnpartie, hätte in diesem Freizeitparadies lebenslustiger junger Leute alle Chancen. Stattdessen fühlt sie sich magisch angezogen von dem alten Franziskanerkloster auf der malerischen Isola di Garda. Sie schließt sich dem – für Laien gedachten – Dritten Orden des heiligen Franziskus an, kehrt in ihr Heimatstädtchen zurück, hilft ihren Brüdern bei der Landarbeit – und verblüfft ihre Umwelt auch schon mit Ideen und Organisationstalent.

Sie sieht nämlich, daß die Mädchen in Desenzano – bis auf ein paar Töchter aus reichen Familien – ohne jede Bildung aufwachsen. Und sie überlegt sich, wie man das ändern kann. Angela schart ihre Freundinnen um sich, und die Gruppe beginnt den kleinen Mädchen aus der Nachbarschaft »Nachhilfe« in Religion zu geben. Dieser Unterricht, für die meisten der allererste, wird sich freilich nicht auf religiöse Fragen beschränkt haben. Man wird auf die jungen Damen aufmerksam, holt sie ins nahegelegene Brescia, wo sie sich wieder um die Kinder der Armen kümmern, Krankenbesuche machen, die Handwerker in ihren Werkstätten aufsuchen, bei Nachbarschaftsstreitigkeiten und Familienproblemen vermitteln. Das alles ohne feste Organisation, Programm und Stundenplan. Angela und ihre Freundinnen helfen einfach, wo Hilfe gebraucht wird. Und da brauchen sie nie lange zu suchen.

Denn Brescia, die reiche Handelsstadt mit ihren luftigen Palazzi und ihren prachtvollen Kirchen, voller Luxus und Schönheit, ist auch eine Stadt der Entwurzelten. Die zahlreichen Kriege jener Zeit haben ihre Spuren hinterlassen. Schreiendes Elend in den Armenbezirken kontrastiert zu den üppigen Banketten der reichen Patrizier. Es wimmelt von verkommenen Geistlichen, die sich mit ihren Einkünften ein schönes Leben machen, ohne sich sonst um ihre Pfarrgemeinde zu kümmern. »Sie besuchen öffentliche Spiele und leben in Luxus«, hält ein bischöflicher Visitationsbericht fest. »Es gab mehrere Skandale … Zahlreiche Mönche erregen dadurch Ärgernis, daß sie Frauenklöster aufsuchen.« Angela kämpft weder mit flammenden Reden noch mit Flugblättern gegen dieses Übel, sie gründet auch keine Partei. Sie findet sich aber auch nicht mit den Mißständen ab. Sie lebt ganz einfach anders als ihre Umwelt – und bringt damit viele zum Nachdenken.

Sie praßt nicht mit, zieht keinen Vorteil aus ihren körperlichen und geistigen Vorzügen, läßt die selbstverständliche Aufteilung der Gesellschaft in Privilegierte und Habenichtse nicht gelten. Immer deutlicher erkennt sie, daß sich dieses verrottete, starr gewordene Gefüge aus Korruption, Arroganz und Machtstreben am wirkungsvollsten nur von innen heraus reformieren läßt: indem man den unwissend und fügsam Gehaltenen Bildung und Bewußtsein vermittelt.
Allmählich wächst Angelas religiöser Nachhilfeunterricht doch in eine Art festes Gefüge hinein: Sie teilt Brescia in vier Bezirke auf und weist jedem dieser Viertel ein paar ihrer Helferinnen zu. Die gehen dort regelmäßig von Haus zu Haus; Angela legt besonderen Wert darauf, daß Unterricht und Betreuung zu Hause stattfinden, im engen Kontakt mit der Familie.
Anerkannt als unbestrittene Führerin dieser kleinen Gemeinschaft, geschätzt und bewundert von ihren Mitbürgern, hütet sich Angela doch peinlich vor Allüren und Wichtigtuerei. Über ihren Lebensstil berichten Freunde: »Eine aus Stroh geflochtene Matte diente ihr als Bett, ein Stück Holz als Kopfkissen. Früchte und Gemüse waren ihre einzige Nahrung...«
Noch schöner aber lesen sich Zeugnisse wie dieses: »Zahlreiche traurige Menschen fanden bei ihr Licht und Trost. Sie beriet und tröstete auf eine Art, die ebensoviel Menschliches wie Göttliches an sich hatte.« Die Leute nennen sie liebevoll »Madre«, Mutter, und ein Zeitgenosse hat aufgeschrieben, in ihrer Nähe habe man Gottes Gegenwart gespürt.
Kein Wunder, daß sich hartgesottene Feinde unter ihrem Einfluß versöhnen. Kein Wunder, daß ihr verzweifelte Menschen zulaufen wie die arme Waise Barbara Fontana, die mit Angela Merici in deren letzten Lebensjahren die kleine Wohnung teilen wird. Kein Wunder schließlich, daß der Senat von Venedig und bald darauf – auf einer Pilgerreise nach Rom – der Papst selbst diese faszinierende Frau aus Brescia »abzuwerben« versuchen. Ohne Erfolg. Angela habe höflich abgelehnt, vermerkt der Chronist lakonisch.
Ihr Platz ist in Brescia, davon ist sie überzeugt, dort wird sie gebraucht. 29 Frauen sind es schließlich, die am 25. November 1535 nach der heiligen Messe geloben, ihr Leben künftig ganz in den Dienst Gottes und der Armen zu stellen. Damit ist die Gemeinschaft der »Ursulinen« geboren, denn Angela stellt die Gruppe unter den Schutz der frühchristlichen Märtyrerin Ursula, angeblich einer englischen

Königstochter, die sich dem Herrscher der Hunnen verweigert und daraufhin mit zahlreichen Gefährtinnen den Tod gefunden haben soll. Im selben Jahr gründet der spanische Edelmann Iñigo de Loyola übrigens seine Compañia de Jesús, den Jesuitenorden, seiner Zeit ebenso weit voraus wie Angela.

Denn die »Ursulinen« leben weiter in der »Welt«, das heißt in ihren Familien, ohne Kloster und Ordenstracht. Sie treffen sich zu Gottesdienst und Gebet, um dann in die einzelnen Stadtviertel »auszuschwärmen«. Vier »Mütter« besuchen die jungen Mitarbeiterinnen regelmäßig, um sie zu ermutigen und zu beraten; vier Männer – meist aus den Familien der Mitarbeiterinnen – sorgen für die wirtschaftliche Basis der Gemeinschaft. Ein »Säkularinstitut«, wie man heute sagt: geistliches Leben mitten in der Welt. Die Amtskirche, die – aufgrund leidvoller Erfahrungen – größten Wert auf eine strenge Klausur legt, duldet diesen Alleingang denn auch nicht lange: Einige Jahre nach Angelas Tod schreibt Rom auch den Ursulinen Ordenstracht und Klausur vor – allerdings ist die Klausur auf das Chorgebet beschränkt. Die menschliche, respektvolle Art des Umgangs miteinander, die in der noch jungen Gemeinschaft herrscht, kann freilich keine Behörde verbieten. »Ich bitte Euch, daß Ihr jede einzelne Eurer Töchter hochachtet«, beschwört Angela die Oberinnen in ihrem Testament. Und: »Vor allem hütet Euch, irgend etwas mit Gewalt durchsetzen zu wollen; denn Gott hat jedem seinen freien Willen gegeben und er zwingt niemanden; er begnügt sich damit, zu erleuchten, einzuladen, anzuziehen...«

Angela Merici

kam um 1474 in Desenzano am Gardasee zur Welt, ihre Familie gehörte zum kleinen Landadel. Früh schon begann sie sich um arme Mädchen zu kümmern und ihnen Unterricht zu erteilen. Aus dieser Gemeinschaftsinitiative wuchs der – 1535 gegründete – Orden der Ursulinen heraus, der auf das religiöse Leben von Frauengemeinschaften eine Pionierwirkung ausübte und für die späteren weiblichen Schulorden prägend wurde. Angela betätigte sich auch als Friedensstifterin, wurde von arm und reich um Rat angegangen, sorgte sich um kranke Menschen und um die Familien. Das ehrenvolle Angebot des Papstes, nach Rom überzusiedeln, schlug sie aus. Am 27. Januar 1540 starb sie in Brescia, ihr Leichnam ruht dort in einer Seitenkapelle der Kirche S. Angela Merici in einem Glasschrein.

Der Heilige Geist soll letztlich die Autorität in der Gemeinschaft ausüben, und die realistische Ordensgründerin weiß sehr genau, daß dieser Geist weht, wo er will, und nicht von irgendeiner Leitungsinstanz gepachtet werden kann. Sie hat nichts gegen – in Ordensgemeinschaften manchmal verpönte – freundschaftliche Beziehungen zwischen einzelnen Mitgliedern; zustimmend zitiert sie Seneca: »Nichts kann ohne einen Freund froher Besitz sein.« Und sie ermuntert die jungen Mädchen, wenn ihnen etwas an den Oberinnen mißfalle, sollten sie das nur »ohne jedes Bedenken« – allerdings diskret – mit einem zuverlässigen Menschen besprechen.
»Antwortet nicht überheblich. Arbeitet nicht widerwillig. Verharrt nicht im Zorn. Führt keine üble Nachrede.« Das ist der Geist, der die Gemeinschaft prägen soll. Angela bittet die Schwestern, sich »von jedem schlechten Gedanken« frei zu halten, »von jedem Schatten des Neides, der Mißgunst, der Zwietracht, des Argwohns.« Und den Oberinnen rät sie: »Ich bitte Euch sehr, bemüht Euch, Eure Mädchen mit Liebe an Euch zu ziehen und sie mit sanfter und milder Hand zu führen, nicht gebieterisch oder mit Härte. Das heißt ja Seelen befreien, wenn man den Schwachen und Schüchternen Mut macht, sie mit Liebe zurechtweist, allen durch das Beispiel predigt und ihnen die große Freude verkündigt, die ihnen dort oben bereitet ist.«
Wenn man bedenkt, daß die Ursulinen ihre pädagogische Arbeit in den Armenvierteln nach denselben Prinzipien von Respekt und Menschenwürde gestalteten, wird man verstehen, daß immer mehr junge Mädchen zu der neuen Gemeinschaft stießen – eineinhalb Jahre nach der Gründung hatte sie schon 76 Mitglieder – und daß ganz Brescia die hagere, stets freundliche Madre Angela gern hatte. »Sie sprach so zart und gut zu mir, daß sie mich sozusagen zu ihrem Gefangenen machte«, berichtet Agostino Gallo, ihr Vermieter. »Weder meine Frau noch ich noch meine ganze Familie konnten ohne sie leben.«
Die so von allen verehrte Ordensgründerin behielt ihr einfaches Leben bei, bis zum letzten Tag. Zur ersten Oberin der Ursulinen gewählt, holte sie doch weiter selbst Wasser vom Brunnen, scheuerte die Böden, wusch und flickte die Kleider der Armen. Drei Jahre vor ihrem Tod gab sie ihren Schwestern eine Regel, die den schon skizzierten menschlich-liberalen Geist atmet und sich selbst nicht überschätzt; Angela ermunterte ihre Gemeinschaft ausdrücklich, »sich der jeweiligen Zeit anzupassen, selbst wenn das eine Änderung der Regel bedingt«!

In gefährlichen Tagen sei nirgends Zuflucht zu finden als zu den Füßen Christi, schärfte sie den Schwestern ein und tröstete sie: »Er wird diese Gesellschaft nie verlassen, solange die Welt steht ... Glaubt daran und zweifelt nicht. Habt feste Zuversicht!« Noch auf dem Sterbebett enttäuschte sie jene Besucher nicht, die sie um einen Rat baten. Einem gewissen Tomaso Gavardo antwortete sie: »Tut im Leben, was Ihr in der Todesstunde wünschen werdet, getan zu haben.«
Am 27. Januar 1540 schlief sie für immer ein.

Ihr Orden, der damals bereits mehr als 130 Mädchen und junge Frauen zählte, breitete sich immer mehr aus. Der heilige Carlo Borromeo gewann die Ursulinen für den Katechismusunterricht, als er sein Erzbistum Mailand reformierte. Ein paar Jahrzehnte später finden wir die Schwestern mit Schulen und Mädchenpensionaten in Frankreich, Deutschland und Amerika. Heute gehören junge Inderinnen und Afrikanerinnen zum Orden, der in aller Welt rund 24 000 Mitglieder hat. Sie wissen, daß sie nie allein sind. Christus ist bei ihnen und Angela Merici, die in ihrem Vermächtnis an die Schwestern versprach: »Ich selbst bin immer in Eurer Mitte ... Freut Euch miteinander!«

Vittoria Colonna
Männer um Vittoria Colonna

von Heinrich Pleticha

Während die Frau bis zum Ausgang des Mittelalters weitgehend in der Anonymität häuslichen Lebens verharrte, selten nur an die Öffentlichkeit trat und dann – wie etwa im Fall der Johanna von Orléans – von den verwirrten Männern bestaunt, bewundert oder gar verteufelt wurde, änderte sich das zu Beginn der Neuzeit. Und selten war ein Jahrhundert so reich an bedeutenden Frauengestalten wie gerade das 16., die Zeit der Renaissance. Freilich ist auch diese Feststellung nur relativ zu sehen, waren es nur ein paar gesellschaftlich Bevorzugte, denen Herkunft und Bildung größere Freiheiten und Einfluß in der Öffentlichkeit garantierten. Ihnen aber begegnen wir um diese Zeit in Spanien ebenso wie in Frankreich, in England, Deutschland und vor allem in Italien. Zwei Königinnen beginnen und beschließen die Reihe: Isabella von Kastilien und Elisabeth I. von England. Dazwischen sind es Fürstinnen und Bürgerinnen, Kurtisanen und Giftmischerinnen, Künstlerinnen und Nonnen, kluge, ehrgeizige, schöne und fromme Frauen. Namen wie Isabella d'Este, Katharina Sforza, Katharina von Medici, Lucretia Borgia, Christina de Pisan, Diana von Poitiers, Loise Labé, Margarete Welser, die Pirkheimer-Schwestern, Philippine Welser, Anna Boleyn, Margarete von Navarra, Paola Gonzaga, Caterina Ribera oder Gaspara Stampa können die Fülle und Vielfalt weiblichen Einflusses nur andeuten. Und unsere höchst unvollständige Aufzählung mahnt, daß es längst wieder einmal an der Zeit wäre, eine Geschichte der Frauen in der Renaissance zu schreiben, um deren Leistungen voll zu erfassen. Kaum eine aber wurde von Kaiser und Papst, von Geistlichen und Laien, von Dichtern, Philosophen und Künstlern gleichermaßen hoch geschätzt wie Vittoria Colonna, eine der bedeutendsten Frauen nicht nur Italiens, sondern des ganzen Abendlandes.

Mehr als für viele andere traf für sie das Wort des griechischen Dichters Euripides zu: »Der Mensch ist wie der Umgang, den er gerne pflegt.« Durfte sie sich doch der Freundschaft und Achtung vieler berühmter Zeitgenossen rühmen. Und wenn sie auch nicht spektakulär im Vordergrund wirkte, so nahm sie doch in einer zurückhaltenden, aber höchst entscheidenden Art Einfluß auf Weltgeschehen, Religion und Kunst.

Männer um Vittoria Colonna – das bedeutete in der ersten Phase ihres Lebens Begegnungen mit Diplomaten, Feldherrn und Herrschern, bedeutete Einfluß auf politisches und sogar militärisches Geschehen. In der zweiten Phase dagegen waren es vorwiegend Dichter, Denker, Theologen und Künstler, mit denen sie verkehrte und die ihrerseits das Urteil dieser Frau hoch schätzten und ihren Rat suchten.

Mit siebzehn Jahren heiratete Vittoria 1509 den nur um zwei Jahre älteren Fernando d'Avalos, Marchese von Pescara. Es war eine Traumhochzeit, wie wir heute sagen würden. Die Braut stammte aus einem der berühmtesten Adelsgeschlechter Roms, der Bräutigam aus einer kaum weniger angesehenen, reichen Familie spanischer Herkunft mit ausgedehnten Besitzungen in Unteritalien. Zeitgenossen heben die Schönheit und die Bildung des jungen Paares hervor. Der Heiratskontrakt mit seinen genauen Angaben über die Geschenke, läßt den Reichtum der Familien erkennen. Eine glückliche Zukunft schien vor den beiden zu liegen, aber das Glück dauerte nur zwei Jahre, dann hielt es den jungen Pescara nicht mehr daheim.

In diesen unruhigen Zeiten, in denen in Italien fast jeder gegen jeden kämpfte, und die Päpste, statt sich um ihre geistlichen Aufgaben und die dringend nötigen Reformen der Kirche zu kümmern, einer wie der andere nur nach der Erweiterung ihrer weltlichen Macht strebten, konnte es einen jungen, ehrgeizigen Adeligen nicht daheim bei seiner Frau halten, mochte diese auch noch so schön und klug sein.

Pescara suchte den Kriegsruhm, und er sollte ihn in den folgenden zehn Jahren zur Genüge finden: Als Truppenführer im Dienste des Papstes, in Feldzügen gegen die Franzosen und gegen Venedig, danach als Feldherr Kaiser Karls V. zählte er bald zu den berühmtesten und mächtigsten Männern Italiens. Für seine junge Frau fand er aber nur noch wenig Zeit; ein paar Wochen zwischen den Feldzügen war alles, was Vittoria fortan von ihrem Gatten blieb. Trotzdem resignierte sie in den Jahren der Einsamkeit nicht wie die meisten ihrer Schicksalsgefährtinnen, sondern widmete sich einerseits ihren literarischen Interessen und nahm zum andern regen Anteil am Aufstieg ihres Mannes und am politischen Geschehen ihrer Zeit. Wo immer sie, allein oder gemeinsam mit ihrem Mann, an die Öffentlichkeit trat, wurde sie bewundert, geachtet und hofiert zugleich; denn man wußte, daß der Marchese ihren Rat schätzte. So wurde sie bald zu einer wichtigen Figur in dem großen politischen Spiel, in dem wechselvollen Mit- und Gegeneinander der Parteien und Gruppierungen. Kein Wunder, daß der Papst ihr bei ihren Aufenthalten in Rom besondere Gunsterweise zukommen ließ und Kaiser Karl V. ihr huldvolle Briefe sandte. Dabei zeigte er einen sicheren politischen Instinkt; denn Vittoria erwies sich, ohne daß der Kaiser es voraussehen konnte, als ein wichtiger ruhender Pol in einer gefährlichen politischen und militärischen Intrige.

Um nämlich Pescara vom Kaiser abzuziehen, versprachen ihm seine bisherigen Gegner die Königskrone von Neapel, machten ihm sogar Hoffnung auf eine Einigung Italiens unter seiner Führung. Als Vittoria die Größe der Versuchung erkannte, die da an ihren Gatten herangetragen wurde, beschwor sie ihn, sich nicht durch den Glanz der Krone blenden zu lassen. Sie sei stolz darauf, Gattin des größten Feldherrn seiner Zeit zu sein, der im Krieg durch die Stärke seines Armes, im Frieden durch den Großmut seines Geistes die mächtigsten Fürsten übertroffen habe und sie wolle nicht Königin werden. Auch wenn man solche Worte Vittorias in einem Brief an den Gatten nicht überschätzen sollte, so mögen sie doch Pescara in seinem Entschluß bestärkt haben, dem Kaiser die Treue zu halten.

Vittoria konnte sich nicht mehr lange an dieser Entscheidung

Vittoria Colonna

Vittoria stammt aus dem berühmten römischen Adelsgeschlecht der Colonna. Sie wurde 1492 in Marino geboren. 1509 heiratete sie den aus einer spanischen Adelsfamilie stammenden Ferrante d'Avalos, Marchese von Pescara. Während dieser als Feldherr Kaiser Karl V. diente, nahm die junge Frau schon Einfluß auf das politische Geschehen ihrer Zeit. Nach dem frühen Tod Pescaras zog sie sich 1525 erst in die Einsamkeit zurück und widmete sich der Dichtkunst. Dann lebte sie seit 1544 in Rom, wo sie engen Kontakt mit den bedeutendsten Wissenschaftlern und Künstlern Italiens pflegte. Eine tiefe Freundschaft verband sie mit Michelangelo. Sie starb am 15.2.1547 in Rom.

erfreuen. Eine scheinbar kleine Wunde, die Pescara in einer Schlacht empfangen hatte, verschlimmerte sich plötzlich und führte im November 1525 zu seinem Tod. Kaum vierunddreißig Jahre alt, war Vittoria damit zur Witwe geworden. Auch das Mitgefühl ihrer Freunde, zu denen die bedeutendsten Geister Italiens zählten, vermochte ihre Verzweiflung nicht zu mildern. Aber gerade dieser Schmerz beeinflußte und wandelte auch ihr literarisches Schaffen. Was bisher Spiel gewesen war, verwandelte sich in ergreifende Totenklage. »Ich schreibe nur, um meinen Schmerz hinauszuschreien«, begann das erste von mehr als hundert Gedichten, die sie in Erinnerung an den Toten in den folgenden sieben Jahren niederschrieb.

Aber Vittoria war eine zu aktive, zu selbständige Frau, als daß sie diesen Schmerz auf die Dauer zu einem Kult gemacht hätte. Nach Monaten verständlicher und völliger Zurückgezogenheit suchte und fand sie neue Freunde. Einer von ihnen, der Dichter und spätere Kardinal Pietro Bembo, schrieb ihr im überschwenglichen Stil der Zeit: »Dieses Jahrhundert ist groß, denn es brachte ihn (Pescara) hervor, den Helden, der sich an Wert mit den größten Helden des Altertums vergleichen läßt. Und es brachte Euch hervor, die Ihr in der Kunst eine Vollendung erreicht habt, die bei einer Frau unmöglich schien.« Das ist höfischer Ton, doch spricht Bembo nur aus, wie er und seinesgleichen Vittoria als Frau und Dichterin einschätzten. Und Ariost, damals selbst einer der gefeiertsten Dichter Italiens, schrieb in seinem »Rasenden Roland« jene Lobesstrophe, die mit den Worten beginnt:

»Nur eine wähl' ich, und ich wähle sie,
die über jeden Neid emporgehoben.
Und keine nimmt es übel, wenn ich sie,
von andern schweigend, nur will loben.«

Erstaunlicherweise treffen auch diese Worte zu; denn Vittoria stand über Intrige und Klatsch und wurde auch von ihren Zeitgenossinnen geschätzt und geachtet.

Wenn sie sich nach dem Tode ihres Mannes auch nicht mehr so eingehend mit Politik beschäftigte, fand sie doch noch genug Gelegenheit, ausgleichend in das Tagesgeschehen einzugreifen. Ihr Rat wurde geschätzt, und häufig genug vermochte sie Härten zu mildern. Zu den literarischen und politischen Interessen gesellten sich nun in

zunehmendem Maß auch religiöse. Vittoria war tiefgläubig, aber keine Betschwester. Mit der ihr eigenen Energie förderte sie in diesen Jahren jene Männer, die eine innere geistige Erneuerung der Kirche anstrebten. Daß sie dabei mit den konservativen Kräften am päpstlichen Hofe in Konflikt geraten mußte, ist beinahe selbstverständlich und spricht nur für ihren wachen Geist.
Entscheidend aber für ihr weiteres Leben wurde die Begegnung mit Michelangelo. Als sich die beiden kennenlernten, war Vittoria etwa fünfundvierzig Jahre alt, Michelangelo schon über sechzig. Der Künstler stand damals auf dem Höhepunkt seines Ruhms. Papst Paul III. hatte ihn von Florenz nach Rom geholt, wo er in der Sixtinischen Kapelle an der Altarseite ein großes Wandgemälde des Jüngsten Gerichts schaffen sollte. Aus einem zufälligen Zusammentreffen mit Vittoria entwickelte sich in kurzer Zeit eine tiefe Freundschaft, die das Denken, Fühlen und Schaffen beider entscheidend beeinflußte. Der alternde Michelangelo befand sich in einer körperlichen und geistigen Krise. Der vom Papst erzwungene Abbruch seiner Arbeiten in Florenz, die neue Aufgabe in Rom und Krankheiten zehrten an ihm. Daß er alle Belastungen überwandt, bleibt das Verdienst Vittorias, die sich in das Wesen des Künstlers einzufühlen vermochte und ihm neue schöpferische Kraft gab. Michelangelo wußte, was er dieser Frau verdankte. Oft genug hat er das in seinen Briefen und vor allem in Gedichten an Vittoria zum Ausdruck gebracht, die mit seltener Offenheit seine Liebe und Verehrung spiegeln:

»Als ein gering Modell kam so auch ich zur Welt,
durch Dich belobt, ward ich von hohem Wert,
vollendet nur durch Dich, Du würdig Hohe«

heißt es in einem seiner Sonette, die er Vittoria widmete. Diese erwiderte seine Liebe in gleicher Art und Stärke. Wenn sie in Rom weilte, trafen sie sich allein oder mit Gleichgesinnten zu intensiven Gesprächen. Lebte sie außerhalb der Stadt, bestand ein reger schriftlicher Gedankenaustausch.
Wie stark im weitesten Sinn der Einfluß dieser Frau auf das Schaffen Michelangelos war, wird sich letzten Endes nie ganz abklären lassen. Sicher aber wurde sie für rund ein Jahrzehnt zur geistigen Gefährtin, die dem alten Mann neue Kräfte gab, nicht nur für den gemeinsamen Weg, sondern auch für die zwei Jahrzehnte nach ihrem Tode, in

denen er mit dem Umbau von St.Peter und dem Entwurf der gigantischen Kuppel die Krönung seines Lebenswerkes schuf.
Nur wenige der zahllosen Romreisenden denken heute beim Anblick dieser Kuppel daran, daß Michelangelo siebzig Jahre alt war, als er das Wunder plante und begann. Kaum jemand aber weiß, daß er die innere Kraft für sein unermüdliches Schaffen Vittoria Colonna verdankte.

Teresa von Avila
Unterwegs in Sachen Gottes

von Ellen Schöler

Die Planwagen kamen auf der unebenen Straße nur mühsam voran. Die glühende Hitze dieses Augusttages lastete über der Landschaft. Die Treiber neben den Ochsengespannen wären froh gewesen, wenn sie eine Pause hätten machen dürfen. Jedoch sie bekamen kein Zeichen dafür von der Nonne, die im ersten Karren saß, gerade aufgerichtet, obwohl sie der Rücken schmerzte. Teresa von Avila war in Eile. Sie hatte einen Auftrag, und dieser Auftrag war so rasch wie möglich auszuführen. Übermorgen, so hatte sie bei sich beschlossen, am Tag Mariä Himmelfahrt, sollte die erste heilige Messe im neuzugründenden Kloster Medina del Campo gefeiert werden. Wenn es auch noch vieles zu tun geben würde zur Vorbereitung des Festtags, so stand doch alles zum besten. Pater Julian von Avila hatte ein Haus für sie gemietet, das in gutem Zustand sein sollte. Teresa lächelte. Der gute Pater Julian! Wenn es darum ging, auf dieser Welt eine neue Gotteszelle zu errichten, schreckte er vor keinem Wagnis zurück. Er hatte sich im Vertrag verpflichtet, jährlich 1050 Maravedi Pacht zu zahlen, obwohl er mit Recht annahm, daß Teresa im Augenblick des Vertragsabschlusses nicht einmal über das nötige Reisegeld nach Medina verfügte. Nun – Gott hatte sie beide nicht im Stich gelassen. Isabella Fontecha, die in das neue Kloster eintreten wollte, hatte ihr alles, was sie besaß gebracht.
Teresa verscheuchte die Gedanken, die ihr im Kopf herumschwirrten und suchte im Gebet ein Zwiegespräch mit Gott. Sie hörte nicht mehr das Hufgeklapper der Maultiere und das Rumpeln der Karren, auch die Schmerzen im Rücken nahm sie kaum mehr wahr. Sie schreckte zusammen, als der Karren anhielt, die Plane beiseite geschoben wurde und sie in Pater Julians Gesicht sah. Und was Pater Julian ihr nun flüsternd mitteilte, war nicht dazu angetan, sie zu beruhigen. Das gemietete Haus konnte nicht bezogen werden. Die Augustiner, deren Kloster in derselben Straße war, hatten Einspruch

erhoben. Sie beriefen sich auf das Kirchenrecht, nach dem in unmittelbarer Nähe eines Klosters kein zweites gegründet werden sollte. Pater Julian deutete vorsichtig an, es sei vielleicht besser, vorerst einmal nach Avila zurückzufahren.
»Zurück?« wiederholte Teresa erstaunt. »Warum? Wollen wir mit unserer Verzagtheit, unserem Kleinmut Gottes Pläne durchkreuzen? Steht es nicht in Gottes Macht, trotz aller Widerstände unser Unternehmen zu einem guten Ende zu führen?« Sie nickte dem Pater aufmunternd zu und winkte den Treiber ihres Karrens heran: »In Arévalo könnt ihr euch stärken. Je eher wir dort sind, um so besser für uns alle. Meinst du nicht auch?«
Der Mann lachte und trieb das Ochsengespann zur Eile an. Teresa blieb in Arévalo wenig Zeit zum Ausruhen. Sie beriet die halbe Nacht mit Pater Julian, einigen angesehenen Männern der Stadt und dem Dominikanerpater Báñez, der sie schon bei ihrer ersten Klostergründung unterstützt hatte. »Wir verbrachten die Nacht in Angst«, gesteht Teresa später in ihrem »Buch von den Klosterstiftungen«. Ihre Angst galt nicht den materiellen Schwierigkeiten, die sich vor ihr auftürmten. Angst hatte sie vor den Schachzügen ihrer Gegner, die ihre Klostergründung vereiteln konnten, wenn sie ihnen nicht zuvorkam. Denn die Zahl ihrer Gegner war nicht gering, und zwar innerhalb der Kirche. Sie hielten nichts von ihrer Absicht, bei den Nonnen des Karmelordens die ursprünglich strengere Zucht wiedereinzuführen, und sie mißtrauten ihrer ungewöhnlichen Art zu beten, ihrem innerlichen Gebet, das sie manchmal dieser Welt ganz entrückte. Es war das Jahrhundert der großen Glaubenskämpfe, und überall, wo etwas Außergewöhnliches geschah, überall, wo man von Reformen sprach, witterte man aufkeimendes Ketzertum.
Aus diesem Grunde wurde in der nächtlichen Beratung beschlossen, daß Teresa nur in Begleitung von Pater Julian und zwei Nonnen weiterreisen sollte, um in Medina kein Aufsehen zu erregen. Die anderen Nonnen fanden einstweilen in einer benachbarten Pfarrei Unterkunft.
Die Sorgen Teresas und ihrer Begleiter verflogen, als sie nach Olmedo kamen, wo der Bischof persönlich sie begrüßte. Sie kamen in eine festlich geschmückte Kirche. Teresa sah zu den verblaßten, brüchig gewordenen Fahnen zu beiden Seiten des Altars hinauf. Sie waren mit Heiligengestalten bestickt, die in den Wolken des Weihrauchs davonzuschweben schienen, mit ausgestreckten Händen den

Weg weisend, der zu gehen war. Teresa liebte Bilder. Sie verhalfen ihr zu innerer Sammlung, bauten gleichsam eine Brücke in die rein geistige Welt.

Der Bischof stellte Teresa eine Kutsche für die Weiterfahrt zur Verfügung. Wichtiger als diese Annehmlichkeit, die er ihr damit bot, war für sie jedoch die Mitteilung, daß eine Dame bereit sei, ihr ein allerdings recht verfallenes Haus in Medina del Campo zu überlassen. Die Verhandlungen fanden noch am selben Abend einen raschen Abschluß. Die Dame verkaufte Teresa das Haus ohne jede Vorauszahlung, ja sie bot den Schwestern auch noch an, sie könnten sich vom Verwalter des Hauses Teppiche und schöne Tücher zur Ausschmückung ihrer Kapelle geben lassen. Julian von Avila ritt voraus, um die Karmeliten im St.-Anna-Kloster in Medina del Campo zu benachrichtigen, damit diese bei dem schnellen, möglichst geheimen Einzug in das Haus behilflich sein konnten. Teresa und ihre Begleiter reisten bei Nacht. Vor Morgengrauen fuhren sie in Medina del Campo ein, wo Pater Julian und einige Mönche sie erwarteten. Was weiter geschah, hätte gewiß alle Bewohner der Stadt an ihre Fenster gelockt, wenn sie nicht ahnungslos in ihren Betten gelegen hätten. Pater Julian berichtet: »Unsere Mutter kam an, und da sie in solchen Fällen immer als entschlossene Frau handelte, nahmen wir den notwendigen Altarschmuck und die Kirchengeräte für die Darbringung des heiligen Meßopfers mit und begaben uns ohne Zögern zu Fuß ins genannte Haus: mit den Nonnen gingen die Geistlichen, der Prior und zwei oder drei Patres. Wir nahmen den Weg außerhalb der Mauern der Stadt, da eben zur selben Stunde die Stiere eingesperrt wurden, die am nächsten Tage zum Kampfe bestimmt waren. Mit unserem Gepäck sahen wir alle aus, als kehrten wir von einer Plünderung der Kirche zurück. Ja, wenn uns die Polizei angetroffen hätte, so würde sie uns ins Gefängnis geführt haben, um dort zu untersuchen, wohin sich um diese Stunde ein solcher Zug von Priestern, Mönchen und Nonnen begeben wollte. Selbst wenn man uns geglaubt hätte, würden dann nicht alle Anzeichen des Verdachtes gegen uns gewesen sein? Man beachte nur die Stunde, in der dies geschah.«

Pater Julian mußte wieder und wieder an die Haustür klopfen, bis das verschlafene Gesicht des Hausbetreuers in der Tür auftauchte, der sie dann einließ. Und nun begann eine wirbelnde Geschäftigkeit. Die einen fegten, andere schafften Teppiche herbei, wieder andere zogen aus verfaulten Balken Nägel heraus, um damit die Teppiche an den Wänden zu befestigen. Als sie schließlich auch noch eine Glocke aufgehängt hatten, eilte Teresa mit Pater Julian zum Abt von Medina del Campo und zu einem Notar, um sich urkundlich bestätigen zu lassen, daß am Tage Mariä Himmelfahrt des Jahres 1567 ein neues Kloster der unbeschuhten Karmeliterinnen zu Medina del Campo mit Erlaubnis der geistlichen Oberen eingerichtet worden sei.
Am Morgen läutete die Glocke zur ersten Meßfeier. Im Schein der aufgehenden Sonne begann das Blau der Teppiche zu leuchten, ihre Goldstickereien waren wie die Verlängerung der hereinfallenden Sonnenstrahlen. Teresa schien es, als ob die Mauern dem Himmel entgegenwüchsen wie ein Dom. Nach dem Gottesdienst allerdings mußte sie erkennen, daß die Mauern Risse hatten und das Dach undicht war, ja, daß die Hostien weder würdig noch sicher in dieser Kapelle aufbewahrt werden konnten. Teresa erschrak, als sie Gott gleichsam auf die offene Straße versetzt sah. Medina del Campo war eine große Handelsstadt, viele Fremde waren da, auch aus den Provinzen der Niederlande, wo die Bilderstürmer der Kirche den Kampf angesagt hatten. Einen Augenblick verzagte sie, wollte sie aufgeben. Doch als sie ihre Kraft verließ, klammerte sie sich an die Kraft Got-

Teresa von Avila

Teresa de Capeda y Ahumada, wie sie mit vollem Namen heißt, wurde am 28. März 1515 in Avila geboren. Dort trat sie 1535 in das Kloster der Karmeliterinnen ein. Sie schuf mit ihrer Klosterreform Zentren der Meditation, die in der Welt und in der verweltlichten Kirche eine neue Hinwendung zu Gott bewirken sollten. Den Zweck aller Gebete sah sie darin, Taten hervorzurufen. Ihre erste Vision veranlaßte sie, innerhalb von zwanzig Jahren siebzehn Klöster des reformierten Ordens der Unbeschuhten Karmeliterinnen zu gründen. Teresa starb am 4. Oktober 1582 in Alba de Tormes. Vierzig Jahre später wurde sie heiliggesprochen. Obwohl sie keine geschulte Theologin war, erweist sie sich in ihren Schriften als Meisterin der Seelenführung, weshalb sie 1970 den Titel einer Kirchenlehrerin zuerkannt bekam.

tes. Sie lag hingestreckt auf dem Boden der Kapelle. Vom Regen, der ganz plötzlich eingesetzt hatte, bildeten sich Pfützen vor dem Altar. Teresa hob den Blick nicht. Sie konnte nur noch leise sagen:
»Herr, die Angelegenheit ist nicht die meinige, sondern die deine. Willst du, daß sie zustande kommt, so liegt es in deiner Macht; willst du es aber nicht, so geschehe dein Wille.«
Als sie sich von den Knien erhob, war sie von neuer Kraft erfüllt, es war wie wärmender Wein, der durch alle ihre Adern floß. Sie blickte mit einem kleinen Lächeln auf den Mann, den sie zum Wächter in der Kapelle bestellt hatte, damit sich niemand am Altar vergriff. Er schlief, in der ruhigen Gewißheit, daß dem Allerheiligsten kein böser Mensch nahen würde.
Gott ersparte Teresa zwar keine Mühsal bei der Suche nach einer Unterkunft für ihre Schwestern, bis das verfallene Haus ausgebessert war; er ersparte ihr nicht die Sorge um die Kapelle, die sie nicht schlafen ließ, aber er versagte ihr nicht seinen Segen. Im »Buch der Klosterstiftungen« schreibt sie: »O großer Gott! Wie offenbarst du doch deine Macht, indem du einer Ameise wie mir eine solche Kühnheit verleihst! Wer hat mehr Freude am Geben als du, wenn du nur jemand findest, der deine Gabe annimmt?«
Als Teresa acht Tage später unterwegs zur Herberge war, wurde sie ehrfürchtig von einem Mann gegrüßt, der ihr entgegenkam. Er blieb stehen und sagte, sie möge gestatten, daß er sie etwas frage. Er fragte sie, ob sie nicht die Güte haben wolle, mit ihren Schwestern ein Stockwerk seines Hauses zu bewohnen, das seine Familie räumen werde; denn er habe von der Not der frommen Frauen gehört.
Teresa konnte kaum an sich halten, damit sie nicht in lauten Jubel ausbrach. Sie dankte mit der Vornehmheit und Grazie einer großen Dame und entzückte damit ihren Wohltäter.
Die Wohnung ermöglichte es den Schwestern nicht nur, sich in eine echte Klausur zurückzuziehen. Bei der Besichtigung der neuen Behausung fanden sie sogar einen kleinen Festsaal vor, der für eine Kapelle bestens geeignet war. Teresa versuchte gar nicht erst, den Freudenschrei zu unterdrücken, der sich von ihren Lippen löste. Sie stand in der geöffneten Tür, und hinter ihr drängten sich die Schwestern. Nun hob sie wie tastend den Fuß, als könne sich der Anblick als ein Trugbild erweisen. Sie wagte einen Schritt, und jetzt stand sie auf dem dunkel glänzenden Holz. Sie nestelte aus ihrem Gewand die kleine Glocke, die sie stets bei sich trug und mit der sie die Nonnen

auf Reisen zu den klösterlichen Pflichten der Andacht, des Gebets und des Chorgesangs rief, ganz gleich, wo man sich gerade befand. Die kleine Glocke klang, und Teresa begann sich im Rhythmus ihres Klanges zu bewegen. Schüchtern und zögernd folgten die anderen Schwestern ihren Tanzschritten. Von da an strömte das Gelingen wie ein Goldregen. Es fanden sich Gönner, die es Teresa ermöglichten, das verfallene Haus in Ordnung zu bringen. Nach zwei Monaten stand die neue Gotteszelle.
Pater Julian konnte die neue Klostergemeinschaft sich selbst überlassen und nach Avila zurückkehren. Aber Teresa konnte sich der stillen Zufriedenheit des Gelingens nicht hingeben. Immer wieder wurde sie aufgerufen, auszuziehen und neue Gotteszellen zu errichten.

Elisabeth I.
Herrscherin über die Wellen

von Hermann Schreiber

Ihr Halbbruder Edward hatte sie von der Thronfolge ausgeschlossen, ihre Halbschwester, die blutige Maria Tudor, warf sie in den Kerker. Mindestens zweimal in ihrer Jugend war ihr Leben unmittelbar bedroht, das erste Mal, weil man das noch kindliche Mädchen der Teilnahme an einer Verschwörung beschuldigte und lange verhörte, ehe sich ihre Unschuld herausstellte, das zweite Mal, als der spanische Gesandte auf die Hinrichtung des protestantischen Prinzeßchens drang, damit sein Herr, nämlich Philipp II. von Spanien, ruhig schlafen könne.

Welch rauhe Zeit muß dies gewesen sein, wenn uns trotz dieser Bedrohungen und Drangsale die Historiker versichern »Her childhood, however, was not unhappy« – ihre Kindheit sei gleichwohl nicht unglücklich zu nennen. Über die geheimen Ängste der kleinen Bess hat man nie etwas erfahren; über das namenlose Grauen, das eine siebzehn Jahre ältere Schwester durch ihre Massaker im Herzen der Heranwachsenden hervorrufen mußte, hat Elisabeth sich nie offen ausgesprochen. Dennoch muß man annehmen, daß in jener bedrohten Frühzeit zwischen 1533 und 1558 der Mensch Elisabeth sich bereits so bildete, wie ihr Volk und die Welt die Herrscherin später kennenlernen sollten. Die natürliche weibliche Anlage zum Mitgefühl war zurückgedrängt und niedergekämpft; die Spontaneität der Handlungen weitgehend, wenn auch nicht völlig, der intellektuellen Überwachung unterworfen. Die Reaktionen auf Unerwartetes, Plötzliches wurden völlig unberechenbar und erschienen der Umwelt oft böse, unweiblich, hart. Weichheit, Herzlichkeit und Heiterkeit stellten sich erst nach und nach wieder ein, als die Zustimmung des Volkes und die Sicherheit der Machtausübung eine gewisse Entspannung gebracht hatten, und als die Königin die Notwendigkeit erkannte, nicht nur Herrscherin zu sein sondern auch Landesmutter – und das für ein Volk, das schwere Zeiten hinter sich hatte.

England hatte das seltene Glück zweier großer Herrscherpersönlichkeiten hintereinander gehabt. Heinrich VII. und Heinrich VIII. hatten Kraft und Wohlstand des Landes nachhaltig gefördert, und auch unter Eduard VI. war dank des weisen Lord-Protektors Eduard Seymour der innere Frieden gewahrt geblieben. Erst Maria, Tochter Heinrichs VIII. aus der Ehe mit Katharina von Aragon, hatte in nur sechs Regierungsjahren all dies wieder zunichte gemacht, sich mit Philipp, dem späteren Hauptfeind Englands, ehelich verbunden und gemeinsam mit ihm eine große Protestantenverfolgung begonnen. In einem Krieg mit Frankreich, den sie vom Zaun gebrochen hatte, ging Englands letzte Position auf dem Kontinent, die wichtige Hafenstadt Calais, verloren, und das Volk atmete auf, als »bloody Mary«, wie man sie der 277 Ketzerverbrennungen wegen nannte, am 17. November 1558 starb. Es war mehr als der bei königstreuen Völkern übliche Vertrauensvorschuß für einen neuen Herrscher, wenn die Engländer nun der rotblonden, hochgewachsenen Königin Elisabeth zujubelten. Damit war, gleichsam durch Akklamation, jene Legitimität, jene verbriefte Thronfolge-Berechtigung nachgetragen, die Elisabeth niemals besaß. Ihr Vater, der achte Heinrich, hatte seine zweite Frau, die schöne Anne Boleyn, nämlich schon bald nach der Geburt dieses Kindes des wiederholten Ehebruchs beschuldigt und sie war – wenn auch in einem höchst anfechtbaren Prozeß – im Mai 1536 schuldig gesprochen und hingerichtet worden.
Vielleicht muß man in diesen Tatsachen (an die sie sich zwar nicht erinnerte, aber die doch ihr Leben begleitet hatten) die Ursache dafür

Elisabeth I.

Elisabeth wurde am 7.9.1533 in Greenwich als Tochter Heinrichs VIII. und Anna Boleyns geboren. Durch den Prozeß gegen ihre Mutter wurde sie zur Waise und von der Thronfolge ausgeschlossen. Nach Jahren eines halbversteckten Lebens außerhalb Londons konnte sie 1558 mit Hilfe des Parlaments den Thron besteigen. Vierzig Jahre hindurch sollte ihr bester Berater William Cecil Lord Burleigh sein, der die britische Politik im Innern und gegenüber dem Ausland bestimmte. Nach der Hinrichtung ihrer Rivalin Maria Stuart hatte Elisabeth den Rachefeldzug des katholischen Europa abzuwehren. Sie starb unvermählt am 24.3.1603 in Richmond, nachdem sie den Sohn Maria Stuarts, Jakob I., als Nachfolger auf dem Thron anerkannt hatte.

sehen, daß Elisabeth sich vom Regierungsantritt an sogleich für die Rechtspflege im Land interessierte und zugleich mit den religiösen Angelegenheiten auch die Rechtsverhältnisse wieder auf den Stand vor der Regierungszeit Marys brachte. Das von ihrem Großvater ins Leben gerufene unabhängige oberste Gericht, die Sternkammer, erhielt wieder große Machtbefugnisse, und die Rechtssicherheit schuf inneren Frieden im Land.
Da die Sternkammer lediglich unter königlichem Einfluß stand, nicht aber irgendwelchen Adelskreisen oder Parteien hörig war, war das kleine Volk schon unter Heinrich VII. und Heinrich VIII. diesem Gerichtshof mit Sympathie gegenüber gestanden und hatte in ihm beinahe einen Fürsprecher der sonst rechtlosen Nichtadeligen und Armen gesehen. Darum erweckte es von vornherein Vertrauen in die Regierung der jungen Königin, daß sie mit diesem Rechtsinstrument ihre Tätigkeit begann.
Ungleich schwieriger, ja zweifellos zu schwierig für eine unerfahrene Herrscherin, war die religiöse Frage. Elisabeth überließ sie darum dem Parlament, auf dessen Wahl und Zusammensetzung sie offensichtlich keinen Einfluß genommen hatte und das als eine echte Volksvertretung anzusehen war. Die Wiederherstellung der Reformation in England in jener behutsamen Form, die ihr Bischof Cranmer unter Edward VI. gegeben hatte, erschien darum im Innern, vor allem aber im Ausland als ein Volksentscheid, dem sich die Königin getreu ihrer Verantwortung fügte. Das bewahrte England zunächst vor gegnerischen Maßnahmen des Papstes und das gestattete den Heiratskandidaten, deren wichtigste ja aus katholischen Ländern kamen, sich weiterhin um die Hand der Königin zu bewerben.
Man hat sich für diesen Aspekt im Leben der Königin vielleicht über Gebühr interessiert. Um sich die Ehelosigkeit Elisabeths zu erklären, wurden psychologische und medizinische Überlegungen oft sehr weit herangeholt, obwohl es nach der reinen Faktenlage eigentlich nur eine einzige Ursache hatte, daß diese junge und von vielen begehrte Frau nicht heiratete: sie fühlte und wußte, daß jede Ehe sie behindert hätte.
Sobald ihr das klar war – und es scheint ihr sehr bald klar geworden zu sein – setzte sie die Aussicht auf ihre Hand so raffiniert im außenpolitischen Intrigenspiel ein, daß sich die durchwegs hochgestellten Bewerber beinahe lächerlich ausnehmen und Elisabeths Kühle in all diesen Ränken ihr schließlich den Vorwurf der Frigidität eintrug: Als

ob man frigide sein mußte, um sich jene Könige und Prinzen vom Leib zu halten, von denen mindestens drei wahre Bilderbuchbeispiele der Degeneration genannt werden müssen. Der einzige kongeniale Mann, nämlich Heinrich von Navarra, der auch im Religiösen mit ihr sympathisierte, war zu klug, um sich offen zu erklären; bis heute besteht keine wirkliche Gewißheit über seine Bewerbung um ihre Hand.

Philipp von Spanien, zwei jüngere Kaiser-Söhne und der schwedische Thronfolger waren also abgewiesen, nicht zuletzt, weil Elisabeth am Leben ihrer älteren Halbschwester hatte verfolgen können, welch unheilvolle politische Folgen die Heirat mit einem ausländischen Herrscher oder auch nur Prinzen für England nach sich ziehen konnte. Blieben also die einheimischen Bewerber, unter denen James Hamilton, der dritte Earl of Arran der wichtigste war. Drei Jahre älter als Elisabeth, entstammte er einem der ältesten und berühmtesten schottischen Geschlechter, das wiederholt historisch bedeutsam in Erscheinung getreten war. Vor allem aber hatte er einen rechtlich einwandfreien Anspruch auf den schottischen Thron für den Fall, daß Maria Stuart kinderlos sterben sollte; die Verbindung mit ihm hätte Elisabeth also eine starke Position in ihrer Auseinandersetzung mit der Rivalin gegeben.

Maria Stuart (1542–87) war eine Urenkelin Heinrichs VII. von England und eine Tochter König Jakobs V. von Schottland. Sie erhob Anspruch auf beide Throne, und da sie mit König Franz II. von Frankreich verheiratet war, stellte sich Frankreich naturgemäß hinter diese Ansprüche, so daß sich die Lage, die wir aus dem Hundertjährigen Krieg kennen, auf seltsame Weise verkehrt zeigt: Jetzt ist es Frankreich, das mit Hilfe von Thronansprüchen beide Reiche, die britische Insel und das französische Land, unter einem Herrscherpaar, einer Herrschaft vereinigen will.

Der Hauptunterschied bestand freilich darin, daß Elisabeth I. ein ungleich stärkerer Herrscher war als Karl VII. Sie jedenfalls brauchte keine Jungfrau von Orléans, hatte allerdings auch das Glück, daß Franz II., der Gatte der Maria Stuart, schon 1560 starb. Die Rivalin war damit nicht mehr Königin von Frankreich, sondern nur noch eine Königin-Witwe. Als sie 1561 nach Schottland ging, hatte die Reformation dort schon viele Anhänger gewonnen, so daß Maria auch Schottland nicht mehr ganz hinter sich hatte. Und kaum erkannte Elisabeth, daß sich die Verhältnisse auch im Norden günstig für sie entwickelten, da beschloß sie, auch auf die Heirat mit James Hamilton, Earl of Arran zu verzichten. Im gleichen Jahr oder ein Jahr darauf verfiel der Graf übrigens in geistige Umnachtung, aus der ihn der Tod erst nach einem halben Jahrhundert erlöste. Elisabeth hätte an ihm also keine Hilfe gehabt.

Eine Königin, die aus verschiedenen Gründen nicht heiraten will, hat immerhin die Möglichkeit, andere Männer an ihre Seite zu ziehen, Herren des Hofadels, die damit in eine zwiespältige Lage geraten: So selbstverständlich die Mätresse zum Königtum gehört, so abschätzig wird in der Geschichte ein Günstling selbst dann beurteilt, wenn er – wie der baltische Graf Münnich oder auch der Spanier Godoy – sich Verdienste um den Staat erwirbt.

Von den drei bekannten Günstlingen der Elisabeth war Robert Dudley (späterer) Earl of Leicester jener, an dem sie offensichtlich am meisten hing und den sie wohl auch geheiratet hätte, wäre diese Verbindung im Volk nicht auf so deutlichen Widerstand gestoßen. Dudley, ein Jahr älter als Elisabeth oder gleichalt, war der jüngste Sohn des Herzogs von Northumberland, dem seine Versuche, die britische Thronfolge nach seinen Wünschen zu korrigieren, den Henkertod eingebracht hatten. 1553–57 saß auch sein Sohn Robert im Tower gefangen; Elisabeth holte sich ihren Geliebten also aus dem Kerker, wozu man sagen muß, daß Dudley ein besonders gut aussehender Edelmann von einnehmenden Manieren war. Es fehlte ihm auch nicht an Intelligenz, wohl aber an Charakter, und da die ihn zärtlich liebende Königin ihm immer wieder Aufgaben anvertraute, denen er nicht gewachsen war, statt ihn ganz einfach im Palast zu beschäftigen, gingen von Dudleys Fehlern, Eigenmächtigkeiten und Willkürakten die größten Gefahren für ihre Regierung aus. Dudley, der sich ernsthafte Hoffnungen auf die Hand Elisabeths gemacht zu haben scheint, brachte durch seine Intrigen die Heiratswerbungen aus Frankreich und Österreich zum Scheitern (ohne daß allerdings feststeht, wie sich Elisabeth selbst schließlich entschieden hätte). Und Dudleys eigene Frau Amy Robsart, das größte Hindernis auf seinem Weg zur Position des Prinzgemahls, fiel 1560 so unglücklich eine Treppe im Schloß hinunter, daß sie starb. Das Volk vermutete Mord, die Forschung hält Selbstmord für möglich, und Walter Scott ließ sich von diesen spektakulären Vorgängen im engsten Umkreis der jungfräulichen Königin zu seinem wohl berühmtesten Roman »Kenilworth« anregen.

Aus einem anderen Holz als der leichtfertige und egozentrische Dudley war Sir Christopher Hatton (1540–91) geschnitzt, obwohl auch er die Aufmerksamkeit der Königin durch sein gefälliges Äußeres auf sich zog und durch den Umstand, daß er einer der besten Tänzer bei Hofe war. Hatton war ein Mann von großer Rechtschaffenheit, energisch in der Verteidigung seiner Königin gegen Pamphlete und Gerüchte, wachsam gegen die Übergriffe einzelner Gruppen wie der Puritaner und zweifellos ein geschickter und tüchtiger Lordkanzler mit großen Sympathien für die herausragenden Persönlichkeiten des britischen Geisteslebens jener Zeit. Sein Tod wurde darum vor allem in diesen Kreisen lebhaft bedauert, seine Leistung durch Denkschriften in Vers und Prosa gewürdigt.

Die schmerzlichsten Erfahrungen mußte Elisabeth mit dem dritten dieser Männer machen, mit Robert Devereux, dem zweiten Earl of Essex (1566–1601). Hochbegabt, feinnervig, sprunghaft und aufbrausend, vereinigte er Wesenszüge beider Vorgänger in sich, hatte mehr Erfolge aufzuweisen als Dudley, aber weniger Beständigkeit in seinen Diensten für die Krone als Hatton. Seine aus heutiger Sicht interessanteste Leistung ist die Schaffung eines Agentennetzes (damals Korrespondenten genannt), mit dessen Hilfe er Elisabeth vor einem Giftanschlag der Portugiesen rettete und auch stets wußte, wann eines der spanischen Schatzschiffe aus der Karibik nach Europa unterwegs war. Hatton und Essex waren die Männer, die einen Francis Drake zum erfolgreichsten Freibeuter aller Zeiten werden ließen, seine Weltumseglung finanzierten und Spanien auch in Friedenszeiten mit tausend Nadelstichen quälten. In Irland kämpfte Essex jedoch erfolglos, paktierte heimlich mit dem Gegner und stellte in einer Miniaturrevolte vom Februar 1601 seinen Einfluß auf die Königin auf die Probe – wonach sie gar nicht anders konnte, als ihm den Prozeß machen zu lassen. Es war Francis Bacon, der Mann, für dessen Erhebung auf das höchste Richteramt Essex jahrelang gekämpft hatte, der sich für den Schuldspruch einsetzte. Am 25. Februar 1601 wurde Essex im Tower hingerichtet.

Weiß man das, hält man sich dies alles vor Augen, so versteht man auch, warum Elisabeth gegenüber Maria Stuart keine Gnade walten ließ. Im Zweifel zwischen ihrer Neigung und der Staatsräson hat diese Frau, die sich schon sehr früh für die ungeteilte Macht entschied, stets zugunsten des Staates entschieden, und nach allen Risiken, denen sie schon als Mädchen ausgesetzt gewesen war, hatte sie als Frau und Königin kein Verlangen mehr, sich leichtfertig in irgendwelche Gefahren zu begeben.

Auf eine merkwürdige, in der britischen Geschichte seither nicht mehr vorgefallenen Weise schien ihre Regierungszeit abenteuerliche Naturen zu ermuntern, zu denen man auch Maria Stuart rechnen muß. Aber während die weiche Maria vom schottischen Königsblut nur ein paar Sentiments mitbekommen zu haben scheint und von den Guise, dem mütterlichen Stamm, ihren unglückseligen Stolz, ließ sich Elisabeth weder von Gefühlen noch von Rücksichten beirren. Nach achtzehn Jahren des Zauderns, in denen Maria Stuart absichtlich oder unabsichtlich an allen Verschwörungen gegen Elisabeth beteiligt gewesen war, unterschrieb ihre Gegnerin das Todesurteil, und Maria Stuart wurde im Februar 1587 zum Richtblock geführt. Die Frömmigkeit und die Würde, mit der sie ihrem Tod entgegenging, erschütterten ganz Europa und nahmen Elisabeth jede Chance, jemals wieder schlicht und einfach nach ihren Leistungen an der Spitze ihres Staates beurteilt zu werden. Nicht einmal die Tatsache, daß sie vierzehn Jahre später ihren Geliebten Essex ebenfalls hinrichten ließ, hat das Urteil der Nachwelt beeinflussen können.

Christina von Schweden
Königin ohne Thron

von Agnes Emrich

Als am 17. Dezember 1626 in der Kapelle des Königsschlosses zu Stockholm das Te Deum angestimmt wurde, mit dem man für die Geburt eines Prinzen dankte, lag in der königlichen Wiege – ein kleines Mädchen. Die Frauen im halbdunklen Entbindungszimmer waren einem Irrtum erlegen und hatten dem König die Geburt eines Stammhalters und Thronfolgers gemeldet. Als sie entdeckten, daß sie sich getäuscht hatten, fragten sie verzweifelt, wie man König Gustav Adolf die Wahrheit beibringen könne.
Während sich der schwedische König keineswegs enttäuscht zeigte und für das gesunde Mädchen dankbar war, wurde der Mutter, Maria Eleonore von Brandenburg, zunächst verheimlicht, daß sie keinen Sohn geboren hatte. Als sie Tage später die Wahrheit erfuhr, reagierte sie verbittert und wollte sich mit diesem Kind nicht abfinden – ein Mädchen und häßlich dazu! Bei der Taufe gab man der Prinzessin den Namen Christina, und der königliche Vater sagte lächelnd: »Sie wird schlau werden, denn sie hat uns alle genarrt.«
Christina war mitten in den Wirren des Dreißigjährigen Krieges zur Welt gekommen, den Schweden zusammen mit der protestantischen Union gegen die katholische Liga führte. Der Krieg spielte sich zwar nicht im eigenen Land ab, sondern auf deutschem Boden, dennoch griff er unmittelbar in ihr Leben ein. Schließlich war ihr Vater Soldat, Oberbefehlshaber der schwedischen Truppen. Als er 1630 wieder nach Deutschland aufbrach, richtete er eine Vormundschaftsregierung ein, der die Leiter der hohen Reichsämter angehörten.
Wie bitter notwendig diese Vorsorge gewesen war, zeigte sich, als Gustav Adolf 1632 in der Schlacht bei Lützen fiel. Christina war im Alter von 6 Jahren Königin von Schweden! Die Vormundschaftsregierung – an ihrer Spitze der Kanzler Axel Graf Oxenstierna – übernahm die Ausbildung der kleinen Königin. Oxenstierna, eine überragende Persönlichkeit, blieb über Jahre ihr engster Berater.

Es heißt, der König habe für den Fall seines Todes verfügt, daß das Mädchen wie ein Mann zu erziehen sei. Es solle alles das erlernen, was ein männlicher Thronfolger für das Regierungsgeschäft wissen und können müßte. Die Verantwortlichen hielten sich streng an diesen Wunsch, und Christinas Neigungen kamen dem entgegen. Die junge Königin war außerordentlich begabt. Sie sprach mit 14 Jahren perfekt Deutsch, Französisch, Italienisch und Spanisch. Da sie eine rasche Auffassungsgabe und ein außergewöhnliches Gedächtnis besaß, begannen die Kronräte früh, sie über politische Ereignisse zu informieren und ihr Zusammenhänge zu erklären. Sie ritt hervorragend, liebte die Jagd, arbeitete gern in ungeheizten Räumen, und es machte ihr nichts aus, auf dem Boden zu schlafen.
Als Christina mit 18 Jahren offiziell die Regentschaft übernahm, war sie sich ihrer Aufgabe voll bewußt. Sie versäumte – auch wenn sie krank war – keine Kabinettssitzung und bereitete sich sorgfältig vor. Zu strittigen Punkten gab sie eine wohlbegründete Meinung ab und focht sie mit Mut gegenüber den erfahrenen Staatsbeamten durch, wenn sie von der Richtigkeit ihres Standpunkts überzeugt war.
Zu Frauen muß die männlich erzogene Königin ein eigentümliches Verhältnis gehabt haben. Sie fühlte sich ihnen geistig weit überlegen und hatte es lieber mit Männern zu tun. Dennoch reichte die Erziehung nicht so weit, daß sie sich nicht selbst als Frau gefühlt hätte. Es wird von Günstlingen und Favoriten am Hof zu Stockholm berichtet, denen sie in Liebe zugetan war. An Heirat hat sie offenbar nie gedacht. Man kann annehmen, daß sie den Gedanken, einem Mann in Treue verpflichtet oder gar untertan zu sein, mit ihrem Selbstbewußtsein nicht vereinbaren konnte.
Am Abschluß des Westfälischen Friedens, der den Dreißigjährigen Krieg 1648 beendete, war Königin Christina indirekt beteiligt. Mit logischem Denken und klaren Argumenten focht sie für den Frieden auch gegenüber einigen Landsleuten, denen manche Zugeständnisse, die den ehemaligen Feinden gemacht wurden, als zu weitgehend erschienen. Immerhin wurde Schweden durch diesen Frieden Herr der Ostsee, Schirmherr des Protestantismus und die erste wirkliche Großmacht des Nordens.
Glücklich aber kann man Christina von Schweden nicht nennen. Dafür war sie wohl zu vielseitig begabt und interessiert. Ihr Regierungsamt – noch so verantwortlich wahrgenommen – konnte sie nicht befriedigen. Es war eine Last und nahm ihr die Zeit und die

Freiheit, vielen anderen Dingen nachzugehen, denen sie sich gerne gewidmet hätte. Kein Wunder, daß die schwedische Königin ihren Zeitgenossen nicht als ausgeglichene Persönlichkeit erschien. Einige standen ihr sogar ausgesprochen verständnislos, ja sogar feindlich gegenüber, wenn sie zum Beispiel wertvolle Kunstsammlungen wie aus Hunger nach dem Schönen erwarb, ohne zu fragen, ob Geld für solchen Luxus vorhanden sei. In der Gedankenfreiheit, die sie für sich beanspruchte, setzte sie sich schließlich auch über den Protestantismus als Staatsreligion hinweg. So lud sie beispielsweise zwei Jesuiten in weltlicher Verkleidung zu sich ins Schloß ein, um katholische Glaubensgespräche mit ihnen zu führen.

Einen einzigen, ausschlaggebenden Grund für ihre Abdankung gab es wohl nicht. Eher kamen viele Motive zusammen: ein zunehmender Druck der Regierungslast, ihr Wunsch nach größerer Freiheit, ihre entschiedene Ablehnung zu heiraten und damit die Thronfolge zu sichern, ihre philosophischen wie ihre kostspieligen künstlerischen Interessen und ihre Affinität zu dem lebensvolleren katholischen Glauben. Politisch geschickt sicherte sie ihrem Vetter Karl Gustav von Pfalz-Zweibrücken die Nachfolge auf den schwedischen Thron und sich selbst – neben hohen jährlichen Diäten – das Recht, lebenslang den Titel Königin zu tragen. Der feierliche Thronverzicht fand am 6. Juni 1654 statt. Totenstill hörten die Großen und Stände ihre bewegende Abschiedsrede und erlebten, wie sie selbst die Krone ablegte, weil sich der alte Graf Brahe weigerte, seiner Königin das höchste Zeichen ihrer Würde vom Haupt zu nehmen. Christina war frei; sie war 28 Jahre alt, als sie Schweden verließ.

Christina von Schweden

wurde am 18.12.1626 als Tochter König Gustavs II. Adolf in Stockholm geboren. Nach dessen Tod bestieg sie 1632 den schwedischen Thron. Bis 1644 regierte ein Regentschaftsrat, dann übernahm sie selbst die Herrschaft. Eine Heirat lehnte sie ab und setzte durch, daß ihr Vetter zu ihrem Nachfolger bestimmt wurde. 1654 dankte sie zu seinen Gunsten ab, ging ins Ausland und trat ein Jahr später von der protestantischen zur katholischen Kirche über. Danach lebte sie vorwiegend in Rom, von wo aus sie noch eine rege politische Tätigkeit entwikkelte. Sie setzte sich auch für die Förderung der Künste und Wissenschaften ein. Sie starb am 19. April 1689 in Rom.

Sechs Monate darauf traf die Königin in Brüssel ein, wo sie begeisterte Aufnahme fand. Dic sensationelle Nachricht von ihrer bevorstehenden Konversion zum Katholizismus war ihr vorausgeeilt und hatte ihr unter den katholischen Herrschern Europas neue Freunde gewonnen. Vier Wochen lang war Christina samt ihrem Gefolge von 200 Personen Gast des spanischen Königs, zu dessen Reich die damaligen Niederlande gehörten: Festessen, Turniere, Schauspiele und Bälle lösten einander ab. Die Königin genoß die neugewonnene Freiheit und das festliche Treiben in vollen Zügen.
Brüssel war freilich nicht das eigentliche Ziel ihrer Reise. Sie wollte nach Rom. Doch der Papst, der nur zu gerne eine ehemalige protestantische Königin in den Schoß der Kirche zurückkehren sah, hatte sie wissen lassen, daß sie bereits dem alten Glauben angehören müsse, ehe er sie empfangen könne.
Bei einem Zwischenaufenthalt in Innsbruck ließ sich die Königin im Rahmen eines feierlichen Gottesdienstes katholisch taufen, und dann bereitete ihr Rom, mit Papst Alexander an der Spitze, einen triumphalen Empfang. Christina war die erste Frau, der erlaubt wurde, im Vatikan zu wohnen, bis ihr der Herzog von Parma den römischen Palast seiner Familie – den Palazzo Farnese – als Domizil anbot.
Ihre Gastgeber und die römische Gesellschaft schätzten an dieser ungewöhnlichen Frau ihre Belesenheit, ihre künstlerischen Interessen, ihre Kenntnisse in Philosophie und Theologie und die souveräne Art, geistreiche Gespräche zu führen. Und dieser Ruf verbreitete sich rasch über die Grenzen Roms hinaus. Man sagt, Christina von Schweden sei zu dieser Zeit die berühmteste Frau der Welt gewesen. Sie wurde mit Geschenken überhäuft, und der Papst ließ sogar eine Goldmedaille prägen, die auf der einen Seite sein Porträt und auf der anderen Seite Christinas Einzug in Rom zeigte.
Die gegenseitige Hochschätzung währte jedoch nicht lange. Bald fand der Papst einiges an Christinas Religiösität befremdlich. Sie war und blieb eine weltlich gesinnte, selbstbewußte Frau, die sich auch durchaus kritisch zu manchen kirchlichen Bräuchen äußerte. Als sie sich einmal während einer Messe laut lachend mit Kardinälen unterhielt, schenkte ihr der Papst anschließend einen Rosenkranz mit der Aufforderung, ihn künftig während des Gottesdienstes zu gebrauchen. Christina lehnte empört mit der Bemerkung ab, eine rosenkranzbetende Katholikin wolle sie nicht werden.
Auch sonst hatten Alexander VII. und seine Nachfolger manchen

Ärger wegen der extravaganten Königin auszustehen. In ihrem Palazzo verkehrten fast nur Männer. Viele von ihnen waren hohe kirchliche Würdenträger. Der Kardinal Colonna entbrannte in so heftiger Liebe zu ihr, daß der Papst ihn aus Rom verbannte. Neben Philosophen und Adligen gingen Schauspieler und Sänger bei Christina ein und aus. Sie eröffnete ein nicht benutztes Theater und ließ darin spielen, obwohl die Kirche solche Aufführungen zeitweise untersagt hatte. Ebenso trotzte sie dem päpstlichen Verbot und unterhielt in ihrem Palazzo jahrelang ein Laboratorium mit dem Ziel, auf künstlichem Wege Gold herstellen zu können.

Christinas selbstsichere, egozentrische und bisweilen hochfahrende Art äußerte sich nicht nur gegenüber der Kirche. Es störte sie nie, was andere von ihr dachten, auch nicht, ob andere sich durch sie verletzt fühlten. Als sie anläßlich einer Reise nach Paris von den vornehmsten Damen der Gesellschaft empfangen wurde, stieß ihr Benehmen auf einhellige Ablehnung. Sie, klein von Gestalt, schlank, große Augen in einem schmalen, von braunen Locken umrahmten Gesicht, erschien in Männerkleidern – Hosen, Stiefel und Kaftan mit Ledergürtel – redete laut und ungefragt, legte ungeniert die Beine über Sessellehnen und gab abfällige Bemerkungen über die Anwesenden von sich. Bei ihrer Abdankung waren der Königin zwar regelmäßige finanzielle Bezüge zugesagt worden, aber schon bald rissen diese Zahlungen ab. Das hinderte Christina nicht, ihren anspruchsvollen Lebensstil fortzuführen. Die Folge waren Unterbezahlung ihrer Bediensteten und deren rigorose Selbsthilfe. Sie stahlen wie die Raben. Kostbare Kandelaber wurden entwendet, Türen als Brennholz verkauft, wertvolle Bücher versetzt.

Phantastisch, wie manches im Leben dieser Frau, waren auch die politischen Ideen, die sie mit großem persönlichen Einsatz und finanziellen Risiken zu verwirklichen suchte. Da hatte sie zum Beispiel den Plan, gemeinsam mit Frankreich die Spanier aus Neapel zu vertreiben, um dort Königin zu werden, oder die Idee, die Regentschaft in Polen zu übernehmen, nachdem ein entfernter Verwandter auf die polnische Krone verzichtet hatte. Die verantwortlichen Politiker waren klug genug, nicht auf so unrealistische Pläne einzugehen. Christina erreichte nichts.

Als die Königin Anfang des Jahres 1689 ernsthaft erkrankte, ließ sie Papst Alexander VIII. um Verzeihung bitten, falls sie ihn »durch ihre lebhafte Art oder durch unpassende Ausdrücke« beleidigt habe. Sie

starb bereits am 19. April desselben Jahres. Die Art, wie diese Frau selbst für ihr Seelenheil vorsorgte, entsprach ihrem ungewöhnlichen Charakter: 20000 Messen sollten für sie gelesen werden.
Christina von Schweden wurde in der Peterskirche beigesetzt, wo ihr später Papst Innozenz XII. an einem Pfeiler des rechten Seitenschiffes ein Grabdenkmal errichten ließ.

Maria Sibylla Merian
Die forschende Künstlerin

von Ernst L. Erd

Man kennt Wissenschaftler und Künstler, die schon als Kinder Geniales leisteten. Wir denken dabei an Mozart, Leonardo, Gauß, Pascal oder Solvay. In die Reihe jener »Wunderkinder« gehört auch Maria Sibylla Merian. Im Alter von etwa 10 Jahren entdeckte sie das Geheimnis der Verpuppung der Raupen und die Herkunft der Schmetterlinge. Als Kunsthandwerkerin begründete sie später die erste von einer Frau geleitete Malschule und fand neue Naturfarben aus Besenginster, Rispen und Roggenblüten. Sie war auch die erste Frau, die, allein begleitet von ihrer Tochter, selbständige Forschungsreisen in die Tropen unternahm. Einmalig sind die künstlerischen Leistungen in den Abbildungen der tropischen Fauna und Flora auf Pergament und Papier. Unnachahmlich auch, mit welcher Präzision, Anmut und Natürlichkeit die ersten Naturkundebücher von ihr gestaltet wurden. Wahrscheinlich ist Sibylla Merian die größte Malerin und Kupferstecherin aller Zeiten.

Sie war im Jahre 1650 drei Jahre alt, als ihr Vater, der große Matthäus Merian d. Ä., starb. Sie war dessen einziges Kind aus seiner zweiten Ehe. Ein Jahr nach seinem Tode heiratete Sibyllas Mutter den Maler und Kupferstecher Jakob Morells, der den bedeutenden Kunstverlag mit den beiden Söhnen Merians aus erster Ehe (Matthäus d. J. und Kaspar) erfolgreich weiterführte. Morells liebte seine Stieftochter wie sein eigenes Kind. Trotz der Schwere der Zeit (der Dreißigjährige Krieg war gerade zu Ende) kannte man im Patrizierhaus der Merian/Morells in Frankfurt am Main keine materielle Not, war doch die freie Reichsstadt einigermaßen gut durch die Zeitwirren gekommen.

Sibylla war ganz und gar eine Merian, das naturgetreue Ebenbild ihres Vaters. Dieser soll noch auf dem Sterbebett gesagt haben, als er die Dreijährige akkurat eine Weinranke abkritzeln sah: »Paßt mir auf die Kleine auf und laßt sie gewähren, es steckt was in ihr, was sich durchsetzen will.«

Er sollte recht behalten. Vor allem die Genialität, der Drang zum

Außerordentlichen, aber auch Rastlosigkeit und Fernweh sollten sich dereinst in der Tochter widerspiegeln.
Bald zeigte es sich schon. In dem Alter, wo andere Kinder ihren Spieltrieb austoben, läßt Sibylla gegensätzliche Neigungen erkennen. Bei jeder Gelegenheit verläßt sie das Haus unweit des Domes und treibt sich irgendwo in den Mainwiesen herum. Dort sucht sie Bäche, Tümpel und Teiche auf. Hier sammelt sie allerhand Kleingetier – Insekten, Käfer, Spinnen, Larven – und bringt Gräser, Blumen und Unkräuter herbei. Vater Morells und die Brüder müssen mit Zeichenmaterial, Kornroller, Pinsel und Stichel aushelfen, und dann geht es gleich ans Malen aller jener Dinge, die sie angeschleppt hat. Wie oft mögen ihr der Vater und die Brüder über die Schulter geschaut haben. Und die Blicke, die sie sich dabei zuwerfen, sagen nur das eine: Die Kleine malt schon nahezu perfekt. Was aber zaubert sie alles aufs Papier: die Heuschrecke am Grashalm nagend; die Raupe, die am Kohlblatt frißt, den Falter auf der Blüte; aber auch Spinnen, Asseln, Schaben und sonstiges Gezeugs.
Mutter Morells ist dagegen weniger über die künstlerischen Neigungen der Tochter erfreut. Was soll das auch heißen, ein Mädchen das malt! Mädchen lernen nähen, bügeln, Geschirr spülen, Messer und Salat putzen und den Spinnrocken setzen, basta! Gar oft muß da der Vater schlichten.
Um diese Zeit macht das Kind eine Entdeckung, die als Forschungsleistung allerersten Grades in die Wissenschaft einging. Sie beobachtete in einem Wäldchen die Eiablage des Kiefernspanners auf einem Kiefernzweig und später das Ausschlüpfen der kleinen Raupen aus den Eiern. Nun war es klar: Schmetterlinge legen Eier, und daraus schlüpfen Raupen. Sie nimmt Räupchen und Kiefernzweige mit nach Hause und malt sie dort sogleich. Dann legt sie alles wieder in die Schachtel zurück. Hier schmarotzen die Raupen auf den Nadeln und wachsen schnell heran. Aber eines Tages bewegt sich nichts mehr in der Schachtel. Jahrzehnte später schreibt Sibylla darüber in ihrem Buch »Der Raupen wundersame Verwandlung und sonderbare Blumennahrung«: »Also wurden sie leblos und schauten aus wie Dattelkerne, die eine Gestalt wie ein gewickeltes Kindlein haben, daß man eines Menschen Angesicht gleichsam wohl daraus erkennen kann.« (S. Merian gebrauchte den Namen Schmetterling nicht. Tagschmetterlinge sind für sie stets »Sommervögelein« und die Nachtfalter nannte sie »Mottenvögelein«.)
»Wirf deine Raupen weg, sie sind doch tot«, sagt der Vater, und

wieder einmal folgt Sibylla nicht. Nein, sie will sehen, was mit ihren Puppen weiter geschieht. Schließlich hält sie den offenbar toten Raupenkörper gegen das Licht und bemerkt dabei, daß sich etwas darinnen bewegt. Das erzählt sie ihren erwachsenen Brüdern: Man schaut sich an und weiß es scheinbar sofort: Hirngespinste und Phantasien einer zehnjährigen Göre.
Doch da geschieht eines Tages das Wunder: Die Billa (wie man sie daheim nennt) öffnet die Schachtel, und darin liegen lauter Schmetterlinge, und einige flattern sogleich heraus. Sie sind schon alle ausgewachsen. Auf dem Schachtelboden liegen die aufgebrochenen Puppenhüllen. Etwas Unglaubliches hatte sich ereignet, das in der damaligen Welt völlig unbekannt war. Ein Kind hatte herausgefunden: Schmetterlinge legen Eier, aus denen Raupen schlüpfen. Die Raupen verpuppen sich, und aus diesen Puppen schlüpfen nach einiger Zeit ausgewachsene Schmetterlinge. Eine ganz große Entdeckung war gemacht worden, und dazu noch von einem Kinde. Glaubte man doch bisher, daß Raupen, Motten, Eidechsen und Ungeziefer aus dem Flußschlamm kommen, ebenso wie die Gelehrten und die hohe Geistlichkeit behaupteten, daß Frösche, Lurche, Spinnen und Schaben vom Himmel fallen, vom Satan geschickt, der Menschheit zur Plage.
Noch wütet die Inquisition. Hatte nicht gerade vor 25 Jahren noch der große Galilei vor allerhöchstem Tribunal widerrufen müssen? Bei Bekanntwerden seiner Beobachtungen drohten dem Kinde möglicherweise Gericht, Folter oder gar der Scheiterhaufen. Könnten die Inquisitoren nicht argumentieren, daß Sibylla die toten Raupen verhext hat? So muß der Billa zunächst gesagt werden, daß sie über ihre Entdeckung zu schweigen hat. Später wurde durch ihre Beweisführung Sibylla Merian zur Begründerin der Insektenkunde, der Entomologie. Ein Kind hat den Aberglauben besiegt.
Im Jahre 1665 heiratet sie den Maler und Graphiker Andrea Graff und zieht in dessen Haus in Nürnberg. Drei Jahre später wird die Tochter Johanna Helene und nach weiteren 10 Jahren Dorothea Henrike geboren.
Hier in Nürnberg gründet sie als erste Frau eine Malschule. Zwar ist der Ehemann ein hochbegabter Künstler, es sollte sich jedoch bald zeigen, daß er den starken Hang zum Bohemien hat, er ist arbeitsscheu und leichtlebig. Schließlich ergab er sich dem Alkohol. So muß »die Graffin« für den Lebensunterhalt sorgen. Wiederum malt sie in unübertroffener Manier ihre Insekten, Spinnen, Schaben und Raupen.

Das bringt ihr bald den Verdruß der naiven und abergläubigen Bevölkerung ein. Hexenwahn und Aberglauben verfolgen sie deshalb in der Stadt Albrecht Dürers. Hier wird sie nicht nur als »das Weib, das malt und dazu noch das Teufelsgetier abbildet« verleumdet und verfolgt. Man zerstört ihre botanischen Sammlungen und verbrennt ihre Insektenzucht. Erfreulich nur, daß es viele Leute gibt, die ihre naturgetreuen Bilder mit »Früchten und Tieren darauf« immer wieder abkaufen. So entstanden in dieser Atmosphäre die ersten Stilleben-bilder.

1679 erschien ihr Buch »Der Raupen wunderbare Verwandlung und sonderbare Blumennahrung«. Hier sollte sie ausführen, was sie einmal in Frankfurt Vater Morells und den Brüdern zurief: »Ihr malt, radiert und stecht in Kupfer Städte, Dörfer, Burgen, alles totes Gestein. Meine Bilder aber sollen etwas Lebendiges zeigen, ganz so, wie es uns die Natur lehrt und offenbart.«

Sibylla verläßt sechs Jahre später ihren Mann und geht mit den Töchtern nach Holland. Hier treffen wir sie in Wieeuward bei Leeuwarden auf Schloß Waltha wieder. Sie finden Zuflucht bei einer präpietistischen Religionsgruppe, den Labardisten, die sich auch »Kinder des Lichtes« nennen.

Dort lebt sie sechs Jahre. Wegbereiterin, wie sie es zeitlebens war,

Maria Sibylla Merian

Die Tochter Merians d. Ä. wurde am 2. April 1647 in Frankfurt/Main geboren. Im Alter von etwa 10 Jahren entdeckte sie das weithin unbekannte Geheimnis der Metamorphose an Schmetterlingen. Mit 18 Jahren heiratete sie den Nürnberger Maler und Kupferstecher Andrea Graff. Aus dieser Ehe gingen zwei Töchter hervor, die ebenfallls hervorragende Künstlerinnen wurden. Später zerbrach die Ehe, und M. S. zog mit den Töchtern nach Holland.
Mit unübertroffener Meisterschaft malte die Begründerin der Stillebenmalerei Insekten, Blumen, Gräser.
Sie schrieb und illustrierte die ersten neueren Naturkundebücher und war die erste Frau (gemeinsam mit ihrer Tochter), die eine damals noch hochgefährliche Expedition in die Tropen (Surinam) wagte. Die dort angefertigten Zeichnungen vermittelten den Europäern erstmals die Großartigkeit der tropischen Fauna und Flora.
Ihre Bücher sind heute noch bibliophile Kostbarkeiten. Sie starb, zuletzt gelähmt und nahezu erblindet, am 13. Januar 1717 in Amsterdam.

wird sie zur emanzipierten Frau. Während sie die umfangreiche exotische Insektensammlung des Schloßherren kennenlernt, die jener einst aus Surinam mitbrachte, reift in ihr ein tollkühner Plan. Nach Surinam muß sie hin, das alles mit eigenen Augen sehen, dort forschen, arbeiten und zeichnen.

Eines Tages ist sie in Amsterdam mit ihren Töchtern und knüpft sehr bald Verbindungen an. Kennt man doch in Künstlerkreisen längst die genialen Arbeiten der Graffin-Merian. Durch die Vermittlung des Bürgermeisters Witsen gelingt es ihr, eine Überfahrt nach Surinam und die Kostenerstattung dazu zu erlangen. Der große Traum wird Wirklichkeit: Ein Abenteuer unvorstellbaren Ausmaßes kommt auf sie und die älteste Tochter zu. Es wurde die erste Forschungsreise einer Frau in die Tropen.

Der Mensch der Gegenwart kann sich keine Vorstellung davon machen, welch ein Wagnis damals eine Schiffsreise auf einem einfachen Gaffelschoner nach Amerika bedeutete. Im Mai 1699 gehen Sibylla und Johanna Helene an Bord. Vor ihnen liegt eine mehr als zweimonatige Seefahrt. Seenot und Untergang waren damals ebenso an der Tagesordnung wie heutzutage Verkehrsunfälle. Hinzu kommen die üblichen Gefahren: Seekrankheit, Skorbut, Ruhr oder Cholera, Piratenüberfall und Trinkwassernot. Die Nahrung bestand fast ausschließlich aus gesalzenem Fleisch und ebensolchen Fischen. Das Wasser war brackig und schmeckte faulig. Und doch erreicht man im Juli die Küste Surinams.

Monatelang nun treffen wir die beiden tapferen Frauen im dichten, fast undurchdringlichen Dschungel Südamerikas oder in der brüllenden Hitze der guayanischen Savanne. Ausgerüstet sind sie lediglich mit Buschmesser, Schmetterlingsnetz und natürlich mit Malgerät.

In der damals noch fast unberührten Naturlandschaft lauern ständig Gefahren in hunderterlei Gestalten: entflohene schwarze Sklaven ebenso wie die zahlreichen Giftschlangen und die giftigen Erdbeerfrösche. An Flüssen, Bächen und Tümpeln lauert der stets gierige Alligator. Hinter dichtem Laubwerk züngelt die würgende Anakonda ... Zu malen und zu forschen bietet das Land mehr als genug. Die beiden Frauen erkranken mehrfach an Malaria und gelbem Fieber. Eingeborene verraten ihnen ein Gegenmittel: das Kauen der Borke des Chinchonabaumes, der Chinarinde.

Trotz aller Widrigkeiten entstehen großartige Bilder von tropischen Gewächsen und Tieren. Man zeichnet Libellen von nie geahnter

Schönheit; erstmals erfährt die europäische Welt durch die beiden etwas von der Raubheuschrecke Manta religiosa, der Gottesanbeterin. Dann wieder werden Orchideen von märchenhafter Pracht abgebildet und die Riesenfalter mit ihrem giftigen Flügelstaub. So entstehen innerhalb von knapp zwei Jahren mehrere hundert Abbildungen zoologischer und botanischer Motive. Sie wurden erstes Anschauungs- und Informationsmaterial über das tropische Amerika. Sibyllas zweites Buch »Über die Metamorphose der Insekten Surinams« (1705) wurde im westlichen Europa ein Bestseller.

Im Sommer 1701 kehren beide Frauen nach Amsterdam zurück, wenige Wochen bevor Andreas Graff in Nürnberg einsam stirbt. Rastlos bleibt Sibylla Graff-Merian tätig. Noch einmal erschienen von ihr zwei Bildbände in holländischer Sprache: »Der Raupen Ursprung, Nahrung und wundersame Verwandlung.«

An der Schwelle zum Greisenalter stehend, wird die nimmermüde Künstlerin von schmerzhaften Krankheiten geplagt. In den letzten Lebensmonaten sitzt sie gelähmt und nahezu erblindet im Krankenstuhl. Am 13. Januar 1717 stirbt sie in ihrer Wohnung in der Kerkstraat zu Amsterdam. Auf dem Leidsekerkhof wird sie begraben.

Maria Theresia
Tugendwächterin und Reformerin

von Max Schäfer

Der Kaiser liebte schöne Frauen. Galant machte er ihnen den Hof, schmeichelte sich in ihre Gunst ein. Die Kaiserin hielt lieber Hof. Das Fremdgehen lag ihr nicht. Sie liebte nur einen Mann, den ihrigen, ihren »Alten«, ihren »Besten«, ihren »lieben und großen Herren«, obwohl sie von einer Liaison mit einer Fürstin wußte und ein Spottvers ihr zu Ohren kam, der bei den Wienern die Runde machte:

»Frau Resl, gib acht auf den Franzl!
Er geht zu der Kathl am Schanzl!«

Maria Theresia gab nicht nur acht auf ihren Franzl, sondern vor allem auf mancherlei »Liederlichkeiten«, die aus Paris kamen. Zu einer Zeit, als die erklärte Mätresse (maîtresse en titre) im Hofstaat des Königs offiziellen Charakter trug, gehörte ein Liebhaber zur Aussteuer einer Dame vom Stande. »Die Ehemänner sehen wohlgefällig auf den Liebhaber ihrer Frau und behandeln ihn als eine Art Stellvertreter, der ihnen den weniger angenehmen Teil der Sache abnimmt. Das bedeutet übrigens nicht, daß ihnen der persönliche Einsatz erspart bleibt, denn sie pflegen ihrerseits wiederum die Rolle des Stellvertreters bei mehreren anderen Damen zu spielen. Mit einem Wort: Die Mode will, daß jede Frau zwei Gatten hat, einen, dessen Namen sie trägt, einen zweiten, der die Pflichten des Ehestandes übernimmt«, soweit Lady Montagnu, eine intime Kennerin der Wiener Hofgesellschaft, die Wien als das »Vaterland des freien Ehebruchs« bezeichnete.

Für die Kaiserin, eine Frau ohne Fehl und Tadel, waren »Liebhaber« nur »Elende«. Sie ließ sie von der Polizei bespitzeln. 1753 setzte ein Erlaß Strafen für Prostitution und für unanständige Frauenkleidung fest. Frauenkleider sollten länger und die dekolletierten Corsagen dezenter werden, weniger Brust und weniger Bein sollten gezeigt werden.

Noch im selben Jahr schuf Maria Theresia, die keinen Zentimeterbreit vom Pfad der Tugend abwich, eine Art »Sittenpolizei«. Die »Sünder« wurden beschattet, auf frischer Tat ertappt, angezeigt und verhaftet. Mitunter griff die Kaiserin persönlich ein, spielte Sittenrichterin, trennte Paare, die in wilder Ehe lebten und hielt ihnen in einer moralischen Standpauke ihr umfangreiches Sündenregister vor. Die Wiener machten sich über ihre Sittenpolizei lustig. Die »Damen der österreichischen Gesellschaft« sündigten weiter. »Sie sündigen, beten, beichten und fangen wieder von vorn an und achten sorgfältig darauf, daß sie ja nicht die Messe versäumen . . .«, so ein Diplomat jener Zeit völlig undiplomatisch.

Auf dem Gebiet der Moral hatte die Kaiserin keinen durchschlagenden Erfolg, mehr Erfolg hatte sie mit anderen einschneidenden Maßnahmen, so zum Beispiel bei den Ärmsten der Armen, den leibeigenen Bauern, die sich nur widerwillig dem Zwang des Althergebrachten fügten. Wollte ein Bauer seine Tochter verheiraten, so konnte der Grundherr eine Beisteuer oder Zubuße fordern. Wollte er heiraten, so brauchte er die Zustimmung seines Herrn. Seine Söhne und Töchter standen unter Dienstzwang, sie gehörten zum Gesinde des Gutsherrn. Wollte eine Bauersfamilie Eigenerzeugnisse verkaufen, so mußten sie zuvor der Herrschaft zum Kauf angeboten werden. Alte Fronrechte blieben erhalten. Nach wie vor mußten die Bauern ihren Gutsherren Frondienste leisten. Mit der Arbeit der spann- und handdienstfähigen Kleinbauern bestellte der Gutsherr seine Felder. Der Gutsherr war gleichzeitig Gerichtsherr und konnte mit seinen Untertanen nach Belieben verfahren. Der Bauer war Rekrut und Steuerträger. Die den Bauern aufgebürdeten Steuerlasten wurden immer unerträglicher, so daß Katastrophen wie Mißernten, Hagelschaden, Mäusefraß und Überschwemmungen den Lebensnerv der Bauern unmittelbar trafen.

In Österreich standen, mit Ausnahme von Tirol, wo die freie Bauernschaft überwog, Erbuntertänigkeit (Leibeigenschaft) und Grundobrigkeit (Grundherrschaft) nebeneinander. Der Gutsbetrieb, der die Bauern als bloße Arbeitskraft schamlos ausnutzte, war am verbreitetsten in Böhmen, Mähren, Schlesien, Niederösterreich und Galizien. Das höchste Maß an persönlicher Unfreiheit herrschte in Galizien und Ungarn. Das sogenannte »Bauernlegen« war weit verbreitet. Der Bauer ist Zubehör des Gutes und wird mit diesem gekauft und verkauft.

Maria Theresia schaltete sich in die Agrargesetzgebung ein und versuchte, den Anreiz des »Bauernlegens« dadurch zu mindern, daß der Grundherr für die Steuern des von ihm »gelegten« Bauern haftbar gemacht wurde. Diese Maßregel genügte noch nicht. Die Kaiserin griff 1750 erneut in das »Bauernlegen« ein. Leider konnte sie nicht allzuviel ausrichten. In den Jahren 1770–1771 führte sie die sogenannte »Urbarialregulierung« durch: Die Grundherrschaften wurden gezwungen, Urbarien (Grundbücher) anzulegen, in welchen jede bäuerliche Besitzung mit ihren Verpflichtungen endgültig festgeschrieben wurde. Zugleich wurde den Bauern das Recht gegeben, sich »einzukaufen«, d.h. erblichen Besitz zu erlangen. Diese radikale Maßnahme scheiterte in Ungarn, in Österreich hatte sie jedoch Erfolg. Die Bauern sollten gegen die Ausbeutung durch ihre Gutsherren geschützt werden.

Maria Theresia wagte einen bescheidenen Anfang. War sie zu Beginn ihrer bäuerlichen Reformen noch unentschieden: »Die Leibeigenschaft gänzlich abzuschaffen, wäre niemals nützlich; in allen Ländern besteht ein Unterschied zwischen Grundherren und Untertanen. Dem Bauern seine ganze Schuld zu erlassen, würde ihn zu frei und den Grundherren unzufrieden machen . . .«, so stand sie später auf der Seite der Unterdrückten und beschnitt die Vorrechte des grundherrlichen Adels. Sie begnügte sich noch damit, die Frondienste auf zwei Tage in der Woche in Österreich und auf drei Tage wöchentlich in der Steiermark zu beschränken. Ihr Sohn, Joseph II., setzte ihr Werk radikaler fort. Die Reformen seiner Mutter waren reformbe-

Maria Theresia

war die Tochter Kaiser Karls VI. und wurde am 13. 5. 1717 in Wien geboren. 1736 heiratete sie Franz Stephan von Lothringen. Aus dieser Ehe gingen 16 Kinder hervor. 1740 wurde sie Königin von Böhmen und Ungarn. Da ihre Nachbarn die in der Pragmatischen Sanktion festgelegten Erbansprüche auf die österreichischen Länder nicht anerkennen wollten, kam es zu den drei Schlesischen Kriegen, in denen sie aber vor allem im Kampf gegen Friedrich den Großen den Bestand Österreichs – mit Ausnahme von Schlesien – retten konnte. 1745 wurde ihr Gemahl als Franz I. Kaiser. Nach dessen Tode erhob sie ihren Sohn Joseph II. zum Mitregenten in den habsburgischen Ländern. Sie starb am 29. 11. 1780.

dürftig. Er verwandelte Frondienste und Abgaben in unveränderliche Geldabgaben; auch die Grundherren, bislang steuerfrei, sollten an den Staat Steuern entrichten. Dieser radikale Versuch, mit einem Schlag zum Steuerstaat überzugehen, scheiterte. Erst die Revolution von 1848 sprengte die Fesseln der Grundherrschaft und befreite die österreichischen Bauern von allen wesentlichen Lasten.

Als Maria Theresia den Thron bestieg, gab es nur wenige Schulen in den Städten ihres Reiches, als sie 1780 starb verfügte Österreich über 500 neue Schulen. Maria nahm sich vor, den Bauernsöhnen, die meist Analphabeten waren, eine Grundbildung zu verschaffen. Ein großer Teil des Lernens fand noch außerhalb der Schule statt. Die Kinder der Bauern wurden in der Natur mündig. Der »Bildungsgesamtplan« der Kaiserin sah folgende Schultypen vor: eine Normalschule als Modellschule, von der es in jedem Land eine gab, die Hauptschule, von der mindestens eine in jedem Kreis eingerichtet wurde und die Trivialschule, die es in jeder Kleinstadt und Pfarrgemeinde geben sollte. Alle Kinder von 6–12 Jahren sollten zum Schulbesuch verpflichtet werden. Auf dem Land besuchten alle Kinder bis zum 8. Lebensjahr die »Sommerschule«, während die 8–12jährigen in die »Winterschule« gingen, und zwar vom 1. Dezember bis zum 31. März, so daß diese Schulkinder im Sommer bei der Feldarbeit mithelfen konnten. Gezielte, langfristige und offene Reformen dieser Art fanden in der Habsburgermonarchie noch nie statt. Sie bedeuteten eine Herausforderung. Theresias Modellschulen wurden nicht nur von den Schülereltern boykottiert (bloße Zeitverschwendung unserer Kinder!), auch die Kirche stand der Beseitigung des bäuerlichen Analphabetentums skeptisch oder gar ablehnend gegenüber. So mancher Priester predigte unverblümt von der Kanzel: »Lesen ist eine gefährliche Sache!«

Mit der gleichen Entschlossenheit, die Maria Theresia im Schlesischen Krieg bewies, führte sie einen Feldzug gegen die verschiedensten Formen der körperlichen Bestrafung, wie Stäuben mit Peitschen oder Brennesseln, Verstümmelungen: Zunge ausreißen, Hand abhakken oder Ohr abschneiden, Brandmarken mit glühendem Eisen, und gegen die Vollstreckung des »erschwerten Todes«: Der Schuldige wurde bei lebendigem Leibe verbrannt oder lebend gevierteilt und gerädert, nachdem man ihn mit glühenden Eisen zerrissen und gestückelt hatte. 1768 wurde der Kodex offiziell bekannt. 1776 war die Folter im Reichsgebiet, Ungarn ausgenommen, abgeschafft.

Maria Theresia, mütterliche Majestät, die ihrem Gemahl sechzehn Kinder gebar, Kaiserin eines Vielvölkerstaates, Wächterin der Tugend und Reformerin des Rechts, starb in den Abendstunden des 29. November 1780. Als man Friedrich dem Großen den Tod der Kaiserin mitteilte, war sein erstes Wort: »voilà un nouvel ordre des choses!«

Reiner Zufall brachte eine Frau mit 23 Jahren auf den Thron: In Europas größter Dynastie, dem Hause Habsburg, war die direkte Linie der männlichen Nachfolger erloschen. Ohne Männer kam auch eine Maria Theresia nicht aus. Sie wählte im richtigen Moment die rechten Männer: Minister, die für sie regierten und Generale, die für sie in den Krieg zogen. Nicht eine Frau war Erfinderin des Siebenjährigen Krieges, sondern ein Mann namens Wenzel Anton Kaunitz, seit 1753 Staatskanzler und verantwortlich für die auswärtige Politik Maria Theresias. Was man im allgemeinen nicht von ihr weiß: Maria Theresia hatte etwas gegen die Juden. Im Dezember 1744 gab sie nach der Wiedereroberung Prags dem Großkanzler von Böhmen den Befehl, 30000 Juden auszutreiben. Kurze Zeit später dehnte sie diese Maßnahme auf alle Juden in der Monarchie aus. Eine Sonderkommission mußte kontrollieren, ob die 60000 in Österreich lebenden Juden das Land verließen. Mit den Juden verschwand das Geld aus dem Umlauf, der Kredit fiel und überall wurde gejammert. So mußte Maria Theresia ihre Vertreibungsdekrete zum Teil aussetzen, zum Teil widerrufen. Noch in ihren letzten Lebensjahren mokierte sich die Kaiserin über die Anwesenheit von Juden in »ihrem Wien«. Sie gab Order, daß kein Jude ohne ihre persönliche Erlaubnis in der Hauptstadt leben dürfe. »Obwohl Maria Theresia ohne jede Gewissensbisse von den Juden Geld borgte«, so Edward Crankshaw, »konnte sie sich nicht dazu überwinden, ihnen Aug in Aug gegenüberzutreten – selbst bei so wichtigen Angelegenheiten wie der Finanzierung des Schönbrunner Bauvorhabens durch den Juden Diego d'Aguilar stand sie während des Gesprächs hinter einem Paravent verborgen.«

Katharina die Große
Regierungsantritt

von Ellen Schöler

Obwohl die Pferde von St. Petersburg nach Peterhof zum Sommerschlößchen Mon-Plaisir am Finnischen Meerbusen bereits 29 Werst zurückgelegt hatten, wurden sie auf dem Rückweg nach St. Petersburg nicht geschont. Ihr Fell war voll weißer Schweißflocken, jeder sah, daß sie das Tempo nur noch mühsam einhalten konnten. Katharina saß mit ihrem Kammerfräulein Schargorodsky allein im Wagen. Alexej Orlow war vorn beim Kutscher auf dem Bock und Kammerjunker Bibikow stand rückwärts neben dem Lakaien. Katharina strich unablässig mit den Händen über den schwarzen Damast ihres Kleides, das sie in großer Eile übergestreift hatte. Die Ereignisse an diesem Morgen des 28. Juni 1762 hatten sich überschlagen. Das, was man nur für den Notfall ins Auge gefaßt hatte, war eingetreten. Im Morgengrauen war die Schargorodsky schreckensbleich in Katharinas Schlafgemach gestürzt mit der Nachricht, Orlow sei hier; nur mit Mühe habe sie ihn im Vorzimmer zurückgehalten. Katharina war sofort zu ihm gegangen, und er hatte nur gesagt: »Es ist Zeit, sich zu erheben. Alles ist bereit, um Sie zu proklamieren.«
Sie hatte Näheres wissen wollen. Aber auf seine hastige Mitteilung von Passeks Verhaftung hin waren keine weiteren Erklärungen mehr nötig gewesen. Wenn Passek, ihr Mitverschworener, von den Leuten des Kaisers verhört wurde, waren sie alle in Gefahr. Angst befiel Katharina. Heute abend spätestens würde ihr Gemahl, der Kaiser, aus Oranienbaum nach Peterhof kommen und ihre Abreise entdecken. Würden die wenigen Stunden bis dahin ausreichen, die Regierungsgewalt fest in die Hand zu bekommen? Es mußte gelingen! Seit Peters Thronbesteigung im Januar steuerte alles auf eine Katastrophe zu. Zuerst hatte sie gehofft, er würde sich ihr wieder ein wenig zuwenden, ihren Rat suchen wie während der achtzehn Jahre, in denen sie wie Gefangene am Hofe gelebt hatten, der Willkür und den Launen der Kaiserin ausgesetzt. Aber es war eine trügerische

Hoffnung gewesen. Peter hatte sie sofort beiseite gefegt. Alles wollte er allein machen. Und was er gemacht hatte, war leider sehr schlecht. Sie hörte in Gedanken seine Stimme, die sich im Zorn stets in ein Kreischen verwandelte. Sein Zuruf »Dummes Weib!« über die ganze Hoftafel hinweg klang ihr noch im Ohr. Das war es eigentlich, was bei ihr das Faß zum Überlaufen gebracht hatte. Von da an hatte sie die Augen offen gehalten für alle Anzeichen der Unzufriedenheit, des Unmuts, des Widerstands. Und sie hatte ein offenes Ohr gehabt für die Stimmen, die davon sprachen, es müßte etwas unternommen werden, es sei an der Zeit, Peter zu entthronen, und sie sei diejenige, die den Wandel schaffen müsse: Die einen meinten als Vormund ihres Sohnes bis zu dessen Mündigkeit, die Orlows allerdings und die meisten Offiziere der Garderegimenter waren für ihre Alleinherrschaft.

Nun war es also soweit. »Wie gut«, dachte sie, »wenn Gregori jetzt bei mir wäre!« Sie dachte an Gregori Orlow, ihren Geliebten, der zu den Verschwörern gehörte und ihr nie erlahmender Sachwalter in diesen entscheidenden Tagen war. Als sei ihr Gedanke ein Befehl gewesen, hielt der Wagen, Alexej Orlow öffnete den Schlag und bat sie, in eine bereitstehende Kutsche umzusteigen, denn die Pferde konnten nicht mehr weiter; neben der Kutsche stand Gregori. Er lachte ihr zu, sein hübsches Jungengesicht blank vor Freude. Sie unterdrückte einen Anfall heftiger Verliebtheit, von der sie in diesem Augenblick nichts merken lassen durfte. Die Fahrt ging sofort weiter. Gregori Orlow stand auf dem Trittbrett ihres Wagens.

Vor dem Dorf Kalinkin, wo das Ismailowsche Regiment stationiert war, sprang er ab und lief der Kutsche voraus zur Wachstube. Katharina hörte Trommelwirbel, sie sah Soldaten von der Kaserne her im Eilschritt herankommen, die »Hurra!« schrien, als sie ausstieg. Man umringte sie, küßte ihr Kleid, ein wahrer Freudentaumel hatte alle erfaßt. Es näherte sich ein Geistlicher mit einem Kreuz in der Hand. Die Soldaten knieten nieder und leisteten der neuen Kaiserin und Selbstherrscherin Katharina II. den Eid der Treue. Dann erschien der Kommandant des Regiments, fiel vor der Kaiserin nieder und küßte ihr die Hand. Unter ohrenbetäubendem Jubel begann sich ein langer Zug in Bewegung zu setzen. Vor Katharinas Kutsche schritt der Priester im goldenen Ornat mit den Orlows und den Ismailischen Offizieren, es folgten Soldaten und allerlei Volk, das sich hinzugesellte. Die Regimenter in St. Petersburg warteten Katharinas Ankunft gar

nicht erst ab. Die Brücken dröhnten vom Tritt der Marschierenden und vom Hufschlag der Kavalleriepferde. Alle Regimenter kamen, um Katharina die Treue zu schwören. Ahnungslose Menschen aus den Häusern und Straßen schlossen sich an und stimmten in die Hurrarufe ein. Der Befehl lief durch die Reihen, man solle sich mit »Mütterchen« in den Winterpalast begeben. Die Glocken begannen zu läuten. Mehr und mehr Geistliche näherten sich, die Katharina mit dem Kreuz segneten. Sie geleiteten den Zug zu einer Kirche, um in einem kurzen Gebet und Gesang das Wohl für die Selbstherrscherin Katharina und den Großfürsten Paul Petrowitsch zu erflehen.
Gegen 10 Uhr morgens kam Katharina im Winterpalast an. Die Garderegimenter stellten Schloßwachen und besetzten alle Ausgänge. Kurz danach traf der kleine Sohn Katharinas, der achtjährige Großfürst Paul, mit seinem Erzieher Panin ein, der zu Katharinas Vertrauten zählte. Katharina mit ihrem sicheren Gefühl dafür, was im Augenblick das Richtige war, nahm das Kind sofort auf den Arm und zeigte es auf dem Balkon stehend dem Volk. Unbeschreiblicher Jubel brach los, und das Kind, das seine Mutter selten sah, blickte sie mit erschreckten Augen an, als sie es an sich preßte.
Die Verschwörer hatten den Stein ins Rollen gebracht. War der anwachsende Triumphzug mit den Huldigungen der Regimenter vor Katharina noch der Erfolg ihrer sorgfältigen Planung gewesen, so entsprangen die Jubelrufe der Menge vor dem Winterpalast einer spontanen Begeisterung für das neue »Mütterchen«, das der Willkür-

Katharina die Große

Die am 2.5.1729 in Stettin geborene deutsche Prinzessin Sophie Friederike Auguste von Anhalt-Zerbst heiratete den russischen Thronfolger Peter, der, geistig behindert, die Regierung nicht übernehmen konnte. Wenige Monate nach Elisabeths Tod erzwang Katharina die Abdankung Peters III. und wurde Alleinherrscherin aller Russen. Sie setzte Peters des Großen Bemühungen fort, Rußland in das europäische Staatensystem einzugliedern und damit an der geistigen und wirtschaftlichen Entwicklung Europas teilzuhaben. Ihre sozialen Reformpläne konnte die Kaiserin nicht durchsetzen, da sie ihre Macht der Hilfe des Adels verdankte und somit auf ihn Rücksicht nehmen mußte. Sie entwickelte sich zur standesbewußten und traditionsgebundenen russischen Zarin Katharina der Großen. Sie starb am 17.11.1796 in Zarskoje Selo.

herrschaft Peters III. ein Ende machte. In dem gedruckten Manifest, das schon vorher ausgefertigt worden war und nun verlesen und an das Volk verteilt wurde, waren die Mißstände unter Peters III. Regierung aufgeführt:

»Alle rechten Söhne des russischen Vaterlandes haben deutlich die Gefahr erkannt, welche dem Russischen Reiche drohte. Namentlich hat das Gesetz unserer rechtgläubigen, griechischen Kirche eine Erschütterung durch die Abschaffung ihrer kirchlichen Überlieferungen erfahren, so daß unsere alte, rechtgläubige Kirche in Rußland der äußersten Gefahr ausgesetzt war, das Gesetz eines anderen Bekenntnisses annehmen zu müssen. Zweitens ist das ruhmreiche Rußland, welches durch seine siegreichen Waffen auf eine hohe Stufe gehoben ist, durch den mit vielem Blutverlust geschlossenen neuen Frieden mit seinem ärgsten Feinde in vollkommene Unterjochung gestellt, während die innere Ordnung, von welcher die Einheit unseres ganzen Vaterlandes abhängt, ganz daniederliegt. Deshalb und weil Wir überzeugt von der Gefahr aller Unserer getreuen Untertanen sind, haben Wir Uns genötigt gesehen, mit der Hilfe Gottes und seiner Gerechtigkeit, besonders aber auf den deutlichen, ungeheuchelten Wunsch Unserer getreuen Untertanen, den Thron als Selbstherrscherin aller Russen zu besteigen, woraufhin alle Unsere getreuen Untertanen Uns den feierlichen Eid geleistet haben. Katharina«

Noch gab es aber Zar Peter III. Solange er eine Möglichkeit hatte, Gegenmaßnahmen zu ergreifen, solange war der Umsturz nicht endgültig vollzogen. Aus diesem Grunde wurde über St. Petersburg sofort eine Nachrichtensperre verhängt. Niemand durfte unkontrolliert die Stadt verlassen, damit der abgesetzte Kaiser nicht eher von der Veränderung erfuhr, als bis im ganzen Lande der Kaiserin der Treueid geleistet worden war. Eilboten waren schon unterwegs, um überall Heer und Beamtenschaft von dem Machtwechsel in Kenntnis zu setzen. Außerdem veranlaßte ein rasch einberufener Kronrat Katharina, sich in einem persönlichen Schreiben an den Admiral in der Festung Kronstadt seiner Treue zu versichern und ihm den Befehl zu erteilen, daß er die Landung Peters in Kronstadt unter allen Umständen verhindern müsse. Dies war nämlich der einzige Weg, der Peter noch die Möglichkeit zu einem Gegenschlag bot. Es war jedoch eine Vorsichtsmaßnahme, die Katharina keineswegs genügte. Die schwierigste Mission dieses Tages, in dessen Verlauf ihre Kräfte eher zu- als abzunehmen schienen, übernahm sie selbst. »Herren Senatoren! Ich ziehe jetzt mit dem Heer aus, um dem Throne Sicherheit und Ruhe zu geben. Dem Senat als meiner höchsten administrativen Gewalt lasse ich mit vollem Vertrauen das Vaterland, das Volk und meinen Sohn in der Hut.« Das abmarschierende Heer ließ sie an sich vorbeidefilieren. Sie saß auf einem Schimmel, trug die Uniform eines Gardeobersten, den Säbel hielt sie in der Hand. Katharina wußte, in diesem Augenblick war sie für alle, die sie sahen, das Idealbild der kühnen und kraftvollen Herrscherin.

Der Marsch nach Peterhof kam nur sehr langsam voran; denn Menschen und Tiere waren schon ein wenig müde von den aufregenden Ereignissen des Tages. Sie erfuhr von Leuten aus Peters Gefolge, die übergelaufen waren, daß dem Kaiser die geplante Flucht nach Kronstadt mißlungen war. Später bekam sie einen eigenhändigen Brief ihres Gemahls, der sie aufatmen ließ. Er hatte aufgegeben. Er mußte in einem jämmerlichen Zustand sein. In nahezu unterwürfiger Weise versprach er Besserung. Er wolle ihr alle erdenklichen Rechte einer Mitregentin zubilligen, wenn sie nur in eine Versöhnung einwilligte. Katharina antwortete nicht. Bei ihrer Ankunft in Peterhof brachte ihr General Ismailow einen zweiten Brief des Kaisers, der von Peterhof nach Oranienbaum zurückgefahren war. Wieder bat er um Verzeihung. Jetzt erklärte er sich sogar bereit dazu, dem Thron zu entsagen. Er bat sich lediglich aus, daß man ihm eine gewisse Summe zu seinem Unterhalt bewilligte und ihn zusammen mit seiner Geliebten, Gräfin Woronzow, und dem treuen Flügeladjutanten General Gudowitsch in seine Heimat nach Holstein abreisen ließ. Die Staatsklugheit verbot Katharina, auf den Vorschlag einzugehen. Im Ausland bedeutete Peter III. eine ständige Gefahr für ihren Thron. Er durfte keinesfalls in Freiheit bleiben. Katharina zögerte nicht, dieser Einsicht entsprechend zu handeln, und zwar rasch. Während sie General Ismailow in Begleitung von Gregori Orlow und dem Fürsten Golotzin mit einer aufgesetzten Abdankungsurkunde nach Oranienbaum schickte, waren schon alle Anordnungen für einen Haftaufenthalt des abgesetzten Zaren in der Festung Schlüsselburg getroffen, für die Einrichtung einer komfortablen Wohnung, wie sie es ausdrückte.

Peter III. schrieb bereitwillig die Abdankungsurkunde ab und unterzeichnete sie. Danach brachte man ihn, die Gräfin Woronzow und General Gudowitsch nach Peterhof. Die Regimenter, die dort versammelt waren, wußten nicht, wer in dem Wagen saß, und so begleiteten sie ihn mit dem lauten Ruf: »Es lebe Katharina II.« Peter stieg aus und übergab dem diensttuenden Offizier seinen Degen. Die Gräfin und General Gudowitsch wurden verhaftet, und der vor Entsetzen sprachlose Peter wurde in sein Zimmer geführt. Katharina hat ihn nicht wiedergesehen. Am gleichen Tag noch schreibt sie an den Senat von St. Petersburg:

»Meine Herren Senatoren!

Sie sind Zeuge gewesen, in welcher Weise vom Beginne Unseres Unternehmens an sich Gottes Segen Uns und dem ganzen Vaterland geoffenbart hat... Unsere Absicht und mütterliche Barmherzigkeit mit dem menschlichen Geschlecht und ganz besonders mit den treuen Untertanen ist immer dahin gerichtet gewesen, ein so wichtiges Unternehmen ohne Blutvergießen zu einem glücklichen Ende zu führen. Und das ist jetzt geschehen... In diesem Augenblick hat der ›gewesene Kaiser‹ Uns die eigenhändige Versicherung geschickt, von welcher eine Kopie beigelegt ist. Das Original werden Wir selbst dem Senat übergeben. Katharina«

Da die Wohnung in Schlüsselburg noch nicht fertiggestellt war, konnte Peter seine vorläufige Unterkunft selbst wählen. Er entschied sich für Ropscha, ein einsam gelegenes Landgut, das ihm gehörte, seit er Großfürst war. Die Kaiserin atmete auf. Sie konnte sich nun uneingeschränkt den Regierungsgeschäften zuwenden. Aus Ropscha ließ sie sich regelmäßig berichten, wie es Peter ging, und sandte ihm einen Arzt, als es hieß, daß sich sein Gesundheitszustand verschlechtert habe.

Unter dem Datum des 7. Juli 1762 erschien folgendes Manifest: »Am 7. Tage, nachdem Wir den Thron Rußlands bestiegen, erhielten Wir die Nachricht, daß der gewesene Kaiser Peter III. an seinen gewöhnlichen, schon oft vorgekommenen Hämorrhoidal-Anfällen krank befallen und an heftiger Kolik leide... zu Unserer Herzensbetrübnis und großen Bestürzung erhielten Wir gestern abend die Nachricht, daß es Gottes Wille gewesen ist, seinem Leben ein Ende zu machen...«

Am 23. September fand in der Moskauer Kathedrale die feierliche Krönung Katharinas II. statt, die später die Große genannt wurde. Alle ihre Getreuen beschenkte die Kaiserin mit Gütern, Orden, Juwelen und mit Seelen; denn auch das neue »Mütterchen« ersparte seinem Volk den Zwang der Leibeigenschaft nicht.

Madame de Staël
Eine Frau gegen Napoleon

von Hermann Schreiber

Die große Französische Revolution war noch nicht ausgebrochen, sie stand nur wie ein Wetterleuchten am Horizont, als eine Demoiselle Necker, fünfzehn Jahre alt und nicht sonderlich hübsch, ihre ersten politischen Abhandlungen schrieb. Man fand diese munter, nicht ohne Geist und im ganzen der Tochter jenes Mannes würdig, der als das Finanzgenie aus der Schweiz die zerrütteten Finanzen des großen Frankreich ordnen und damit die Ruhe im Land wiederherstellen sollte. Am 11. Juli 1789 wurde Finanzminister Necker entlassen, weil er die Ausgaben des verschwenderischen Hofes allzu drastisch beschneiden wollte; drei Tage später brach mit dem Sturm auf die Bastille die Französische Revolution aus.
Soviel muß man wissen, um zu begreifen, wie sehr die 1766 geborene frühreife junge Frau vom Beginn an in das große politische Geschehen ihrer Zeit verstrickt war, wie sie gleichsam im Elternhaus schon die Kräfte und Gedanken kennenlernte, die das feudale Europa mit seinem unbedingten Glauben an Adel und Königsmacht zu Fall brachten und neuen Ideen, neuen Entwicklungen das Tor öffneten.
Necker war in Genf zur Welt gekommen, hatte aber deutsche Vorfahren, seine Frau Suzanne war Waadtländerin und der schöngeistige Widerpart des bewunderten Finanzgenies. Dieses Doppelerbe brachte in Germaine eine Frau hervor, die zu einmalig ist, als daß sie einen Typus hätte begründen können; aber ihr Beispiel wird das ganze neunzehnte Jahrhundert hindurch andere Frauen ermutigen, sich zugleich literarisch und politisch zu betätigen. Nach dem galanten Zeitalter, in dem Frauen durch ihre Schönheit glänzen durften, aber nur ausnahmsweise eine politische Rolle spielten, schien in Germaine Necker nun der frauliche Verstand zur Ebenbürtigkeit, ja zur Überlegenheit erwacht zu sein; denn die Männer, mit denen sie sich umgab, und die Männer, die sie bekämpfte, gehörten zur geistigen und politischen Elite des sich neu formierenden Europa.

Nur der Ehemann, den ihre Eltern ihr aussuchten, der schwedische Gesandte in Paris, trug als Baron von Staël-Holstein zwar einen alten Adelsnamen, war seiner jungen Frau jedoch geistig hoffnungslos unterlegen. Es spricht für sie, daß sie, obwohl innerlich und äußerlich längst von ihm getrennt, doch wieder an seine Seite zurückkehrte, als er 1798 schwer erkrankte: Ungeachtet der Tatsache, daß sie längst eine europäische Berühmtheit war und zahllose Verpflichtungen hatte, blieb sie bei ihm und pflegte ihn bis zu seinem Tod im Jahr 1802. Germaine de Staël-Holstein tritt uns damit als eine rücksichtslos und mutig engagierte Frau entgegen, die weder für sich etwas fürchtete noch anderen Pardon gab; die zugleich aber, bei allem Intellekt und aller Unbedingtheit, nicht zur Fanatikerin wurde, sondern Mensch blieb und, was mehr ist: Frau. Sie war niemals der von Männern enttäuschte Blaustrumpf, der seine Niederlagen in den Haß gegen ein ganzes Geschlecht und in Kampfschriften ummünzte: Sie war eine stark, hingebungsvoll und gelegentlich verzweifelt Liebende, sie erlitt die Schmerzen so vieler Mütter jener Zeit, als sie den jüngsten Sohn verlor (nicht im Krieg, sondern im Duell), und sie gab durch eben diesen Zusammenklang einer ganzen Welt von Frauen einen neuen Horizont: Sie zeigte ihnen, daß man Frau und Mutter bleiben und sich geistig dennoch befreien könne; eine Lektion, die erst nach Jahrzehnten voll begriffen wurde.

In die politische Geschichte ist Madame de Staël eingegangen als die leidenschaftliche und unerschrockene Gegnerin Napoleons I., in die Geistesgeschichte als die Autorin geistvollster Bücher über Italien und Deutschland und als die Gefährtin bedeutender Männer wie des politischen Schriftstellers Benjamin Constant und unseres Romantikers August Wilhelm Schlegel. Doch zaudert man schon, wenn man sie als eine Gefährtin bezeichnet, ist sie doch während ihres kurzen Lebens stets der strahlende Mittelpunkt eines Kreises, in dem die anderen als ihre Gefährten erscheinen, als die Monde, die das Hauptgestirn umkreisen.

Nach wenig erfolgreichen dramatischen Versuchen bewies sie ihre Unabhängigkeit mit einer Streitschrift, in der sie 1793 Marie Antoinette verteidigte und den Schauprozeß anprangerte, den man der Königin in Paris gemacht hatte. Sie trat also für die Frau ein, die Necker, Germaines Vater, den Laufpaß gegeben und seine politische Karriere beendet hatte. Aber zu den Ungerechtigkeiten dieses schändlichen Prozesses, in dem das Revolutionstribunal Marie Antoinette die

absurdesten und gemeinsten Verbrechen vorwarf, konnte ihr Gerechtigkeitssinn und ihr frauliches Mitempfinden nicht schweigen.
Im Jahr darauf lernte sie den aus einer Hugenottenfamilie in Lausanne geborenen Constant kennen und begann, von zahllosen Gesprächen mit ihm angeregt, ihre bedeutende Untersuchung über die Beziehungen zwischen der Literatur und den sozialen Strukturen, völlig neue Betrachtungsweisen, in denen sie die Begriffe klassisch und romantisch so prägte, wie wir sie heute gebrauchen.
In der entscheidenden Wende Frankreichs vom Staat der Revolutionäre zum Kaiserreich, den Jahren 1797 bis 1803, war Germaine de Staël in Paris, wo sie einen Salon hielt wie vor ihr schon ihre geistvolle Mutter. Napoleon, noch Erster Konsul, aber auf dem Weg zum Thron, verkehrte bei ihr wie in anderen Zirkeln und erkannte bald, daß sie für eine konstitutionelle Monarchie eintrete, das heißt, daß sie und ihr einflußreicher Kreis seine Macht einzuschränken wünschten. Es gab keinen Prozeß, aber eine Verbannung aus Paris und Umgebung.
Für die Tochter eines reichen Bankiers bedeutete dies keineswegs den Ruin, denn wenn Paris auch immer noch der Mittelpunkt des geistigen Lebens war, so war man doch auch besonders reiselustig in jenen Zeiten, und die durch Napoleons Abneigung nun besonders interessant gewordene junge Baronin bereiste, überall empfangen und hofiert, die deutschen Länder und Italien. In Weimar traf sie mit Goethe zusammen und riskierte es, dem allseits Verehrten zu sagen, sein Schauspiel »Die natürliche Tochter« sei nicht viel mehr als edle Langeweile. Über Italien schrieb sie ihr vielleicht glanzvollstes Buch »Corinne ou l'Italie« – einen Reiseroman, bunt, geistvoll und erfüllt von ihren frischen Eindrücken.
Umfangreicher und bekannter ist ihr Buch »De l'Allemagne« (Über Deutschland), ein breites, gedankenreiches und in seinen Materialien heute noch wertvolles Gemälde deutscher Sitten und Verhältnisse, an dem sie vor allem in Wien gearbeitet hatte und das wegen seiner gefährlichen Angriffe auf das an allen Fronten siegreiche Frankreich sofort verboten wurde. Germaine de Staël wurde zwar – zum Unterschied von anderen Autoren verbotener Bücher – kein Haar gekrümmt, weil Napoleon erklärte, er vergreife sich an keiner Frau. Nun aber lautete die Verbannung auf das gesamte Gebiet Frankreichs. Das Buch, in dem die Staël wortreich für eine Annäherung zwischen Deutschen und Franzosen warb, konnte erst 1813 in London und 1814, nach Napoleons Niederlage, in Paris erscheinen.

Bis zu ihrer verschärften Verbannung hatte Germaine de Staël eine Weile auf Schloß Chaumont an der Loire gelebt und einen ganzen Kreis um sich gesammelt, dem auch die deutschen Dichter August Wilhelm Schlegel und Adelbert von Chamisso angehörten; nach Napoleons Dekret ging sie wieder nach Coppet, wo ihre Familie Besitzungen hatte, eine herrschaftliche Residenz am Genfer See. Hier stieß auch das Enfant terrible der Epoche zu ihr, der englische Dichter Byron, der wegen seiner vielen Affären damals nirgends empfangen wurde. Als die Baronin ihn in ihren Salon einführte, fiel eine der anwesenden Damen in Ohnmacht...
Wegen ihres Umfangs und des oft politischen Charakters sind die durchwegs zeitgebundenen Arbeiten der Staël heute zwar nicht vergessen, aber zum Stoff der Spezialforschung geworden, und es ist zu bedauern, daß nicht eine einbändige gute Auswahl die besten Gedanken dieses bedeutenden Werkes für die Nachwelt gerettet hat; vielleicht steht einem solchen Unternehmen auch das unerwartete Comeback der George Sand im Wege, deren vor allem belletristisches Werk unserer Zeit um ein halbes Jahrhundert näher ist. Damit konzentriert sich das heutige Interesse an Madame de Staël vor allem auf ihr Verhältnis zu Napoleon Bonaparte.
Germaine begegnete dem großen Korsen zum erstenmal am 6. Dezember 1797. Er war achtunddreißig Jahre alt, General, vielfacher Sieger und das dem revolutionären Frankreich aus seinem ärmsten Land, der Ziegeninsel Korsika, geschickte Retter-Genie; sie hingegen war eine anerkannte Autorin aus berühmter Familie, eine voll erblühte Einunddreißigjährige, besessen von dem Gedanken, daß der größte

Madame de Staël

Germaine Necker, verehelichte Baronin von Staël-Holstein, kam am 22. April 1766 in Paris zur Welt. Als Tochter eines Bankiers und Ministers hatte sie ihr Leben lang keine Geldsorgen, zog sich aber nicht in schöpferische Einsamkeit zurück, sondern griff mit ihren Pamphleten und großen politischen Büchern stärker als jede Frau vor oder nach ihr in das politische Geschehen ein. Napoleon verbannte sie aus Paris, später aus ganz Frankreich. Sie bereiste Deutschland und Italien und lebte lange Zeit in der Schweiz.
Neben vielen kleineren Arbeiten veröffentlichte sie »Corinne ou l'Italie« und ihr Hauptwerk »De l'Allemagne«. Sie starb am 14. Juli 1817 in Paris an den Folgen eines Gehirnschlags.

Mann seiner Zeit sich mit der größten Frau der Epoche zumindest im Geiste aufs engste verbinden sollte zur Bewältigung der großen Aufgabe einer Neuordnung Europas.
Dank seiner legendären Arbeitskraft ging Napoleon nicht in seinen politisch-militärischen Aktivitäten auf, sondern war auch hochgebildet, was ihn nicht hinderte, politisch und literarisch überaktiven Damen wie der Baronin von Staël mit einem gewissen Mißtrauen und in vorsichtiger Distanz zu begegnen. Es blieb also etwa drei Jahre dabei, daß die Staël ihren Heros emphatisch umwarb, ohne von ihm mehr zu empfangen als ein zerstreutes Lächeln bei einem Tischgespräch, worauf dann die Zurückgewiesene zu seiner gefährlichsten Gegnerin, vor allem auf dem damals schon wichtigen Gebiet der Publizistik, wurde.
Ihr Kampf begann vorsichtig, indem sie den Mann, der sie so sehr beeindruckte, in der Gestalt des Wilhelm von Nassau in einem ihrer historischen Dramen darstellte. Darin heißt es von ihm: »Ich fürchte seinen Charakter, sogar seine Weisheit. Diese unerschütterliche Ruhe in einem so jungen Herzen ist nicht etwa eine Beruhigung für mich, sondern erfüllt mich mit Schrecken. Schon jetzt werden seine Gefühle einzig von seinen Interessen beherrscht.«
Sehr bald aber wich sie vom Persönlichen ab, wagte sich auf das politische Terrain und zeigte in ihren großen Porträts von Italien und Deutschland, wie gut dieses Europa ohne Napoleon leben könne und wie gefährlich die französische Vorherrschaft für Nationen sein müsse, die ein eigenes wertvolles Kulturerbe zu verteidigen hätten. Frankreich, das zeitweise auch die Schweizer Rückzugspositionen der Familie Necker-Staël besetzt hielt, bewies Großmut in einem Maße, wie es heute kaum mehr vorstellbar ist. Selbst bei kriegerischen Operationen wurde der Neckersche Besitz geschont, und heimliche Gegner Napoleons wie Talleyrand blieben heimliche Freunde der Baronin, sorgten dafür, daß sie vor Polizeimaßnahmen rechtzeitig gewarnt und ihr kranker, hochverschuldeter Gatte nicht ein Opfer seiner Gläubiger wurde.
Im Urteil der Nachwelt erscheint die Baronin so schillernd und widersprüchlich, wie man sich dies bei einem Mann ihres intellektuellen Formats nicht vorstellen kann. Ihr Temperament, ihre oft ausbrechende leidenschaftliche Natur hatten herrische Züge, begeisterten

ihre nächste Umgebung, unterjochten sie aber auch. »Ich habe niemals eine Frau gekannt«, schreibt ihr langjähriger Lebensgefährte Constant, »die einen so ununterbrochen in Anspruch nahm, ohne sich dessen bewußt zu sein ... Jedermanns Leben muß zur Gänze, in jeder Stunde, in jeder Minute, jahrelang zu ihrer Verfügung stehen, sonst gibt es einen Ausbruch wie alle Gewitter und Erdbeben zusammengenommen.« Und Constant mußte es schließlich wissen.

Ihr Biograph Christopher Herold erkannte, daß ihr Lebensziel »nicht die quälende Leidenschaft (war), die sie kennenlernte, sondern das ruhige Glück, das ihr entging«. Die kürzeste Formel für ihr Leben, ihren Weg in den Welten der Leidenschaften und des Geistes, fand Lord Byron, der düster-glanzvolle Don Juan und Skandalpoet, indem er von ihr sagte: »Sie denkt wie ein Mann, aber ach, sie fühlt wie eine Frau.«

Rahel Varnhagen
»Wer charmant geboren ist«

von Gerda Neumann

Das Schicksal der Rahel Varnhagen, geb. Levin (1771–1837), die sich zeitweilig wie ihr ebenfalls schriftstellernder Bruder »Robert« nannte, ist für uns in mehrfacher Hinsicht interessant und aufschlußreich. Es zeigt zum einen, wie schwierig es in einer bereits aufgeklärten Zeit für eine Jüdin aus orthodoxem Hause war, in eine freiere geistige Atmosphäre vorzudringen. Zum anderen beweist es, daß eine Frau die weder schön, noch reich, weder von Stande, noch mit einem bedeutenden Mann verheiratet, dennoch zum Mittelpunkt eines Kreises werden konnte, zu dem die bedeutendsten Geister ihrer Epoche gehörten. »Mit Rahel hatte die Natur keine großen Umstände gemacht«, stellt ihre Biographin Hannah Ahrendt fest. Sie selbst klagt: »Ich habe keine Grazie, nicht einmal die, einzusehen, woran das liegt: außerdem, daß ich nicht hübsch bin, habe ich auch keine innere Grazie ... ich bin unansehnlicher als häßlich.« Ihr späterer Mann, Karl August Varnhagen von Ense, sieht das anders und beschreibt sie in seinen »Denkwürdigkeiten des eigenen Lebens«, in dessen Mittelpunkt Rahel steht, so: »Die Vorzüge menschlicher Erscheinung, die mir bisher einzeln begegnet waren, fand ich hier (bei Rahel) beisammen, Geist und Witz, Tiefsinn und Wahrheitsliebe, Einbildungskraft verbunden zu einer Folge von raschen, leisen, graziösen Lebensbewegungen ...« Auf Rahel traf zu, was eine französische Redensart besagt: »Wer charmant geboren ist, bleibt es sein ganzes Leben.«

Rahel Levin wurde am 15. Mai 1771 als ältestes, am Leben gebliebenes Kind des Juwelenhändlers Markus Levin und seiner Gattin geboren. Drei Brüder und eine Schwester, Rose, folgten. Die Eltern lebten streng nach dem jüdischen Glauben und ließen ihren Kindern die übliche Bildung ihres Standes zukommen. Erst als Erwachsene lernte Rahel die deutsche Schrift, bis dahin schrieb sie in hebräischen Buchstaben. Ihre erste Reise unternahm sie als 23jährige nach Breslau zu

Verwandten, die sie jedoch schon als eine Art »Wundertier« bestaunten. Damals war Rahels Vater schon seit vier Jahren tot, und sie war, ebenso wie ihre Mutter, von den Brüdern abhängig. Ihre Herkunft empfand sie als Makel, weniger das Judentum, als die Art, mit der ihr Vater – offenbar skrupellos – zu Gelde gekommen war, und sie litt darunter, daß sie »den verfluchten Makel der Geburt« nicht los wurde. Zwar hatten sich seit der Mitte des 18. Jahrhunderts im Zeitalter der Aufklärung, in Preußen die Verhältnisse für die Juden gebessert. Friedrich II. verlangte, daß man ihnen Toleranz und Achtung gewähre. Er hatte ja auch während der Schlesischen Kriege großzügige Finanzhilfe durch jüdische Bankiers gefunden, und die Berliner Oberschicht hatte die jüdische Elite über bloße Duldung hinaus schätzen gelernt. Doch hatten seine Generalprivilegien von 1750 nicht viele Verbesserungen über die Schutzbriefe des Mittelalters hinaus gebracht. Viele handwerkliche Berufe blieben den Juden weiterhin verschlossen, und selbst ein so bedeutender Philosoph wie Moses Mendelssohn verbrachte mehr als sein halbes Leben als »Schutzjude« des Berliner Seidenfabrikanten Bernhard. In Lessings »Nathan der Weise« finden wir diesen großen Humanisten als Vorbild eines edlen Menschen verkörpert. Er gewährte seinen Töchtern eine moderne Bildung, ließ sie Sprachen lernen und mit Büchern aufwachsen. Solch ein Glück wurde Rahel nicht zuteil. Ihr blieb nach Hannah Ahrendt nur die Wahl, »Paria«, also Außenseiterin zu sein oder sich als »Parvenue«, Emporkömmling unter demütigenden Enttäuschungen anzupassen. Rahel entschied sich für Letzteres.
An männlichen Freunden und Beschützern fehlte es ihr nicht. Ihr erster Vertrauter und mehrjähriger Brieffreund war der Medizinstudent David Veit, mit dem sie seit 1793 96 Briefe wechselte und dem sie den Kummer über die Enge ihres Milieus anvertraute. Veit läßt sie wissen, daß er sich möglichst bald taufen lasse. Auch Rahel hatte diese Absicht, wartete jedoch, wie so manche ihrer Glaubensgenossinnen, die sich erst nach dem Tode ihrer Eltern dazu entschlossen, um diese durch den Glaubenswechsel nicht zu kränken.
Bei einem Theaterbesuch fiel ihr ein schöner junger Mann auf, mit dem sie sich bald darauf verlobte. Es war Karl Graf von Finckenstein aus altem preußischen Adel. Sie führte ihn in ihren Salon ein, und dort wurde er bedingungslos abgelehnt. Außerhalb seiner Kreise war er ein Nichts. Er fühlte sich unter diesen geistreichen und künstlerischen Menschen nicht wohl. Nach vierjährigem Hin und Her wurde

das Verlöbnis aufgelöst, und Rahel resignierte im Kampf um ihn und gegen die Vorurteile seiner Familie. Dabei wäre sie keineswegs die erste Jüdin gewesen, der der »Aufstieg« in den Hochadel geglückt wäre. Zahlreiche junge Mädchen aus jüdischen Häusern heirateten in diese Schicht ein und wurden keineswegs nur aus Geldgründen geehelicht. Schleiermacher behauptete, daß der damalige preußische Adel »nur der Frauen wegen« in jüdischen Häusern verkehrte, deren Intelligenz, Charme und Schönheit gerühmt wurden. Das Bürgertum freilich verschloß sich dem Judentum weiterhin, und bereits zu Beginn der 20er Jahre war die Blütezeit einer Gesellschaft zu Ende, die frei von Vorurteilen war. Unter wirtschaftlichen Bedrängnissen machten sich bereits die Anzeichen eines erneut erwachenden Antisemitismus bemerkbar.

Da sie bis 1808 mit der Mutter eine große Wohnung teilt, ist es ihr möglich, einen Salon zu führen. Auch dazu verhalf ihr ein männlicher Bewunderer, der schwedische Legationssekretär Karl Gustav von Brinckmann, ein Dandy-Typ, wie später Lord Byron. Prinz Louis Ferdinand von Preußen, häufiger Gast Rahels, behauptete von ihm, daß er Gefühle und vor allem Liebe nur brauche, um darüber schreiben zu können. Doch kommen durch ihn Gäste ins Haus, die es genießen, hier eine Frau zu finden, die ganz Ohr sein kann und die Intelligenz besitzt, das Gehörte zu verarbeiten, zu kommentieren. »Wie eine moralische Hebamme accouchiert (entbindet) sie einen so sanft und schmerzlos, daß selbst von den peinlichsten Ideen das sanfteste Gefühl zurückblieb«, sagt der Prinz. »Rahel kam, sprach und siegte.« So fand sie auch einen adligen Begleiter für die Reise nach Teplitz, von wo aus sie auf einem Ausflug nach Karlsbad zum ersten Mal Goethe begegnete. Später (1815) macht Goethe ihr in Frankfurt einen unerwarteten Besuch, bei dem sie, noch im Morgenkleide und verlegen, kaum weiß, was sie zu ihm sagen soll.

Nach den Jahren der Enttäuschung ist sie, wie Wilhelm von Humboldt mitteilt, hektisch, und ihre Gesellschaft hat seiner Meinung nach etwas »Wahlloses«. Doch gerade die farbige Mischung macht diesen Kreis so reizvoll: Prinzen, Fürsten, Gelehrte, Publizisten, hohe Staatsbeamte stellen sich bei Rahel ein, zu denen sich die bedeutenden Schriftsteller der Zeit, Schauspieler und Künstler gesellen. Selbst eine längere Unterbrechung durch eine Reise mit der Gräfin Schlabrendorff nach Paris tut dem Besucherstrom danach keinen Abbruch. Selbstbewußter durch die Freundschaft mit einem Hamburger Kauf-

mann geworden, den Rahel in Paris traf und der ihr seine Hochachtung bezeugte, empfängt Rahel die Spitzen der Gesellschaft: den Fürsten Radziwill, Graf Tilly, die Humboldts, den Verwirklicher der Steinschen Reformen, Staatsrat Stägemann, den Publizisten Friedrich von Gentz, der später Metternichs Restauration in Österreich eifrig stützen wird, die Brüder Tieck, die Dichter Fouqué und Chamisso neben so berühmten Schauspielerinnen wie die Unzelmann.
Ihre aus Leid gewonnene Lebenseinstellung ermöglicht es Rahel, dem um 14 Jahre jüngeren Karl August Varnhagen ihr Leben zu erzählen wie einen Roman. Sie überläßt ihm ihre private Korrespondenz als Zeugnis ihrer Gefühle, ihrer Irrtümer und Erfahrungen. Denn was nicht von anderen aufgenommen wird, bleibt ebenso nichtig wie das Ich, das nur seiner selbst bewußt, nicht vom Partner wahrgenommene Ich. Varnhagen, der nach eigenem Bekenntnis bisher stumpf und dumpf dahinlebte, nichts besaß und nichts war als ein Medizinstudent ohne Examen, ist in dieser Beziehung der Nehmende. Sie schreibt ihm Träume aus früheren Jahren auf, Zeugnisse innerer Spannungen, eine kraftvolle Prosa.
Fast gleichzeitig gerät noch einmal ein adliger Jüngling in ihren Bann: Alexander von der Marwitz, der bezeugt: »Sie mag wohl das größte Weib sein!« Er ist ein hochgespannter, jedem Mittelmaß abholder, ehrgeiziger Mensch, rastlos und ohne Ausdauer. Rahel, die ihn in Fichtes Vorlesungen traf oder daheim bei sich, begegnet ihm nach abenteuerlicher Irrfahrt in Prag als Verwundetem aus den Befreiungskriegen und pflegt ihn einige Wochen, bis sie unter seinem Zynismus zu leiden beginnt, der ihrem Patriotismus widerspricht. Sie resigniert und entschließt sich zur Ehe mit dem mittelmäßigen

Rahel Varnhagen

Rahel Antonie Friederike Levin wurde am 26.5.1771 als Tochter eines jüdischen Kaufmanns in Berlin geboren. Nach dem Tode des ihr eng befreundeten Alexander von der Marwitz heiratete sie 1814 den Diplomaten und Schriftsteller Karl August Varnhagen von Ense und trat zum Christentum über. Sie gehörte zu den bedeutendsten Frauen der späten Goethezeit. Ihr Salon in Berlin bildete den Treffpunkt der literarischen Gesellschaft. Sie kämpfte für die Emanzipation der Juden und die Gleichstellung der Frauen im öffentlichen Leben. Am 7. März 1833 starb sie in Berlin.

Varnhagen, der ein altes Adelsprädikat ausgegraben hat und sich nun Varnhagen von Ense nach dem Stammort seiner Familie nennt. Immerhin hat er sich in den Kriegswirren und während des Wiener Kongresses eine Karriere aufbauen können. Rahel ist 43, als sie am 27. September 1814 mit ihm getraut wird und gleichzeitig in der Taufe den Namen Friederike Antonie annimmt. Varnhagen ist preußischer Gesandter in Baden geworden und führt seine Frau nun in den Kreis ein, den sie sich immer ersehnte. Wenn das erreichte Ziel auch bescheidener ist als das erträumte, so verkehrt sie nun immerhin mit Prinzen und Prinzessinnen, den Erfolg der eigenen Ausstrahlung und die Loslösung von der Vergangenheit genießend. Doch bald schon macht sich Unzufriedenheit in ihren Briefen bemerkbar. Sie ist nicht mehr wie in der »Dachstubenzeit« das Zentrum ihrer eigenen Welt, sondern muß sich damit begnügen, als Varnhagens Gattin betrachtet zu werden. Dieser verliert nach den Karlsbader Beschlüssen seiner liberalen Einstellung wegen seine Stellung und bleibt lebenslang hinfort Geheimer Legationsrat zur Disposition. Die Rückkehr nach Berlin macht Rahel schmerzhaft bewußt, daß die »Fäden zur Vergangenheit« abgerissen sind. Nun rückt die Goethe-Verehrung in den Mittelpunkt des Varnhagenschen Salons. Bereits 1812 hatte Varnhagen alle Äußerungen über Goethe aus dem Briefwechsel mit Rahel im Cottaschen Morgenblatt veröffentlicht, wozu sich Goethe recht schmeichelhaft über Rahel äußerte: »Jene urteilt nicht, sie *hat* den Gegenstand.« Immer stärker spürt sie, daß ihr Varnhagen als Partner nicht ebenbürtig ist. Wenn sie sich jedoch aus der Lethargie der Enttäuschung zu reißen vermag, dann sprudelt es nur so aus ihr heraus, was Grillparzer bezeugte, der anläßlich einer Reise nach Berlin auch die Varnhagens besuchte: »... aber meine Müdigkeit verflog, oder machte einer Art Trunkenheit Platz. Sie sprach und sprach bis gegen Mitternacht ... Ich habe nie in meinem Leben interessanter und besser reden gehört.«
In den späten Briefen an ihren Bruder Markus verwendet Rahel wieder hebräische Schriftzeichen, was Biographen als Beweis für die Erkenntnis werten, daß sich der »gesellschaftliche Aufstieg« nicht gelohnt habe. Da macht sich wohl auch Heines Einfluß bemerkbar, vielleicht das Aufbegehren gegen den schwelenden Antisemitismus. Heine verachtete die Erstarrung der Salons, in denen nicht mehr die bekenntnisfreudige Aufgeschlossenheit von früher herrscht. Rahel versteht das. Ist sie nicht selbst wie »eine Pute auf fremdem Hof?«

Von dem, was während ihrer letzten Lebensjahre in Preußen geschieht – wachsende Reaktion, verstärkte Zensur, Druckverbot für Fichte, Überwachung Schleiermachers, Entlassung Wilhelm von Humboldts, Teuerung und Auswanderungswellen – nimmt sie vor allem die menschliche Not wahr. An Repräsentationspflichten gebunden und von schwankender Gesundheit, kann sie sich nicht so sozial betätigen wie zum Beispiel ihre Freundin Henriette Herz. Umso heftiger empfindet sie die Nichtigkeit des gesellschaftlichen Lebens und beginnt, damit abzuschließen.
Sie ist einsam geworden. Ihr ganzes Leben gleicht dem Versuch, zum Ich zu werden, als Ich zu wirken. Damit steht sie in der romantischen Tradition. Unzerstörbar blieb bis zuletzt der Zauber ihrer Persönlichkeit und das Bild, das Varnhagen in seinen Erinnerungsbüchern aus den Sammlungen ihrer Briefe zusammensetzte. Auch noch in der Assimilation bestand sie die Bewährungsprobe: »Wie denn jeder Mensch, der nur Besinnung hat, sein ganzes Schicksal hat, ein Moment des Ganzen ist, – wenn Sie wollen – Gottes, der nur einmal existieren kann.« Am 7. März 1837 wurde sie nach einer schweren Erkrankung erlöst und wurde auf dem Dreifaltigkeitsfriedhof beigesetzt.

Elisabeth Fry
Der Engel der Gefangenen

von Heinz Vonhoff

Der Brief traf sie nicht unvorbereitet. Ein Prediger bat sie um Hilfe in einer entsetzlichen Not. Man könne sich diese schlimme Situation eigentlich gar nicht vorstellen, sie sei unbeschreiblich. Er meinte die Zustände in den englischen Gefängnissen. Sie las den Brief und entschloß sich etwas zu tun. Was sie aber tat, war in jenen Februartagen des Jahres 1813 noch unbegreiflicher als das Elend, das an ihre Tür geklopft hatte. Sie ging in die Gefängnisse.

Damals war Elisabeth Fry dreiunddreißig Jahre alt, Tochter des reichen Gutsherrn Gurney auf Earlham Hall bei Norwich, Gattin des angesehenen Handelsherrn Joseph Fry, Mutter zahlreicher Kinder, Quäkerin.

Die Quäker waren eine in England und über England hinaus längst anerkannte protestantische Glaubensgemeinschaft, denen der ursprüngliche Spottname, der sie als »Zitterer« kennzeichnete, zum Ehrennamen geworden war. Sie versuchten, ihren Glauben und das Leben als Einheit zu sehen. Deshalb war das Tun der Barmherzigkeit für viele von ihnen selbstverständlich geworden, die Nächstenliebe an den Armen und Kranken, den Elenden und den Verlassenen.

Auch Elisabeth Fry war aus solchem Glauben für ihre Umwelt eine rechte Wohltäterin geworden. Als sie nach neun Ehejahren aus der Stadtwohnung ihres Mannes in London mit den Kindern auf den Familienlandsitz Plashet unweit ihrer Heimat Earlham umsiedelte, begann sie, trotz der großen Familie, Kranke zu pflegen und Arme mit Kleidung und Nahrung zu versorgen. Sie errichtete eine Schule für Mädchen, kümmerte sich auch um zeltende Zigeunerfamilien, wenn sie von Jahrmarkt zu Jahrmarkt zogen, und verband stets die Leibsorge mit der Seelsorge. Wegen ihres Handelns war ihr Beten glaubwürdig. Sie gehörte auch zu jenen Menschen, die die in England entwikkelte Pockenschutzimpfung unterstützte und so mithalf, die Menschen der Umgebung von dieser Seuchengefahr zu befreien.

Sie hätte allen Grund gehabt, den Brief des Predigers beiseite zu legen. Die von vielen Geburten geschwächte Gesundheit und die nicht geringen Pflichten im Haushalt ließen doch mehr, als Elisabeth Fry ohnehin Gutes an anderen Menschen tat, nicht zu. Sie aber las den Brief und machte sich auf den Weg. Sie packte eine Reihe ausgebesserter Kleidungsstücke zusammen und meldete sich beim Gouverneur von Newgate, dem größten Londoner Gefängnis. Es war in einem außen sehr schönen Gebäude untergebracht, das als ein Meisterwerk der Baukunst galt, weil der Baumeister eine sehenswerte Fassade ohne Fenster gestaltet hatte.
Ohne Fenster, niemand wußte, was dahinter verborgen war. Auch Elisabeth Fry, obwohl durch den Brief vorbereitet, ahnte nicht, was sich ihren Augen hinter dieser Fassade bot. Der Gouverneur versuchte sie von ihrem Vorhaben abzubringen. Sie ließ sich nicht aufhalten und hielt dem Entsetzen stand, den auf engem Raum zusammengepferchten Menschen in Schmutz und Gestank, grölend, keifend, fluchend: Schwerverbrecher, Todeskandidaten, Kranke, Untersuchungshäftlinge, kleine Diebe, alle fürs Leben Gezeichnete, Verlorene.
Sie sah nicht nur Männer. Hinter einem Gitter war die Frauenseite, dreihundert Frauen in zwei Sälen, dazu Kinder und Säuglinge, verwahrlost, verwildert, ohne Betten, ohne Stroh. Die Aufsicht führte ein einziger Mann, den sein Sohn unterstützte. Er ließ die Besucherin nicht hinter das Gitter, aber die Frauen drängten sich dagegen und suchten mit den gierigen Händen, sich streitend und zerrend, von der unerwarteten Besucherin Gaben zu erhaschen. Die wurde dieses Bild nicht los und verlangte bei ihrem nächsten Besuch unnachgiebig, zu den Frauen und Kindern hinter das Gitter gelassen zu werden.
Es bedurfte eines Trinkgeldes, ehe der Aufseher sie allein zu den Frauen ließ. Sie nahm auch ihre Wertsachen mit. Sie wußte, sie würde sie nicht einbüßen. Als das Tor hinter ihr zufiel, stand sie in ihrer schiefergrauen Quäkertracht vor dem wilden Haufen von Frauen und Kindern, die plötzlich unbegreiflich ruhig und leise wurden und diese Frau anstarrten wie einen Geist. Elisabeth Fry sah in ihren Gesichtern die ganze Not und Verlorenheit der Menschen. Sie sagte in die Stille hinein: »Ihr seid sehr unglücklich. Wäre es euch recht, wenn euch geholfen würde?« Sie legte ihre Hand auf eines der Kinder und sagte weiter zu den Frauen: »Ich möchte eure Freundin sein. Ich bin auch eine Mutter wie viele von euch. Sollen wir nicht für diese armen Kinder gemeinsam etwas tun? Ihr wollt doch nicht, daß sie Gefangene bleiben.«

Eine der Gefangenen brachte ihr einen Stuhl. Sie hatte wie viele andere Tränen in den Augen, konnte kaum sprechen, als sie bat, die Frau möge sich doch setzen. Und dann brach es aus den Herzen der Frauen, nicht nur der Mütter unter ihnen, hervor wie ein Sturzbach von Schuldverstrickung, Trotz und Jammer, Reue und Hoffnungslosigkeit. Und Elisabeth Fry hörte zu, stundenlang, schweigend. Ehe sie ging und versprach wiederzukommen, erinnerte sie die Frauen an Jesus von Nazareth und erzählte ihnen das Gleichnis von den Arbeitern im Weinberg, in dem auch noch die letzten angenommen wurden. Viele kannten den Namen Jesus nicht.

In den folgenden Monaten änderten sich die Verhältnisse in Newgate grundlegend, und die Gefangenen waren selbst daran beteiligt. Sie reinigten und lüfteten die Säle, wuschen und kleideten sich sorgfältig, viele unterdrückten ihre Flüche und betranken sich nicht mehr, obwohl es nach wie vor in der Gefängnisschenke alkoholische Getränke gab.

In einem schnell gegründeten Verein zur Hilfe für weibliche Gefangene fand Elisabeth Fry zahlreiche Mitarbeiterinnen, die gleich ihr nach Newgate gingen, den Frauen das Nähen beibrachten und die Kinder unterrichteten. Es gab auch genug Erwachsene, die erst noch Lesen und Schreiben lernen mußten. Eine der Gefangenen wurde die erste Lehrerin der Kinder, und daß diese nun etwas Rechtes lernen konnten und aus dem Stumpfsinn herausgerissen wurden, gab den Frauen neue Hoffnung, auch wenn ihr eigenes Leben so total verpfuscht schien. So geschah in Newgate das Wunder, daß die Gefangenen selber ihr Leben im Gefängnis ordneten, und zwar so gründlich, wie es keine behördlichen Maßnahmen hätten erreichen können. England horchte auf. Reporter überzeugten sich an Ort und Stelle von diesem Wunder von Newgate und berichteten ihren Lesern. Bald kamen Besucher aus dem In- und aus dem Ausland, um sich zu überzeugen und anregen zu lassen für nötige Gefängnisreformen in ihrer Heimat. Im englischen Parlament rühmte man die Quäkerin. Diese aber sah die Folgeaufgaben des begonnenen Werkes. Was wurde aus den Entlassenen? Würden viele rückfällig werden oder sich bewähren? Wie würden sie sich in der Freiheit zurechtfinden, wie von der Umwelt angenommen werden? Sie durfte viele gute Nachrichten hören: Die Zahl der Rückfälligen nahm ab, auch der Anteil der Frauen am Verbrechertum minderte sich in den folgenden Jahren drastisch.

Und doch blieb Elisabeth Fry in ihrer nüchternen Art besorgt. Da

waren die vielen Frauen, die zu lebenslänglicher Verbannung verurteilt wurden und Newgate verließen, um auf Schiffen, die man geradezu »Verbrecherschiffe« nannte, nach Australien deportiert zu werden. Solche Schiffe nahmen Frauen aus vielen englischen Gefängnissen auf, und mit vielen Müttern kamen Kinder auf die Fahrt in das ferne Land. Es wunderte niemanden mehr, als eines Tages die Quäkerin an Bord eines solchen Schiffes ging, auf denen es keinerlei Betreuung für die Verbannten gab. Elisabeth Fry ordnete den wirren Haufen in Abteilungen von je zwölf Gefangenen, beauftragte eine von ihnen als Aufseherin und gab Anregungen für nützliche Arbeiten während der wochenlangen Seereise. Sie schaffte auch die benötigten Materialien herbei, wie bunten Kattun für Flickendeckchen, die in den Unterwegshäfen oder am Ziel verkauft werden konnten. So konnten auf der Schiffsreise die Verbannten selbst einen ersten Grundstock für ihre Existenz in dem fernen Land legen. Elisabeth Fry sorgte auch für Schulen auf den Schiffen und richtete Andachten ein, damit das Wort Gottes die Auswanderer begleiten konnte. Ehe sie das Schiff dann verließ, sprach sie den Verbannten einen Psalm zu und erbat für sie und für die Besatzung den Segen Gottes.
Dann stand sie – als erste Frau in der englischen Geschichte – vor dem Parlament und bat die Regierung, dafür zu sorgen, daß das, was sie in Newgate und auf den Verbanntenschiffen begonnen hatte, in allen Gefängnissen durchgeführt und ausgebaut würde: eine menschliche Behandlung der Gefangenen, seelsorgerliche Betreuung, Unter-

Elisabeth Fry

Als Elisabeth Gurney wurde sie am 21. Mai 1780 in Norwich/England geboren. Sie gehörte der »Gemeinschaft der Freunde«, den Quäkern an. 1800 heiratete sie den Londoner Handelsherrn Joseph Fry. Die Mutter von elf Kindern setzte ihren Glauben an Christus in die Tat um. Ihre Liebestätigkeit begann sie vom Familiengut Plashet aus.
Mit ihren Bemühungen um eine Gefängnisreform und die nachgehende Fürsorge um strafentlassene Frauen wirkte sie über England hinaus auf den europäischen Kontinent. Ihre Anregungen ermutigten den rheinischen Pastor Theodor Fliedner zur Gründung des ersten Mutterhauses für Diakonissen. So hat sie den Frauen in evangelischen Kirchen wichtige Arbeitsfelder erschlossen. Sie starb nach längerer Krankheit am 12. Oktober 1845 in Ramgate.

richt und Arbeit, Trennung der Geschlechter und vor allem Betreuung der weiblichen Gefangenen durch Frauen. »Strafe darf nicht Rache sein! Sie muß dem Vergehen entsprechen und hat das einzige Ziel, die Verbrecher zu bessern und damit das Verbrechen zu mindern.« So forderte sie und leitete damit eine durchgreifende Reform des Gefängniswesens und des Strafrechtes nicht nur in England ein.
Sie begegnete der Königin, wurde in Briefen und von Besuchern aus aller Welt um Rat gefragt, ging endlich selbst auf Reisen und wurde nicht müde, »die Barmherzigkeit an der Seele als die Seele aller Barmherzigkeit« zu rühmen.
Ihr Vorbild regte den rheinischen Pastor Theodor Fliedner in Kaiserswerth bei Düsseldorf an, sich ebenfalls weiblicher Strafentlassener anzunehmen. Er besuchte die Quäkerin in England, und Elisabeth Fry kam nach Düsseldorf und sah dort, daß mit dem von Fliedner gegründeten Mutterhaus der Diakonissen das verwirklicht wurde, was sie im Ansatz mit einem Verein für protestantische Schwestern in England versuchte und was beide als eine Aufgabe christlichen Glaubens verstanden, wie es etwa in der katholischen Kirche schon mehr als ein Jahrhundert vorher der französische Pater Vincent von Paul mit seinen Barmherzigen Schwestern erreicht hatte.
Aber als 1846 mit Fliedners Hilfe ein erstes Mutterhaus in England gegründet werden konnte, lebte Elisabeth Fry nicht mehr. Sie war ein Jahr vorher gestorben, nach mehrjährigem schwerem Krankenlager, an den Rollstuhl gefesselt, nie ohne Schmerzen, aber auch nie ohne den Trost ihres Glaubens. Elf Kindern hatte sie das Leben geschenkt, ungezählten fremden Kindern in ein gutes Leben hineingeholfen. Fünfundzwanzig Enkelkinder durfte sie erleben, aber ungezählte Menschen kamen auch zu der Kranken und selber hilfsbedürftig gewordenen Großmutter. Sie hatte gelernt, für Christus zu wirken, und nun übte sie sich auch darin, mit Christus zu leiden. Die Fürbitte ihrer Leidenszeit aber galt dem Wachsen der Barmherzigkeit auf dieser Erde.
Sie mag sich in ihrer letzten Zeit oft des eigenen Lebensweges erinnert haben, des frühen Todes der Mutter, an deren Grab sie zwölfjährig mit zehn Geschwistern und dem Vater stand, und des Schmerzes, der von da an lange Zeit mit ihr ging. Aber auch der nachfolgenden Jahre, in denen sie sich fröhlich und frei dem gesellschaftlichen Leben hingab, den Künsten, dem Tanz, dem Reiten.
Trotz allem Schönen war ihr das Leben damals oft töricht erschienen,

und sie kam sich wie »ein Schiff ohne Steuermann« vor, wie sie ihrem Tagebuch anvertraute. Der Mann ihrer ersten Liebe, der dieser Steuermann in ihrem Leben hätte werden können, verließ sie vor der Verlobung. Selbst die Quäkerversammlungen, die sie gehorsam mit dem Vater und den Geschwistern besuchte, erschienen ihr leer und langweilig bis zu jener, in der der Prediger William Savery das Wort Gottes auslegte. So hatte sie es nie zuvor vernommen.
Sie erinnerte sich auch an die Jahre der Erprobung ihres aufkeimenden Glaubens, gemeinsam mit dem frommen Joseph Fry, den sie 1800 heiratete. Und sie wußte, daß sie »sich nie glücklicher fühlte, als wenn sie einem Menschen auch nur den kleinsten Liebesdienst erzeigen oder eine Sorge erleichtern konnte«. So ertrug sie nun auch ihre tödliche Krankheit in getroster Dankbarkeit.
Als sie im Herbst 1845 starb, trauerte ganz England um sie. Als sei die Königin selbst gestorben, so hißten alle Stationen der englischen Küstenwacht die Flagge auf halbmast. Eine »Königin im Reich der Barmherzigkeit« nannte sie Johann Hinrich Wichern, der Rufer der Diakonie in Deutschland, der sich wie viele andere in Europa in der Nachfolge der englischen Quäkerin ebenfalls um die Reform des Gefängniswesens bemühte.

Annette von Droste-Hülshoff
»Ehre dem Herrn!«

von Gerda Neumann

Es ist eine bedauerliche Tatsache, daß in der deutschen Literatur bis weit ins 19. Jahrhundert hinein wenige Schriftstellerinnen von Format auftauchten. Eine von diesen war Annette von Droste-Hülshoff, die ein schmales Werk hinterlassen hat: zwei Gedichtbände, Versepen, Balladen, Geistliche Lieder, eine Novelle und ungedruckte bzw. unvollendete Prosastücke. Sie fühlte sich nie als professionelle Literatin. Die Literatur war für sie etwas so Erhabenes, daß sie für ihren ersten Gedichtband nicht einmal ein Honorar verlangte. Doch wie hoch ihr Werk eingeschätzt wird, beweist die Tatsache, daß allein von 1932 bis 1945 zweihundertfünfzig Arbeiten über sie erschienen.
Anna Elisabeth Freiin zu Droste-Hülshoff kam verfrüht am 10. Januar 1797 auf die Welt, als Tochter des Freiherrn Clemens August und seiner zweiten Frau Therese, geb. von Haxthausen. Ohne Fingernägel geboren, verdankte sie es vor allem ihrer Amme, daß sie überlebte. Sie hat diese später zu sich genommen und liebevoll bis zu deren Tod (1845) gepflegt. Annette, wie sie genannt wurde, war von den Vorfahren beider Eltern her mit reichen musischen Gaben ausgestattet, besonders der Dichtkunst und der Musik zugewandt. Ihre ältesten, erhaltenen Verse stammen aus ihrem siebten Lebensjahr. Die jungen Stiefbrüder der Mutter auf dem nahegelegenen Gut Haxthausen gehörten dem Kreis der Romantiker an, durch sie kamen Annette und ihre ältere Schwester Jenny früh mit den Dichtern und Denkern der romantischen Ära zusammen.
Unter der Aufsicht ihrer praktischen Mutter und ihres gelehrten, den Naturwissenschaften zugewandten, sammelfreudigen Vaters wuchs sie auf dem elterlichen Wasserschloß standesgemäß auf und nahm mit den beiden jüngeren Brüdern am Unterricht durch Hauslehrer teil. Wie lebendig hier altes Sagengut gepflegt wurde, können wir ihren Balladen entnehmen, wie eng sie mit der Natur verbunden war, bezeugen ihre Gedichte. Ein weiteres Erbe vom Vater war das »Spö-

kenkiekertum«, wie man das in Westfalen weitverbreitete »Zweite Gesicht« nennt. Bestimmend für Leben und Werk war ferner der Einfluß der Religion. Annette war eine fromme Katholikin und verfaßte außer zehn Geistlichen Liedern für die Großmutter Anna Maria von-Haxthausen einen Zyklus von Geistlichen Liedern für die Mutter (1820), der von Neujahr bis Ostern reichte, ein »Geistliches Jahr«. 1839 entstand ein zweites, das ganze Kirchenjahr umfassendes, ihm folgten 1845 die späten Legenden. In der Widmung für die Mutter heißt es, daß die Gedichte jenen zugedacht seien, bei denen »die Liebe größer wie der Glaube« wäre.
Annettes Leben ist leicht überschaubar. Ihre Jugend spielt sich auf dem Lande, im Bereich des väterlichen Schlosses und auf den benachbarten Gütern der Verwandten ab, sowie im Stadthaus der Droste zu Münster. Hier findet sie einen ersten literarischen Berater, den Ordinarius für Staatsrecht Anton Matthias Sprickmann, der selbst schriftstellert und mit Geistesgrößen seiner Zeit wie Hamann und Graf Stolberg in Kontakt steht. Im Jahre 1813 schloß sie mit der damals recht populären Schriftstellerin Katharina Busch Freundschaft und musiziert mit ihr, die später die Mutter Levin Schückings werden wird, des Menschen, der Annette am nächsten stand. Im gleichen Jahr fand sie den Stoff zur »Judenbuche«, ihrer späteren Novelle und lernte außerdem noch Wilhelm Grimm kennen, in den sich die ältere Schwester Jenny verliebte. Eine Heirat wäre wohl schon aus Standesgründen kaum in Frage gekommen. Obwohl die zarte, blonde Schönheit Annette es nicht nötig hatte, wollte sie brillieren und mißfiel Wilhelm Grimm damit aufs gründlichste, der von ihr sagte, daß sie »etwas Vordringliches« im Wesen habe.
Auf einer ersten, länger dauernden Reise nach Köln, Bonn und Koblenz machte sie viele anregende Bekanntschaften und ließ sich von einer neuen Freundin, Sibylla Mertens-Schaaffhausen zum Sammeln anregen, was sie seither eifrig betrieb: Münzen, Uhren, Autographen, Steine. Noch einmal vereinte sich die Familie 1826 bei der Hochzeit des älteren der Brüder im April 1826, ehe der Vater am 25. Juni starb. Nach seinem Tode zog die Mutter mit den beiden Töchtern auf den Witwensitz Rüschhaus, ein kleines bauliches Juwel, vom Barockbaumeister Schlaun gestaltet. Der ganze Lebensstil wurde stark eingeschränkt. Dem Bruder zuliebe gaben sich die Schwestern mit einer jährlichen Rente von 100 Talern zufrieden. Hier lebte Annette bis 1846. Von hier zog sie mit einem spitzen

Hammer auf geologische Studien, machte Spaziergänge oder wandelte durch den Garten, dessen steinerne vier Putten sie zu dem Zyklus »Die vier Elemente« anregten. Auf einer zweiten Rheinreise – nach Bonn zu einem verwandten Professor – bringt sie den Stoff mit, der ihrem späteren Epos »Das Hospiz auf dem großen St. Bernhard« zugrunde liegt und ihr von einer zur Kur weilenden Dame erzählt wurde. Bei einem neuerlichen Aufenthalt in Bonn 1830 bekräftigte und erneuerte sie die Freundschaft mit Johanna und Adele Schopenhauer, Mutter und Schwester des großen Philosophen. Das bedeutete auch eine Annäherung an Goethe, da beide Damen enge Beziehungen zu seinem Hause hatten. Adele wurde ihr eine verständnisvolle Beraterin in literarischen Fragen.

Viel hatte sie dann mit Todesfällen und Krankheiten zu tun. Ihr jüngerer Bruder war schon im Jahr zuvor an Tuberkulose gestorben, und die Pflege von Sterbenden gehörte zu den Pflichten eines unverheirateten adligen Fräuleins. Einer ihrer Biographen sagt ihr gar einen »seltsamen Hang zum Absterbenden, Faulen, Verwesenden« nach.

Annettes Schwester Jenny, die ihr Geborgenheit bot, verheiratete sich 1834 mit dem berühmten und begüterten Privatgelehrten, dem verwitweten Freiherrn Joseph von Laßberg, einem Schweizer, der sich als Herausgeber einer Nibelungenhandschrift einen Namen gemacht hatte. Dadurch erweiterte sich Annettes enger Lebensraum. Die Aufenthalte auf Schloß Eppishausen im Kanton Thurgau und später auf der Meersburg am Bodensee taten der Gesundheit gut und ermöglichten Abstand von der westfälischen Heimat. Die schönsten Heidegedichte schrieb sie auf der Meersburg mit Blick auf den Säntis. Beim ersten Besuch im Thurgau entstanden die erste Ballade, »Der Graf von Thal«, wiederum eine dunkle Geschichte von schuldhaftem Mitwissen und sieben Gedichte, darunter das idyllische »Des alten Pfarrers Woche«. Endlich erschien 1838 bei Aschendorff in Münster ihr erstes Buch, das die drei Epen, den »Graf von Thal« und die Säntisgedichte enthielt. Nur 74 Exemplare wurden verkauft, aber ihre Meisterschaft begann auch erst jetzt. Einsamkeit war für sie kein »Erdenübel«, eher eine Passion. Wochenlang konnte sie allein sein, »mineralogische Exkursionen« oder Spaziergänge unternehmen, wobei viele ihrer schönsten Naturgedichte entstanden. Auch die Besuche bei Armen und Kranken gehörten zu den Pflichten eines adligen Fräuleins. Kamen Gäste, erzählte sie lebhaft Anekdoten,

Spuk- und Gespenstergeschichten. Bescheidenere Talente traf sie in der »Hecken-Schriftstellergesellschaft«, wo auch Levin Schücking hin und wieder auftrat. Ihre Gesundheit war schlecht, ihr Siechtum fand Ausdruck in Gedichten wie »Gethsemane« (1845), wo, wie so häufig, der Dialog mit dem Tod stattfindet.

»Still schwamm der Mond im Blau
Ein Lilienstengel
Stand vor dem Heiland im betauten Grün.
Und aus dem Lilienkelche trat der Engel
Und stärkte ihn.«

Im September 1841 reiste Annette mit ihrer Schwester und deren beiden Töchtern nach Meersburg. Vierzehn Tage später trifft dort Levin Schücking ein, er blieb bis zum 2. April 1842. Ein halbes Jahr späten Glücks ist ihr nun mit dem Mann beschieden, den sie bisher als Sohn betrachtete. Schücking sollte dem Freiherrn bei seinen Handschriften helfen, dafür hatte sich Jenny eingesetzt. Annette war dem ungewöhnlich attraktiven jungen Mann zuletzt in Münster begegnet, als gerade eine schöpferische Phase begann und sie anfing, die »Judenbuche« zu schreiben, die erst 1841 abgeschlossen wurde. In diesem Schicksalsdrama eines von der Macht des Bösen umklammerten Menschen finden wir viel Verständnis für das Elend der Armen, wenn auch nicht für den am Grundherrn begangenen Holzfrevel. Das Spiegelmotiv, vielleicht das Wichtigste in der Dichtung

Annette von Droste-Hülshoff

Anna Elisabeth, Annette genannt, Freiin zu Droste-Hülshoff, wurde am 16. Januar 1797 auf dem Wasserschloß Hülshoff, unweit von Münster, geboren. Nur wenige Reisen, 1818 mit dem Vater nach Kassel zu den Grimms, ferner zwei längere Aufenthalte im Rheinland erweiterten ihre ausgezeichnete Bildung und brachten sie mit bedeutenden Geistern der Zeit in Verbindung. Außer der Liebe zur Natur prägte Frömmigkeit ihr Werk. In ihrer Naturlyrik entwarf sie Bilder, in denen sich Realität mit düster Geheimnisvollem und Heroischem, ja auch Absterbendem mischte. In Balladen und Versepen griff sie gerne auf altes Erzählgut zurück. Zum großen Erfolg wurden ihre Gedichte, die während der engen Beziehung zu Levin Schücking entstanden. Am 24.5.1848 starb sie in Meersburg.

der Droste, spielt hier eine sehr bedeutende Rolle. Auch in ihrem Verhältnis zu Schücking tritt sie sich oft selbst aus dem Spiegel entgegen, sie, die Alternde, jung, schön, gesund. Der Konvention wurde Genüge getan: Offiziell lebte jeder in seinem Turm. Eine im Spaß geschlossene Wette wurde von Annette erfüllt: Binnen eines Jahres schrieb sie einen stattlichen Gedichtband. Während der Anwesenheit des Freundes entstanden vierundfünfzig Gedichte. Darunter ihre schönsten Heidebilder, bis zum Jahresende wurden es siebzig, einige wurden in Rüschhaus vollendet, darunter die Ballade vom »Spiritus familiaris des Roßtäuschers«, eine Geschichte vom weitergereichten Unglücksteufelchen. Die Liebe hatte in Annette Kräfte frei gemacht, die alles umfaßten, was ihr teuer war.
»Das Meersburger Ereignis« – Berglar nennt es »diesen großen Glücksfall unserer Literatur« – hat die Dichterin poetisch beflügelt, wie es kaum noch zu erwarten gewesen war. Wenn auch gelegentlich Vergleiche von unfreiwilliger Komik entstehen, so nähert sie sich doch im Ganzen der Genialität. Ihre Naturschilderungen sind kräftig in Farbe und Stimmung, der Mensch wird als Teil eines lebenden Ganzen einbezogen. Sie malt mit »kräftigem, naturalistischem Pinselstrich«, aber das Geheimnisvolle, magisch Drohende bleibt immer im Hintergrund. Hier tritt uns »vierzigjähriges Naturerleben in geballter Form« entgegen, von Kennern bescheinigte exotisch-impressionistische Sprachrafinesse in den reifen Meersburger Gedichten, gepaart mit einer urtümlichen Bilderwelt, in der Feuer, Hünensteine, Erdschichten und Abgestorbenes eine große Rolle spielen. Die schmerzlichen Erfahrungen mit Levin Schücking, der die Schriftstellerin Luise von Gall heiratet und sich rar macht, Kränkung, Enttäuschung und neues Bemühen um Freundschaft sprechen aus vielen Gedichten, lassen das Leid der Verlassenen spürbar werden. »Die Taxuswand« wird undurchdringlich, Meersburg gar zum »überjährig Nest«. Andere Freunde begleiten sie durch die ihr noch verbleibenden wenigen Jahre. Sie ersteht ein Häuschen mit kleinem Rebgut 1843 von dem Honorar, das ihr Cotta für den Gedichtband bezahlte, welcher 1844 herauskommt und überall einhellige Begeisterung weckt, ebenso wie die schon früher im Cottaschen Morgenblatt erschienenen Gedichte und die »Judenbuche«. Levin Schücking ist es zu verdanken, daß Annettes »Sämtliche Werke« 1878/79, von ihm herausgegeben, erschienen und somit auch die bisher unbekannten Teile der Öffentlichkeit zugänglich wurden.

Annettes letzte Jahre vergingen in Einsamkeit im Rüschhaus und in Meersburg, wo sie, geschwächt von vielem Kummer und körperlichem Leiden am 24. Mai 1848 um die Mittagszeit entschlief. Sie war »jede Stunde bereit« und besaß nicht die Kraft mehr, die dem Adel ungünstige Revolutionszeit noch mitzuerleben. Ihr Grabstein auf dem Meersburger Friedhof, wo sie zwei Tage nach ihrem Tode zur letzten Ruhe bestattet wurde, trägt das Wappen der Droste und das Wort: »Ehre dem Herrn!«

George Sand
Vernunft und menschliche Güte

von Bruno Rottenbach

»Der Tod der armen Mutter Sand hat mir unendlichen Kummer bereitet. Ich habe bei ihrem Begräbnis geweint wie ein Kind... Arme liebe große Frau. Man müßte sie so kennen, wie ich sie gekannt habe, um zu wissen, welch unendliches weibliches Gefühl in diesem Menschen war und welche unermeßliche Zärtlichkeit in diesem Genie. Stets wird sie eine der Großen und eine einzigartige Zierde Frankreichs sein.«
So schrieb der 54jährige Gustave Flaubert an den gemeinsamen Freund, den russischen Dichter Iwan Sergewitsch Turgenjew, der George Sand »eine seiner Heiligen« genannt hatte. Wer war diese George Sand, die mit 36 Jahren zu den berühmtesten und zugleich umstrittensten Dichterinnen Frankreichs zählte, die Gustave Flaubert als »chère maître« verehrte, für die sich Heinrich Heine begeisterte, der Marcel Proust Güte und seelische Vornehmheit attestierte, die von Dostojewski und Bakunin geschätzt, von Musset und Chopin geliebt wurde, der Franz Liszt, Honoré de Balzac, der Maler Delacroix und zahlreiche andere große Zeitgenossen freundschaftlich verbunden waren?
Ein klares Bild zu zeichnen, fällt schwer, gilt doch auch für sie, was Schiller auf Wallenstein münzte: »Von der Parteien Haß und Gunst verwirrt, schwankt sein Charakterbild in der Geschichte.« Durch die Brille deutscher Zeitgenossen betrachtet, reichen verwegene Vergleiche von einer rebellischen Suffragette bis zur Femme fatale. Die Frauenrechtlerin Helene Lange schildert in ihrem Frauenhandbuch George Sand »als das Mannweib mit der Männerkleidung, mit der Reitpeitsche in der Hand, den Dolch im Gürtel, die Zigarette im Munde«. Der Literaturgeschichtler Ludwig Spach wirft ihr in seinem Band »Zur Geschichte der modernen französischen Literatur« aus dem Jahre 1877 sogar vor, »unsägliches Unheil im Innern der Familienkreise und am häuslichen Herd« angerichtet und »die systematische Untergrabung der Ehe« zuwege gebracht zu haben.

Heinrich Mann sieht George Sand mit anderen Augen: »Immer wieder verfällt sie auf die Revolution 1789, dieses arkadische Verbrüderungsfest, dieses weite Morgenrot, in das eine bis zur All-Liebe verklärte Menschheit starrt... Wir fühlen: Wer dieses Jahr der Menschlichkeit im Innern miterlebte, kann nie mehr verzweifeln.« Zur Frauengestalt dieser Schilderung wächst George Sand erst in den vierziger Jahren des 19. Jahrhunderts; die Anfänge zeichnen sich jedoch schon früher ab.

Mit 13 Jahren sollte Aurore, wie sie entsprechend ihrem Mädchennamen Amanti-Aurore-Lucil gerufen wurde, ins Pariser Kloster der Englischen Augustinerinnen, um sich standesgemäße Bildung und Umgangsformen anzueignen. Ihr Vater Maurice Dupin drängte darauf ebenso wie ihre schöne Mutter Antoinette-Sophie-Victoire, die Aurore einen Monat nach der Hochzeit, am 1. Juli 1804, zur Welt brachte. Stärkeren Einfluß auf die heranwachsende Aurore hatte jedoch die Großmutter, eine uneheliche Tochter aus der Liaison der Opernsängerin Marie Rinteau und dem Marschall Moritz von Sachsen, einem der vielen unehelichen Kinder des Kurfürsten August des Starken. Der Vater Aurores entstammte der zweiten Ehe Maries mit dem 62jährigen Finanzmann Claude Dupin de Francueil und kam 1779 zur Welt.

Aurore wurde nicht selten zum Zankapfel zwischen Großmutter und Mutter. Zwar liebte sie beide, dennoch schenkte ihr erst der Klosteraufenthalt die ersehnte innere Ruhe. Im ersten Klosterjahr galt sie noch als Enfant terrible. Doch das klösterliche Leben faszinierte sie bald so sehr, daß sie im dritten Jahr Nonne werden wollte. Dem beugte die Großmutter vor und holte sie aus dem Kloster zurück.

Auf dem Landgut Nohant pflegte sie liebevoll die kranke Großmutter. Für die Nachtwachen an ihrem Bett hatte ihr ihr Hauslehrer Deschartres bequeme Männerkleidung empfohlen, die ihr auch für Ausritte mit ihrem Pferd Colette zustatten kamen. Auch entsprach sie ihrem unbändigen Freiheitsdrang ebenso wie ihrer Liebe zur Natur. In ihren Mußestunden verschlang sie an Lesestoff, was ihr in die Hände kam: Leibniz, Byron, Chateaubriand und vor allem Rousseau. Gleich ihm sehnte sie sich ein Leben lang nach Einfachheit und natürlichem Leben, nach Einheit, Gleichheit und Freiheit. Als die Großmutter, »ihre beste Freundin«, im Dezember 1821 starb, wurde ihre Enkelin Alleinerbin von Nohant.

Nach einem Intermezzo bei ihrer Mutter in Paris zog sie nach Streit und Zwist zu dem befreundeten Ehepaar Duplessis. Dort lernte Aurore Casimir Dudevant kennen. Eines Tages überraschte er sie, die ihn immer nur ihren »guten Kamerad« nannte, damit, daß er um ihre Hand anhielt, ohne daß vorher auch nur ein Wort von Liebe gefallen wäre. Aurore war 18 Jahre alt, als sie im September 1822 verheiratet wurde. Das konnte auf die Dauer nicht gutgehen, zumal beider Interessen nicht auf einen Nenner gebracht werden konnten. Sie liebte Bücher, Musik und Gespräche, er verbrachte seine Zeit vornehmlich mit Saufgelagen, Treibjagden und enger Kommunalpolitik. Zwar gebar sie neun Monate nach der Hochzeit den Sohn Maurice, den sie liebte und umsorgte, kam im September 1828 die Tochter Solange zur Welt, aber den Bruch zwischen den Eheleuten konnte das nicht aufhalten. Dabei war Aurores Ideal nicht etwa eine Emanzipation der Frau im modernen Sinne, sondern eine in Freiheit und Liebe geschlossene Ehe, die Leidenschaft ebenso einschloß wie Treue.
Noch vor der endgültigen Ehescheidung im Jahre 1836 hatte Aurores Ehemann widerwillig zugestimmt, daß sie von ihm nicht nur eine Rente erhielt, sondern je sechs Monate in Paris und sechs Monate auf Nohant leben konnte. Ihr Umzug in eine Mansardenwohnung auf dem Quai St. Michel erfolgte in der Zeit der Julirevolution von 1830. Die revoltierende Jugend berief sich auf die Traditionen des Jahres 1793 und forderte eine demokratische Republik. Das blieb nicht ohne Einfluß auf Aurore Dudevant. Neugierig und wissensdurstig, brannte sie geradezu auf irgendwelche Aktivitäten in dieser Zeit der lärmenden Kundgebungen, Barrikadenkämpfe und Aufstände. Da sie von Nohant her das Anziehen feinen Schuhwerks und ebensolcher Kleidungsstücke nicht gewohnt war, griff sie auf ihre alte Gewohnheit zurück, bequeme Männerkleidung zu tragen. Sie schneiderte sich aus grauem Tuch einen Überrock mit Hose und Weste, stülpte einen ebensolchen Hut aufs dunkle Haar und knotete sich eine wollene Halsbinde. So gekleidet, hielt man sie für einen Studenten. Sie genoß diese Freiheit, besuchte Theater und Kabaretts, war Gast in republikanischen Clubs und fehlte nicht bei den Treffen der Saint-Simonisten. Die Saint-Simonisten hatten es ihr deshalb besonders angetan, weil sie im Sinne des Sozialreformers Comte de Saint Simon die soziale Frage durch Brüderlichkeit zu lösen suchten. Sie forderten eine neue Moral, die Beseitigung aller gesellschaftlichen Ungleichheiten und versuchten den Mißbrauch des Eigentums zu verhindern. Ihre Forde-

rung nach völliger Emanzipation der Frau teilte Aurore allerdings nicht. In ihrem erfolgreichen Roman »Lélia«, in dem sie Konvention, Normierung und Kodifizierung im Bereich von Ehe und Familie in Frage stellt und sich für natürliche Sittlichkeit und spontane Gefühle und Leidenschaften ausspricht, wird ihre Auffassung deutlich.
In Paris lebte Aurore Dudevant mit dem Schriftsteller und Verleger Jules Sandeau zusammen. Mit ihm arbeitete sie für die satirische Zeitschrift »Figaro«. In ihren schriftstellerischen Arbeiten wollte sie ihre Anonymität auf jeden Fall wahren. Ihr erstes Werk, das von ihrem Freund Jules Sandeau überarbeitet wurde, erschien noch unter dem Pseudonym Jules Sand. Für die späteren Publikationen wurde Sand beibehalten und der Vorname George hinzugefügt. Damit war das Pseudonym George Sand geboren. Unter diesem Pseudonym erschien ihr erster Roman »Indiana«, dem »Lélia« und insgesamt etwa weitere 100 Bände folgten.
Das Pseudonym George Sand markiert im Leben dieser mutigen und aufrichtigen Kämpferin gegen das Prinzip der Autorität und heuchlerischen Moral einen neuen Abschnitt. Noch während George Sand im Jahre 1833 »Lélia« schrieb, lernte sie den 22jährigen Dichter Alfred de

George Sand

wurde am 1. Juli 1804 in Paris als Amantine-Aurore-Lucile Dupin geboren. 1817 tritt sie ins Kloster der Englischen Augustinerinnen in Paris ein. 1820 kehrt sie auf das Landgut Nohant zurück, wo sie ihre kranke Großmutter bis zu deren Tod am 25. Dezember 1821 pflegt. Von ihr erbt sie das Landgut Nohant und ein Pariser Privathaus.
Am 10.9.1822 wird sie mit Casimir Dudevant verheiratet, dem sie am 30.6.1823 den Sohn Maurice und im September 1828 die Tochter Solange schenkt. 1830 lernt sie in Paris Jules Sandeau kennen, dessen erste Namenshälfte Sand ihr Pseudonym wird. Die ersten Romane entstehen, der junge Alfred de Musset tritt in ihr Leben. 1836 wird sie von Casimir Dudevant geschieden.
Nach dem Tod ihrer Mutter reist sie 1839 mit Chopin nach Mallorca. 1846 trennen sich beide. Sand arbeitet an Zeitschriften mit, gründet selbst »La Cause du Peuple« und nimmt aktiv teil an der Februarrevolution des Jahres 1848. Verbittert zieht sie sich nach deren Scheitern nach Nohant zurück, wo sie am 8. Juni 1876 stirbt. Ihr berühmter Briefwechsel mit Gustav Flaubert begann im Jahre 1863 und dauerte bis zu ihrem Tod.

Musset kennen, eine Bekanntschaft, die sich bald zu einem leidenschaftlichen Liebesverhältnis ausweitete, das schließlich in Venedig zerbrach.
In der folgenden Zeit der Ungebundenheit und Selbstbestimmung wurde ihr Honoré de Balzac zum guten Freund. Trotz seines dicken Bauches keuchte er oft die Treppen des Hauses am Quai St. Michel hinauf und schenkte ihr viel von seiner Heiterkeit. In brüderlicher Zuneigung gestand er aufrichtig: »Sie suchen den Menschen, wie er sein sollte. Ich nehme ihn so, wie er ist.«
In jenen Jahren wurde ihr auch der Schriftsteller und Literaturkritiker Saint-Beuve zum väterlichen Berater. Auf einer Reise in die Schweiz im Jahre 1836 lernte George Sand Franz Liszt kennen. Er war es, der eines Tages den Theologen und Schriftsteller H.F.R. Lamennais veranlaßte, in Sands Poetenkammer hinaufzusteigen. Von der ersten Begegnung an empfand sie Hochachtung und Zuneigung für »dieses mutige und reine Herz«. Lamennais war damals wegen seines Buches »Paroles d'un croyant«, das im Namen der Religion die Souveränität des Volkes proklamierte, mit dem päpstlichen Bann belegt worden.
Mit Frédéric Chopin, den George Sand 1837 kennenlernte, erlebte sie einige aufregende Lebens- und Liebesjahre. Als sich bei Chopin Symptome einer Lungenschwindsucht zeigten, reiste George mit ihm und den Kindern Maurice und Solange nach Mallorca. Obwohl George Sand Chopins Genie und Charakter zärtlich liebte, obwohl sie sein Talent als das »tiefste, reichste, gefühlvollste, das je existiert hat«, schätzte, obwohl der als Patient unausstehliche Chopin auf Mallorca viele seiner Werke schuf, wurde der Aufenthalt für ihn zur Pein und für sie zur Qual. Im Februar traten sie die Rückfahrt nach Frankreich an. Bis es im Winter 1847 zum Bruch kam, wohnte Chopin, dessen Krankheitszustand sich inzwischen gebessert hatte, entweder bei George Sand in Nohant oder in Paris, hier wie dort mütterlich betreut und liebevoll umsorgt. Diese acht Jahre mit George Sand wurden Chopins schöpferisch reichste und reifste Zeit. Chopin schenkte Sand eine Freundschaft, die in seinem Leben einzig dasteht.
In diesen vierziger Jahren schrieb George Sand ihre sogenannten sozialistischen Romane. 1840 setzte sie dem Arbeiterdichter Agricol Hardiguer in »Le Compagnon du Tour de France« ein Denkmal. 1841 schrieb sie »Horace«, die Geschichte des idealistischen Republikaners Paul Arséne. Arbeiterschriftsteller wie der Maurer Charles Poney und

der Weber Magu zählten zu ihren Freunden. Zusammen mit dem Philosophen und Sozialisten Pierre Leroux gründete sie 1841 die »Revue indépendant«. Immer stärker rückten soziale und politische Probleme in den Vordergrund. Sie korrespondierte mit dem Historiker Louis Blanc, wechselte Briefe mit dem italienischen Freiheitskämpfer Guiseppe Mazzini, nahm teil am Schicksal der russischen Sozialisten Michail Bakunin und Alexander Herzen.
George Sand bezeichnete sich schließlich selbst als Sozialistin und Kommunistin, wobei Sozialismus und Kommunismus für sie nicht so sehr ein ökonomisches oder politisches System waren, sondern eher eine moralische Einstellung, eine Geisteshaltung, ja sogar eine Art Religion. Das geht u.a. auch aus einem Artikel hervor, in dem sie am 7. Mai 1848 in der Zeitschrift »La Vrai Republique« ihren Standpunkt verteidigt: »Versteht man unter Kommunismus das Verlangen und den Willen, daß mit Hilfe aller gesetzlichen Mittel die empörende Ungleichheit außergewöhnlichen Reichtums und außergewöhnlicher Armut sofort verschwinden sollen, um einem Beginn wahrhafter Gleichheit Platz zu machen, ja, dann sind wir Kommunisten.«
Als am 20. Februar 1848 in Paris die Revolution ausgebrochen war, in der bürgerlich-liberale, demokratische und sozialistische Kräfte um die Macht in der Zweiten Republik kämpften, redigierte George Sand das Bulletin der Republik. Sie begeisterte sich, glühte, kämpfte, verfocht ihre Ideen in der Zeitschrift »La Cause du Peuple« (Die Sache des Volkes). Aber von ihr erschienen nur drei Nummern. Die Revolution wurde »geschlachtet«. Viele Arbeiter wurden getötet, Tausende in die Gefängnisse gesteckt oder deportiert.
Daß sie selbst nicht verhaftet wurde, erschien ihr wie ein Wunder. Es gab ihr Mut und Möglichkeit, durch Verhandlungen mit Louis Napoleon und den Kommandeuren der Strafkolonien und Gefängnisse einen Teil jener zu retten, die noch zu retten waren. Daß es unter ständiger Lebensgefahr geschah, war ihr bewußt, schrieb sie doch an den Schriftsteller und Buchhändler Julius Hetzel: »So oder so werde ich es sein, der man beim ersten Zeichen eines Aufstandes die Kehle durchschneidet. Mir ist es gleich... so tief bin ich von allem und jedem in dieser Welt angewidert.«
Zutiefst enttäuscht und verbittert, flüchtete George Sand nach Nohant an den Schreibtisch. Hier entstanden ihre ländlichen Erzählungen, in denen das Gute und Wahre siegt und Versöhnung möglich ist. Auf dem Landgut Nohant führte George Sand bis zu ihrem Tode am

8. Juni 1876 ein zurückgezogenes Leben. Es war zugleich auch ein unvorstellbarer Reifungsprozeß, in dem eines unverändert blieb: Ihr Glaube an die Kraft der Vernunft und der menschlichen Güte. Ein treuer und vertrauter Freund dieser späten Jahre wurde ihr der Dichter Gustave Flaubert, mit dem sie 1863 die ersten Briefe wechselte. Diese Korrespondenz von mehr als 400 Briefen zählt zu den schönsten und interessantesten des literarischen Frankreich.

Harriet Beecher-Stowe
Onkel Toms Hütte

von Karl Rolf Seufert

Harriet Beecher wurde am 14. Juni 1811 in Litchfield im Staate Connecticut geboren. Ihr Vater, Reverend Lyman Beecher, ein orthodoxer Calvinist und streitbarer Verkünder des Evangeliums, war Pfarrer an der dortigen Kirche. Von den sechs Brüdern Harriets wurden später fünf ebenfalls Geistliche. Die beiden Schwestern kämpften für Frauenrechte und Frauenbildung.

Von Kindheit an prägten die starren Lehren Calvins das Familienleben der Beechers, und jede Stunde des Tages, die kam und ging, war erfüllt vom Streben nach Vervollkommnung, dem Wunsch zur Läuterung und kleinen Taten der Selbstverleugnung. Kein leichtes Leben für das empfindsame Mädchen.

Mit sechzehn Jahren schickte man Harriet in das Mädchenpensionat nach Hartford, zunächst als Schülerin. Später arbeitete sie dort für kurze Zeit auch als Lehrerin. Inzwischen war der Vater nach Boston an die Hannover-Street-Kirche versetzt worden, um mit seinen donnernden Kanzelrufen so etwas wie puritanische Zucht in die trägen Gemüter der Stadtbevölkerung zu bringen.

1832 erhielt er dann eine Berufung nach Cincinnati in Ohio, um dort das Lane-Seminar zu leiten, ein theologisches Institut, das Geistliche und Missionare zur »Bekämpfung des erschreckenden Heidentums unter den Grenzern« ausbildete. Mit ihm übersiedelte die ganze Familie nach Cincinnati – und die Stadt wurde für das Mädchen in doppelter Weise bedeutsam.

Hier übernahm Harriet, zusammen mit ihrer Schwester Catharine, den Schuldienst, wobei sich die beiden Mädchen kaum anders als unter Kannibalen fühlten. Gleichzeitig begann Harriet in ihrer Freizeit mit den ersten schriftstellerischen Versuchen. Sie schrieb kleinere Erzählungen aus dem Leben Neu-Englands, geprägt von Liebe und Heimweh, dazu Skizzen und Essays, die in religiösen Blättern veröffentlicht wurden – Arbeiten, die sich in gleicher Weise durch echte Frömmigkeit wie durch eine scharfe Beobachtungsgabe auszeichneten. Sie wurden später gesammelt und erschienen 1843 in dem Bande »The Mayflower, or Sketches of Scenes and Characters of the Descendents of the Pilgrims«. Dabei lernte sie auch ihren Mann kennen, einen Witwer und Kollegen des Vaters am Seminar: Reverend Calvin E. Stowe.

Die beiden heirateten 1836, und die neue Stellung als Grenzerfrau in einem pflichtenreichen, von Armut bedrängten Haushalt, zu dem sich nach und nach sechs Kinder gesellten, ließen der jungen Mutter nur wenig Zeit für die Schriftstellerei. Aber auch unter den bedrükkendsten Verhältnissen war sie noch immer imstande, mit ein paar schnellen Texten die Familienkasse um einige Dollars aufzubessern.

1850 endete das lange »Exil« der Stowes. Der Vater wurde an das Bowdoin-College nach Brunswick im Staate Maine berufen, und alle Familienmitglieder schlossen sich an. Erneut erlebte Harriet Beecher-Stowe die strengen Sitten neu-englischen Landlebens, aber auch die Grausamkeiten und Gewalttaten, mit denen man den Negern begegnete, und sann über Abhilfemöglichkeiten nach. In einem Brief bat eine der Schwägerinnen darum, daß Harriet doch ihre schriftstellerischen Möglichkeiten einsetze, um den dunkelhäutigen Brüdern Gottes zu helfen. Während einer Abendmahlsfeier erlebte Harriet Beecher-Stowe dann in einer jähen Vision die Szene von Onkel Toms Tod, das Herzstück ihres Buches, wie sie später gestand. In dieser Minute des Hinauswachsens über sich selbst, entstand auch die Idee zu »Onkel Toms Hütte«.

Neger hatte sie seit ihrer Kindheit gekannt, da der Vater unter der Dienerschaft immer auch einige Schwarze beschäftigte. In Cincinnati, in unmittelbarer Nähe der Grenze zum Sklavengebiet, bot sich ihr dann täglich Gelegenheit, das barbarische System des Menschenhandels mit eigenen Augen zu erleben.

Zum auslösenden Element wurde jedoch jenes Bundesgesetz, das als Teil des Kompromisses von 1850, die Bewohner der Nordstaaten verpflichtete, entlaufene Südstaaten-Sklaven, selbst wenn diese die Grenze schon überschritten hatten, an ihre früheren Besitzer auszuliefern, wo, wie alle wußten, unmenschliche Strafen auf sie warteten.

Doch bei allem persönlichen Engagement, ihrer zweifellos echten Empörung, ließ sich die Autorin nicht hinreißen, plante sie das Buch mit kühlem Kopf. Sie begann mit Onkel Toms Tod und stützte sich bei der Niederschrift, was die Details des Sklavenlebens angeht, vor allem auf die Berichte ihres Bruders Henry, der eine längere Reise durch die Staaten des Südens bis hin nach New Orleans gemacht hatte. Aber auch dabei blieb sie immer noch bemüht, Licht und Schatten gleichmäßig zu verteilen. Bei aller Leidenschaft der Anklage suchte sie stets auch die weniger entsetzlichen Seiten der Sklaverei darzustellen, ja sie mit Humor aufzulockern.

Mit keinem Satz stellte sie sich in ihrem Roman gegen die Menschen des Südens, ja nicht einmal gegen jene Südstaatenaristokratie, auf deren Plantagen die Schwarzen arbeiteten, sondern allein gegen die Sklavenhändler, die auch im Süden verabscheut wurden. Doch sie tat noch ein weiteres: Alle Bösewichte in ihrem Buch sind Renegaten aus dem Norden, und die Grausamkeiten, die sie schilderte, das Auseinanderreißen von Negerfamilien durch Verkauf, dazu Flucht, Verfolgung und Bestrafung, gehen allein auf das Konto der Menschenhändler.

Sie war darum ehrlich überzeugt, ihre Buchausgabe werde wegen ihrer Objektivität im Norden wenig Anklang finden und im Süden keinen Anstoß erregen, zumal die Veröffentlichung in der Zeitschrift 1851 von der Öffentlichkeit nicht beachtet worden war.

Niemand zeigte sich darum über den jähen Erfolg verblüffter als die Autorin selbst. Tatsächlich gibt es nichts, das die ungeheure Beliebtheit des Buches in den Nordstaaten, in England und in der übrigen Welt erklären könnte. Ganz sicher lagen die Gründe nicht in Harriet Beecher-Stowes Schreibkunst, die immer begrenzt blieb.

Noch im gleichen Jahr (1852) ging der Roman, in mehreren Fassungen dramatisiert, über die Bühnen und wurde seither immer wieder gespielt, bis ihn in unseren Tagen auch der Film aufgriff. Stets war die Autorin, wie schon ihr Vater, der unerschütterlichen Überzeugung, daß Theater Teufelswerk sei. Als dann aber eine dramatisierte Bearbeitung ihres Buches im Winter 1852 auch in Boston aufgeführt wurde, konnte sie der Verlockung nicht widerstehen.

Francis H. Underwood brachte sie in die Loge des Direktors. »Wir kamen ganz ungesehen hinein, sie in guter Verhüllung«, berichtete er später. »Frau Beecher-Stowe strahlte geradezu vor Entzücken und Begeisterung. Nie sah ich ein menschliches Gesicht, das eine solche Freude spiegelte wie das ihre.«

Nicht weniger belastete das Atlantic-Diner ihr puritanisches Neu-England-Gewissen, zu dem zum erstenmal ihretwegen auch weibliche Gäste eingeladen worden waren. Sie sagte ihre Teilnahme nur unter der strickten Bedingung zu, daß kein Wein gereicht werde. Dann erschien sie, wie einer der Gäste berichtet, ausgerechnet »mit Weinlaub im Haar«. Eine andere Episode ist uns überliefert: Zu einer hochsommerlichen Nachmittagsparty erschien Mrs. Stowe früher als die übrigen Gäste und trank in aller Unschuld mehrere Gläser eisgekühlten Punschs, ohne sich des Alkohols darin überhaupt bewußt zu werden – und schlief sofort ein. Während die Gastgeberin im Salon die nach und nach eintreffenden Gäste empfing, die eigens wegen der berühmten Autorin gekommen waren, schlief Mrs. Stowe, in Reifrock und Spitzenhandschuhen, nebenan auf einem Sofa ihren Rausch aus.

Als Jenny Lind, die berühmte »schwedische Nachtigall«, in New York ein Gastspiel gab, war Castle Garden seit Wochen ausverkauft. Selbstverständlich bot man Frau Beecher-Stowe einen Ehrenplatz an. »Die Künstlerin wird nur für sie singen«, erklärte ihr der Manager. Tatsächlich holte Jenny Lind die Autorin von »Onkel Toms Hütte« auf die Bühne. Das verwöhnte Publikum war von der kleinen, zarten Frau, die tapfer und verlegen errötend neben der berühmten Sängerin aushielt, begeistert. Stehend riefen die Zuschauer: »God bless you! – Gott segne Sie!« Noch als alter Frau kamen ihr die Tränen, wenn sie es erzählte.

In Europa glich ihre Fahrt einem Triumphzug. Als sie am 10. April 1853 in Liverpool an Land ging, läuteten die Kirchenglokken. Tausende säumten die Straßen. Der Empfang grenzte an Hysterie.

In ihrem zweiten Antisklaven-Roman »Dred, a Tale of the Great Dis-

Harriet Beecher-Stowe

wurde am 14.6.1811 in Litchfield/Connecticut als Tochter eines Geistlichen geboren und streng puritanisch erzogen. 1836 vermählte sie sich mit dem Professor für Bibelkunde C. E. Stowe. Die ersten Ehejahre waren gezeichnet von Armut und Krankheit. Als die Familie nach Brunswick/Maine übersiedelte, setzte sich Harriet dort zusammen mit anderen Frauen für die Unterstützung geflohener Negersklaven ein. 1850/51 schrieb sie ihren großen Roman ›Onkel Toms Hütte‹, der die Sklaverei in den Südstaaten anprangerte und rasch zu einem Welterfolg wurde. Auch bis zum Ende des Bürgerkrieges kämpfte sie unermüdlich gegen die Sklaverei. Sie starb hochgeehrt am 1.7.1896 in Hartfort.

mal Swamp«, der 1856 erschien, versuchte sie an ihren Welterfolg anzuknüpfen. Es ist die Geschichte der sensiblen Nina Gordon und ihres Verehrers, die in mühevoller Kleinarbeit den Weg für eine allmähliche Sklavenbefreiung zu bereiten suchen, sowie des Negerrebellen Dred, der in den Sümpfen ausharrt, um schwarze Flüchtlinge zu verstecken und in Sicherheit zu bringen. Doch jene elementare Glut der Empörung und Begeisterung, die in ihrem ersten Roman immer spürbar blieb und dem Buch über viele Unzulänglichkeiten hinweghalf, entartete hier zu einem kalten Feuerwerk, das niemand mitriß. Hinzu kam, daß das Werk mehr die wirtschaftliche als die menschliche Seite des Sklavenunwesens darstellte, was einem breiten Publikum nur ein bedingtes Interesse abverlangen konnte. Außerdem war der Roman schwach im Aufbau, die ganze Handlung ein Geflecht von Unmöglichkeiten und Unwahrscheinlichkeiten. Rührselige Szenen wechselten mit Passagen allzu dick aufgetragener Moral. Vor allem jedoch hatte sie mit der Doppelhandlung des Buches ihre künstlerischen Möglichkeiten weit überfordert.

Irgendwie muß Harriet Beecher-Stowe diese Unzulänglichkeiten selbst gespürt haben, denn noch vor dem Ausbruch des Bürgerkrieges wandte sie sich anderen Themen zu. Nach einer zweiten Auslandsreise, auf der sie nicht weniger enthusiastisch gefeiert worden war, bezog sie ein Haus in Andover im Staate Massachusetts, später in Hardford. Sie fertigte jetzt eine große Zahl journalistischer Texte, die zwar von ihrer tiefen Frömmigkeit und Moral zeugten, aber den Tag nicht überdauerten.

Erst mit dem Roman »The Minister's Wooing«, der 1859 erschien, kehrte sie zu dem Themenkreis zurück, der ihr am besten lag: der Schilderung der Menschen Neu-Englands. Danach veröffentlichte sie 1862 »The Pearl of Orrs' Island«, dem sie neun Jahre später »Oldtown Folks« folgen ließ, ein Buch, das sie nach den Erinnerungen ihres Gatten in Romanform schrieb: sicherlich das literarisch bedeutsamste Werk der Autorin, mit dem sie sich an die Spitze der realistischen Schriftstellerschule Neu-Englands setzte. Es folgten später zwei weitere Bücher, die »Sam Lawson's Oldtown Fireside Stories« und »Poganuc People«, in dem sie das Litchfield ihrer Jugend mit seinen skurrilen Charakteren wiedererstehen ließ.

Ganz sicher waren jene Werke, die Harriet Beecher-Stowe nach ihren Sklavenromanen schrieb und in denen sie die Menschen ihrer engeren Heimat schildert, literarisch bedeutsamer.

Diese Bücher, die auch alle Verkaufserfolge wurden, brachten ihr einen steten Fluß an Honoraren und waren geeignet, ihr einen auskömmlichen Lebensabend zu sichern. Sie konnte sich davon sogar einen bescheidenen Wintersitz in Florida kaufen, wo sie dann den größten Teil des Jahres lebte und schrieb. Aber ihre zahlreiche Familie, häufige Reisen, freigebige Wohltätigkeit, dazu eine angeborene Sorglosigkeit, verstärkt noch durch mancherlei Ungeschicklichkeiten in Geldangelegenheiten, ließen ihre erheblichen Einnahmen dahinschmelzen. Als sie dann, nach Jahren eines geistigen Dahindämmerns, 1896 starb, war ihr Vermögen aufgezehrt.
Doch wie andere Autoren vor und nach ihr blieb sie immer die Gefangene ihres Welterfolgs. Was sie auch später noch schrieb, nichts konnte die Aufmerksamkeit ihrer weltweiten Leserschaft von »Onkel Toms Hütte« ablenken. Dabei hätten gerade ihre Neu-England-Romane, die all das enthalten, was man an »Onkel Toms Hütte« vermißt, eine Wiederentdeckung verdient.
Wie immer die Literaturkritik ihr Gesamtwerk heute auch wertet, unbestritten bleibt, daß Harriet Beecher-Stowe mit ihrem Roman »Onkel Toms Hütte« ein Symbol menschlichen Freiheitsverlangens schuf, das Millionen überall in der Welt aufrüttelte und zu Tränen rührte, ein Buch, das mehr als ein Jahrhundert überdauerte und noch heute gelesen wird. Das beweist, daß von dieser zarten Neu-Engländerin Kräfte ausgingen, die nur darum alle Moden und Zeitströmungen überwinden konnten, weil sie in ihrer Sehnsucht und Hoffnung zeitlos sind.

Louise Otto-Peters
Vorkämpferin der Frauenrechte

von Christian Feldmann

Meißen an der Elbe, in den zwanziger Jahren des vorigen Jahrhunderts. In einem idyllischen Biedermeierhäuschen hängt ein junges Mädchen seinen Träumen nach. Umgeben vom Gezwitscher der Finken und Stare, die sie in ihrem Zimmer halten darf, eine Lachtaube auf dem Schoß, verschlingt Louise Otto eine romantische Liebesgeschichte nach der andern, rührende Erzählungen von Gräfinnen und charmanten Draufgängern. Heimlich holt sie sich aber auch »Wally, die Zweiflerin« aus der Leihbücherei, einen als moralisch höchst fragwürdig geltenden Roman, dessen Heldin Schwierigkeiten mit Gott und der Unsterblichkeit hat und sich am Ende das Leben nimmt. Aber am Abend sitzt man im Hause des Justizrats Otto ganz brav zusammen und liest sich beim Nähen und Strümpfestopfen aus den Werken von Schiller, Jean Paul und Wilhelm Hauff, dem Märchenerzähler, vor.

Zwanzig Jahre später rief dieselbe Louise Otto die Frauen auf, gegen die »fortgesetzten Kriege der Unterdrücker« zu kämpfen, sich zu organisieren und ihr Recht auf Mitbestimmung im Staat einzuklagen. Sie gilt als Begründerin der organisierten deutschen Frauenbewegung. Der Philosoph Ernst Bloch nannte sie »die rote Demokratin«. Die von ihr begründete Frauenzeitung wurde beschlagnahmt, ihr erster Roman von der Zensur verboten. Welche Wandlung von der behüteten Bürgerstochter zur Vorkämpferin der Frauenrechte in einer noch hundertprozentig von Männern geprägten Gesellschaft!

Und doch gibt es keinen Bruch im Leben dieser ebenso mutigen wie realistischen Frau. In ihren schwärmerischen Backfischträumen hatte sie ja bereits die Grenzen ihrer kleinen Welt überstiegen. Und die gärenden Freiheitsideen jener Jahre erfaßten natürlich auch Louise Ottos Elternhaus. Als sie sich gegen die napoleonische Fremdherrschaft erhoben, hatten die Deutschen gelernt, sich als Nation zu fühlen. Doch die Freiheitssehnsüchte des Volkes wurden bitter enttäuscht. Kaum waren die Franzosen vertrieben, gingen die Fürsten daran, die alte Ordnung wieder zu befestigen und allen demokratischen Bestrebungen einen Riegel vorzuschieben. In Louise Ottos Geburtsjahr 1819 wurden sämtliche Reformen in Preußen gestoppt, die Zensur verschärft, die studentischen Burschenschaften und die Turnvereine verboten.

Die Justizratstochter in ihrer Lese- und Nähstube blieb von diesen abenteuerlichen Entwicklungen keineswegs unberührt. Von Anfang an bewies Louise Otto einen wachen Blick für ihre Umwelt und vor allem den Mut, neue, rebellische Lösungen für unerträglich gewordene Zustände zu finden. Unerträglich war die Not der Weber und Klöpplerinnen im Erzgebirge geworden, die Louise bei Besuchen ihrer dort lebenden Verwandten kennengelernt hatte: Hier in Sachsen arbeitete damals bereits mehr als die Hälfte der Bevölkerung in Handwerk und Industrie, anders als im übrigen Deutschland. Fabriken schossen aus dem Boden, kleine Handwerker und Bauern drängten in die Industrie und drückten die unverschämt niedrigen Löhne noch weiter, während die Lebensmittel immer teurer wurden. Breite Volksmassen hungerten.

Später schilderte Louise Otto das Elend der Heimarbeiterinnen in der von ihr gegründeten Frauenzeitung mit erschütternden Worten:

»Seht ihr sie sitzen am Klöppelkissen
Die Wangen bleich und die Augen rot –
Sie mühen sich all' für einen Bissen,
Für einen Bissen schwarzes Brot!
... Seht ihr sie sitzen am Klöppelkissen,
Seht ihr die Spitzen, die sie gewebt:
Ihr Reichen, Großen – hat das Gewissen
Euch nie in der innersten Seele gebebt?
... Seht ihr sie sitzen am Klöppelkissen
Und redet noch schön von Gottvertrau'n?
Ihr habt es aus unserer Seele gerissen:
Weil wir euch selber gottlos schaun.«

»Gedichtet hatte ich von Kindheit auf und die ganze Jugendzeit hindurch«, stellte sie einmal fest. »Ohne zu dichten, konnte ich nicht leben.« Was uns heute ziemlich sentimental, schwärmerisch-verspielt erscheint, enthielt bereits so deutliche Visionen einer besseren, gerechteren Gesellschaft, daß die 28jährige beim Erscheinen ihrer ersten Gedichtsammlung bereits als Polit-Poetin galt:

»O haltet mich mit Bitten nicht zurücke,
Wenn ich im Sehnen nach der Freiheit Lichte
Zu hohen Zielen meine Blicke richte,
Von keinem Glück weiß als vom Völkerglücke.«

Daß Louise Otto mit 24 Jahren ihre Eltern und ihren Bräutigam verloren hatte, mag dieses für ein Biedermeier-Mädchen nicht gerade selbstverständliche Interesse an der »großen Politik« gefördert haben. Immer weniger ließ sich die couragierte Bürgerstochter auf den privaten Bereich von Heim und Herd einschränken. 1844 antwortete sie auf eine Leserumfrage der von sächsischen Oppositionellen herausgegebenen »Vaterlandsblätter«. Ob die Frauen wohl ein Recht zur Teilnahme an den Interessen des Staates hätten, wollte die Redaktion wissen. Louise Ottos Antwort: »Nicht ein Recht, sondern eine Pflicht!«
Sie begann in liberal-demokratischen Blättern zu schreiben, aber auch in der »Gartenlaube«. Sie rief die Frauen auf, selbständig zu werden, ihre Persönlichkeit zu entfalten, sich für die Bürgerrechte und die Situation der armen Volksschichten zu interessieren. Dazu müsse sich freilich zuerst einmal die »absolut mangelhafte« Erziehung der Mädchen in der Familie radikal ändern.
Louise Otto: »Sie lernen nur bis zum 14. Lebensjahr, beschäftigen sich, wenn der Geist erwacht, nur mit Tanzen, Piano, französischer und englischer Literatur, Zeichnen und Sticken, Putz und Tand ... Die meisten Frauen bleiben Zeit ihres Lebens hindurch Kinder.« Zu »Puppen der Männer« erzogen und herausgeputzt, würden sie hinausgeschickt »auf den Markt des Lebens, sich einen Käufer zu suchen«. Eine solche Puppenfrau übernimmt die Ansichten ihres Gatten ebenso unkritisch wie vorher die Meinung der Eltern. Nur »gebären oder beten« darf sie, und wehe, sie wagt ihre Stimme im »Rat der Weisen« zu erheben!
Deshalb verlangte die Otto unermüdlich eine Fortsetzung des Unterrichts für heranwachsende Mädchen – in privaten Zirkeln oder Mädcheninstituten. Ganz oben auf der Liste der Bildungsinhalte: Geschichte, Zeitgeschichte, Naturwissenschaften, Sport. Für damalige Verhältnisse war das ein revolutionäres Programm. 1847 forderte sie in einem Taschenbuch namens »Vorwärts« Bildungsbemühungen auch

für Mädchen aus dem Proletariat und eine Berufsausbildung für Frauen, um den Zwang zur »Versorgungsehe« zu brechen.
Als die sächsische Regierung ein Jahr darauf eine »Kommission zur Erörterung der Gewerbe- und Arbeitsverhältnisse« bildete, machte Louise Otto eine Eingabe, die in sämtlichen deutschen Zeitungen abgedruckt wurde und hitzige Debatten auslöste. Leidenschaftlich erklärte sie: »Glauben Sie nicht, meine Herren, daß Sie die Arbeit genügend organisieren können, wenn Sie nur die Arbeit der Männer und nicht auch die der Frauen mit organisieren. Und wenn man überall vergessen sollte, an die armen Arbeiterinnen zu denken – ich werde sie nicht vergessen!«
Gleiches Recht für alle! Die sanfte Revolutionärin aus Meißen hatte mit ihrem wachen Gespür für Zeitprobleme wieder einmal ins Schwarze getroffen. Denn Hunger und Arbeitslosigkeit trafen vor allem die Frauen. Weber und Schneider, die um ihren eigenen Arbeitsplatz bangten, forderten, daß die Arbeit der »Pfuscherinnen« verboten werde. Ein Arbeiterkongreß in Frankfurt verlangte, die Frauen von den Textilberufen auszuschließen. Darauf reagierte Louise Otto mit dem Appell an die Frauen, sich in Arbeiterinnen- und Näherinnenvereinen zusammenzuschließen.

Louise Otto

wurde am 26. März 1819 als Tochter eines Justizrats im sächsischen Meißen geboren. 1847 veröffentlichte sie ihre erste Gedichtsammlung »Lieder eines deutschen Mädchens«. In zahlreichen Zeitungsartikeln kämpfte sie für eine stärkere Beteiligung der Frau am gesellschaftlichen Leben und für eine umfassende Mädchenbildung. 1849 gründete Louise Otto die »Frauen-Zeitung«, die unter dem Motto »Dem Reich der Freiheit werb' ich Bürgerinnen« dieselben Ziele vertrat.
Schon ein Jahr darauf mußte das Blatt eingestellt werden, nachdem ein neues Pressegesetz Frauen von der verantwortlichen Redaktion einer Zeitung ausgeschlossen hatte. 1858 heiratete sie den Arbeitersohn und Redakteur August Peters. 1865 gründete Louise Otto-Peters in Leipzig einen Frauenbildungsverein mit Modellcharakter und berief die erste deutsche Frauenkonferenz ein. Dabei wurde der »Allgemeine deutsche Frauenverein« aus der Taufe gehoben, den sie gemeinsam mit Auguste Schmidt leitete und der prägend für die organisierte deutsche Frauenbewegung wurde. Am 13. März 1895 starb Louise Otto-Peters im Alter von fast 76 Jahren.

Längst hatte diese Vorkämpferin einer neuen Zeit ihre bürgerliche Jugend hinter sich gelassen. Ihre beklemmenden Eindrücke von der Not der Klöpplerinnen im Erzgebirge schilderte sie in einem Roman »Schloß und Fabrik«, der von der Zensur prompt wegen »aufregenden Inhalts« verboten wurde. Empört verschaffte sie sich Zutritt zum zuständigen Minister und begrüßte den verblüfften Politiker mit dem Bekenntnis: »Exzellenz, ich bin prinzipielle Gegnerin der Zensur!«
Nein, einschüchtern ließ sie sich nicht. Am 21. April 1849 erschien die erste Nummer der »Frauen-Zeitung«, gegründet und verantwortlich redigiert von Louise Otto. Schöngeistige »Journale« für Frauen oder Zeitschriften mit Tips für das häusliche Leben gab es bereits länger, aber jetzt lag zum allerersten Mal eine Frauenzeitschrift mit gesellschaftlichen und pädagogischen Inhalten vor. Ihr Motto: »Dem Reich der Freiheit werb' ich Bürgerinnen!«
»Wohlauf denn, meine Schwestern«, so Louise Otto im Leitartikel der ersten Nummer, »vereinigt euch mit mir, damit wir nicht zurückbleiben, wo alle und alles um uns und neben uns vorwärts drängt und kämpft. Wir wollen auch unser Teil fordern und verdienen an der großen Welt-Erlösung, welche der ganzen Menschheit, deren eine Hälfte wir sind, endlich werden muß. Wir wollen unser Teil fordern: das Recht, das Rein-Menschliche in uns in freier Entwicklung aller unserer Kräfte auszubilden, und das Recht der Mündigkeit und Selbständigkeit im Staat.«
Die neue Zeitschrift machte unüberhörbar auf das Elend der Arbeiterinnen aufmerksam, auf das Bildungsdefizit der Mädchen, auf die unwürdige Abhängigkeit der Ehefrauen. Sie informierte über die Hintergründe der 48er Revolution, forderte Demokratisierung und bürgerliche Freiheiten, ja verlangte von allen »Mitschwestern«, sich jenen Männern zu verweigern, die als »Fürsten-Knechte« auf der Seite der undemokratischen Regierungen gegen das Volk gekämpft hätten. Louise Otto schrieb gegen »spießbürgerliche Familienruhe« an: Statt beim Strickstrumpf einzuschlafen, sollten sich die Frauen lieber für das Los der Armen und Unterdrückten interessieren.
Von solcher Radikalität könnten heutige Feministinnen nur träumen, haben Frauen in einer wissenschaftlichen Arbeit über Louise Ottos Zeitschrift geschrieben. Von ihr stammt freilich auch die Mahnung, eine Revolution mache man nicht durch Barrikadenkampf auf der Straße, »sondern durch die friedliche Demokratisierung des ganzen Volkes«. Und zu den »sogenannten Emanzipierten«, die »das Weib zur

Karikatur des Mannes herabwürdigten«, wollte sie nie gehören. Sie glaubte durchaus an weibliche Eigenarten wie ausgeprägtes Gemütsleben, Phantasie, Idealismus, Begeisterungsfähigkeit und sah darin die besondere Berufung der Frau. Sie wandte sich nicht gegen die Ehe an sich, wohl aber gegen die Beschränkung der Frau auf Küche und Kinderstube.

Als sich die Verhöre, Haussuchungen und Polizeischikanen gegenüber der mißliebigen Redakteurin häuften, als ihr Lebensgefährte und späterer Mann August Peters – sie hatte den Arbeitersohn 1849 als Redakteur eines liberal-demokratischen Blattes kennengelernt – an Volkserhebungen teilnahm und als »Hochverräter« gefangengesetzt wurde, da begann die »Frauen-Zeitung« ihre Leserinnen über die Zuchthäuser Sachsens zu informieren. Die Nummer mit dem ersten ungeschminkten Bericht über die Lage der neuntausend politischen Gefangenen wurde natürlich beschlagnahmt. Ende 1850 erfand die Regierung ein neues Pressegesetz, nach dem nur Männer die verantwortliche Redaktion einer Zeitung innehaben durften.

Solche Vorsichtsmaßnahmen zeigten immerhin, daß sich die Frauen Beachtung verschafft hätten, stellte Louise Otto sarkastisch fest. Sollte man sich jetzt einen männlichen Redaktionsleiter suchen? »Wir wollten und wollen unser Recht uns selbst schaffen und verdienen«, erklärte sie kategorisch, »und wir weichen lieber der Gewalt, als daß wir als unmündige Kinder unsere Zuflucht zu einem Schirmherrn nehmen, dessen wir nicht mehr bedürfen.« Die »Frauen-Zeitung« mußte eingestellt werden.

Persönliche Schicksalsschläge kamen hinzu. August Peters verließ das Zuchthaus als gebrochener Mann und starb nach wenigen Jahren Ehe. Viele Arbeiterführer legten der unerwünschten weiblichen Konkurrenz Knüppel in den Weg. Ganz zu schweigen vom Stimmrecht der Frauen, das noch 1875 vom Gothaer SPD-Parteitag abgelehnt wurde. Louise Otto-Peters litt unter diesen Niederlagen. Aber sie schaffte es, darin einen Ansporn zu sehen, nur noch zäher zu kämpfen. Die 46jährige hob in Leipzig einen Frauenbildungsverein mit Abend- und Fortbildungskursen aus der Taufe, der entscheidend für die ganze deutsche Frauenbewegung der folgenden Jahrzehnte wurde. Die Industriearbeiterinnen und jenes ungesicherte, schlecht bezahlte Wanderproletariat von »unversorgten« Mädchen, die früher in der Hauswirtschaft untergekommen waren und nun ohne Ausbildung nach einer Erwerbsmöglichkeit suchten, sie alle sollten ihre Chance bekommen.

Das Recht der Frauen auf Bildung und Arbeit formulierte auch die erste deutsche Frauenkonferenz, die Louise Otto-Peters nach Leipzig einberief. Es war die erste öffentliche Versammlung in Deutschland, die von einer Frau geleitet wurde! Die Konferenz schlug sogenannte Produktivassoziationen für Frauen vor, außerdem die Gründung von Industrieschulen und Mädchenherbergen. Aus der Konferenz wuchs der »Allgemeine deutsche Frauenverein« heraus, mit zunächst 34 und ein paar Jahre später 10 000 Mitgliedern. Er sorgte dafür, daß die hochfliegenden Visionen der Anfangszeit nicht zu den Akten gelegt wurden. Überall in Deutschland hämmerten die bisher so fügsamen Frauen den Männern in Politik und Wirtschaft und den Arbeitervertretern ihre Forderungen in die Ohren – bis die Paschas nicht mehr weghören konnten.
Louise Otto, die Seniorin dieser Bewegung, hatte es immer gewußt: »Bedenkt es wohl«, so hatte sie als junge Dichterin prophezeit, »auch Träume treffen ein!«

Victoria
Symbol ihrer Epoche oder mehr?

von Karl Rolf Seufert

»Eine Atmosphäre bewußter Macht umgab sie, die sie überall hätte auffallen lassen. Ihre Statur ist klein und nicht majestätisch; aber ihre ganze Haltung und ihr Erscheinen beweisen, wie sehr sie sich ihrer Unverletzlichkeit und ihrer Unnahbarkeit bewußt ist«.
Das Urteil stammt von Henry Morton Stanley, der nach seiner Rückkehr aus Zentralafrika im Sommer 1872 von Victoria zu einem Gespräch empfangen worden war. Die Königin dankte dem Afrikaforscher für die Rettung David Livingstones und ließ ihm durch ihren Außenminister Lord Granville eine goldene, mit blauem Email, Diamanten, Saphiren und Rubinen eingelegte Schnupftabaksdose überreichen, die ihre königlichen Initialen »VR« trug.
Queen Victoria überlebte in den 63 Jahren ihrer Regierungszeit nicht nur ihren Gatten und die meisten ihrer Premierminister, sondern auch insgesamt acht Attentate. Verletzt wurde sie dabei nur einmal von einem pensionierten Husarenoffizier namens Pate, der vor dem Einfahrtstor von Cambridge House in der Menge auf sie wartete und dann plötzlich mit einem Stock auf sie einschlug. Die Verletzung war nicht lebensgefährlich: eine Platzwunde über dem Auge. Die Hutkrempe hatte die Wucht des Schlags gemildert. Immerhin verlor sie für kurze Zeit die Besinnung. Bezeichnend an dem Vorfall bleibt, daß sie sich schon Sekunden später wieder fing und, im Bewußtsein ihrer besonderen Stellung, der Menge erklärte, der Schlag habe sie gar nicht wirklich getroffen, sondern nur gerade gestreift. Trotz des Schocks und der starken Schmerzen besuchte sie noch am gleichen Abend die Königliche Oper in Convent Garden, wo man ihr, in Kenntnis des Zwischenfalls, stehend minutenlang stürmische Ovationen darbrachte.
Queen Victoria gab einer der glänzendsten Epochen der britischen Geschichte ihren Namen. Die »Viktorianische Ära«, die mehr als sechzig Jahre – von 1837 bis 1901 – dauerte, war außenpolitisch

geprägt durch krassen Kolonialimperialismus sowie den weltweiten Wettlauf nach Rohstoffen und immer neuen Marktanteilen, vor allem jedoch durch Englands Machtanspruch überall in der Welt. Das britische Empire übertraf in diesen Jahrzehnten seiner größten Ausdehnung sogar das römische Weltreich: ein Viertel der gesamten Landoberfläche mit einem Viertel der Erdbevölkerung. Außenminister Lord Palmerston konnte darum 1850 vor dem Parlament mit Recht den Durchschnittsengländer mit dem Civis Romanus vergleichen.

Innenpolitisch bedeutete die »Viktorianische Ära« eine letzte Machtperiode der Aristokratie und des Großbürgertums, eine Blütezeit der Scheinparlamente überall in Europa und des Hochkapitalismus, verbunden mit einer gigantischen Industrialisierungswelle, die alles in den Schatten stellte, was die Welt bis dahin gekannt hatte.

Königin Victoria – eigentlich Victoria Alexandrina von England – wurde in Kensington bei London am 24. Mai 1819 als Tochter des vierten Sohnes Georgs III. geboren. Auf ihre glanzvolle Krönung am 20. Juni 1837 folgte 1840 die Heirat mit dem Prinzen Albert von Sachsen-Coburg-Gotha.

»Ich bin sehr jung und vielleicht in vielen Dingen, wenn auch nicht in allen, unerfahren; ich bin aber sicher, daß nur wenige Menschen mehr wirklich guten Willen und mehr wirkliche Sehnsucht haben, das Angemessene und Richtige zu tun, als ich«, schreibt sie zur Thronbesteigung in ihr Tagebuch, dem sie freimütig und gewissenhaft durch die Jahrzehnte ihre Besorgnisse, Hoffnungen und Wünsche anvertraut. Alle staunten, mit welcher Würde und Grazie die achtzehnjährige Queen dem Kronrat im Roten Salon des Kensington-Palastes begegnete.

In der Tat gibt es keine Stimme, weder unter den Zeitgenossen noch unter ihren Biographen, die ihr den festen Willen, in jeder politischen Lage das Angemessene und Richtige tun zu wollen, bestreiten würde. Darüber hinaus wird man feststellen können, daß sie sich, vor allem auch gemessen an ihren Vorgängern, etwa dem starrsinnigen, trinkfreudigen Wilhelm IV., ihren vielfältigen Aufgaben durchaus gewachsen zeigte.

Die Verbindung mit dem Coburger war eine Liebesheirat und wurde eine vorbildliche Ehe. Beinahe von der ersten Stunde der Begegnung an, 1837, hatte sie ihrem Vetter begeisterte Liebesbriefe geschrieben, und an diesen Gefühlen änderte sich nichts. Hatte sich das »Kind auf dem Thron«, wie man die achtzehnjährige Queen zunächst nannte, in den ersten Jahren ihrer Regentschaft von dem liberalen Premier führen lassen, dem weltgewandten und hochgebildeten Lord Melbourne, so änderte sich das nach ihrer Heirat.

Prinz Albert war von den beiden die stärkere Persönlichkeit, ein ebenso kluger wie befähigter und zielbewußter Mentor der jungen Königin, dem sich Victoria willig unterordnete. Zusammen lasen sie die Akten, zusammen diskutierten sie die täglich anfallenden Probleme, gemeinsam bildeten sie sich ihre Ansicht und schulten sie ihr Urteilsvermögen. »Dies wurde zu Victorias Regierungspraxis«, stellt Golo Mann fest, »informiert zu sein, ihre Meinung kundzutun, insofern sie von der des Kabinetts abwich, aber nachzugeben, wenn der Premier auf der seinen bestand. Dazu kam das moralische Beispiel, das die Königsfamilie der Nation gab: ein liebevolles, pflichttreues Familienleben . . .«

Nur zweimal handelte sie gegen diese Maxime, einmal zu Beginn ihrer Regierungszeit, als sie Lord Melbourne, der über Reformen in Jamaika gescheitert war, wieder ins Amt zurückholte, und Jahrzehnte später, als sie dem Parlament mit ihrer Hartnäckigkeit den Titel »Kaiserin von Indien« abtrotzte – beide Male keine sehr klugen Entschlüsse. Interessant dabei die Tatsache, daß sie in der Affäre Melbourne, sechzig Jahre später, bereit war zuzugeben, einen Fehler gemacht zu haben – wohl in der Erkenntnis, dabei persönliche Motive über die politischen Notwendigkeiten gestellt zu haben.

Als »Prince Consort«, wie man Albert nannte, 1861 – wahrscheinlich

Königin Victoria von England

Victoria Alexandrina wurde am 24.5.1819 in London geboren. Nach dem Tode ihres Onkels bestieg die Achtzehnjährige 1837 den englischen Thron. 1840 heiratete sie den Prinzen Albert von Sachsen-Coburg-Gotha, der bis zu seinem Tod 1861 erheblichen Einfluß auf die britische Politik ausübte. Victoria lebte danach sehr zurückgezogen, behielt aber stets engen Kontakt zu ihren Premierministern. Unter ihrer langen Regierung erlebte England eine politische, wirtschaftliche und kulturelle Blüte. 1876 setzte Premierminister Disraeli ihre Erhebung zur Kaiserin von Indien durch. Mehr und mehr wurde sie zur Symbolfigur einer ganzen Epoche, die ihren Namen erhielt. Sie starb am 22.1.1901.

an Lungenentzündung – starb, blieb eine untröstliche Witwe zurück. In ihrer Trauer verließ Victoria London und hielt sich fortan die meiste Zeit im schottischen Hochland, auf Schloß Balmoral oder in Osborne, auf, wo sie sich an glückliche Tage erinnert fühlte. War sie jedoch in Schloß Windsor, wo Albert gestorben war, so ließ sie jeden Abend im Blue Room die Kleidung des Gatten bereitlegen, dazu warmes Waschwasser und ein sauberes Handtuch, geradeso als lebte der Gatte noch.

Insgesamt arbeitete Victoria mit zehn Premierministern zusammen. Alle erwiesen ihr hohen Respekt und begegneten ihr mit einer Ehrerbietung, die weit über die von der konstitutionellen Verfassung gezogenen Regeln hinausging, ja an die Gepflogenheiten absolutistischer Königshöfe des 18. Jahrhunderts erinnerte.

Natürlich gab es auch kritische Stimmen. Besonders Gladstone, Disraeli und Salisbury beklagten die Verzögerungen, die die Regierungsarbeit immer wieder durch die lange Abwesenheit der Königin erfuhr. Depeschen, Akten, Noten, Entwürfe mußten über sechshundert Meilen nach Schottland befördert werden. Hinzu kamen persönliche Vorträge der Minister, Aussprachen, Beratungen, die praktisch eine zweite Regierungsstelle in den königlichen Schlössern notwendig machten. Dennoch nahmen alle Premierminister die Erschwernisse auf sich, was ganz sicher nicht geschehen wäre, hätten Ansehen und Ruf der Monarchin dies nicht als selbstverständlich erscheinen lassen.

Victorias Regentschaft ist durch Fortschritte und folgenreiche Ereignisse auf vielen Gebieten überall in der Welt gekennzeichnet. Hatten die Menschen zu Beginn ihrer Regierungszeit noch weitgehend unter Bedingungen gelebt, wie sie im großen und ganzen schon seit Jahrhunderten bestanden – viele noch im Postkutschenzeitalter –, so besaß sechzig Jahre später jede englische Stadt ihren Bahnhof und ihre Straßenbeleuchtung, donnerten Eisenbahnzüge über Land, arbeiteten die Menschen in Fabriken, führten Nachrichtenkabel durch die Ozeane, konnten Depeschen mit Lichtgeschwindigkeit übermittelt werden und knatterten Automobile durch London. In den Salons tönten die Walzenphonographen und Trichtergrammophone; in ausgedienten Werkshallen klimperten Klavierspieler zu den ersten bewegten Bildern des Kinematographen.

Kurzum die mit den Naturwissenschaften verbundene Technik hatte zu wirtschaftlichen und damit auch zu gesellschaftlichen Veränderungen geführt, wie sie die Menschheit in einem solchen Ausmaß noch nie betroffen hatte. Andere wissenschaftliche Erkenntnisse wie Darwins Abstammungslehre oder die Arbeiten T. H. Huxleys über die Systematik der Wirbeltiere setzten Diskussionen in Gang, die noch heute andauern.

Hinzu kamen politische und militärische Erfolge wie etwa die Sicherung der überseeischen Besitzungen Großbritanniens und die Beherrschung der Seewege, gescheiterte wie geglückte Reformen, dazu die Abwehr außenpolitischer Bedrohungen – all die Ereignisse von Ägypten bis hin zum Boxeraufstand in China – und schließlich die Festigung der demokratischen Traditionen im Lande. Eine eindrucksvolle Bilanz – aber wie groß war Victorias persönlicher Anteil daran? Prägte sie wirklich jene Ära, die ihren Namen trägt?

Ganz sicher nicht. Was wesentlich ihren Ruf begründete, war die einzigartige Übereinstimmung zwischen ihr und jener Epoche. Sie war so vollkommen eine Frau ihrer Zeit, nach den Konventionen des Jahrhunderts erzogen, daß ihre persönlichen Vorlieben und Abneigungen nahtlos mit den Wertungen, Strömungen und Idealen jener Jahrzehnte verschmolzen. Nirgendwo und in keinem Bereich tat sie einen Schritt über diese Grenzen hinaus. Ihre Bildung war bescheiden. Sie erkannte diesen Mangel später und suchte ihre Unsicherheit gelegentlich durch Schroffheit zu überspielen. »We are not amused«, wurde zur stehenden Redensart. Ihr Verständnis entsprach dem des Durchschnittsengländers der »Middle Class«. Von dem, was sich darunter zutrug, wußte sie nichts. Sie besaß keine Vorstellung von den Lebensbedingungen der Arbeiter, Hausangestellten, Wäscherinnen und Näherinnen. Es interessierte sie auch nicht. Für die Bestrebungen der Frauen nach Emanzipation, ihren Kampf um Stimmrecht und Bildungsmöglichkeiten hatte sie nur milde Verachtung. Frauenrechtlerinnen waren ihr zeitlebens unheimlich, und an der »Womens' Lib« ließ sie kein gutes Haar.

Ähnliches gilt für den geistigen Bereich, den wir mit »Victorianismus« bezeichnen – jenes schillernde Gemisch aus Prüderie, falscher Romantik, Konventionen und Gentleman-Idealen.

Auch hier kam ihr kein prägender Einfluß zu. Auch hier wurde sie allein aufgrund ihrer glücklichen Übereinstimmung mit den Trends der Ära zu deren Inkarnation. Keine der Zeitströmungen ging auf sie zurück, war von ihr erfunden oder auch nur initiiert, sondern lediglich in einzigartiger Vollkommenheit von ihr repräsentiert.

Dabei war Victoria sicherlich eine außergewöhnliche Königin, eine kluge, machtbewußte Frau, die sich nicht scheute, hin und wieder auch die formalen Befugnisse ihres Amtes zu überschreiten, gefühlvoll und anmaßend zugleich, immer bestrebt, die Möglichkeiten der Macht bis zur Neige auszuschöpfen. Nie jedoch brachte sie dabei Krone, Staat oder Verfassung in Gefahr. Queen Victoria, die in den beiden Jahrzehnten vor ihrem Tode die Sympathie des Volkes in besonderem Maße besaß, war die letzte Inhaberin des britischen Throns, der es gelang, Relikte der absoluten Macht mit den Gegebenheiten des modernen Parlamentarismus zu vereinigen.
Als sie am 22. Januar 1901 in Osborne im Alter von 81 Jahren starb, war sie nicht nur durch ihre zahlreichen Nachkommen und ihren politischen Einfluß bei vielen europäischen Königshäusern zur »Grandmama of Europe«, sondern auch zur Symbolfigur des 19. Jahrhunderts geworden.
Niemand konnte nach ihr dieses Erbe aufgreifen. Jene Zeit war vorüber.

Clara Wieck-Schumann
Tragik und Ruhm

von Mareta Luchner

In den vierziger Jahren des vergangenen Jahrhunderts erlebt Wien eine völlig veränderte Auffassung der musikalischen Wiedergabe: das mächtig aufblühende Virtuosentum. Die berühmtesten Solisten der damaligen Zeit kommen in die Stadt Mozarts, Beethovens und Schuberts und sind Mittelpunkt enthusiastischer Ovationen. Ganz Wien drängt in ihre Konzerte, liegt dem »Teufelsgeiger« Paganini zu Füßen, ist hingerissen vom jungen Liszt, jubelt dem großen Thalberg zu.

Die Begeisterung der Wiener aber kennt keine Grenzen als Clara Wieck, neunzehn Jahre jung, eine zarte, mädchenhafte Erscheinung, auf einer ausgedehnten Konzertreise in der Donaustadt Station macht. Sie erobert mit ihrem meisterlichen Können und ihrer bezaubernden Schönheit und Jugend das widerspenstige, oft so kritische Wien im Sturm. Mit zärtlicher Verehrung wird von ihr gesprochen, und weil sie die erste ist, die den Wienern die Beethovensonaten in den Konzertsaal bringt, schwärmt die ganze Stadt für Beethovens Klaviersonaten. Clara wird große Mode, wer »in« sein will, muß sie gehört haben. Der kaiserliche Hof ehrt sie, sie wird zur K. u. K. Kammervirtuosin ernannt, und Franz Grillparzer huldigt ihr in seinem Gedicht »An Clara Wieck«.

Die junge Künstlerin hat bereits eine beachtliche Laufbahn hinter sich. Sie lernte zwar erst mit fünf Jahren sprechen – vielleicht eine Folge der Scheidung ihrer Eltern, bei der Clara zum Vater kam – sie zeigt aber schon sehr früh eine außergewöhnliche Musikalität. Von ihm, dem in Fachkreisen sehr geschätzten Musikpädagogen Friedrich Wieck sorgsamst unterrichtet, geführt und geschult, spielt sie erstmals mit acht Jahren vor geladenen Gästen ein Klavierkonzert von Mozart. Das zarte Kind mit den riesengroßen, schräg geschnittenen Augen erscheint den Zuhörern wie ein Wesen aus einer anderen Welt. Rauschender Beifall ist die Ernte aller Konzerte, die Clara

Wieck gibt, selbst Goethe macht dem Wunderkind schmeichelhafte Komplimente und ist entzückt von ihrer feenhaften, dunkeläugigen Erscheinung. Ihr Leben, vom Vater gelenkt und beherrscht, scheint vorgezeichnet und ausschließlich dem Virtuosentum verschrieben zu sein.

Da zieht der um neun Jahre ältere Robert Schumann für zwei Jahre in das Haus Friedrich Wiecks ein. Eine herzliche Freundschaft zwischen dem frühreifen, begabten Kind und dem damals schon bekannten Schumann ist der Anfang einer großen romantischen Liebe, die wenige Jahre später, als die 16jährige Clara von einer Konzertreise nach Paris zurückkehrt, schicksalhaft ihr ganzes Leben verändern wird. Robert Schumann erkennt beim Wiedersehn, daß er Clara liebt, mit einer Liebe, die die beiden jungen Menschen immer tiefer, immer leidenschaftlicher, immer ausschließlicher in ihren Bann zieht. Friedrich Wieck, als Musikpädagoge ein Freund Schumanns, sieht seine Pläne für Claras und seine eigene Zukunft in Gefahr und wird zum erbittertsten Feind der Liebenden. Er trennt sie mit grausamer Entschlossenheit, durchkreuzt alle ihre Pläne für eine gemeinsame Zukunft, schickt Clara auf Konzertreisen und verfolgt Robert Schumann mit bösartigen Drohungen und glühendem Haß. Die Briefe der beiden Getrennten aus dieser Zeit, die die Not, das Leid, aber auch die immer stärker werdende Liebe zwischen Robert und Clara widerspiegeln, sind ein erschütterndes Dokument menschlicher Liebes- und Leidensfähigkeit, die zwischen Verzweiflung, Hoffnung und Vertrauen hin- und hergerissen wird und bestehen lernt.

Nach peinlichsten Auftritten vor Gericht und der gerichtlich erzwungenen Heiratserlaubnis beginnt für Clara die glücklichste Zeit ihres Lebens, die die trostlosen Jahre der Trennung auslöscht. Selig schreibt sie in das gemeinsam geführte Ehetagebuch: »Mir ist's, als lieb' ich dich mit jeder Minute mehr, und ich kann wohl sagen, ich lebe nur in dir.«

Es wird eine ungewöhnliche Ehe für die damalige Zeit, diese Ehe zweier genialer Menschen, eingebettet in eine vielfach geprüfte Liebe, eingebettet aber auch in die Anforderungen des Alltags, dem Clara und Robert geradezu modern partnerschaftlich zu entsprechen versuchen. Beide Künstler sind ständig besorgt um die künstlerische Lebensaufgabe des anderen. Wenn Clara auf Konzertreise geht, bleibt Robert bei den Kindern zu Hause, braucht er ihren Flügel beim Komponieren, verzichtet sie, wenn auch schweren Herzens, auf das so notwendige tägliche Üben. Sie verstehen und bewundern einander wie am ersten Tag ihrer Liebe. »Meine Clara hat ... so gespielt, daß ich über die Meisterin die Frau vergaß«, schreibt Schumann. Was sie aber an Bildung durch die ausschließlich auf ihr Virtuosentum ausgerichtete Erziehung ihres Vaters versäumte, holt Clara nun mit Hilfe Roberts in ihrer Ehe nach. Sie findet Zugang zu der Welt Bachscher Musik und Größe, die ihr bisher fremd geblieben war, und sie liest die Dichter ihrer Zeit und die Großen der Vergangenheit. Während aber für Schumann die Ehejahre und die Ruhe bürgerlichen Daseins der Boden sind, auf dem sich sein musikalisches Schaffen reich und herrlich entfaltet, fühlt sich Clara fast erdrückt von der Fülle der Hausarbeit, die sie durchaus – bei aller innigen Liebe zu ihren sieben Kindern – als Hindernis ihrer Karriere empfindet.

1850 wird Schumann als Musikdirektor nach Düsseldorf berufen und siedelt mit seiner Familie von Dresden an den Rhein um. Hier leidet er in den folgenden Jahren immer stärker unter in Abständen auftretenden Sprachschwierigkeiten und Gehörhalluzinationen. Claras ohnmächtige Liebe begleitet ihn wie von weitem auf den Weg in den heraufdämmernden Wahnsinn. Als Schumann nach einem Selbstmordversuch in eine kleine private Irrenheilanstalt gebracht wird, erwartet die arme Clara ihr achtes Kind. Der kleine Bub wird seinen Vater nie mehr sehen, Robert Schumann stirbt 2 Jahre später.

Marie, Schumanns älteste Tochter, erzählte später: »Wenn ich mein Leben überblicke, so leuchtet darin am hellsten meine Kindheit. Das Glück, das ich im Zusammenleben mit den Eltern empfand – die Gewißheit, daß wir Kinder ihnen das Teuerste waren auf der Welt, gab mir ein Gefühl der Sicherheit, der Geborgenheit und Zuversicht, das mir, als das große Unglück über unser Haus kam, ganz verloren ging, um in dem Maße nie wiederzukehren.«

Clara ist mit ihren acht Kindern allein. Ein Freund der Familie, der junge, blonde Komponist Johannes Brahms aus Hamburg, ist ihr ein unermüdlicher Berater in dieser schwersten Zeit ihres Lebens. Schwärmerische Liebe zu der schönen, unglücklichen Frau und tiefe Bewunderung für ihr großes virtuoses Können bestimmen ihn, in ihrer Nähe zu bleiben. Während Clara für ihre zahlreiche Familie sorgen muß und in den Konzertsälen des Kontinents Triumphe feiert, bleibt Brahms bei ihren Kindern, ist ihnen Freund und Spielgefährte

und kümmert sich um Claras Angelegenheiten. Ihrem Jüngsten, nach Mendelssohn-Bartholdy, dem treuen Freund der Schumanns, Felix genannt, wird er Taufpate.
Nach dem Tod Schumanns verläßt Johannes Brahms Düsseldorf ganz plötzlich. Über die Umstände der Trennung von der über alles geliebten Frau nach zwei Jahren des Zusammenlebens in enger, fast täglicher Gemeinschaft ist nichts bekannt. Es sieht nach Flucht aus, Flucht in die Befreiung um einer künstlerischen Aufgabe willen, die den ganzen Menschen erfordert.
Clara übersiedelt mit ihren Kindern nach Berlin. Die Hälfte ihres Lebens liegt noch vor ihr, der neuerlich Verlassenen und Zurückgebliebenen. Äußerlich ändert sich zwischen ihr und Brahms – der niemals heiraten wird – nichts. Sie sehen sich häufig, der Ton ihrer Briefe bleibt unverändert herzlich, und es gibt keine Komposition, die Brahms nicht sofort ihrem Urteil anvertraut. Ein Leben lang bleibt sie seine Beraterin, er aber bleibt für sie der geliebteste Mensch, den sie auf der Welt hat. Er wird sie noch oft kränken, ihr Kummer bereiten, aber er ist doch immer um sie besorgt mit zärtlicher Liebe und einer Hilfsbereitschaft, die sich auch sehr praktisch äußern kann: Einmal muß sich Clara, die immer wieder große finanzielle Sorgen ihrer Kinder und Enkel wegen hat, von ihm ein Geburtstagsgeschenk von 15000 Mark gefallen lassen. Er ärgert sich des öfteren über Claras aufreibende Konzerttätigkeit und will nicht verstehen, daß sie ihr ganzer Lebensinhalt ist.
Das Leid im Leben dieser Frau ist noch lange nicht ausgestanden. Der Tod wütet erbarmungslos unter ihren Kindern – Felix, ihr Jüng-

Clara Wieck-Schumann

Clara Wieck wurde am 13. September 1819 in Leipzig geboren. Schon mit acht Jahren gab sie ihr erstes Klavierkonzert. Die frühe Liebe zu Robert Schumann wurde durch die Familie unterbunden – vergebens. Am 12. September 1840 fand die Hochzeit statt. Die Künstlerehe wurde durch Schumanns Nervenheilanstalts-Aufenthalte unter schwerste Belastungen gestellt. Schumann starb 1856. Auch Johannes Brahms, ein Freund der Familie, ließ sie mit ihren Kindern allein zurück. Mit 59 Jahren wurde sie die erste Klavierlehrerin im Hoch'schen Konservatorium in Frankfurt. Am 20.5.1896 starb Clara Wieck-Schumann in Frankfurt. Sie wurde an der Seite Robert Schumanns in Bonn beerdigt.

ster, stirbt an Tuberkulose, ein Sohn dämmert in geistiger Umnachtung dahin. Mit neunundfünfzig Jahren geht Clara als Lehrkraft an das neugegründete Hoch'sche Konservatorium in Frankfurt am Main trotz ständiger Schmerzen im rechten Arm, die sie sehr quälen und ihr immer die schreckliche Möglichkeit totaler Berufsunfähigkeit vor Augen führen. Ihre beiden Töchter Marie und Eugenie unterrichten am gleichen Institut.
Vierzig Jahre nach dem Tod Schumanns liegt Clara auf dem Totenbett. Ihr nahender Tod zwingt aus Brahms, der ein knappes Jahr nach ihr stirbt, ein letztes, ungeheures Werk hervor, die »Vier ernsten Gesänge«. Wenige Tage vor Claras Tod vollendet er es und schreibt später an Claras Tochter Marie: »Durchspielen können Sie die Gesänge nicht, weil die Worte Ihnen jetzt zu ergreifend wären. Aber ich bitte, sie als ganz eigentliches Totenopfer für Ihre geliebte Mutter anzusehen und hinzulegen.«
Ein außergewöhnliches Frauenschicksal hatte sich erfüllt. Das Große, Herrliche im Leben dieser Frau, bedeutend als Mensch, bedeutend als Künstlerin, war die aktive Teilnahme am Leben zweier genialer Musiker, getragen von tiefem künstlerischen Verständnis, deren Schaffen sie von Anfang bis Ende mittrug und miterlebte.

Florence Nightingale
Die Lady mit der Lampe

von Karl Rolf Seufert

Die Verwundeten hoben sofort den Kopf, wenn sich spätabends die Tür des Lazarettsaals noch einmal öffnete. Sie hatten schon auf sie gewartet, viele seit Stunden. Selbst die Schwerkranken folgten ihr mit den Augen, wenn sie, eine einsame Frau in einem gelben Lichtschein, von Strohschütte zu Strohschütte schritt, die kleine Lampe in der Hand, Wasser anbot, einen Verband erneuerte oder auch das Erbrochene wegwusch. Manche baten auch nur um eine Nachricht in die Heimat; dann kritzelte sie einen Gruß und eine Adresse auf ein Papier, ehe sie es wieder in die Schürze steckte; oder sie betete mit einem Sterbenden.

Wir kennen sie von einigen frühen Fotos: eine schmale, schlanke Frau, in einem knöchellangen Kleid, wie es die Mode forderte, und darüber eine rüschenbesetzte Schürze. Sie trug das Haar in der Mitte gescheitelt und straff zurückgekämmt, dazu eine weiße Haube auf dem Hinterkopf: Florence Nightingale, die »Lady mit der Lampe«, wie die Soldaten sie während des Krimkriegs (1853–1856) nannten.

Sie war allezeit eine tiefgläubige Frau, die sich von Gott zum Dienst an Schwachen und Kranken gedrängt fühlte. »Am 7. Februar 1837 sprach Gott zu mir und berief mich zu seinem Dienst«, schrieb sie in ihr geheimes Tagebuch, dem sie über Jahrzehnte ihre Gedanken anvertraute. »Und Gott sprach zu mir, als ich auf den Stufen der Säulenhalle des Tempels zu Karnak saß . . .«, notierte sie 1850.

Sie machte indes nie eine Ausbildung als Krankenpflegerin durch. Aber wohin die Tochter aus reichem Hause auf ihren weiten Reisen auch kam, besuchte sie die Hospitäler, führte sie lange Gespräche mit den Verantwortlichen, vor allem studierte sie die Literatur. 1851 hielt sie sich für einige Monate in der Diakonissenanstalt in Kaiserswerth am Rhein auf. Obwohl die selbstlose Arbeit der Schwestern sie sehr beeindruckte, zeigte sie sich nicht blind für die Fehler und Mängel, auf die sie dort stieß. »Die Krankenpflege war gleich Null, die

Hygiene schrecklich; das Hospital war überhaupt der schlechteste Teil der Anstalt«, notiert sie. Trotzdem war sie zum ersten Mal überzeugt, eine wirkliche Aufgabe für sich gefunden zu haben. »Ich hungerte geradezu nach einer regelmäßigen Beschäftigung – nach etwas, das sich zu tun lohnt, anstatt meine Zeit mit nutzlosen Nichtigkeiten zu vertändeln. Erst jetzt weiß ich, was es heißt, zu leben«, bekennt sie danach ihren Eltern in einem Brief.
Nun endlich, als eine Frau Anfang dreißig, löste sie sich auch vom Elternhaus und übernahm für ein Jahr die Leitung eines kleinen privaten Hospitals in London, für das sie dann auch einen Teil ihres Vermögens verwendete. Später half sie selbst während einer Cholera-Epidemie – Schritte, die Aufsehen erregten und ihren Ruf begründeten.
Als dann 1853 der Krim-Krieg zwischen der Türkei und Rußland ausbrach, an dem sich Frankreich und England auf Seiten der Türkei beteiligten, erschienen in der »Times« die ersten Kriegsberichte: Schilderungen über die entsetzlichen Zustände in den britischen Lazaretten. So klagten die Reporter über zuwenig Ärzte und Arzneien. Es gab keine Lazarette, sogar an Verbandsmaterialien fehlte es. Die Berichte lösten einen Skandal in der britischen Öffentlichkeit aus. Dabei fiel auch der Name Florence Nightingale. Die Öffentlichkeit sah in ihr eine der wenigen Persönlichkeiten, die rasch Abhilfe schaffen konnten.
Tatsächlich wandte sich wenig später der amtierende Kriegsminister Sidney Herbert, der auch für das Gesundheitswesen in der Armee verantwortlich war, an Florence Nightingale und bot ihr, mit der Vollmacht der Regierung, die Leitung einer kleinen Gruppe von freiwilligen Helfern »tief drinnen in der Türkei« an. Das Schreiben kreuzte sich mit einem Brief, in dem Florence Nightingale der Regierung ihre Hilfe antrug.
Bereits vierzehn Tage später verließ sie, zusammen mit 34 Krankenpflegerinnen und einem großen Vorrat an Medikamenten, medizinischen Ausrüstungsgegenständen und Instrumenten, England. Die Zustände, die die kleine Truppe in den englischen Hospitälern von Skutari und Balaklawa vorfanden, waren sogar eher noch schrecklicher, als man nach den Times-Berichten hatte annehmen können. Es fehlte am Nötigsten, an Arzneien, Verbandsstoffen, ja sogar an Hausrat und Lebensmitteln. Hinzu kamen Schmutz und Verwahrlosung. Sie hatten aus den Unterkünften der Kranken und Verwundeten stin-

kende Rattenlöcher werden lassen. Beklagenswert auch die Arroganz einer unfähigen Militärbürokratie, die den Idealismus der Helfer auf harte Proben stellte.
Doch Florence Nightingale, zum ersten Male in ihrem Leben vor echten Problemen, nahm mit ihren Helferinnen die Herausforderung an. Ihr Takt, vor allem ihre nie versagende Liebenswürdigkeit, dazu der Einsatz bis an die Grenzen der physischen Leistungsfähigkeit, ihre Energie, ihr Fleiß und die Disziplin der Helferinnen wirkten Wunder. Schon mit der Einführung der primitivsten Hygienemaßnahmen sank die Sterblichkeitsziffer. Innerhalb von sechs Monaten verwandelten die Pflegerinnen die Kasernen in menschenwürdige Unterkünfte, dazu eröffneten sie vier weitere große Lazarette.
Die Erfolge waren beispiellos. Sauberkeit, sanitäre Einrichtungen und angemessene Ernährung verringerten die Todesrate von 42 auf 11 Prozent.
Die Soldaten vergötterten Florence Nightingale und küßten nachts ihren Schatten, wenn sie mit der kleinen Lampe allein durch die Korridore und Krankensäle schritt. Alle spürten, daß diese Frau in jedem von ihnen zuerst den Menschen sah, dem es zu helfen galt. So richtete sie Lese- und Spielzimmer ein. Daneben bemühte sie sich um die Organisation von sinnvollen Freizeitbeschäftigungen, um die Soldaten vom Trinken abzubringen.
Doch dann erkrankte sie selbst am »Krimfieber«, wie man jene geheimnisvolle Krankheit nannte, die damals zahlreiche Opfer for-

Florence Nightingale

wurde am 15. 5. 1820 als Tochter von William Edward Shore in Florenz geboren. Sie fühlte sich von Kindheit an zum Dienst an allen Kranken und Hilflosen berufen. Mit dreißig Jahren übernahm sie die Leitung eines kleinen Hospitals in London, für das sie auch einen Teil ihres Vermögens opferte. Bekannt wurde sie während einer Cholera Epidemie, bei der sie unter Einsatz ihres Lebens half. Während des Krimkrieges 1855 organisierte sie in kurzer Zeit mit verblüffendem Erfolg die Krankenpflege des britischen Expeditionsheeres. Nach ihrer Rückkehr baute sie eine Gemeindefürsorge auf und plante zweckmäßige Krankenhäuser. Dabei galt ihr Interesse auch der Ausbildung von Krankenpflegerinnen. Ihre Ideen fanden weltweite Verbreitung. Sie starb am 13. August 1910 in London.

derte. Wahrscheinlich handelte es sich um Typhus oder aber um eine Form von Malaria. Sie überstand die Krankheit. Aber ihre Gesundheit blieb geschwächt, vor allem auch durch den harten Arbeitstag, zu dem sie sich nach wie vor zwang.

Gegen alle Warnungen kehrte sie als letzte nach London zurück, um entdecken zu müssen, daß jedermann in England ihren Namen kannte. Sie war als »Dame mit der Lampe« fast zur Legende geworden. Die Zeitungen berichteten in Großaufmachung über sie. Wohin sie auch kam, erwarteten sie Empfänge und Festlichkeiten. Doch sie mied diese Veranstaltungen, wo immer es sich machen ließ, und verbarg sich schließlich so geschickt, daß man sie für tot hielt.

Ein in England für sie zusammengebrachtes Kapital von fünfzigtausend Pfund Sterling, damals eine ungeheure Summe, wurde auf ihren Wunsch zur Erweiterung des Londoner St.-Thomas-Hospitals und vor allem auch zur Ausbildung von Krankenpflegerinnen verwendet.

Schon 1860 wurde die erste Ausbildungsschule für Krankenpflegerinnen im St.-Thomas-Hospital eröffnet. Aus Gesundheitsgründen konnte sie selbst die Leitung nicht übernehmen; aber sie entwarf den Lehrplan, prüfte die Bewerberinnen und nahm über viele Jahre persönlichen Anteil an jedem einzelnen Mitglied.

Die Ausbildung dauerte ein Jahr. Besonderes Gewicht legte man auf Charakter und Vorbildung der Teilnehmerinnen, vor allem auch um das geringe Ansehen zu verbessern, das dieser Berufsstand besaß. Die Disziplin war streng, die Anforderungen außerordentlich hoch. Obwohl sie sich als gläubige Frau stets im Dienste Gottes fühlte, wollte sie keinen neuen Orden gründen. Zwar stammte ihr Berufsethos aus der Tradition der geistlichen Orden, aber Disziplin bedeutete für sie moralische Verantwortung und »Gehorsam mit Verständnis«. Damit löste sie die Krankenpflege aus den jahrhundertealten religiösen Bindungen und machte sie zu einem geachteten weltlichen Beruf.

Zeitlebens blieben in Florence Nightingale die Erinnerungen an den Krim-Krieg lebendig. Sie hatte »die Hölle« gesehen und konnte nicht vergessen, daß Tausende gestorben waren, die noch am Leben hätten sein können. Von der ersten Stunde ihrer Rückkehr an war sie darum entschlossen, das Übel in England an der Wurzel zu packen und das gesamte Gesundheitswesen zu reformieren.

Sie arbeitete unentwegt, eigentlich Tag und Nacht, da sie immer

überzeugt blieb, bald sterben zu müssen. Tatsächlich wurde sie über neunzig Jahre alt. In ihrem Schlafzimmer, das die Eingeweihten bald das »kleine Kriegsministerium« nannten, empfing sie Politiker, Experten und Minister. Sie las und schrieb unentwegt: Tausende von Briefen, dazu Gutachten und Berichte für parlamentarische Untersuchungskommissionen, für den Premierminister, für das Kabinett und sogar das Königshaus. Über Jahrzehnte hin war sie, dank ihrer überlegenen Kenntnisse, ihrer Energie und der weitverzweigten Beziehungen, so etwas wie eine Superministerin.
Daneben schrieb sie eine Reihe von Büchern, von denen »Bemerkungen über Krankenpflege« ihr bekanntestes wurde. Sie wendete sich darin an die Durchschnittsfrauen des Landes, denen sie Ratschläge über die Krankenbehandlung anbot. So forderte sie »frische Luft, Licht, Wärme, Reinlichkeit, Ruhe und angemessene Ernährung«. Sie wies darauf hin, daß die Pflege des Kranken, nicht die der Krankheit, im Vordergrund zu stehen habe: nicht einzelne Symptome, seien zu behandeln sondern der ganze Mensch. Ihn habe man vor übertriebenen Hoffnungen ebenso wie vor Schwarzmalerei und allen seelischen Erregungen zu bewahren.
Schon bald ging ihr Ruf durch Europa, ja bis Amerika und Indien. Im amerikanischen Bürgerkrieg wie auch im Deutsch-Französischen Krieg von 1870/71 baten beide Seiten um Hilfe im Lazarettdienst. Krankenpflegeschulen nach englischem Vorbild wurden in vielen Ländern eröffnet. Florence Nightingale hielt nichts von Examen und Diplomen, weil sie immer überzeugt blieb, daß keine Staatsprüfung die moralischen Qualitäten der Kandidatinnen werten könne, auf die sie stets besonderes Gewicht legte. Erst nach einer dreißig Jahre dauernden Auseinandersetzung wurde der Streit mit der Einführung eines Staatsexamens entschieden.
Viele der in St. Thomas ausgebildeten Frauen gingen später auch in die Armenpflege. Hier sollten sich ihre Aufgaben jedoch nicht im Almosenspenden und in der Minderung der akuten Notsituationen erschöpfen. Wichtiger noch als alle vordergründige Mildtätigkeit waren Florence Nightingale die Beratung und Erziehung jener Menschen aus den ärmsten Bevölkerungsschichten der Großstädte. Diese »Hilfe zur Selbsthilfe«, wie sie ihr Ziel modern umschrieb, erforderte auch andere Ausbildungsschwerpunkte. Die finanziellen Grundlagen dazu schuf der Liverpooler Kaufmann und Bürgermeister William Rathbone (1787–1868) mit seinen großzügigen Stiftungen.

Aus diesem Zweig der Armen- und Krankenbetreuung entwickelten sich dann die ersten Gemeindeschwestern und Gemeindepflegerinnen, die zum Vorbild für alle nichtkirchlichen Sozialdienste wurden. Florence Nightingale forderte dabei auch gesonderte Anstalten für Kranke, Geisteskranke und Kinder. Die von ihr geplanten Krankenhäuser mit ihren großen Fenstern, voller Licht und Sonne, galten bis in unser Jahrhundert hinein als vorbildlich.
Nach Jahrzehnten härtester Arbeit, bei ständiger körperlicher Schwäche, in denen sie kaum ihr Haus verließ, besserte sich ihr Zustand vom sechzigsten Lebensjahr an. In den letzten Jahren erblindete sie jedoch und konnte die selbstgestellten Aufgaben kaum mehr wahrnehmen.
Florence Nightingale starb am 13. August 1910 in London, eine Frau, die für die Öffentlichkeit als »Lady mit der Lampe« längst Geschichte geworden war.

Bertha von Suttner
Kämpferin für den Frieden

von Heinrich Pleticha

Am 18. April 1906 wurde vor dem Storthing, dem norwegischen Parlament in Christiania, der Friedens-Nobelpreis des Jahres 1905 an die Österreicherin Bertha von Suttner übergeben. Traditionsgemäß hielt die Preisträgerin eine Dankansprache, in der sie auf die Ziele Alfred Nobels und auf ihre eigene Arbeit einging, die mit dieser Auszeichnung ihre Krönung erfuhr. Es war kein flammender Appell, wie ihn manche Zuhörer von dieser engagierten Frau erwartet haben mochten, sondern eher ein bescheidener, nüchterner Rechenschaftsbericht mit wenigen rhetorischen Höhepunkten. Aber es sind Worte, aus denen der feste Glaube an eine Idee spricht.

»Die Überzeugung von der Möglichkeit, von der Notwendigkeit und von der Segensfülle eines gesicherten juridischen Friedenszustandes zwischen den Völkern ist schon zu sehr in alle Schichten, auch schon in die Machtsphäre gedrungen, die Aufgabe ist schon zu klar hingestellt, und zu viele arbeiten schon daran, als daß sie nicht früher oder später erfüllt werden sollte . . .« erklärte sie dabei und fuhr an einer anderen Stelle mit dem Hinweis fort: »Neben unbewußten Faktoren, die eine Ära der Kriegslosigkeit vorbereiten, gibt es die vollkommen Zielbewußten, welche den ganzen Aktionsplan schon in deutlichen Umrissen vor sich sehen, welche die Methode kennen und anzuwenden beginnen, durch die das vorgesteckte Ziel so bald als möglich erreicht werden kann.«

Das klang ebenso verschwörerisch wie optimistisch. Auf jeden Fall zählte sich wohl Bertha von Suttner selbst zu jenen »Zielbewußten«, und das mit vollem Recht. Es gab keine Frau, die sich mehr für eine Weltfriedensbewegung eingesetzt hatte als sie selbst. Sie war bekannt, ja berühmt in der Öffentlichkeit. Das »Berliner Tagblatt« nannte sie an erster Stelle unter den fünf berühmtesten Frauen Europas vor Carmen Sylva (die als Dichterin hervorgetretene damalige Königin Elisabeth von Rumänien), den beiden Schauspielerinnen

Eleonora Duse und Sarah Bernhardt und der österreichischen Dichterin Marie von Ebner-Eschenbach.
Wie es zu diesem Ansehen, zu dieser Berühmtheit gekommen war? Nun, begonnen hatte es sechzehn Jahre zuvor mit einem Roman. Heute ist er längst in Vergessenheit geraten, wird sein literarischer Wert nicht allzuhoch eingeschätzt. Zu seiner Zeit wurde er ein geradezu sensationeller Erfolg nicht nur in Deutschland, wo er eine Auflage von über 200000 erreichte, sondern auch in anderen europäischen Staaten. In einer Zeit, in der Krieg und Kriegsspielerei noch etwas Selbstverständliches zu sein schienen, und der Militärdienst als erstrebenswertes gesellschaftliches Ziel zählte, mußte allein schon der Titel »Die Waffen nieder!« Aufsehen erregen.
Als Autorin hatte Bertha von Suttner in die Geschichte alles hineingepackt, was sich nur hineinpacken ließ. Um der Friedensidee zu dienen, war ihr jedes gestalterische Mittel recht. In der Ich-Form erzählte sie die Lebensgeschichte der Wiener Baronin Martha von Thilling. Als Siebzehnjährige hatte sie einen Husarenleutnant geheiratet, der aber schon nach zweijähriger Ehe im Italien-Feldzug von 1859 fiel. Dieser Schicksalsschlag macht Martha zur entschiedenen Kriegsgegnerin. In dem Oberleutnant Friedrich von Tillig findet sie einige Jahre nach dem Tod ihres ersten Mannes einen gleichgesinnten neuen Lebensgefährten. Aber erneut bedroht ein Krieg das Glück des Paares. Martha reist aus Angst um den Gatten 1866 in die Kampfzone zwischen Österreich und Preußen und erlebt das Grauen der Schlacht. Nach Kriegsende verliert sie ihre drei Geschwister durch die während der Kämpfe eingeschleppte Cholera; der Vater überlebt diesen Schicksalsschlag nicht, bricht zusammen und stirbt ebenfalls. Die Familienerbschaft ermöglicht nun Marthas Mann endlich den Abschied vom ungeliebten Militärdienst, und fortan widmen sich die beiden der Friedensbewegung. Als sie 1870 in Paris den Ausbruch des Deutsch-Französischen Krieges miterleben, wird Tillig irrtümlich für einen Spion gehalten und erschossen. Martha bleiben die Kinder und die weitere Arbeit für die Friedensbewegung.
Das klingt alles reichlich konstruiert und sentimental, und war es gewiß auch. Aber wahrscheinlich läßt sich aus dieser gefühlsbetonten Handlung überhaupt erst der Erfolg des Romans erklären. Dabei war Bertha von Suttner beinahe nur zufällig auf die Idee der Friedensbewegung gestoßen. Als junge, noch ledige Frau hatte sie in Paris Alfred Nobel kennengelernt. Ein Plan, seine Sekretärin zu wer-

den, zerschlug sich infolge ihrer Heirat. Aber die Bekanntschaft mit dem berühmten Industriellen und Erfinder des Dynamits, der durch diese Erfindung Millionen verdiente, war bestehengeblieben. Und eben Nobel hatte sie 1886 bei einem ihrer Besuche in Paris mit Vertretern jener britischen Gesellschaft »International Peace and Arbitration-Association« bekannt gemacht, die sich um friedliche Schlichtung der Weltkonflikte und Errichtung eines Friedensgerichts zur Beilegung internationaler politischer Streitigkeiten mühten. Die Baronin war fasziniert von den Gedanken, stritt dann aber auf ihre ganz persönliche Art gegen den Krieg und schrieb eben den Roman. Der große Erfolg mochte sie dabei selbst überrascht haben. Und erst jetzt fand sie den Weg in die Politik.

Für ihre Zeit war das ein kühner Entschluß; denn eine vornehme Dame aus dem österreichischen Hochadel gehörte bestenfalls in einen Wohltätigkeitsverein; Politik blieb nach wie vor Männersache. Mit solchen Einwänden mußte Bertha von Suttner rechnen, und sie kamen so und weit schlimmer. Die Skala der Ablehnung reichte von geltungssüchtig bis blaustrümpfig. Aber sie hatte auch einen ungeheuren Vorteil: ihr Mann glaubte an sie und ihre Arbeit. Er trat persönlich zurück, um ihr hilfreich zur Seite stehen zu können. Mochten die Klatschmäuler in den folgenden Jahren auch spotten und kritisieren, eine unbefriedigte Ehe konnten sie Bertha jedenfalls nicht vorwerfen. Im Gegenteil, das harmonische Verhältnis des kinderlosen Paares war bekannt und aller Welt deutlich vor Augen.

1891 gründete die Baronin in Wien eine österreichische Sektion der »Friedensgesellschaft«. Es ist bezeichnend für die damaligen Verhält-

Bertha von Suttner

Bertha von Kinsky wurde am 9.6.1843 in Prag geboren. Bis zu ihrem dreißigsten Lebensjahr führte sie als Halbwaise ein unstetes Reiseleben an der Seite ihrer Mutter. Da das väterliche Vermögen erschöpft war, ging sie als Gouvernante in das Haus des Barons von Suttner, dessen Sohn sie 1876 heiratete. In der Folgezeit arbeitete sie als Schriftstellerin und errang mit dem Roman »Die Waffen nieder« einen sensationellen Erfolg. Seit 1891 wirkte sie für die Friedensbewegung, zu deren bedeutendsten Vorkämpferinnen sie bald zählte. Sie gründete mehrere Friedensgesellschaften und erhielt für ihr Wirken 1905 den Friedensnobelpreis. Sie starb am 21. Juni 1914 in Wien.

nisse und auch für das Schicksal der Friedensbewegung, daß der Gründungsaufruf in einer Wiener Zeitung fast ausnahmslos von Mitgliedern des österreichischen Adels unterzeichnet war, als einziger Bürgerlicher unter ihnen der damals so beliebte Volksschriftsteller Peter Rosegger. Zwar hatte Bertha von Suttner mit erstaunlich sicherem politischen Instinkt in ihrem Roman besonderes Vertrauen auf den Friedenswillen der organisierten Arbeiterschaft gesetzt, doch Arbeiter und Kleinbürger blieben der Bewegung weitgehend fremd, sie beschränkte sich auf Vertreter des Bildungs- und Großbürgertums und vor allem auf den Adel.

Wenn wir nach einem schwachen Punkt in Bertha von Suttners Leben suchen wollten, dann finden wir ihn am leichtesten in der Betonung ihrer sozialen und gesellschaftlichen Stellung. In ihren Tagebuchaufzeichnungen und den »Erinnerungen« dominieren Hinweise auf Begegnungen mit hochgestellten Persönlichkeiten. Sie konnte sich »enragieren«, wenn die morganatisch angetraute Gattin eines Herzogs sich als Herzogin titulieren ließ: »... aus Courtoisie nannte man sie Herzogin, aber sie hatte eigentlich nur den Freiherrntitel...« oder »... da alle sie so titulierten, will ich sie auch so bezeichnen ...«. Sie fühlte sich als »VIP« – als very important person – wie wir heute zu sagen pflegen und ließ, wo es nur anging, einem Hang zur Eitelkeit und zum Mondänen freien Lauf.

Aber grundfalsch wäre es, in solcher Eitelkeit die Triebfedern ihres Handelns zu suchen. Aus Briefen und Aufzeichnungen sprechen vielmehr die ehrliche Überzeugung, ein fester Wille und die Hoffnung auf die Vernunft der Menschen. Sicher blieben ihr eigener Adelstitel, ihr elegantes Auftreten, ihr persönlicher Charme nicht ohne Wirkung, öffneten ihr vielleicht manchen Zugang, der einer Frau sonst verschlossen geblieben wäre, aber sie war auch energisch genug. Als junges Mädchen hatte sie Sängerin werden wollen, den Plan aber rasch wieder aufgeben müssen, weil ihr »ein Kloß im Halse saß«, sobald sie an die Öffentlichkeit trat. Als Rednerin für die Friedensbewegung kannte sie keinerlei derartige Hemmungen mehr. Schon bei ihrem ersten Auftreten vor dem Weltfriedenskongreß in Rom 1891 staunte sie selbst über ihre Rednergabe und über das anerkennende Echo, das diese fand. In dem folgenden Jahrzehnt war sie fast ununterbrochen unterwegs, organisierte selbst Tagungen und Kongresse, nahm an anderen teil, begleitet meist von ihrem Gatten. Einen Schlüssel für ihre Aktivität finden wir vielleicht am ehesten in ihren »Erinnerungen« an einer Stelle, die merkwürdigerweise bei ihren späteren Biographen wenig Beachtung fand. Sie setzte sich nämlich nicht nur für die Friedensbewegung ein, sondern gründete schon 1891 mit ihrem Mann einen »Verein zur Abwehr des Antisemitismus«. Anlaß dafür waren antisemitische Äußerungen des preußischen Hofpredigers Stöcker gewesen. Als man ihr in Österreich bedeutete, das einzig richtige Verhalten gegen solche Entgleisungen sei verächtliches Stillschweigen, schrieb sie: »Gegen Unrecht muß man sich wehren ... Schweigen ist da, obwohl es Verachtung auszudrücken vorgibt, selbst verächtlich ... Schweigen ist Mitschuld und beruht auf Ängstlichkeit.«

Sie war weder ängstlich, noch mochte sie schweigen, auch wenn ihr das Auftreten vor einer selbstgefälligen und militärisch orientierten Männerwelt Ablehnung und Spott einbrachte. Aber Bertha von Suttner ließ sich nicht beirren. Einige ihrer Ideen muten uns heute ganz vertraut an, brachte sie doch beispielsweise schon 1892 bei einer Tagung den Antrag auf Gründung eines europäischen Staatenbundes ein. Allmählich interessierten sich nicht nur die »Gesellschaft« und ein wachsender Kreis von Intellektuellen für ihre Ideen, sondern auch verschiedene europäische Regierungen.

Auftrieb fand der Friedensgedanke, als 1899 Zar Nikolaus II. von Rußland alle Staaten aufforderte, Vertreter nach Den Haag zu entsenden und dort ein internationales Schiedsgericht zu gründen. Natürlich reiste auch die Baronin dorthin, wo ihr Salon einen gesellschaftlichen Mittelpunkt des Kongresses bildete. Wie zu erwarten, wurde dieser erste Versuch nicht gleich ein großartiger Erfolg, aber immerhin erzielten die Delegierten gewisse Übereinstimmungen und schufen eine internationale Schiedsgerichtsordnung.

Leider fanden die Bemühungen nicht das Interesse der Öffentlichkeit, das sich Bertha von Suttner erhofft hatte. Mehr Aufmerksamkeit dagegen erregte ein anderes Projekt. Auf ihr beständiges Drängen hin hatte nämlich Alfred Nobel in seinem Testament einen Preis für denjenigen ausgesetzt, »der am besten für die Verbrüderung der Menschheit gewirkt hat«.

Dieser Friedensnobelpreis wurde 1901 zum ersten Mal verliehen. Er ging zu gleichen Teilen an Fréderic Passy, den ältesten Vorkämpfer der Friedensbewegung, und an Henry Dunant, den Gründer des Roten Kreuzes. Bertha von Suttner mag in den folgenden Jahren ein wenig enttäuscht gewesen sein, daß ihre eigene unermüdliche Tätig-

keit nicht gewürdigt wurde. Erst 1905 erhielt sie die Auszeichnung und damit auch jene hohe Summe, die sie größtenteils für die Friedensbewegung verwendete.
Die Preisverleihung gab der inzwischen Zweiundsechzigjährigen neuen Auftrieb und neue Energien. Bis 1913 arbeitete sie unermüdlich in Europa und Amerika. Erst in den letzten Monaten ihres Lebens litt sie an einer schweren Krankheit. Sie starb am 21. Juni 1914. Nur acht Tage später erfolgte in Sarajewo das Attentat auf den österreichischen Thronfolger, das den Ersten Weltkrieg auslöste, jenes Völkermorden, das Bertha von Suttner mit allen ihren Kräften hatte verhindern wollen.

Emmeline Pankhurst Streiterin für die Gleichberechtigung der Frau

von Margarete Schwarzkopf

Die meisten ihrer Mitstreiterinnen in der Frauenbewegung der »Sozialen und politischen Frauen-Union« (W.S.P.U.) hatten in den wenigen Jahren seit der Gründung der Organisation am 10. Oktober 1903 schon im Gefängnis einsitzen müssen. Auch Emmeline Pankhursts eigene Töchter, Christabel und Sylvia, waren im Jahre 1905 nach einer tumultreichen Wahlversammlung der Labour-Partei verhaftet und ins Gefängnis gebracht worden. Emmeline selbst war bislang stets straffrei ausgegangen. Im Frühjahr des Jahres 1908 hielt sie jedoch die Zeit für reif, durch die eigene Verhaftung ein Zeichen zu setzen. Die Zeitungen in England würden von ihrer Gefängnisstrafe wesentlich eher Notiz nehmen als von der ihrer Töchter und anderen Mitkämpferinnen in der W.S.P.U. Immerhin galt Emmeline Pankhurst als der führende Kopf der Bewegung und als ihre geistige Mutter.

Die Gelegenheit, diesen Plan in die Tat umzusetzen, bot sich recht bald. In Devonshire, einer der westlichen Grafschaften Englands, sollten Nachwahlen stattfinden. Emmeline eilte nach Devonshire und nahm sehr aktiv am Wahlkampf teil. Ihr Schlachtruf »Wahlrecht für Frauen« verärgerte jedoch die Anhänger des liberalen Kandidaten, der zu alledem auch noch gegen seinen Rivalen von der Labour-Partei verlor, so sehr, daß sie nach einer äußerst turbulenten Auszählung der Stimmen sich auf Emmeline stürzten und sie zu Boden warfen. Die Polizei griff ein, aber nicht, um Emmeline zu verhaften, sondern um sie vor größerem Schaden zu bewahren.

Zerschunden, aber ungebrochen reiste Emmeline daraufhin nach London zurück, um sich hier erneut – und wie sie erhoffte, mit besserem Erfolg – in die Schlacht zu werfen. Dort berief sie eine Sitzung ihres »Frauenparlaments« ein, eines Gremiums, dessen fast ausschließliches Ziel die Durchsetzung des Wahlrechtes für Frauen war, und wieder kam es zu einer einhelligen Abstimmung: Man beschloß, noch einmal mit der Forderung nach dem Wahlrecht vor das englische Parlament zu treten. Eine Abordnung von Frauen wurde gewählt, zu der Emmeline, da sie bei den Tumulten in Devonshire am Fuß verletzt worden war, zunächst nicht gehörte. Doch dann erhob sie sich und trug ihren Wunsch vor: »Ich glaube, die Zeit ist gekommen, da ich handeln muß. Ich will eine von denen sein, die heute nachmittag unsere Forderung dem Parlament vortragen.« Dieser Entschluß bedeutete mit fast hundertprozentiger Sicherheit eine Verhaftung, da die Forderung nach Wahlrecht nicht ohne Aufruhr und Ärger über die Bühne gehen würde.

Trotz des lautstarken Protestes ihrer Mitstreiterinnen, die ihre Führerin nicht in die Gefahr entlassen wollten, setzte Emmeline sich durch. »Wenn ihr alle ins Gefängnis gehen könnt, so kann ich das auch!« entschied sie. Gemeinsam mit zwölf anderen Frauen brach sie am frühen Nachmittag zum Parlament auf.

Da Emmeline mit ihrem stark geschwollenen Knöchel nur mühsam laufen konnte, nahmen sie zwei andere Frauen in ihre Mitte, um sie zu stützen. Doch schon nach wenigen Metern stellte sich ihnen ein bulliger Polizist in den Weg und sagte: »Laut Befehl dürfen Sie nur hintereinander gehen, nicht in Grüppchen. Ich muß Sie leider verhaften, Mrs. Pankhurst!« Er drängte die beiden anderen Frauen beiseite und packte Emmelines Ellbogen. Die beiden Frauen versuchten, Emmeline aus dem Griff des Polizisten zu befreien, es kam zu einem kurzen, aber heftigen Handgemenge, und schließlich mußten sieben der dreizehn Frauen aufs Polizeirevier mitkommen. Am Abend noch ließ man sie nach Hinterlegung einer Kaution frei, und Emmeline berief eine Sondersitzung ihres Frauen-Parlamentes ein.

Hier erklärte sie ihren Mitkämpferinnen kurz und energisch, wie das stets ihre Art war: »Wir werden weder rasten noch ruhen, bis unser langer, bitterer Kampf um das Wahlrecht der Frau mit einem Sieg endet«. Zwar ahnte Emmeline, daß es ein langer und bitterer Kampf werden würde, aber wie verzweifelt dieser Kampf aussehen würde, konnte sie damals noch nicht wissen.

Am anderen Morgen meldete sich Emmeline mit den sechs Gefährtinnen im Gerichtshof von Westminster. Der Richter überließ ihr die Entscheidung zwischen zwei Alternativen – einmal, sich ein Jahr lang »tadellos zu betragen, ohne das Aufsehen der Öffentlichkeit zu erregen« oder für sechs Monate wegen »Verschwörung und öffentlicher Ruhestörung« ins Gefängnis zu gehen. Selbstverständlich wählte

Emmeline das Gefängnis, denn wie hätte sie für ihre Sache kämpfen sollen, ohne Aufsehen zu erregen? So würde sie »nur« ein halbes Jahr verlieren und nicht ein ganzes.
Die übrigen Frauen folgten dem Beispiel ihrer Führerin, und wenige Stunden später wurden die Suffragetten (vom englischen Wort »suffrage« für Wahlrecht) in das Gefängnis von Holloway überführt.
In ihren Erinnerungen schildert Emmeline die erste Nacht im Gefängnis sehr detailliert. Sie wurde in eine kleine feuchte Zelle eingesperrt – seitdem hatte sie geradezu eine klaustrophobische Abneigung vor kleinen Räumen – und mußte die Nacht auf einem harten Brettergestell zubringen. Sie konnte lange nicht einschlafen und dachte voller Sehnsucht an die glücklichen Jahre ihrer Ehe mit dem Anwalt Richard Pankhurst zurück, der 1898 nach nur 19 Jahren Ehe gestorben war. Pankhurst hatte ihr Interesse damals für die Politik und vor allem für die Gleichberechtigung der Frau erweckt. Er selbst war ein begeisterter Schüler von John Stuart Mill gewesen und hatte sich stets für die Armen und Entrechteten eingesetzt.
In jener Nacht auch, so Emmeline später, sei ihr klar geworden, daß der Weg, den sie eingeschlagen hatte, der einzig richtige für sie sei. Kein Kampf für eine gerechte Sache ohne Opfer, und so zeigte sie sich entschlossen, den einmal gewählten Pfad weiter zu beschreiten.
Die nächsten Monate waren alles andere als ein Zuckerschlecken. Die sieben Frauen durften nicht miteinander sprechen, da man befürchtete, sie könnten neue »Teufeleien« aushecken. Sie saßen alle in Einzelhaft ein und hatten nur in der Kirche beim Gottesdienst und bei den Übungen auf dem kalten Gefängnishof Gelegenheit, sich zumindest zuzunicken. Emmeline ertrug die Haft, ohnehin schon durch ihr rastloses Wirken für die W.S.P.U. und ihr Abenteuer in Devonshire geschwächt, nicht länger als einige Monate. Dann mußte sie in das Gefängniskrankenhaus eingewiesen werden. Doch alle sieben Frauen hatten Glück im Unglück; noch bevor ihre Zeit abgelaufen war, setzte man sie wieder frei – öffentliche Protestmärsche und Aufrufe in der Presse hatten das ihrige getan. Die W.S.P.U. hatte in diesen Frühsommertagen zu einer Massenkundgebung vor der Albert Hall in London aufgerufen. Auf der Plattform stand einsam und leer Emmeline Pankhursts Stuhl, an dem ein Zettel hing, auf dem ihr Name stand. Zu diesem Zeitpunkt wußte niemand, daß Emmeline am Vortage entlassen worden war. Als sie kurz vor Beginn der Kundgebung blaß und abgemagert auf die Plattform hinaufstieg,

jubelten ihr die Tausende und Abertausende Frauen, die sich vor der Albert Hall versammelt hatten, begeistert zu. Der Kampf konnte weitergehen – gegen einen neuen und noch grimmigeren Feind, den neuen Premierminister Asquith, einem entschiedenen Gegner der Suffragettenbewegung. Er haßte ihre lauten Aufmärsche, ihre Keilereien mit der Polizei, ihre »Penetranz« und die vielen Verhaftungen. Zunächst hatte Asquith zwar versichert, die Frage des Frauenwahlrechts werde bald entschieden werden, aber schon kurz nach der Massenkundgebung vor der Albert Hall erklärte er, diese Entscheidung sei eine Sache der ferneren Zukunft. Ein Grund für Emmeline, die sich inzwischen von ihrem Gefängnisaufenthalt erholt hatte, für den Spätsommer des Jahres 1908 eine Großdemonstration in den Hyde Park zu berufen.

Über 500000 Menschen folgten ihrem Aufruf, vor allem Frauen natürlich, die stolz die Farben der Suffragettenbewegung an ihren Kleidern oder Hüten trugen: Purpur, Weiß und Grün. Von mehreren Rednerpulten herab donnerte der Schlachtruf der Suffragetten nach dem Wahlrecht für Frauen, und unter dem jubelnden Applaus der Menge wurde erneut die Resolution verabschiedet, vom Parlament das Wahlrecht zu fordern. Und wieder wurden die Frauen, die diese Resolution dem Parlament überbringen sollten, verhaftet. Denn wieder war es zu Tumulten vor dem Parlament und dem Sitz des Premierministers in der Downing Street 10 gekommen. Einige übereifrige Kämpferinnen für die Frauenbewegung hatten Fensterscheiben eingeworfen, und insgesamt einunddreißig Frauen mußten ins Gefängnis. Emmeline zeigte sich über diesen Vorfall empört, da die

Emmeline Pankhurst

Emmeline Goulden wurde am 25.9.1858 in Manchester geboren. Nach ihrer Heirat mit dem Anwalt Richard Marsden Pankhurst engagierte sie sich zunächst für die 1893 gegründete »Independent Labour Party«. Nach dem Tode ihres Mannes schloß sich Emmeline Pankhurst einer Gruppe militanter Frauenrechtlerinnen an. Im Jahre 1903 gründete sie die »Women's Social and Political Union«. Ihr Ziel: Wahlrecht und Parlamentsmitgliedschaft für Frauen. Aufgrund ihrer Aktivitäten mußten Emmeline und ihre Töchter mehrfach ins Gefängnis. Sie reiste immer wieder in die USA zu Vortragsreisen und mobilisierte auch dort die Frauenrechtlerinnen. Am 14. Juni 1928 ist sie in London gestorben.

Frauen zu unverhältnismäßig hohen Gefängnisstrafen verurteilt worden waren. Sie beschloß, wieder einmal selbst den Weg in die Haft anzutreten, aber wegen eines »lohnenden« Vergehens. Mit riesigen Plakaten rief sie zum Sturm auf das Parlament auf. Diese »Einladung« an eine breite Öffentlichkeit, das Unterhaus zu besetzen, galt als ein schweres Vergehen gegen die öffentliche Sicherheit. Emmeline wußte das sehr wohl, forderte aber diesen Sturm auf das Parlament auch immer wieder in öffentlichen Versammlungen und Sitzungen des Frauenparlamentes, um die Obrigkeit zu reizen. Das Ergebnis zeigte sich bereits nach kürzester Zeit. Die drei Pankhurst-Frauen – Emmeline und ihre mindestens ebenso streitbaren Töchter – erhielten die Aufforderung, sich im Polizeirevier an der Bow Street zu melden. Das taten sie natürlich nicht, sondern zogen in aller Gemütsruhe zu ihrer wöchentlichen Versammlung in der Queen's Hall. Am nächsten Tag sorgten Emmeline und einige ihrer treuesten Gefährtinnen für Ordnung unter ihren Papieren und in ihrem Büro in Clement's Inn, da sie mit einer längeren Gefängnisstrafe rechneten. Am späten Nachmittag erschien tatsächlich die Polizei und führte die Frauen ab. Als die Nachricht von der erneuten Verhaftung Emmelines sich wie ein Lauffeuer in London verbreitete, kam es zu Unruhen auf dem Parliament Square und zu erneuten Inhaftierungen. Der Prozeß gegen Emmeline und ihre Töchter sowie einigen anderen aktiven Köpfen der Bewegung begann im Oktober und rief in der Öffentlichkeit großes Aufsehen hervor. Der Gerichtssaal, in dem das Verfahren stattfand, war überfüllt. Emmelines Tochter Christabel, die sich als Juristin hatte ausbilden lassen, übernahm die Verteidigung ihrer Mutter und der anderen verhafteten Suffragetten. Die Anklage lautete auf öffentliche Unruhestiftung und Erregung öffentlichen Ärgernisses. Christabels Verteidigungsrede – eine Analyse des Wortes »to rush« (Emmeline hatte aufgefordert »to rush Parliament«), das außer erstürmen auch hineilen bedeutet – schlug ein wie eine Bombe. Sie widerlegte, daß ihre Mutter je zur Gewalt aufgerufen hätte und daß sie oder eine andere Suffragette jemals einen Abgeordneten tätlich angegriffen hätten. Trotz Christabels geistvoller Verteidigung bestand aber von Anfang an kein Zweifel, daß das Gericht die Angeklagten für schuldig befinden würden. Am Ende der Verhandlung stand Emmeline selbst auf und rief: »Ich stehe hier, um die volle Last der Verantwortung meiner Handlungen auf mich zu nehmen. Ich bin bereit, für unsere Sache Opfer zu bringen, um der

Welt zu beweisen, wie sehr Frauen unter den gegenwärtigen Gesetzen leiden müssen, die von Männern für Männer geschrieben wurden ... Der Staat treibt uns mit seinen ungerechten Gesetzen zu diesen Agitationen. Wir werden weitermachen bis wir siegen. Denn wir glauben fest daran, daß unser Sieg eines Tages dazu führen wird, daß unsere Schwestern irgendwann einmal in der Zukunft ein besseres Leben führen werden als wir ... Wir stehen hier als Angeklagte, nicht etwa, weil wir das Gesetz brechen, sondern weil wir neue Gesetze miterschaffen wollen.«

Emmeline Pankhurst wurde zu drei Monaten Haftstrafe verurteilt, ihre Tochter Christabel erhielt zehn Wochen. 1918 erreichten die Suffragetten endlich ihr Ziel: Frauen konnten sich als Kandidaten für die Parlamentswahlen aufstellen lassen – zehn Jahre später wurde in England das allgemeine Wahlrecht für Frauen ab 21 Jahren eingeführt.

Selma Lagerlöf
Achtung vor dem Menschenbild

von Gerda Neumann

Selma Lagerlöf, eines der größten Erzählertalente aus dem Norden, ist ein wenig aus der Mode gekommen. Das ist bedauerlich und ungerecht. Wenn man nach langen Jahren wieder mit ihren Werken in Berührung kommt, ist man überrascht, wie gut sie Menschen, Milieus und das Einwirken auch des unerklärbar Geheimnisvollen, ja des Schauerlichen darzustellen vermochte. Auch der Vorwurf, sie, die nie die Liebe kennengelernt habe, könne diese nicht schildern, trifft nicht mehr zu, nachdem wir heute viel mehr gerade auch über die Auswirkung körperlicher Empfindungen wie Anziehung oder Abstoßung wissen, die dem Werden einer Liebe förderlich oder hinderlich sein können. Ihre psychologisch begründeten Handlungsverläufe führen meistens nicht zu einem strahlenden Happy-End, wie es sich ihre Gestalten erträumten, sondern zum Verzicht auf zu hoch gesteckte Ziele und zum Abbau von Illusionen. Erst muß der Mensch eine gründliche Leidenszeit durchmachen, ehe er sich geläutert mit einem bescheideneren Glück zufriedengibt. Barmherzigkeit stellte die Autorin über alles. Ihre Gestalten laden Schuld auf sich, sühnen schwer und beugen sich manchmal erst spät ihrem Schicksal.
Selma Lagerlöf hatte »Achtung vor dem Menschenbild« aller sozialen Schichten. Als »Herrschaftskind« geboren, steht sie dennoch den Nöten aller Menschen unvoreingenommen gegenüber, und gerade die Armen sind es oft, die die besser Gestellten durch Güte beschämen und die durch Eigenheiten interessanter werden als der Durchschnittsbürger. Spießbürgermoral lag der Autorin fern, die zum Beispiel auch Verständnis für die Beweggründe einer Kindsmörderin zeigte. So läßt sie in »Jerusalem« (Teil I) einen Pfarrer sagen, daß allein die Tatsache, die Mutter seines getöteten Kindes nicht abgeschoben, sondern zu seiner legalen Frau gemacht zu haben, den jungen Ingmar in den Kreis der Großen seines Geschlechts erhöbe.
Selma Ottilia Lovisa Lagerlöf wurde als Gutsbesitzerstochter am 20.

November 1858 in Värmland geboren, einer Landschaft mit reicher alter Erzähltradition. Viele ihrer Vorfahren waren Pfarrer, manche von ihnen hatten sich mit alten Sagen und Volksmärchen befaßt.

Mårbacka, Selmas Elternhaus, war Pfarrhof gewesen, bis dort Selmas Großvater, der Regimentsschreiber Daniel Lagerlöf, einheiratete. Dessen Sohn, Leutnant Erik Gustav Lagerlöf, verwaltete sein Gut und war nebenher Steuereinnehmer und Versicherungsagent. Seine heitere, phantasievolle Art machte ihn zum idealen Gastgeber. Er sammelte und schrieb die värmländischen Sagen auf, die seine Tochter später in ihrem ersten großen Werk verwendete, der »Gösta Berling Saga«. Seine herbe, weniger zugängliche Frau finden wir in der Karin Ingmarsdotter porträtiert. Mårbacka war der bescheidenste Herrenhof weit und breit, nicht einmal weiß gestrichen und besaß keinen Saal, in dem man hätte tanzen, spielen oder Gesellschaften geben können. Dies alles konnte sich die Autorin später aus eigener Kraft schaffen, als sie den Hof zurückkaufte. Doch bei aller Bescheidenheit der Umstände erblühte dort, insbesondere im Sommer, ein heiter geselliges Leben, wenn all die städtischen Verwandten zu Besuch kamen.

Wie die Kinder Lagerlöf von Erzieherinnen unterrichtet wurden, spielten, musizierten, Theatervorstellungen gaben und sich von Herzen wohl und geborgen fühlten, das schildert die Autorin in ihren herrlichen Kindheitserinnerungen, die spannend und voll von Atmosphäre sind. Sie war das vierte Kind ihrer Eltern, und nach knapp vier Jahren kam das fünfte, die kleine Gerda, die ihr auch später am nächsten stand. Selma wurde mit einem Hüftleiden geboren, das aber niemand recht ernst nahm, bis sich plötzlich eine völlige Lähmung einstellte. Vermutlich war hier Seelisches mit im Spiel: Zu kurz war die Zeit, in der das Kind im Mittelpunkt gestanden hatte, nun lenkte das Leiden wieder die Aufmerksamkeit auf sie. Eine Reise zwecks kräftigender Bäder nach Strömstad wurde insofern erfolgreich, als auf der Rückreise das Kind plötzlich ganz von selbst anfing zu gehen, um einen Paradiesvogel zu betrachten. Die Eltern schickten Selma für einen Winter nach Stockholm, wo sie Gesundheitsgymnastik treiben sollte. Das hatte einen doppelten Erfolg: Selma hinkte kaum noch, als sie heimkam und war randvoll von kulturellen Eindrücken, die sie begeistert den Geschwistern schilderte. So kam es zum ersten Versuch, Theater zu spielen, ein Stück, das zum Vergnügen der Erwachsenen von Sentimentalität nur so troff. Als 13jährige erlebte

Selma auf einem Picknickball, zu dem man sie zu gehen zwang, eine schwere Zurücksetzung. Hinfort brauchte sie nie wieder Mauerblümchen spielen, aber der angerichtete Schaden in der Seele des Mädchens wurde wohl nie behoben: Selma fand sich häßlich und unansehnlich und schloß von vornherein aus, daß man sie je begehrenswert finden könne. Dabei zeigen viele Fotos von ihr, daß sie ein schönes, regelmäßiges Gesicht hatte und auch im Alter noch eindrucksvoll war. Sie suchte Entschädigung in Büchern und fand sie dort, insbesondere, als sie feststellte, daß das Glück selbst zu schreiben andere Glücksmöglichkeiten aufwog.

Sie las so gern, daß sie sich als 10jährige allein durch ein französisches Märchenbuch durchbuchstabierte. Um ihren Vater zu retten, brachte sie Gott das große Opfer, die ganze dicke Familienbibel durchzulesen. Schweigend duldete sie Neckereien und nahm den Vorwurf hin, eine arge Betschwester zu sein. Erst bei den »Offenbarungen« angekommen, merkte sie, daß die Mutter ihr Motiv durchschaute. Da gab sie auf. Ganz gesund wurde der Vater nie mehr.

An einem schönen Frühlingsabend gelang der 15jährigen das erste Gedicht. Sie war nicht zur Lyrikerin geboren, und auch die Vermittlung einer Stockholmerin mit literarischen Verbindungen blieb erfolglos. Niemand wollte ihre Verse haben. Da beschloß sie, selbständig zu werden und bereitete sich in Stockholm auf die Prüfung für die Zulassung zum Königlichen Lehrerinnenseminar vor, die sie als 24jährige zwischen sehr viel jüngeren bestand, obwohl sie nie eine öffentliche Schule besucht hatte, und nur die Hälfte der Bewerberinnen es schafften. Bald wurde sie Wortführerin ihres Jahrgangs, da sie auch Wirklichkeitssinn besaß. Nun fand sie auch literarisch ihren richtigen Weg. Angeregt durch Vorlesungen des Dichters Viktor Rydberg und im Bewußtsein daran, daß nun, nach dem Tode des Vaters, das geliebte Mårbacka verkauft werden mußte, wo dieser all die Geschichten von den Kavalieren auf Ekeby erzählt und aufgeschrieben hatte, sah sie es als Pflicht an, daraus ein Buch zu machen. Eins der Stücke wurde von der Zeitschrift »Idun« preisgekrönt, und damit war der Weg zur Drucklegung geebnet. »Die Gösta Berling Saga« fand Beifall, errang aber den verdienten ganz großen Erfolg erst, als die dänische Ausgabe vom damaligen Literaturpapst Georg Brandes abgesegnet wurde und auch in Deutschland großen Erfolg hatte. »Eigentlich wollen die Menschen von jedem Verfasser nur ein einziges Buch. Bei mir war es der Gösta Berling«, sagte die Autorin im

Alter. Glücklicherweise war ihr das in den 90er Jahren noch nicht bewußt. Denn nun erschien fast Jahr für Jahr ein Buch von ihr. Mit ihrer Freundin, der Schriftstellerin Sophie Elkan, reiste sie, mit einem Stipendium ausgestattet, 1895 nach Italien, wo sie zu dem Roman »Die Wunder des Antichrist« angeregt wurde, der Geschichte einer tragischen Liebe und eines gefälschten wundertätigen Bildes. Hier setzte sie sich mit den antichristlichen Strömungen ihrer Zeit auseinander, deren Motive sie verstand, aber nicht billigte. »Niemand kann die Menschen von ihren Leiden befreien; aber dem wird viel vergeben werden, der ihnen Mut macht, ihr Leiden zu tragen« heißt es am Schluß des 1897 erschienenen Buches. Selma Lagerlöf gab ihren Beruf auf und zog nach Falun zu ihrer Schwester Gerda, um sich ganz der Schriftstellerei zu widmen. Begleitet von der Freundin reiste sie zu dieser Zeit nach Ägypten, ins damalige Palästina und in die Türkei. Im Heiligen Lande traf sie schwedische Bauern, die sich einer Erweckungsbewegung angeschlossen hatten. Ihre Erfahrungen mit ihnen veranlaßten sie zu dem zweiteiligen Roman »Jerusalem« (1901/2). Im ersten Bande erzählt sie die Geschichte des alten Bauerngeschlechts, der Ingmarssöhne und der Einwohner eines Dorfes in Darlekarlien. Im zweiten führt sie den Leser mit dem letzten Ingmar ins Heilige Land, wo dieser im Auftrag seiner Frau seine einstige Geliebte vom Wahnsinn befreien und heimholen soll. Die Verwirrte wird zwar geheilt, heiratet jedoch einen anderen, während Ingmar die von ihm getrennt lebende eigene Frau lieben lernt. Neigung zum

Selma Lagerlöf

wurde am 20. November 1858 als Tochter eines Gutsbesitzers in Mårbacka/Schweden geboren. Eine Kinderlähmung fesselte das begabte Mädchen an das Haus. Nach Besuch eines Lehrerseminars war sie von 1885 bis 1895 als Lehrerin tätig. 1891 erzielte sie mit ihrem ersten Roman »Gösta Berling« einen großen schriftstellerischen Erfolg. Er erlaubte es ihr, von 1897 an als freie Schriftstellerin zu leben. In zahlreichen Erzählungen und Romanen setzte sie sich in der Folgezeit für ihre moralischen, sozialen und christlichen Ideale ein. Sie wurde die bedeutendste schwedische Dichterin der Gegenwart. 1909 erhielt sie den Nobelpreis. Sie starb am 16. März 1940 in Mårbacka.

Sektierertum und Aussterben eines alten Geschlechts, typische Probleme schwedischen Bauerntums, finden hier individuelle Gestaltung. In der Karin Ingmarsdotter erkennen wir das Porträt der Mutter Lagerlöf: schwerfällig, langsam, unschön aber beharrlich und zutiefst fromm.

Reisen nach Norwegen, Italien, durch Nordschweden und Lappland, nach Dänemark und England (1902/5) vermitteln viele neue Eindrücke und Anregungen. 1904 wird die Autorin mit der »Goldenen Medaille« der Schwedischen Akademie geehrt, »Idun« vertraut ihr die Literatursparte an. Sie lernt die große Welt kennen und greift doch wieder ein heimisches Thema auf: »Herrn Arnes Schatz« entstammt thematisch einer Ballade aus dem 15. Jh.: Die Geschichte eines grausamen Raubmordes und dessen Sühne. Ein Auftrag des schwedischen Unterrichtsministeriums, ein Geographiebuch für die Schulen zu schreiben, wurde ein internationaler Erfolg: »Die wunderbare Reise des kleinen Nils Holgersson mit den Wildgänsen«. Ebenso wie die »Christuslegenden« wurde es zur Lieblingslektüre ganzer Generationen. Ein Waisenkind gleichen Namens tauchte auf, dem Selma Lagerlöf zur zweiten Mutter wurde.

Ehrendoktorate von Uppsala und Greifswald bewiesen, daß man nicht nur die Dichterin, sondern auch die große weise, mütterliche Frau verehrte.

1909 erhielt sie den Nobelpreis für Literatur der Schwedischen Akademie, den sie mit einer Dankesrede an ihren verstorbenen Vater in Empfang nahm. Nun konnte sie auch noch die Ländereien zu dem inzwischen zurückerworbenen Gutshaus kaufen und schuf sich dort ein Heim, wie sie es sich als Kind erträumt hatte. Viele prominente Gäste aus dem In- und Ausland kamen, und sie selbst wußte nun, daß ihr Wort galt und gebraucht wurde wie 1911 auf dem Kongreß für Frauenstimmrecht in Stockholm, wo sie nicht als eifernde Suffragette sondern als besonnene Vortragende auftrat, die der Meinung war, Männer und Frauen sollten gemeinsam »das große Meisterwerk, den guten Staat« schaffen.

1914 wurde Selma Lagerlöf als erste Frau in die Schwedische Akademie, unter die »Achtzehn Unsterblichen« des Landes, aufgenommen. In ihren Skizzen »Stimmungen aus den Kriegsjahren« zeigt sie ihr Mitgefühl für alle Leidenden. Sie opfert einen großen Teil ihrer Einkünfte für notleidende Kinder in den betroffenen Ländern, und sie gedenkt in »Die Himmelstreppe« des großen Sterbens.

In ihren drei Löwenschöld-Romanen offenbart sie noch einmal ihre Auffassung, daß nicht Askese, sondern ehrliches und liebevolles Verhalten zu den Mitmenschen zur Verwirklichung des christlichen Lebensideals führt, dazu freilich gehört auch Entsagung, Verzicht um eines anderen willen. Der dritte Band erschien an ihrem 70. Geburtstag, dem 20. November 1928, der festlich in der Königlichen Oper zu Stockholm in Anwesenheit der Königlichen Familie begangen wurde. Es gab »Die Kavaliere von Ekeby«, eine Oper nach ihrem Roman, komponiert von dem Italiener Riccardo Zandonai. Am nächsten Abend wurde das Schauspiel »Onkel Theodor« von Selma Lagerlöf im Königlichen Schauspielhaus aufgeführt. Dieser Tag war ein letzter Höhepunkt in ihrem Leben. Ehrungen kamen aus aller Welt. Ihren Lebensabend verbrachte sie als Gutsherrin in Mårbacka und beschloß ihn dort geruhsam 1940. Trotz der Zeitereignisse verlor sie den Glauben an das Gute, das Göttliche im Menschen nie.
8 Millionen Exemplare ihrer Werke erschienen allein in Schweden, und während der 30er Jahre galt sie dort immer noch als die meistgelesene Schriftstellerin, »Gösta Berling« als das Lieblingsbuch. In Deutschland wurden bis 1933 500000 Exemplare ihrer Bücher verkauft, darunter 50000 von »Nils Holgersson«. Im »Dritten Reich« wurde sie nicht verboten, aber man sorgte dafür, daß die Erinnerung an sie verblaßte.

Käthe Kollwitz
Kunst aus der Armenpraxis

von Hermann Schreiber

Es gibt Künstler, deren ganzer Lebensweg durch heitere Landschaften und in der Sonne dahinzuführen scheint, und andere, deren Schöpfertum wir uns ohne die Nachtseiten des Lebens gar nicht mehr denken können. Zu diesen tiefen Naturen, denen ihr Genie gegeben wurde, damit sie den Schmerz zu besiegen vermochten, gehört von den deutschen Künstlern niemand deutlicher als die Zeichnerin und Bildhauerin Käthe Kollwitz.

Vieles ist in diesem Leben so merklich vorbestimmt, daß man nicht zu unterscheiden vermag, ob sie ihrem Schicksal folgte oder es suchte. Nichts scheint zufällig in diesem Leben, und alles hat zumindest nachträglich seinen Sinn erhalten durch ein künstlerisches Werk, das aus diesem Leben so geworden ist, wie es werden mußte.

Das begann vielleicht schon vor dem Tag, an dem Käthe als Tochter des Maurers und Baumeisters Carl Schmidt im preußischen Königsberg geboren wurde, denn schon die Ahnenreihe, die Vorfahren-Konstellation ist eigenartig und folgenreich: Dr. Julius Rupp, der Großvater auf der mütterlichen Seite, war zu seiner Zeit eine deutsche Berühmtheit, ein streitbarer Theologe, Abgeordneter und schließlich sogar als Gründer der protestantischen »Freien Gemeinde« so etwas wie ein Reformator, dessen polemische Feder von vielen Gegnern gefürchtet wurde. Dr. Julius Rupp hatte sich mit der Unbedingtheit und Strenge, wie man sie bis heute häufig an Sektengründern findet, eine Gemeinde aufgebaut, die auf seine Persönlichkeit schwor und seinen Predigten zuströmte. Diesen Wirkungen konnte sich naturgemäß auch die Familie nicht verschließen, in der dieser übermächtige Großvater mit seiner patriarchalischen Erscheinung, mit seiner geübten Rednerstimme und der kompromißlosen Rechtschaffenheit und Rechthaberei seines eigenen Gottverständnisses in heute nicht mehr vorstellbarer Weise dominierte. Das Mädchen Käthe wurde, wie auch die anderen Familienmitglieder, durch

Rupps Einfluß täglich an ihr Gewissen gemahnt, an die Verantwortung des Menschen für sein Tun und Lassen.
Das Kind, das vor dem väterlichen Atelier am alten Pregel spielte, trug eine unsichtbare Bürde von alldem und eine unsichtbare Hilfe, damit fertig zu werden: die bildnerische Begabung, die ihr von dem hochbegabten Vater zugekommen war, der sich vom Maurer zum Architekten hochgearbeitet und – trotz mangelnder Vorbildung – Königsberg eine ganze Reihe bemerkenswerter Bauten geschenkt hatte. Er war ein Mann von schöpferischer Kraft, von Phantasie und Mut, und der Zufall wollte es, daß dies dem sensiblen fünften Kind zugute kam.
»Wir lebten damals«, erinnert sich Käthe Kollwitz, »auf dem Weidendamm Nr. 9 in Königsberg. Ich erinnere mich dunkel an eine Stube, in der ich tuschte, deutlich aber besinne ich mich auf Höfe und Gärten. Durch einen kleinen Vorgarten kamen wir auf einen großen Hof, der bis zum Pregel reichte. Dort hielten die flachen Ziegelkähne, und die Ziegel wurden auf dem Hof abgeladen und geschichtet, so daß Hohlräume blieben, in denen wir Kind und Mutter spielten. ... Unten am Pregel war ein Floß zum Wäschespülen. Da wurde einmal ein totes Mädchen angespült und mit dem Armen-Leichenwagen abgeholt, einem schauderhaften Leichenwagen und Sarg.«
Das alte Königsberg mit seinen vielen Wasserflächen, Hafenstadt und Stadt am Haff, war ein Gemeinwesen von reizvoller, heute für immer verlorener Eigenart, eine Stadt, die Hamann, Herder und Kant in ihren Mauern gesehen hatte und die auch in Käthe Kollwitz, ja in dem Kind schon das Schöpfertum weckte: »In den niederen, langgestreckten Gebäuden, die die Höfe trennten, wohnte ein Gipsgießer. Da stand ich oft und sah zu, wie er formte. Ich rieche noch die feuchte Gipsluft da unten. Bis zu meinem neunten Jahr wohnten wir auf dem Weidendamm. Immer haben wir Kinder mit Sehnsucht daran zurückgedacht. Es gab unendliche Spielgelegenheiten und viele Abenteuer auf den Höfen.«
Carl Schmidt, der Vater, gelangte zu Ansehen und zu Vermögen, erwarb ein großes Stadthaus und ein kleineres Haus draußen an der See, in dem Fischerdorf Rauschen. Aber das Stadtwunder Königsberg bleibt in der Seele der Käthe Kollwitz lebendig mit Pregelufer, Lagerhäusern, Gärten am Wasser und den alten Mauern aus der Ordenszeit, auch als sie 1884 mit der Mutter zu reisen beginnt und 1885 als Kunststudentin zu Karl Stauffer-Bern nach Berlin geht.

Immer wieder unterbricht sie ihre Studien in Berlin und München, um längere Zeiträume im alten Königsberg zuzubringen, und erst 1891, in ihrem vierundzwanzigsten Lebensjahr, schlägt wirklich die Abschiedsstunde, als Käthe den vier Jahre älteren Kassenarzt Dr. Karl Kollwitz heiratet und mit ihm eine Wohnung im Berliner Norden bezieht (heutige Käthe-Kollwitz-Straße).
In den Jahren, die nun folgen beginnt ein neues Leben. Die Tochter des angesehenen Baumeisters ist als Frau eines Armenarztes plötzlich in das Großstadtproletariat mitten hineingestellt, und das zu einer Zeit, da das, was wir heute soziale Sicherheit oder Fürsorge nennen, noch so gut wie gar nicht existierte. Bettine von Arnim hatte, wenige Jahrzehnte vor Käthe Kollwitz, nicht aufgehört, Preußens Souveräne auf die sozialen Mißstände vor allem in Berlin aufmerksam zu machen, aber was Käthe Kollwitz und so manche andere Arztfrau, Pfarrfrau und Krankenschwester tagtäglich in Berlin zu sehen bekamen, ließ nur zu deutlich erkennen, daß man sich bei Hof und in den Ministerien über diese Mißstände noch nicht viele Gedanken gemacht hatte.
Neu an Käthes Existenz war aber auch, daß sie nun Kinder hatte, den 1892 geborenen Sohn Hans und den vier Jahre jüngeren Peter, und daß sie begann, sich einen eigenen Namen zu machen. Es war nicht mehr die Tochter des begabten Baumeisters, sondern die Frau des

Käthe Kollwitz

wurde am 8. Juli 1867 in Königsberg geboren. Erste künstlerische Anregungen erhielt sie von ihrem Vater (Architekt) und einem Gipser und Kupferstecher aus der Nachbarschaft. Sie besuchte die Kunstakademien in Berlin und München. 1891 heiratete sie den Arzt Dr. Karl Kollwitz und nahm starken Anteil an seiner Berliner Armenpraxis. Radierungen und Skizzen zeigten sie mit dieser neuen Umwelt und mit sich selbst beschäftigt.
Von einer Aufführung Hauptmanns »Weber« angeregt, schuf sie 1895/98 die Blattfolge »Ein Weberaufstand«, die sie schnell berühmt machte.
1904 Aufenthalt in Paris, 1907 verbrachte sie ertragreiche Monate in Florenz. 1914 fiel ihr Sohn Peter, ein Verlust, der für immer ihr Leben verdüsterte. Wegen ihrer Anstrengungen in Antikriegsbewegungen geriet sie 1933 in Konflikt zu den neuen Machthabern. Am 22. April 1945 starb Käthe Kollwitz in Moritzburg (Dresden).

Doktors Kollwitz, die 1893 mit zwei Pastellen und einer Radierung die Aufmerksamkeit des berühmten Kunstkritikers Julius Elias erregte.
Aber ein so starkes, von seinem Auftrag erfülltes Talent wie Käthe Kollwitz hatte nicht die Absicht, sich mit wohlwollender Anerkennung zu begnügen. Ihr ging es um etwas in ihrer Kunst, und darum suchte sie die Konfrontation: Sie hatte schon als Mädchen Gerhart Hauptmann kennengelernt, sie hatte am 26. Februar 1893 die sensationelle Uraufführung von Hauptmanns aufrüttelndem Schauspiel »Die Weber« in der Berliner »Freien Bühne« gesehen, und so begann sie, im vollen Bewußtsein der Auseinandersetzungen, die sie heraufbeschwören würde, mit der Arbeit an ihrem großen Zyklus »Ein Weberaufstand«.
Schon 1890 hatte der Berliner Polizeipräsident, ein Freiherr von Richthofen, auf die Frage, warum denn Sudermanns Stück »Sodoms Ende« verboten worden sei, kaltschnäuzig und hoheitsvoll geantwortet: »Die janze Richtung paßt uns nich« (ein Wort, das meist fälschlich Kaiser Wilhelm II. zugeschrieben wird). Durch Hauptmanns wirksam geradeaus schlagendes Vielpersonenstück von den schlesischen Webern und ihrem Elend war die Diskussion um die soziale Frage neu angefacht worden und brandheiß, als die junge Künstlerin ihre Folge »Ein Weberaufstand« im Rahmen der Großen Berliner Kunstausstellung von 1898 dem Publikum darbot.
Adolph von Menzel, der unbeirrbare, große alte Mann der deutschen Kunstszene, schlug Käthe Kollwitz für die sogenannte »Kleine goldene Medaille« der Ausstellung vor, was schon sehr viel bedeutete; das Veto jedoch, das der Kaiser gegen diese Auszeichnung einlegte, machte die Preisverleihung zur Sensation und Käthe Kollwitz mit einem Schlag berühmt. Die Sachsen, die schon immer etwas gegen Preußen hatten, erwarben ein Jahr später die ganze Folge für das berühmte Dresdener Kupferstichkabinett. Hier bekam Käthe Kollwitz auch die verliehene »Kleine goldene Medaille« dann tatsächlich.
Ein ähnlicher Vorgang war noch 1907 zu verzeichnen: Käthe Kollwitz hatte für die Deutsche Heimarbeits-Ausstellung ein Plakat entworfen, ihre erste Arbeit dieser Art. Aber es mußte auf Wunsch von Kaiserin Auguste Viktoria wieder von den Plakatwänden entfernt werden.
Da die Kaiserin wie so manche hochgestellte Dame selbst karitativ tätig war, ist dieses Verbot einer Arbeit der nur wenige Jahre jünge-

ren Künstlerin symptomatisch für die Kluft zwischen den Klassen, für den unüberbrückbaren Zwist in den Auffassungen. Auguste Viktoria sah alles, was sie und die Gesellschaft an Wohltätigkeit auf die Armen herabrieseln ließen, als eine Gnade an, bei welchen Gnadenerweisen auch noch sorgfältig darauf zu achten war, daß nur ja kein Unwürdiger, etwa ein Trinker oder ein schlechter Christ, in den Genuß dieser allerhöchsten Spenden käme. Käthe Kollwitz hingegen fühlte sich zwar schon vom Vater und vom Bruder auf den Sozialismus hingewiesen, hatte den eigentlichen Wandel ihrer Grundeinstellung jedoch dem unmittelbaren Kontakt mit der Not zu verdanken, wie ihn die Arztpraxis ihres Mannes mit sich brachte: »Ungelöste Probleme wie Prostitution und Arbeitslosigkeit quälten und beunruhigten mich und wirkten mit als Ursache dieser meiner Gebundenheit an die Darstellung des niederen Volkes, und erst diese immer wiederholte Darstellung öffnete mir ein Ventil, eröffnete mir eine Möglichkeit, das Leben zu ertragen.«

Bald sollte eine Möglichkeit, den Tod zu ertragen, daraus werden, denn 1914 kam, was angesichts der britischen, deutschen und österreichischen Imperialismen kommen mußte: der große Krieg, der blutige Erste Weltkrieg. Sohn Hans wird sofort mobilisiert, Sohn Peter, achtzehnjährig, meldet sich freiwillig und wird, unzureichend ausgebildet, ein Opfer der rücksichtslosen und sinnlosen Sturmläufe im Oktober 1914: er fällt in der Nacht auf den 23. Oktober beim flandrischen Dixmuiden.

Zwischen Müttern und Söhnen gibt es viele Geheimnisse, und die tiefsten sind ihnen selbst unbewußt. So war Käthe Kollwitz stets überzeugt gewesen, Peter, den jüngeren Sohn, nicht mehr zu lieben als Hans. Aber da Peter zeichnete und modellierte, da er länger an ihrer Seite geblieben war, und sie ihm mehr zuwenden konnte aus den Quellen ihrer Mutterliebe und ihrer Kreativität, darum war der Verlust Peters das Schlimmste, was ihr überhaupt widerfahren konnte. Sie hat ihn auch nie überwunden, nicht einmal mit den großen Mitteln und Möglichkeiten ihrer Kunst – dieser Kunst, die sie immerhin am Leben erhält, die ihr schon wenige Wochen nach dem Eintreffen der bitteren Nachricht den Gedanken eingibt, für den jungen Toten ein Denkmal zu schaffen. Und damit auch für die ganze geopferte Generation.

Käthe Kollwitz wird fünfzig in diesem Krieg, sie ist eine berühmte Künstlerin, und sie denkt nicht mehr daran, zu schweigen und zuzusehen oder nur mit der leisen Sprache der bildenden Kunst mitzureden. Als der Dichter Richard Dehmel im letzten Kriegsjahr zu neuen Freiwilligenmeldungen der Jugend aufruft, tritt sie offen gegen ihn auf und antwortet im »Vorwärts« und in der »Vossischen Zeitung«: »Die Tat Richard Dehmels, daß er sich jetzt wieder zur Front meldet, achte ich ... Aber man darf nicht vergessen, daß Dehmel den wertvollsten Teil seines Lebens hinter sich hat. Was er zu geben hatte – Wunderschönes und Wertvolles – hat er ausgegeben. Ihn hat nicht mit zwanzig Jahren ein Weltkrieg verbluten lassen. Aber die ungezählten Tausende, die auch zu geben hatten, anderes noch als ihr junges, nacktes Leben, ist es wirklich zu verantworten, daß, als diese eben anfangen sollten, sich zu entfalten, sie in den Krieg gerissen wurden und legionenweise starben? Es ist genug gestorben! Keiner darf mehr fallen! Ich berufe mich gegen Richard Dehmel auf einen Größeren, welcher sagte: Saatfrüchte sollen nicht vermahlen werden.«

Das war am 30. Oktober 1918; zwölf Tage später war alles vorbei und auch dem hartnäckigsten Durchhaltepolitiker klar, daß jenes letzte Opfer, zu dem der Dichter aufgerufen hatte, sinnlos gewesen wäre. Das Wort von den Saatfrüchten jedoch behält seinen Sinn, es kehrt in Tagebüchern und Briefen der Käthe Kollwitz seit dem Jahr 1915 immer wieder, und schließlich trägt es dann eines ihrer letzten und düstersten Blätter als Titel, im Herbst 1942, als ihr geliebter Enkel Peter in Rußland fällt.

Der große Schmerz aus dem Jahr 1914 macht Käthe Kollwitz unempfindlich gegen alle Angriffe, die sie in der Zeit zwischen den Kriegen und vor allem nach 1933 zu erdulden hat. 1932, am Vorabend der Hitlerschen Machtübernahme, stellt sie ihr erschütterndes Denkmal »Die Eltern« zunächst in der Berliner Nationalgalerie aus, wo Tausende an dem Mahnmal stumm vorüberziehen, obwohl der Krieg doch nun schon lange zurückliegt. Wochen darauf findet das für den toten Sohn geschaffene Mahnmal seine Aufstellung auf dem belgischen Soldatenfriedhof bei Roggevelde, auf dem auch Peter Kollwitz ruht.

Die Kunst der Käthe Kollwitz, wie die des Ernst Barlach ist schlicht, gegenständlich, verständlich, für jeden Menschen mit Herz und Augen erreichbar. Die Nationalsozialisten haben keine Argumente gegen die größten deutschen Künstler, aber sie verfolgen sie, weil einer, der die trauernden »Eltern« der Kollwitz gesehen hat, nicht in den Krieg ziehen, nicht auf die Kinder anderer Eltern schießen würde. Ernst Barlach, der geistesverwandte Freund und Förderer, stirbt verbittert 1938 in Rostock; 1940 holt der Tod Käthes Gatten, Dr. med. Karl Kollwitz; 1943 wird Käthe Kollwitz, nun sechsundsiebzig Jahre alt, aus der Hauptstadt evakuiert und geht nach Nordhausen. Noch im gleichen Jahr zerschlägt ein Bombentreffer die Arztwohnung in der Weißenburger Straße; Drucke, Platten und andere wertvolle Materialien werden dabei vernichtet. Es ist ein Inferno, in dem die Welt der Käthe Kollwitz, dieser Künstlerin, die durch zwei Kriege so hart getroffen wurde, nun endgültig zertrümmert wird, und der Umzug nach dem lieblichen Moritzburg bei Dresden kann keinen Neubeginn mehr bringen: Acht Monate nach dem Umzug, wenige Tage vor dem chaotischen Ende dieses längst verlorenen Zweiten Weltkriegs, stirbt Käthe Kollwitz, die schon beinahe drei Jahre lang nicht mehr gearbeitet, keine neuen Blätter mehr geschaffen hat.

Marie Curie
Eine Frau und die Strahlen

von Hermann Schreiber

Kommt man heute nach Warschau in die Fretastraße 16, so befindet man sich vor einem Haus, das als Museum eingerichtet und dem Andenken von Marie Sklodowska-Curie gewidmet ist. Der Besucher wird vielleicht überrascht sein von der imposanten Fassade, der Weitläufigkeit der Gänge, Räume und Flure und in diesem Gebäude alles andere als ein Geburtshaus vermuten. Die Überraschung findet denn auch ihre Erklärung in der Tatsache, daß jenes Haus, in dem Maria Sklodowska am 7. November 1867 als letztes von fünf Kindern geboren wurde, damals eines der angesehensten Mädchenpensionate der Stadt war. Daß Maria gerade hier geboren wurde, verdankt sie ihrer Mutter, die Leiterin der Schule war. Es mag lebhaft zugegangen sein in einem Haus, in dem nicht nur höhere Töchter unterrichtet wurden, sondern auch fünf eigene Kinder heranwuchsen. Dieses stattliche Gebäude mußte jedoch schon bald nach Marias Geburt verlassen werden. Die Familie siedelte in einen anderen Stadtteil Warschaus über, als Vater Wladyslaw Sklodowski zum Unterinspektor des Warschauer Knabengymnasiums ernannt wurde. Die Kinder hatten nun ihre Mutter ganz für sich, doch leider sollte dieses Glück nicht von Dauer sein: Im Mai 1878 starb die Mutter, erst zweiundvierzigjährig, an der Tuberkulose, der man damals noch hilflos gegenüberstand. Als das Jüngste der Kinder schloß sich Maria nun um so enger an den Vater an, der jetzt allein die Last der Verantwortung und die Sorge um seine Familie zu tragen hatte. Eine tiefe Zuneigung, die beide ein Leben lang verbinden sollte, nahm damals ihren Anfang.

Die politische Situation Polens war um die Mitte des vorigen Jahrhunderts für die Bevölkerung sehr schwierig. Der größte Teil des Landes gehörte seit dem Wiener Kongreß 1815 zum Zarenreich, was zur Folge hatte, daß die nationale Eigenart der Polen in allen Bereichen unerbittlich unterdrückt wurde. Jede dieser Maßnahmen mußte dieses stolze und seit jeher patriotisch empfindende Volk tief treffen. So gab es zwar Privatschulen, die von polnischen Lehrern geleitet wurden, doch selbst in ihnen war Russisch die Unterrichtssprache. Zeugnisse auszustellen, war allein den staatlichen Schulen vorbehalten, welche ausschließlich von russischen Erziehern geleitet wurden. Ihre polenfeindliche Gesinnung bestimmte denn auch das Klima in der Klasse.

Maria und ihre Schwester Bronislawa hatten ihre Ausbildung in einer Privatschule begonnen und – um den staatlichen Abschluß zu erhalten – in einer staatlichen Schule beendet. An ein Studium in Polen war jedoch weder für Bronia noch für Maria zu denken, da die polnischen Universitäten Frauen zum Studium nicht zuließen. Darum traf Maria mit ihrer Schwester Bronia ein geheimes Abkommen, das beiden ein Studium an der Sorbonne ermöglichen sollte: Einer sollte auf Kosten des anderen studieren. Die ältere Bronia sollte zuerst nach Paris reisen. Wenn sie ihr Medizin-Studium abgeschlossen hatte, wollte Maria nachkommen.

Im November 1891 traf eine kleine, blasse und recht bescheiden gekleidete junge Dame in Paris ein, und hätten nicht Bronia und ihr Mann Kazimierz Dluski – inzwischen beide praktizierende Ärzte – sie mit so überschwenglicher Herzlichkeit empfangen, wer weiß, ob die kleine, schüchterne Polin den Mut gefunden hätte, der großen Stadt Paris die Stirn zu bieten. So jedoch wurde ihr der Anfang leichtgemacht. Bei den Dluskis konnte Maria zunächst wohnen, doch das Glück der Geborgenheit war nur von kurzer Dauer, denn schon bald mußte Maria einsehen, daß es in diesem Haushalt, vor allem nach

Marie Curie

kam am 7.11.1867 als Tochter des Lehrerehepaars Sklodowska in Warschau zur Welt. Nach der Schulzeit ging sie zum Studium nach Paris. Hier heiratete sie 1895 den Chemiker und Physiker Professor Dr. Pierre Curie. Die Jahre harter Arbeit bis 1903 brachten Akademiepreise, das Doktorat für Marie Curie und wachsendes Interesse für die Arbeiten des Ehepaares über die radioaktiven Substanzen. 1902 gelang Marie erstmals die Darstellung des Elements Radium, 1903 erhielt sie mit ihrem Mann und dem Physiker Becquerel den Nobelpreis für Chemie. Am 4. Juli 1934 erlag Marie in Sancellemoz (Schweiz) der Strahlenschädigung ihres Blutes.

der Geburt des zweiten Kindes, so turbulent zuging, daß ihr keine Zeit zum konzentrierten Lernen blieb. Und zu lernen hatte sie mehr als genug, galt es doch von Anfang an, den Vorlesungen in französischer Sprache zu folgen und ihren Wissensstand dem der französischen Abiturienten anzugleichen. Maria machte sich daher bald auf die Suche nach einer eigenen Behausung, die in Anbetracht ihrer bescheidenen Mittel sehr einfach sein mußte.

Drei Francs mußten für Zimmermiete, Brennstoff, Verpflegung, Kleidung, Wäsche, Bücher, Hefte und – das Wichtigste – die Studiengebühren – ausreichen. Trotz dieser äußersten Not war Maria keineswegs unglücklich. Im Gegenteil. Zum erstenmal in ihrem Leben fühlte sie sich wirklich frei und unabhängig. Ohne irgendeiner anderen Tätigkeit nachgehen zu müssen, konnte sie sich ihren wissenschaftlichen Studien widmen.

»Alles, was ich Neues sah und lernte, begeisterte mich«, schrieb sie. »Vor mir tat sich eine neue Welt auf, eine Welt des Wissens, zu der mir endlich der Zutritt gestattet war.« 1893/94 wurden ihre Mühen belohnt: Sie schnitt als Beste bei den Prüfungen für Physik und als Zweitbeste in Mathematik ab. Anläßlich einer kleinen Feier der Universität, zu der junge Physiker eingeladen waren, begegnete Maria zum erstenmal jenem Manne, der fortan ihr Leben bestimmen sollte: Pierre Curie. Damals fünfunddreißig Jahre alt, hatte er auf dem Gebiet der Physik bereits einige Erfolge zu verzeichnen. Gemeinsam mit seinem Bruder Jacques war es ihm gelungen, die sogenannte Piëzoelektrizität zu entdecken, wofür beide 1895 mit dem Prix Pranté ausgezeichnet wurden. Ihre Entdeckung gelangte später zu großer praktischer Bedeutung, denn durch sie wurde es möglich, mechanische Schwingungen in elektrische – und umgekehrt – umzuwandeln, was bei Mikrophonen, Kopfhörern und Lautsprechern genutzt wird.

Pierre hatte zu jener Zeit die Stelle eines Adjunkten in der städtischen Schule für Physik und industrielle Chemie inne, einen Posten, dem er zweiundzwanzig Jahre seines Lebens treu bleiben sollte. Da er kein eigenes Laboratorium besaß, war er auf das nur notdürftig eingerichtete der Schule angewiesen.

Pierre Curie war von der Erscheinung der jungen polnischen Wissenschaftlerin tief beeindruckt. Ihr scheues, zurückhaltendes Wesen, ihre großen, klugen Augen, ihre zarte Gestalt beschäftigten ihn in den folgenden Wochen unablässig. Den Heiratsantrag, den Pierre seiner Freundin wenige Monate später machte, lehnte Maria allerdings ab. Sie wollte sich noch nicht binden. Zudem hatte sie den Plan, nach Polen zurückzukehren und ihrem Vaterland nützlich zu sein, noch nicht aufgegeben. Ein kurzer Aufenthalt in Polen belehrte sie jedoch eines Besseren: Weder in Warschau noch in Krakau gelang es ihr, eine Stelle zu finden. So kehrte sie reumütig nach Paris zurück; in ihren Erinnerungen sagt sie dazu ganz unpathetisch: »Schließlich gelangten wir beide zu der Überzeugung, daß keiner von uns einen besseren Lebenskameraden finden könnte.«

Die Hochzeit fand im Jahre 1895 im Hause von Pierres Eltern in Sceaux bei Paris statt.

Im August 1896 legte Marie in ihren Fächern – als Beste – eine weitere Prüfung ab, die es ihr gestattete, den Professortitel zu führen und an Mädchenschulen zu unterrichten. Fortan konnte sie auch mit Pierre in dessen Schullaboratorium arbeiten.

Maries neues Leben unterschied sich von allem bisher Dagewesenen; sie war gezwungen, die Hausfrauenpflichten in ihren Tageslauf einzubeziehen. Das Schlimmste daran war nach ihrem eigenen Geständnis, daß sie das Mittagessen selbst kochen mußte. Die Situation spitzte sich dramatisch zu, als dem Ehepaar Curie im September 1897 eine Tochter – Irene – geboren wurde. Da es sowohl für Pierre als auch für Marie feststand, daß Marie ihre wissenschaftlichen Arbeiten nicht unterbrechen durfte, mußte, trotz äußerst beschränkter Mittel, ein Dienstmädchen eingestellt werden.

Als Marie ihre Forschungsarbeit über die Magnetisierung des gehärteten Stahls abgeschlossen hatte, suchte sie nach einem Thema für ihre Doktorarbeit. Zu jener Zeit hatte Henri Becquerel (1852–1908) eine Entdeckung gemacht, die schließlich Maries ganze Aufmerksamkeit gefangennahm: Er hatte herausgefunden, »daß sich eine mit schwarzem Papier abgedeckte photographische Platte, die sich in unmittelbarer Nähe von Uransalz befindet, so verhält, als ob sie der Lichteinwirkung ausgesetzt sei«. Es mußten von den Salzen also Strahlen ausgehen, die sich von den einfachen Lichtstrahlen unterschieden. Marie hatte das Thema ihrer Doktorarbeit gefunden.

Bei ihren Untersuchungen fand Marie Curie als erste heraus, daß die vom Uransalz ausgehende Strahlung die Leitfähigkeit der Luft erhöhte und daß sie von äußeren Bedingungen wie Beleuchtung oder Raumtemperatur unabhängig war. Danach begann sie nach anderen Elementen zu suchen, die die gleichen Eigenschaften wie das Uran aufwiesen.

Marie nennt die Strahlung Radioaktivität und jene Elemente, die eine Strahlung aussenden, radioaktiv. Sie stellt fest, daß diejenigen Elemente, die Uran oder Thorium enthalten, sich als radioaktiv erweisen, und andere, die weder Uran noch Thorium enthalten, inaktiv bleiben. Doch dann fällt ihr noch etwas anderes auf: Einige Stücke zeigen eine größere Radioaktivität als man nach der in ihnen enthaltenen Menge Uran oder Thorium erwarten mußte. Zuerst glaubte Marie, einen Fehler bei den sehr komplizierten Messungen gemacht zu haben, doch da die Experimente immer die gleichen Ergebnisse zeigten, wußte sie, daß sie einer neuen Substanz auf der Spur war. Zu den weiteren Untersuchungen wählten die Curies – Pierre hatte sich nun ebenfalls in die Forschungsarbeiten seiner Frau eingeschaltet – Pechblende, auch Uranpecherz genannt, aus, weil die von ihm ausgehende Strahlung etwa viermal höher war als nach dem darin enthaltenen Uran zu vermuten gewesen wäre. In mühevoller, aufreibender Arbeit, welche unter den schwierigsten äußeren Bedingungen vor sich gehen mußte, trennten sie die einzelnen Bestandteile der Pechblende voneinander und entdeckten schließlich neben dem Uran zwei weitere stark radioaktive Elemente, denen sie die Namen Radium bzw. Polonium gaben. Im Juli und Dezember des Jahres 1898 wurde ihre Existenz der staunenden Fachwelt bekanntgemacht. Der größte Teil der technischen Arbeiten lag jedoch noch vor dem forschenden Ehepaar, denn bisher hatten sie die beiden Elemente nur aufgrund ihrer Strahlungsfähigkeit erkennen können. Beide als reine Substanzen darzustellen, war die nächste Aufgabe. Auch sie konnte schließlich gelöst werden. Das städtische Schullaboratorium war für die umfangreichen Untersuchungen, die angestellt werden mußten, viel zu klein. An ein eigenes, größeres Laboratorium war nicht zu denken. Als einzige Lösung bot sich ein Schuppen auf dem Hof der städtischen Schule an, den sie zusätzlich benutzen durften.
Trotz der widrigen Umstände schlug Pierre den Lehrstuhl für Physik, den ihm die Universität Genf angeboten hatte, aus. Ihn schreckten sowohl die Umstellung für sich und seine Familie als auch eine längere Unterbrechung seiner Arbeit. Immerhin hatte das Genfer Angebot zur Folge, daß die Pariser Universität auf die Curies aufmerksam wurde und Pierre einen Lehrstuhl für Physik an der Sorbonne erhielt. Ein Laboratorium fehlte indessen nach wie vor, so daß Pierre gezwungen war, weiterhin in der städtischen Schule zu unterrichten. Auch Marie erhielt zu jener Zeit eine neue Stelle: Sie wurde als Pro-

fessorin an der »Ecole Normale Supérieure pour Filles« eingestellt. Durch die neuen Aufgaben, so ehrenvoll und einträglich sie auch sein mochten, war die Arbeitslast jedoch derart stark angewachsen, daß Marie sich bald am Ende ihrer Kräfte fühlte. Außerdem machten sich nun auch schon die ersten Auswirkungen der radioaktiven Strahlen bemerkbar, denen beide ständig ausgesetzt waren und von deren Gefährlichkeit sie nichts wußten. Pierre litt unter starken Muskelschmerzen und unter ständiger Müdigkeit, für die weder er noch sein Arzt eine plausible Erklärung fanden und die man schließlich als Rheumatismus bezeichnete. Marie hatte in vier Jahren sieben Kilo abgenommen, und da sie ihre körperlichen Schwächezustände nicht beachtete, sondern im Gegenteil verbissen weiterarbeitete, geriet sie in einen Zustand nervlicher Überreiztheit, der so weit führte, daß sie nachts aufstand und mit geschlossenen Augen in der Wohnung umherirrte. Als sie schließlich von anderen Wissenschaftlern auf die gefährliche Auswirkung der Strahlen auf den lebenden Organismus aufmerksam gemacht wurden, war dies für sie nur ein Anstoß zu neuen Experimenten. Pierre setzte seinen Arm mehrere Stunden lang den gefährlichen Strahlen aus und verfaßte daraufhin über die entstandenen Verbrennungen und den extrem langsamen Heilungsprozeß einen längeren Bericht für die Akademie der Wissenschaften. Marie beobachtete Veränderungen an den Händen, die sie ebenfalls in einem Bericht festhielt, in dem es hieß: »Die Haut der Hände neigte allgemein zur Schuppenbildung. Die Fingerspitzen, in denen wir die Röhrchen oder Kapseln mit den hochradioaktiven Substanzen hielten, wurden hart und schmerzten manchmal sehr stark. Bei einem von uns dauerte die Entzündung der Fingerspitzen zwei Wochen und endete mit einer völligen Häutung, die Schmerzempfindlichkeit war jedoch selbst nach zwei Monaten noch nicht ganz behoben.«
Diese Begleiterscheinungen waren für die Curies zwar lästig, aber von untergeordneter Bedeutung. Viel wichtiger erschien ihnen, daß zwei ihnen bekannte Mediziner – Borchard und Balthazard – bei Tierexperimenten festgestellt hatten, daß Radiumstrahlen kranke Gewebe zerstören und zur Heilung auch von bösartigen Geschwülsten führen konnten. Daß sie selbst schon die todbringende Krankheit in sich trug, davon ahnte Marie nichts.
Am 10. Dezember 1903 erhielten die Curies von der Akademie der Wissenschaft in Stockholm die Nachricht, daß ihnen und Henri Bec-

querel der Nobelpreis für Physik zuerkannt worden war. Er wurde vergeben für die Entdeckung der Radioaktivität. Der Preis war mit 140000 Francs dotiert, so daß die Curies mit 70000 Francs rechnen konnten, einer Summe also, über die sie noch nie in ihrem Leben verfügt hatten und die eine spürbare Erleichterung in ihren, von ständigen Geldsorgen geplagten, Alltag brachte.

Zwei Ereignisse sollten Maries Leben noch in entscheidender Weise beeinflussen: Am 6. Dezember 1904 wurde ihre zweite Tochter Eve, die spätere Journalistin, geboren, und im April 1906 verlor sie durch einen Verkehrsunfall ihren Mann Pierre. Vor allem der Tod Pierres war für sie ein Schicksalsschlag, der sie so tief traf wie nichts zuvor in ihrem Leben.

Von tiefem Schmerz erfüllt, schrieb Marie Briefe an ihren toten Gatten. In einem von ihnen heißt es: »Pierre, mein kleiner Pierre ... Ich möchte Dir sagen, daß ich die Sonne nicht mehr liebe und nicht die Blumen. Ihr Anblick bereitet mir Schmerzen. Ich fühle mich besser, wenn es trübe ist wie am Tag Deines Todes, und wenn ich schönes Wetter nicht hasse, dann nur darum nicht, weil die Kinder es nötig haben.« Die Kinder und die Arbeit waren es dann auch, welche ihr die Kraft und den Mut zum Weitermachen gaben. Sie nahm den ihr angetragenen Lehrstuhl für Physik an und setzte die Vorlesungen an der Sorbonne an der Stelle fort, an der Pierre sie unterbrochen hatte.

Im Jahr 1911 wurde Marie Curie nach zahlreichen anderen internationalen Ehrungen zum zweitenmal der Nobelpreis verliehen. Sie erhielt ihn für die Reindarstellung des Elements Radium.

Im Sommer 1934 unternahm Marie Curie in Begleitung ihrer Schwester Bronia einen Autoausflug in das von ihr so sehr geliebte Südfrankreich. Auf dieser Reise erkältete sie sich, und ihr Zustand verschlimmerte sich so, daß sie gezwungen war, nach Paris zurückzukehren. Die Ärzte und sie selbst nahmen an, daß ein altes Lungenleiden sich wieder bemerkbar gemacht hätte. Die Diagnose ergab jedoch, daß es sich um Anämie handelte, die man mit Sicherheit auf die jahrelange Einwirkung der schädlichen Strahlen zurückführen konnte, eine Tatsache, die man ihr freilich bis zuletzt verschwieg. Am 4. Juli 1934 starb Marie Curie.

Maria Montessori
Neue Wege der Erziehung

von Agnes Emrich

Beginn des Sommersemesters 1892. Die medizinische Fakultät der Universität Rom erlebt etwas noch nie Dagewesenes: Eine junge Studentin, Maria Montessori, will sich für die Studienrichtung Medizin einschreiben. In die Domäne der Männer, in die ärztliche Ausbildung einzudringen, scheint nicht nur unerhört, sondern geradezu unmöglich.

Wie es ihr gelungen ist, ihre Einschreibung dennoch durchzusetzen, ist nicht bekannt. Mit der Einschreibung war es allerdings nicht getan. Die Professoren versuchten, das junge, hübsche Mädchen zu übersehen, die Mitstudenten reagierten ablehnend bis boshaft. Maria hatte vor dem Hörsaal zu warten, bis alle Studenten Platz genommen hatten und durfte dann erst eintreten. Oft genug richteten es die Kommilitonen so ein, daß sie stehend der Vorlesung folgen mußte. Völlig undenkbar war es, daß eine Frau zusammen mit männlichen Studenten an einer nackten Leiche arbeitete. Der Ausweg: die Studenten präparierten während des Tages, Maria Montessori wurde am Abend in das anatomische Institut eingelassen, wenn alle Studenten längst zu Hause waren.

Vater und Mutter konnten die Kraftproben, denen sich ihre Tochter unterzog, nicht mitansehen. Der Vater – Beamter im Finanzministerium – hatte für den ausgefallenen Berufswunsch seiner Tochter kein Verständnis. Lehrerin, das hätte er noch eingesehen, aber warum gegen alle Widerstände ausgerechnet Ärztin? Noch nie hatte es in Italien so etwas gegeben!

Ganz anders die Mutter, eine gescheite, belesene Frau, die eine Chance sah, alle eigenen Wünsche, die sich nicht hatten erfüllen lassen, in ihrem einzigen, sehr begabten Kind verwirklicht zu sehen. Sie war es, die Maria in Wirklichkeit den Rücken stärkte und mit jeder erdenklichen Erleichterung half, den Weg einer damals für Frauen unüblichen Berufsausbildung zu Ende zu gehen.

Wie sah das Ende aus? In der Prüfung hatten die Herren im Gehrock zu erscheinen, konfrontiert mit elf ebenso wohlgekleideten Professoren. Das Prüferkollegium des Jahres 1896 sah sich zum ersten Male einer jungen Dame in einem eleganten schwarzen Kleid gegenüber. Die Montessori imponierte dem Vernehmen nach nicht nur durch die Präzision ihres Wissens und ihrer Gedankengänge, sondern auch durch die Unbefangenheit und Lebendigkeit ihres Vortrags. Das Ergebnis: Von 110 möglichen Punkten erhielt die erste Medizinstudentin Italiens 105! Ein Erfolg, der auch die größten Skeptiker überzeugen mußte.

Maria Montessori eine Galionsfigur der Emanzipation? Ja und Nein! Im Jahr ihres Examens wird sie zu einem Feministinnenkongreß nach Berlin eingeladen. Ihr Vortrag findet große Beachtung, zugleich aber entzieht sie sich allen Versuchen, die redegewandte Dottoressa für politische Ziele einzuspannen. Sie interessieren nicht Sozialismus und Kapitalismus, sondern die Schicksale und Chancen der Frauen, ganz gleich unter welchem ideologischen Vorzeichen.

Noch im selben Jahr eröffnete Maria Montessori eine ärztliche Praxis und arbeitete gleichzeitig als Assistentin an der Psychiatrischen Klinik der Universität Rom.

Bei der Beschäftigung mit Geisteskranken entdeckte die junge Ärztin in den Anstalten Kinder unter den Erwachsenen. Man kann sich vorstellen, daß ihnen nach den Kenntnissen der damaligen Psychiatrie keine gesonderte Aufmerksamkeit zuteil wurde. Gerade dieser Punkt wurde für Maria Montessori zum Ansatz aller weiteren Bemühungen. Sie sah, daß mit medizinischen Methoden allein solchen Kindern nicht zu helfen war und erkannte bald, daß sich unter den geistesschwachen Kindern solche befanden, deren Schicksal durch eine angemessene Form der Erziehung zu wenden oder wenigstens zu mildern gewesen wäre. Von diesem Zeitpunkt an begann sie, nebenbei Pädagogik zu studieren.

Es ist das große Verdienst der Dottoressa, daß sie die allgemein als schwachsinnig bezeichneten Kinder genau beobachtete und zwischen verschiedenen Behinderungen zu unterscheiden lernte. Sie studierte alle medizinischen und pädagogischen Abhandlungen, die je im In- und Ausland über die Arbeit mit behinderten Kindern geschrieben worden waren. Diese Erkenntnisse faßte sie mit eigenen Beobachtungen und Folgerungen in Vorträgen und Veröffentlichungen zusammen. Italien wurde auf die Probleme behinderter Kinder

aufmerksam. Namhafte Persönlichkeiten des öffentlichen Lebens gründeten eine »Liga für die Erziehung behinderter Kinder«.
Im Jahre 1900 errichtete diese Liga ein medizinisch-pädagogisches Institut zur Ausbildung von Lehrern für die Betreuung von »geistesschwachen« Kindern und gliederte diesem Institut eine Modellschule mit zweiundzwanzig Schülern an. Direktorin des Instituts wurde Dr. Montessori.
Das Besondere an der Arbeitsweise in der Modellschule war, daß diese behinderten Kinder nicht nach einer erdachten Theorie gelehrt wurden. Dr. Montessori und ihre Mitarbeiter gingen einen anderen Weg. Sie waren ständig mit den Kindern zusammen, beobachteten sie genau, probierten Lern- und Spielmaterial aus und korrigierten sich selbst in ständiger Beratung und unter dem Eindruck von Erfolg und Mißerfolg ihrer Bemühungen. Ein Grundgedanke war, gerade diesen Kindern Wege zum Lernen über praktische Erfahrungen der Sinne zu erschließen. Ein Beispiel mag zeigen, wie erfindungsreich die Ärztin und Pädagogin vorging: Bei einem Schreiner ließ sie sich ein hölzernes Alphabet herstellen, in dem jeder Buchstabe dreidimensional war, also umfaßt und begriffen werden konnte. Mit diesen Buchstaben spielten die Kinder und fuhren mit den Fingern die Formen nach, bis sie eines Tages die gleiche Gestalt in freier Bewegung mit Kreide malen konnten.
Als diese zweiundzwanzig Kinder nach einiger Zeit der gleichen Prüfung unterzogen wurden wie die Kinder normaler Schulen, stellte sich heraus, daß diese sogenannten Geistesschwachen in ihren Leistungen den gesunden Kindern in nichts nachstanden. Das war eine Sensation, wie alle Fachleute anerkennen mußten.
Maria Montessori gab sich mit diesem Ergebnis nicht zufrieden. Die Erfahrung, daß die von ihr entwickelte Methode bei behinderten Kindern solche Wirkungen ermöglichte, führte zu der Vorstellung, wie befreiend und fördernd ihr System sich bei normalen Schülern auswirken müßte, die in dem herkömmlichen italienischen Schulsystem aufwuchsen. Erinnerungen an die eigene Schulzeit, an erlittene Beengung und Gängelung wurden wieder wach.
Mitten in diese Überlegungen platzte ein Zufallsangebot. Eine Baufirma, die Billigwohnungen in einem riesigen Wohnblock für Arbeiter erstellt hatte, wurde mit einem Problem nicht fertig. Von den Bewohnern dieser Mietskaserne waren viele Väter und Mütter berufstätig. Infolgedessen blieben tagsüber sechsundfünfzig Klein-

kinder sich selbst überlassen und streunten und randalierten im Gebäude. Die Firma bot einen Raum und begrenzte finanzielle Hilfe an, wenn es Frau Dr. Montessori gelänge, diese Horde zu bändigen. Man spekulierte mit ihrer Liebe zu Kindern wie mit ihrem wissenschaftlichen Interesse.

Im ersten »Montessori-Kinderhaus« nahm man unter primitivsten Umständen die Arbeit auf. Eine einfache Frau war die erste Leiterin. Zu Beginn ging es um nichts anderes, als die Kinder an den bereitgestellten Raum zu gewöhnen. Herkömmliches Spielzeug wurde beschafft und zusammen mit dem vorhandenen Spiel- und Lehrmaterial der Doktorin den Kindern angeboten. Bald interessierten sich die Kleinen mehr für das Montessori-Material als für gekauftes Spielzeug. Daran knüpfte die Ärztin an. Über längere Zeit hin wurde immer mehr Material entwickelt und ausprobiert, wobei es der Pädagogin Montessori vor allem darauf ankam, bei den praktischen Dingen des Lebens und mit einfachen Fertigkeiten des Alltags anzufangen. Alles, was diese Kinder nicht bei ihren Müttern lernen konnten: putzen, spülen, einigermaßen gesittet essen, Schuhriemen binden, Knöpfe zumachen, den Tisch decken und andere beim Essen bedienen, lernten sie hier spielend und ohne Zwang. An dem erwähnten Lehrmaterial übten sie Beobachtung, Zuordnung von Teilen und die Feinmotorik behutsamer Handbewegungen.

Das Stichwort »ohne Zwang« markiert ein entscheidendes Erziehungsprinzip: Die Montessori dachte nicht nur vom Kind, von seinen Interessen und Bedürfnissen her, sondern vertraute auf seine Freiheit, darauf, daß Kinder von sich aus bereitwilliger lernen als unter Zwang. Disziplin im vordergründigen Sinne lehnte sie ab. Im »Kinderhaus« durften sich alle frei bewegen, spielen, womit jeder wollte, und dennoch entstand kein Chaos. Davor bewahrte das spontane Interesse am Material, am eigenen Tun und die Rücksicht aufeinander, die die Kinder nebenbei erlernten.

Ein besonderes Element der späteren Montessori-Pädagogik geht auf ein Erlebnis mit diesen Kindern zurück: Eines Tages traf die Dottoressa auf der Straße eine Mutter mit einem Säugling. Sie bat sie herein und zeigte den Kindern das schlafende Baby. Ihre Aufforderung, einmal ganz leise zu sein, damit man das Baby atmen höre, wurde begeistert befolgt. Sechsundfünfzig Kinder verhielten in großer Stille, und plötzlich hörte man nicht nur die leisen Atemzüge des Säuglings, sondern auch einen tropfenden Wasserhahn, das Ticken

der Uhr, einen Glockenschlag von fern her und einen Vogel im Baum vor dem Haus. Diese Erfahrung der Stille, des Hörens auf die leisen Dinge, hat auf die Kinder einen großen Eindruck gemacht.
Mit 40 Jahren gab Maria Montessori die Dozentur an der Universität Rom und ihre Arztpraxis auf. Sie widmete sich von dieser Zeit an ausschließlich ihrem pädagogischen Werk. 1909 war ihr erstes Buch »Die Methode der wissenschaftlichen Pädagogik, angewandt auf die Kindererziehung in den Kinderhäusern« erschienen. Es wurde in 20 Sprachen übersetzt. Vier Jahre später folgte ein zweites, in dem die Lehrmaterialien, ihr Wesen und ihr Gebrauch dargestellt wurden. 1910 wurde das Montessori-System offiziell in italienischen Volksschulen anerkannt. In der Schweiz war ein Jahr zuvor das erste Kinderhaus entstanden, und alle Fröbel-Kindergärten hatte man mit Montessori-Material ausgestattet.
In die ganze Welt wurde die berühmte italienische Pädagogin eingeladen. Sie hielt Ausbildungskurse ab und erläuterte ihr System in England, Frankreich, Holland, Spanien, Österreich, Indien, Ceylon, Mexiko, in den USA und in Südamerika.
In Deutschland wurde 1922 die erste Montessori-Schule eröffnet. Zehn Jahre später waren es vierunddreißig, davon allein achtzehn in Berlin. 1933 verbrannten die Nationalsozialisten in Berlin zusammen mit den Büchern unliebsamer Autoren auch die Montessori-Materialien auf einem Scheiterhaufen. Alle deutschen Montessori-Schulen wurden geschlossen. Eine Pädagogik, die vom einzelnen Kind, von

Maria Montessori

wurde am 31.8.1870 in Chiaravalle geboren. Ihre Familie zog bald nach Rom, wo Maria Medizin und Chirurgie studierte. 1896 Promotion. 1897 wurde sie Assistentin an der Psychiatrischen Klinik der Universität in Rom. 1901 begann sie mit dem Pädagogikstudium. Ihr Ziel erreichte sie mit der Gründung des ersten Kinderhauses San Lorenzo in Rom, das ganz nach ihrer Erziehungsmethode arbeitete, die sie 1909 in ihrem Buch »Il Metodo« vorgestellt hatte. 1910 übernahm sie das Kinderhaus der Franziskanerinnen in der Via Giusti. 1913 reiste sie mit großem Erfolg nach Amerika. Die Via Giusti wird zum Zentrum der internationalen Ausbildungskurse. Umzug nach Barcelona. 1929 Gründung der »Association Montessori Internationale«, Berlin. 1936 Flucht nach Amsterdam, 1939 in Indien. Am 6.5.1952 stirbt sie in Noordwijk (Holland).

seinen Fähigkeiten und Bedürfnissen her dachte, konnte einer politischen Ideologie nicht gefallen, für die der einzelne nichts, der Staat alles war.

Man sollte eigentlich erwarten, daß sich das Montessori-System für Kindergarten, Grundschule und Gymnasium in der ganzen Welt nachhaltig verbreitet hätte. Schließlich war die Methode zu überzeugend und nachprüfbar erfolgreich, als daß herkömmliche erzieherische Praktiken mit ihr hätten konkurrieren können. Der triumphale Erfolg, der absehbar schien, blieb aus. Was war der Grund?

Maria Montessori hatte nicht den Mut, ihre Methode aus den Händen zu geben. Die Angst vor Verfälschung war zu groß. Es ist nicht auszudenken, was in ihrem Sinne geschehen wäre, wenn sie Universitäten und pädagogischen Fachinstituten in aller Welt die Beschäftigung mit ihrer Methode und die ständige Überprüfung und Weiterentwicklung ihrer Lehre erlaubt hätte. Statt dessen behielt sie sich die Ausbildung von Montessori-Pädagogen zunächst persönlich vor und erteilte später nur wenigen das Recht, in ihrem Namen zu lehren. Auch das Material, das sie entwickelt hatte, gab sie nicht frei, sondern beanspruchte neben dem Urheberrecht auch das alleinige Recht zum Vertrieb. Fairerweise muß man anerkennen, daß wohl auch Fragen des persönlichen Lebensunterhalts daran geknüpft waren. Schließlich bedeuteten diese »Erfindungen« ihr Kapital, nachdem sie den Arztberuf vollständig aufgegeben hatte. Dennoch muß man vom heutigen Standpunkt aus bedauern, daß die Monopolisierung die Verbreitung eines genialen Lebenswerks behindert hat.

Als Maria Montessori 1952 starb, war sie immer noch eine berühmte alte Dame, aber in Amerika, wo sie 1913 stürmisch als die Frau gefeiert worden war, die das Erziehungssystem der Welt revolutioniert hatte, kannten nur noch wenige ihren Namen.

Lise Meitner
Im Schatten der Männer

von Volkmar Zühlsdorff

Als im Dezember 1938 Physiker aus vielen Ländern zu einem Kongreß der Amerikanischen Physikalischen Gesellschaft in New York versammelt waren, erreichte sie ein Telegramm der Kernphysikerin Professor Dr. Lise Meitner. Sie war seit langem am Kaiser-Wilhelm-Institut in Berlin tätig und Mitglied der Kernforschungsgruppe Otto Hahn – Lise Meitner – Fritz Straßmann. Das Telegramm enthielt die Mitteilung, daß dort zum ersten Mal, am 17. Dezember 1938, der Nachweis der Spaltung eines Uranatomkerns gelungen sei.

Dies war eine Nachricht, die die Versammlung in helle Aufregung versetzte – ein wissenschaftlicher Durchbruch von geschichtlicher Bedeutung und unabsehbaren Folgen. Nur vier Jahre später gelang dem italienischen, 1938 in die Vereinigten Staaten ausgewanderten Nobelpreisträger Enrico Fermi die Spaltung in Kettenreihe im ersten Kernreaktor, Grundlage der friedlichen Nutzung der Kernenergie, und am 16. Juli 1945 wurde unter Entwicklung ungeheurer, dem Menschen bis dahin verschlossener Atomenergie in Alamogordo in Newmexiko die erste Kernexplosion gezündet. Drei Wochen später, am 6. und 9. August, beendeten die Atombomben auf Hiroschima und Nagasaki den Krieg mit Japan.

Jene sensationelle Entdeckung hatte eine lange Vorgeschichte. Bemerkenswerter Weise haben auf dem Weg, der dahin führte, auch eine Reihe bedeutender Frauen mitgewirkt. Am bekanntesten unter ihnen waren die Französinnen Marie Curie und ihre Tochter Irène Joliot-Curie. Das hat Albert Einstein veranlaßt, die Österreicherin Meitner, die von 1907 bis 1938 in Berlin lebte und arbeitete, die »deutsche Madame Curie« zu nennen. Daß sie aber trotz ihrer großen wissenschaftlichen Leistungen nie den gleichen Ruhm erlangte und selbst heute in Deutschland noch nicht so bekannt ist wie ihre französischen Kolleginnen, das ist die tragische Folge eines Emigrantenschicksals. Bewundernswert an Lise Meitner ist, wie sie es getragen hat.

Welch bedeutender Geist und starker Wille in dieser zierlichen, zurückhaltend eleganten Frau von weiblichem Charme und natürlicher Herzlichkeit lebendig war (so beschrieb sie Professor Fritz Krafft in einer posthumen Würdigung), zeigte sich schon in ihrer Jugend. Denn es war damals – sie wurde am 7. November 1878 in Wien geboren – noch durchaus ungewöhnlich, daß ein Mädchen das Abitur machte oder, wie man in Österreich sagt, die »Matura«, die Hochschulreife erwarb, um zu studieren, gar Physik, Mathematik und Philosophie! Dazu gehörte Pioniergeist, und den besaß Lise Meitner.

Als sie 1906 an der Wiener Universität promovierte, war es noch keine zehn Jahre her, daß dies einer anderen Pionierin, Gräfin Adele von Wartensleben, zum ersten Mal gelang; und im Fach Physik hatte vor ihr nur eine einzige Frau dort den Doktorgrad erworben.

Möglich machte es ihr Vater, ein Rechtsanwalt, wie seine Frau jüdischer Abstammung. Er selber war Freidenker, aber seine Kinder wuchsen als evangelische Christen auf. Zur lebensklugen Bedingung für das kühne Studium seiner Tochter machte er allerdings, daß sie zuvor noch ihr Lehrerinnenexamen in Französisch ablegte und sich die Möglichkeit dieses soliden Berufs durch das Probejahr sicherte.

Fasziniert von der neuen Physik der Radiumstrahlen, den Anfängen der Kernphysik, ging sie 1907 nach Berlin, um »ein wirkliches Verständnis für Physik« zu gewinnen. Mit diesen Worten führte sie sich bei dem berühmten Professor der theoretischen Physik Max Planck an der Universität ein. Sie wurde 1912 seine Assistentin und blieb es, bis sie im Krieg 1915 freiwillig als Röntgenschwester an die österreichische Front ging. Mit Plancks Familie, besonders den Töchtern, verband sie eine lange Freundschaft.

Schicksalhaft aber war, daß Lise Meitner, weil sie auch praktisch arbeiten wollte, mit dem jungen Radiochemiker Otto Hahn zusammentraf. Der hatte sich 1907 gerade habilitiert – er war wenige Monate jünger als sie – und suchte für seine Arbeit am Emil-Fischer-Institut einen Radiophysiker als Ergänzung. Und so kam es, daß aus Lise Meitners geplanten zwei, drei Fortbildungssemestern in Berlin eine dreißigjährige Gemeinschaftsarbeit mit Otto Hahn und eine lebenslange Freundschaft wurde.

Leicht waren die Anfänge für sie auch hier nicht. Weil Preußen 1907 noch kein Frauenstudium kannte (es kam ein, zwei Jahre später), durfte sie das Labor der Studenten nicht betreten. Sie war in die später berühmt gewordene Holzwerkstatt im Keller mit eigenem Eingang verbannt. Bald aber fand sie auf Grund ihrer Persönlichkeit und ihrer Leistungen bei allen bedeutenden Wissenschaftlern ihres Gebiets im damaligen Berlin Eingang und Anerkennung, und so trug sie auch hier dazu bei, daß die noch bestehenden Vorurteile und Schranken gegenüber weiblichen Kollegen allmächlich fielen. Sie selber erhielt 1919 den Professorentitel, habilitierte sich 1922 und wurde 1926 außerordentlicher Professor an der Universität Berlin.

Wie ungewohnt dergleichen damals noch war, zeigt sich etwa darin, daß eine Berliner Zeitung den Bericht über Lise Meitners Antrittsvorlesung zum Thema kosmischer Physik unter der Überschrift brachte: »Probleme der kosmetischen Physik«.

Es waren glückliche und fruchtbare Jahre, seit 1912 am neugegründeten Kaiser-Wilhelm-Institut, wo Lise Meitner bald eine eigene Abteilung erhielt und seit 1918 die Gesamtabteilung Physik leitete. Wissenschaftliche Entdeckungen folgten aufeinander, teils gemeinsam mit Hahn, teils eigene; es häuften sich die Preise und Ehrungen.

Der Beginn jenes wissenschaftlichen Höhenflugs, der zur Entdeckung der Kernspaltung führte, liegt im Jahre 1934. Enrico Fermi hatte in diesem Jahr erkannt, daß Kernteilchen, die keine elektrische Ladung tragen – »Neutronen« genannt –, am leichtesten in Atomkerne eindringen müßten. Für Lise Meitner war dies wie eine Erleuchtung. Noch ohne zu wissen, wohin es führen würde, spürte sie, daß dies den richtigen Weg zeigte. Es dauerte Wochen, bis sie Otto Hahn überzeugen konnte, aber wiederum setzte sie sich durch. Ende des Jahres nahmen sie dann als dritten Mitarbeiter den analytischen Physikochemiker Dr. Fritz Straßmann hinzu.

Die drei waren ein ideales Team, das sich aufs glücklichste ergänzte. Und das ist wohl auch der Grund, warum sie im wissenschaftlichen Wettlauf mit Fermi und der Joliot-Curie den Sieg davontrugen.

Was den Anteil der »Meitnerin« angeht, wie sie gern genannt wurde, so urteilte Werner Heisenberg in einem Gedenkwort 1968, man dürfe annehmen, daß sie »einen starken Einfluß auf die Fragestellung und die Deutung des Experiments ausgeübt hat und daß Hahn sich vor allem für die Gründlichkeit und Sorgfalt beim Experimentieren verantwortlich fühlte.« Lise Meitners Beziehung zur Wissenschaft sei anders gewesen als die seine: »Sie fragte nicht nur nach dem ›Was‹ sondern nach dem ›Warum‹. Sie wollte verstehen.«

Machte Hahn die Chemie, so Lise Meitner die Physik. Ihr Ausspruch, wenn es um einen physikalischen Versuch ging, wurde im Institut

sprichwörtlich: »Hähnchen, laß mich das machen, von Physik verstehst du nichts.« Und Otto Hahn selber erklärte einmal, als Lise Meitner bekannte, erst er habe sie in die Chemie der radioaktiven Stoffe eingeweiht: »Und ich hatte als Chemiker noch weniger Ahnung von physikalisch-mathematischen Problemen. Aber Frau Meitner war immer so lieb und hat mir alles ausgerechnet, was ich nicht verstand – so haben wir einander stets ergänzt.« Das war 1949, als sie an der Universität Bonn gemeinsam die Goldene Planck-Medaille erhielten.
Als Hitler 1938 in Österreich einmarschierte, war Lise Meitners österreichischer Paß kein Schutz mehr gegen die »Rassengesetze«. Sie mußte flüchten. Die Professur an der Universität hatte man ihr schon 1933 abgenommen. Otto Hahn, entschiedener Gegner des Nationalsozialismus und niemals Parteimitglied, legte die seine aus Protest nieder uns stellte sich, solange er konnte, schützend vor seine Mitarbeiter, auch den gleichgesinnten Straßmann.

Am. 14. Juli 1938 emigrierte Lise Meitner über Holland nach Schweden. Von da an nahm sie an der Arbeit durch einen fast täglichen Briefwechsel mit Hahn teil und traf sich vor jenem berühmten »Indikatorversuch« vom 17. Dezember 1938, der den endgültigen Beweis der Spaltung erbrachte, noch einmal im November zum persönlichen Gespräch mit ihm in Kopenhagen.

So kam es, daß sie der Welt die Nachricht bekanntgeben konnte, bevor noch Hahns und Straßmanns Versuchsbericht am 6. Januar 1939 in der Zeitschrift »Die Naturwissenschaften« erschienen war. Sie selber leistete den abschließenden Beitrag, indem sie gemeinsam mit ihrem ebenfalls emigrierten Neffen, dem Physiker Otto Robert Frisch, die physikalische Erklärung für den Befund der Chemiker lieferte. Dies wurde, da es im Dritten Reich nicht mehr erscheinen konnte, am 11. Februar 1939 in der englischen Wissenschaftszeitschrift »Nature« veröffentlicht.

Es war eine Stunde des wissenschaftlichen Triumphes, der Höhepunkt im Leben Lise Meitners, die eben sechzig Jahre alt geworden war. Zugleich aber war es eine Zeit bitterster Not. Alles hatte sie verloren, ihre Heimat, ihren Lebenskreis, ihre Arbeitsstätte. Es war ein überaus harter Weg, in einem neuen Land – dessen Sprache sie nicht konnte und auch nie vollkommen erlernte – einen neuen Wirkungskreis aufzubauen; erst beim Nobelinstitut in Stockholm, 1946 mit einer Forschungsprofessur bei der Technischen Hochschule dort, 1953 schließlich, als »Altersstüberl«, wie sie etwas ironisch an Hahn schrieb,

als Berater bei der Königlichen Akademie der Ingenieurswissenschaften.
Am bittersten aber traf sie, daß Otto Hahn nicht bereit war, ihren Anteil an der Entdeckung der Kernspaltung anzuerkennen. Daß er es 1944, als ihm der Nobelpreis zuerkannt wurde, nicht tat, könnte man auf dem Höhepunkt von Krieg und Rassenverfolgung politisch deuten. Daß er aber auch nach dem Krieg dabei blieb, als ihm 1946 in Stockholm der Preis überreicht wurde, ist schwerer zu verstehen. Vielleicht erschienen ihm, dem experimentellen Chemiker, die abschließenden Versuche, bei denen Lise Meitner nicht persönlich anwesend sein konnte, von so überragendem Gewicht, daß er demgegenüber ihren Anteil auf dem jahrelangen Weg, der schließlich zur Entdeckung führte, meinte vernachlässigen zu können.
Daß Albert Einstein einmal sagte, Otto Hahn und Fritz Straßmann hätten gar nicht gewußt, was sie da gefunden hatten, hätte Lise Meitner es ihnen nicht erklärt, war gewiß etwas scherzhaft gemeint. Aber Straßmann selber, der dritte in der Arbeitsgemeinschaft, hielt es für unwesentlich, daß sie im Augenblick der Entdeckung nicht zuge-

Lise Meitner

geboren am 7. November 1878 in Wien als Kind jüdischer Eltern, jedoch im evangelischen Glauben erzogen. Sie studierte Physik, Mathematik und Philosophie an der Universität Wien und promovierte 1906 als zweite Frau in ganz Österreich im Fach Physik. 1907 ging sie nach Berlin, war 1912 bis 1915 Assistentin bei Professor Max Planck, erhielt 1919 den Professorentitel, habilitierte sich 1922 und wurde 1926 außerordentlicher Professor an der Universität Berlin.
Ihre gemeinsame Forschung mit dem Radiochemiker Professor Otto Hahn, seit 1912 am Kaiser-Wilhelm-Institut (heute Max-Planck-Institut), mit Dr. Fritz Straßmann seit 1934 als dritten im Team, führte am 17. Dezember 1938 zur Entdeckung der Kernspaltung. Am 14. Juli 1938 mußte sie emigrieren, sie setzte ihre Tätigkeit unter schwierigen Umständen in Stockholm fort: erst am Nobel-Institut, 1946 an der Technischen Hochschule und 1953 bis 1960 als Berater bei der Königlichen Akademie der Ingenieurwissenschaften.
Von den zahlreichen Ehrungen seien nur der Otto-Hahn-Preis 1955, der Pour le mérite 1956 und der Enrico-Fermi-Preis 1966 genannt, dieser gemeinsam mit Hahn und Straßmann. Sie starb am 27. Oktober 1968 in Cambridge, England.

gen war: »Ihrem Impuls ist der Beginn des gemeinsamen Weges mit Hahn, ab 1934, zuzuschreiben; vier Jahre gehörte sie danach zu unserem Team, anschließend war sie von Schweden aus gedanklich mit uns verbunden... Es ist meine Überzeugung: Lise Meitner war die geistig Führende in unserem Team.«

Hahns Haltung hat ihr auch den Weg im Exil ungemein erschwert. Daß sie selber all dies hinnahm, ohne sich öffentlich dazu zu äußern, daß sie trotz bitterer Gefühle die freundschaftliche Beziehung zu Hahn nicht abbrach, zeugt für die innere Größe dieser Frau. Aber es hat wohl dazu beigetragen, daß sie nicht nach Deutschland zurückkehrte, auch als sie viele späte Ehrungen empfing: 1955 den Otto-Hahn-Preis für Chemie und Physik, 1956 den Orden Pour le mérite, 1962 die Schlozer-Medaille der Universität Göttingen, von den ehrenden Nachrufen bei ihrem hundertsten Geburtstag 1978 ganz zu schweigen. Aber all dies konnte kaum eine Wiedergutmachung sein.

Besonders geehrt wurde sie in den Vereinigten Staaten, obwohl oder vielleicht gerade weil sie sich stets geweigert hatte, an der Entwicklung der Atombombe mitzuwirken. Bereits 1946 wurde sie von der Katholischen Universität in Washington zu einer Gastprofessur eingeladen, mehrere Universitäten verliehen ihr Ehrendoktorate, die Presse wählte sie zur »Frau des Jahres«. Und als 1966 der Enrico-Fermi-Preis des Präsidenten und der Atomenergiekommission der Vereinigten Staaten, wohl der bedeutendste auf dem Gebiet nach dem Nobelpreis, vergeben werden sollte und Otto Hahn hierfür Fritz Straßmann, wiederum aber nicht Lise Meitner vorschlug, war die Entscheidung der Jury: Der Preis für die Entdeckung der Kernspaltung gebühre allen drei gemeinsam.

Bei der Verleihungsfeier in Wien war Lise Meitner nicht anwesend, aus Gründen der Gesundheit und vielleicht auch aus Stolz.

1960 war sie zu ihren Verwandten nach Cambridge gezogen. Dort starb sie, kurz vor ihrem neunzigsten Geburtstag, am 27. Oktober 1968.

Helen Keller
Hoffnung und Ermutigung

von Agnes Emrich

Es war am Nachmittag des 3. März 1887. Ein kleines Mädchen, das weder sehen noch hören konnte, fühlte sich plötzlich in die Höhe gehoben, fühlte wie Hände über sein Haar streichelten. Anne Sullivan, 19 Jahre jung, war in Tuscumbia, im amerikanischen Staat Südcarolina eingetroffen. Helen Kellers Vater hatte sie ins Haus geholt. Sie sollte sich als Erzieherin um seine hilflose und widerspenstige Tochter kümmern.

Helen war als ausgesprochen hübsches und völlig gesundes Baby herangewachsen. Sie hatte gerade laufen und ein paar Worte sprechen gelernt, als sie mit 19 Monaten von jener verhängnisvollen Krankheit heimgesucht wurde, die sie später selbst als Unterleibs- und Gehirnentzündung bezeichnete. Der Arzt hatte das Kind schon aufgegeben – da verschwand das Fieber so plötzlich, wie es gekommen war. Helen wurde gesund, aber die furchtbaren Nebenwirkungen stellten sich erst jetzt heraus: Das Kind sollte sein Leben lang nie mehr sehen und hören können. Es war nur allzuverständlich, daß ein so stark behindertes Kind in zunehmendem Maße verhaltensgestört wurde und aggressiv auf seine Umgebung reagierte.

Die kleine Helen bewegte sich zwar sicher im Haus und spielte bisweilen mit einem gleichaltrigen farbigen Mädchen, aber einen wirklichen Zugang besaß niemand zu dem Kind. Es kannte keine Begriffe wie Vater, Mutter, Liebe, Recht, Unrecht. Wenn Helen etwas haben wollte, schlug sie unbeherrscht um sich, bis sie das Gewünschte bekam. Sie aß mit den Fingern und nahm die Speisen nicht nur von ihrem Teller, sondern auch von denen der anderen. Der Besuch einer normalen Schule war unmöglich. Vor einer Unterbringung in einem Heim für blinde oder taube Kinder schreckten die Eltern zurück. Ratlos, wie sie waren, suchten sie nach einer Privatlehrerin, die bereit war, zu ihnen ins Haus zu ziehen und mit der Siebenjährigen zusammen zu leben.

Anne Sullivan, die junge Lehrerin, sah sich vor eine fast unmögliche Aufgabe gestellt. Wie sollte sie dieses Kind erziehen? Wie sollte sie seine Intelligenz entwickeln? Vorbilder gab es nicht, noch viel weniger erprobte pädagogische Methoden. Dafür daß sie sich dennoch dieser schwierigen Aufgabe stellte, gab es drei Gründe: Anne war selbst schwer sehbehindert und hatte an sich selbst erfahren, daß man dennoch lernen kann. Sie hatte unter großen Mühen an einer Blindenschule studiert und schließlich eine Prüfung als Erzieherin abgelegt. Der entscheidende Antrieb aber war ihre Liebe zu diesem hilflosen Kind, zu dem sie sich vom ersten Augenblick an hingezogen fühlte.

Den Anfang machte Anne Sullivan mit der behutsamen Korrektur von Äußerlichkeiten, an die sich Helens Eltern schon gewöhnt hatten. Sie wußte, daß man beispielsweise die ungebändigten »Tischsitten« einem behinderten Kind nachsehen würde, niemals aber einem Erwachsenen. Sie zwang Helen, mit dem Löffel zu essen und die Hände aus dem Teller zu lassen. Das Kind wehrte sich gegen den unverstandenen Zwang mit Händen und Füßen, ja, bisweilen verließen die Eltern das Zimmer, weil sie diese Auseinandersetzungen nicht mitansehen konnten.

Zu ähnlichen Schwierigkeiten kam es bei den geduldigen Versuchen, der Kleinen, die durch die normale Sprache nicht erreichbar war, eine Sprache in Zeichen zu lehren. Die Erzieherin »schrieb« immer wieder bestimmte Signale als Buchstaben in die Handfläche des Kindes. Eines Morgens, als das Mädchen keine Lust hatte, die in die Hand geschriebenen Zeichen, deren Sinn es offensichtlich nicht verstand, nachzumachen, warf es wütend den Tisch um. Die Lehrerin stellte den Tisch wieder auf und bestand darauf, in der Übung fortzufahren. Da schoß eine kleine Faust vor und schlug Anne zwei Zähne ein.

In dieser Situation kamen die Erzieherin und die Eltern überein, daß Anne eine Weile allein mit dem Kind in einem Nebenhaus wohnen solle, bis sich beide aneinander gewöhnt hätten. Würde es nun gelingen, Zugang zum Verstand des Kindes zu finden und zu erreichen, daß die Fingerzeichen in die Hand ihm irgendwann mehr bedeuteten als bloße mechanische Signale? Immer wieder buchstabierte Anne in die Hand des kleinen Mädchens Wörter wie Puppe, Tisch, Stuhl und ließ nach jedem Wort die Sache, die es bezeichnete, abtasten. Aber abgesehen davon, daß Helen begann, die Fingerbewegungen nachzumachen, ereignete sich vier lange Wochen nichts.

Es war Anfang April 1888, ein warmer Morgen. Anne ging mit Helen zum Brunnen und pumpte, bis frisches kühles Wasser über die Hand des Kindes floß. In die andere Hand buchstabierte Anne ununterbrochen: water. Es muß wie ein Aufblitzen gewesen sein, als das Kind plötzlich erfaßte und erkannte: das, was sich hier kalt über meine Hand ergießt, ist und heißt Wasser und: jedes Ding hat seinen Namen.
Helen Keller schreibt selbst: »Von der Pumpe gingen zwei begeisterte Wesen davon, die einander ›Helen‹ und ›Lehrerin‹ nannten.«
Alles Widerstreben des Anfangs war mit einem Male überwunden. Jetzt konnte Helen nicht schnell genug lernen. Von allen Dingen wollte sie wissen, wie man sie nennt. Und als sie in den Dingwörtern genügend Übung hatte und in der Technik des Handlesens immer sicherer und schneller geworden war, kamen Eigenschafts- und Tätigkeitswörter an die Reihe.
Wissenschaftler, die später Helen Keller gründlichst untersuchten, bestätigten, daß sie weder den geringsten Schimmer wahrnehmen, noch den leisesten Ton vernehmen konnte. Es wird für immer die Leistung der genialen Erzieherin bleiben, daß sie aus der Liebe zu diesem Kind ihre Geduld und ihre pädagogischen Einfälle schöpfte. Um den Wildfang auf die leisen Dinge hinzuweisen, führte sie Helen beispielsweise zu Blättern, auf denen der Tau perlte, ließ sie das Kind sacht einen Kanarienvogel streicheln oder das Baby – die jüngere Schwester Mildred – in der Wiege berühren. Sie lehrte Helen, sich zu waschen und sorgfältig anzuziehen. Sie reiste mit dem Kind zu Verwandten und schrieb ihr auf der langen Fahrt im Zug alles, was sie beobachtete, dachte und fühlte in die Hand. Ja, sogar das Lachen brachte sie dem Kind bei, das seit seiner Krankheit nie mehr gelacht hatte. Und das geschah so: Anne kam eines Tages fröhlich lachend ins Zimmer, legte des Kindes Hand auf ihr Gesicht, kitzelte dann Helen unterm Kinn und tanzte mit ihr im Zimmer herum, bis das Mädchen lachen mußte. Anne Sullivan selbst erzählt, daß Helen sich sichtlich freuen konnte, wenn sie etwas Schönes wahrnahm oder erlebte und daß ihr Gesicht fast mehr strahlte als es bei einem normal sehenden Menschen der Fall ist.
Anne Sullivan stellte an sich und Helen die höchsten Anforderungen. Nach den ersten großen Erfolgen gab sie sich mit dem Erreichten nicht zufrieden. Sie hatte das Ziel, daß ihre junge Schülerin so viel können sollte wie jedes normale Kind, und Helen selbst unter-

stützte sie dabei. Das intelligente Mädchen gab selbst das Tempo an, in dem gearbeitet wurde. Es lernte auf der Blindentafel zu schreiben, Bücher in Brailleschrift zu lesen. Mit der Zeit verstand es, was gesprochen wurde, wenn es seine Finger an den Mund des Sprechenden legen durfte. Es »hörte« mit den Händen wie andere Menschen mit den Ohren. Nach und nach wurde Helens ganzer Körper so sensibel, daß sie durch den Geruchssinn und am Vibrieren des Bodens zu unterscheiden wußte, wer das Zimmer betrat. Darüber hinaus konnte sie sogar Gemütsstimmungen fühlen, wenn sie nur die Hände oder Kleider von Menschen in ihrer Umgebung berührte.

Als Helen schließlich mit 16 Jahren in die weiterführende Schule nach Cambridge kam, stand sie den Klassenkameradinnen an Wissen in nichts nach. Sie brauchte allerdings im Unterricht Anne Sullivan, die ihr alles, was die Lehrer vortrugen, in die Hand übersetzte, fremde Vokabeln nachschlug und versuchte, Lehrbücher in Blindenschrift aufzutreiben. Helen Keller kam außerdem in jenen Jahren zugute, daß sie mit verbissenem Ehrgeiz seit ihrem zehnten Lebensjahr versucht hatte, sprechen zu lernen. Es haben sie später außer ihren Angehörigen einige Menschen gut verstanden, anderen war ihre Sprechweise, die sich deutlich von einer melodischen, deutlich differenzierten Redeweise unterschied, nicht verständlich. Immerhin vermochte sie in der Schule zu antworten. Außerdem verwandte sie nicht mehr die umständliche Blindentafel, sondern hatte das Tippen auf einer normalen Schreibmaschine erlernt und beherrschte es sehr gut.

Als sie sich nach dem Schulabschluß entschloß, weiter zu studieren,

Helen Keller

wurde am 27. Juni 1880 in Tuscumbia im Staat Missouri, USA, geboren. 1887 kam als Erzieherin Anne Sullivan ins Haus der Familie Keller. 1896 konnte die blinde Helen eine weiterführende Schule besuchen. 1900 wurde sie am Radcliff-College in Cambridge aufgenommen. Als Veröffentlichungen erschienen von ihr »Die Geschichte meines Lebens«, »Aus der Dunkelheit« u. a. 1913 hielt Helen Keller ihren ersten öffentlichen Vortrag. Von 1919 bis 1923 arbeitete sie am Vaudeville-Theater mit, sie trat der »American Foundation for the Blind« bei. Am 1. Juni 1968 starb Helen Keller in Westport.

glaubte so recht niemand, daß sie auch das noch schaffen könnte. Viele gute Freunde rieten ihr ab. Helen aber stellte sich der Aufnahmeprüfung in das Radcliffe-College.

Die Prüfungen fanden zwischen dem 29. Juni und 3. Juli 1897 statt. Alle Bewerberinnen erhielten eine Nummer. Die Nummer 233, nämlich Helen Keller, wurde schriftlich in den von ihr angegebenen Fächern geprüft: Deutsch, Französisch, Latein, Englisch, sowie Römische und Griechische Geschichte. Sie saß ganz allein in einem Raum, weil sie ohne Schreibmaschine nicht arbeiten konnte und das Tippgeräusch die andern Prüflinge nicht stören sollte. Im übrigen hätte die Kandidatin weder etwas Vorgesagtes hören, noch eine schriftliche Notiz lesen können. Sie war bei allen Prüfungsaufgaben völlig auf sich und ihr Gedächtnis, ihr Wissen und ihre Kombinationsgabe angewiesen. Die jeweiligen Prüfungsaufgaben wurden ihr vom Direktor persönlich – er hatte ihretwegen die Blindensprache erlernt – in die Hand diktiert. Weitere Erleichterungen gab es für sie nicht. Sie hatte lediglich kurz vor Ende der Prüfzeit die Möglichkeit, daß der Direktor das von ihr Geschriebene ihr in die Hand las, so daß sie etwaige Fehler ausbessern konnte. Blind und taub bestand sie die Prüfungen in allen Fächern und erhielt in Deutsch und Englisch sogar die Note »mit Auszeichnung«.

Nach dem Examen konnte sie mehrere Jahre von dem Honorar ihrer Bücher leben, in denen sie auf Bitten vieler Bekannter ihren Werdegang beschrieb. Als sie sich anderen Themen zuwandte, stellte sie enttäuscht fest, daß sich solche Aufsätze und Bücher nicht verkaufen ließen. Sie entsprachen nicht dem Bild, das die Amerikaner von »ihrem« taubstummblinden Wunderkind hatten! Um ihren Lebensunterhalt zu verdienen, scheute sie sich nicht, gegen Honorar täglich zusammen mit Anne Sullivan im Vaudeville Theater aufzutreten und eine Szene aus ihrem Leben zu spielen. Ihre Landsleute, die sie für dieselbe Darbietung, wenn sie kostenlos in Schulen erfolgt wäre, bejubelt hätten, griffen sie deswegen an. Helen Keller ließ sich jedoch nicht beirren. Sie fühlte sich – ihre Familie konnte sie finanziell nicht mehr unterstützen und Anne Sullivan war unbemittelt – für ihren Hausstand voll verantwortlich, zu dem außer Anne noch eine Sekretärin gehörte. Ja, sie war sogar stolz darauf, daß sie allein fähig war zu arbeiten und das nötige Geld zu verdienen.

Zu ihrer eigentlichen Lebensaufgabe fand Helen Keller, als sie 1923 der »American Foundation for the Blind« beitrat. Zuerst mit Anne

Sullivan, später mit ihrer Sekretärin, Polly Thomson, förderte sie im Namen der Foundation und auf Bitten verschiedener Regierungen die Blindenerziehung in Amerika, in Europa und vor allem in Ostasien. Sie versuchte, aus ihrer Erfahrung, mit ihrem Wissen und ihrem praktischen Rat denen zu helfen, die Blinde und andere Behinderte zu erziehen oder in das normale Leben wieder einzugliedern hatten.

Helen Keller und Anne Sullivan blieben bis zu deren Tod zusammen. Es waren zwei Frauen, von denen die eine nicht weniger genial war als die andere. Sie ergänzten einander in idealer Weise, auch wenn sie im Charakter verschieden und zuweilen unterschiedlicher Meinung waren. Umso mehr verletzte es Helen Keller, wenn die Eigenständigkeit ihrer Arbeit von Zeitgenossen in Zweifel gezogen wurde, die in ihren Veröffentlichungen lediglich die Gedanken von Anne Sullivan unter falschem Namen vermuteten. Es gab sogar gute Freunde, die Helen Kellers Abhängigkeit von ihrer Freundin und ehemaligen Lehrerin überschätzten. Als Anne Sullivan 1936 schwer erkrankte, bedrängten Freunde sie, alles zu tun, um gesund zu werden, denn Helen würde ohne sie nicht leben können. Anne Sullivan soll geantwortet haben: »Wenn das wahr wäre, würde es bedeuten, daß ich versagt hätte.« Es war immer ihr Ziel gewesen, Helen unabhängig zu machen. Unabhängig von ihren starken Behinderungen, unabhängig aber auch von sich selbst.

Beide – die Lehrerin und die Schülerin – bedeuten heute noch für unzählige Menschen Hoffnung, Ansporn und Ermutigung: für behinderte Kinder, für ihre Eltern, für Ärzte und Lehrer.

Elsa Brändström
Engel der Gefangenen

von Karl Rolf Seufert

Sie waren schon seit Stunden unterwegs durch überfüllte Krankensäle, an primitiven Holzgestellen vorbei, die man als Notbetten zusammengenagelt hatte, über verschmutzte Treppen und Innenhöfe. Selbst auf Strohschütten in den langen Korridoren lagen die Kranken und Verwundeten, die hier eine Notunterkunft gefunden hatten.

Etwa viertausend Soldaten, schätzte der Chefarzt des Nicolai-Hospitals in St. Petersburg (später Petrograd, dann Leningrad), der die ausländischen Besucher führte. Die Gespräche waren längst verstummt. Alle waren betroffen, zutiefst erschüttert von soviel Not. Unter ihnen auch zwei junge Schwedinnen: Ethel von Heidenstam, die Frau des schwedischen Legationsrates, der später Gesandter am Zarenhofe werden sollte, und Elsa Brändström – beide ganz in Weiß nach einer Pflegedienstausbildung, zu der sie sich bei Kriegsausbruch 1914 spontan entschlossen hatten, jetzt in der russischen Schwesterntracht mit der Haube des Sankt-Georg-Ordens.

Das Nicolai-Hospital besaß außerdem noch eine sorgfältig abgetrennte, von Posten bewachte Gefangenenabteilung. »Die Menagerie«, nannte der russische Chefarzt jenen grausam überfüllten Trakt, in dem die verwundeten und kranken kriegsgefangenen Deutschen untergebracht waren. Die Schwerverwundeten schrien und stöhnten vor Schmerz. Elsa Brändström sah Soldaten, die seit Tagen verzweifelt auf Hilfe hofften, auf schmerzstillende Medikamente oder auf einen Verbandswechsel. Andere litten an der Ruhr oder an Diphterie, ohne daß man sie von den übrigen trennte. Es gab keine Isolierstation. Sie lagen in zerrissenen Uniformen, hilflos dem Schmutz und Ungeziefer ausgeliefert. Die Luft war unerträglich. »Und dieser erste Eindruck, den ich von Kriegsgefangenen erhielt, hat sich in den folgenden fünfeinhalb Jahren meiner Arbeit unter ihnen nur mehr und mehr befestigt«, stellte Elsa Brändström später fest.

Dabei waren die Verhältnisse in diesem Hospital sogar noch besser als anderswo. Das Lazarett stand unter dem Protektorat der aus Deutschland stammenden Großfürstin Maria Pawlowna. Doch niemand machte sich Illusionen. Nach den verlustreichen Schlachten bei Tannenberg und an den Masurischen Seen im August und September 1914 rollten die langen Verwundetentransporte mehrmals wöchentlich von der nordwestlichen Front nach St. Petersburg. Dabei fehlte es in der Hauptstadt an allem – an Lazaretten, an Betten, an Medikamenten und an ausgebildetem Pflegepersonal.

Elsa Brändström wurde am 26. März 1888 als ältestes Kind des schwedischen Militärattachés Oberst Edvard Brändström in Sankt Petersburg geboren. Als die Familie dann drei Jahre später die Stadt verließ, legte an der Universität Petersburg gerade jener hochbegabte Student sein juristisches Schlußexamen ab, nach dem die Stadt an der Newa später benannt werden sollte – Wladimir Ilitsch Uljanow, genannt Lenin.
Nach ihrer Rückkehr nach Schweden, 1891, wohnte die Familie in Linköping. Dort besuchte Elsa Brändström auch die Schule. In dem gleichen Jahr, 1906, als sie mit 18 Jahren ihr Abschlußzeugnis erhielt, wurde ihr Vater zum Schwedischen Gesandten im kaiserlichen Petersburg ernannt.
1913 starb die Mutter. Von nun an übernahm die Tochter wie selbstverständlich die Rolle der Hausfrau und empfing Diplomaten, Politiker, Künstler, darunter auch den letzten Ministerpräsidenten des Zaren, Goremykin.
Als dann im Sommer 1914 der Erste Weltkrieg ausbrach, hielt sich Elsa Brändström gerade in England auf. In einem überfüllten Schiff reiste sie sofort nach Schweden und von dort über Land nach St. Petersburg, das fortan den Namen Petrograd erhielt, zur Familie. Wie viele andere meldete sie sich dort, zusammen mit Ethel von Heidenstam, zu einem Krankenpflegekurs und wurde russische Kriegsschwester. Als die schwedische Kolonie aus eigenen Mitteln ein kleines Lazarett mit einer Ambulanz für russische Verwundete einrichtete, arbeiteten sie auch mit dem Nicolai-Hospital zusammen.
Nach Deutschland waren in den ersten Kriegsmonaten nur wenige Nachrichten über die katastrophalen Zustände in russischen Lagern und Hospitälern gedrungen. Als das Deutsche Rote Kreuz über den schwedischen Gesandten in Berlin, Graf Taube, eine Anfrage an

General Brändström richtete, wie den gefangenen deutschen Soldaten geholfen werden könnte, antwortete die Tochter mit detaillierten Vorschlägen. Wenig später organisierte das Schwedische Rote Kreuz einen Austausch deutscher und russischer Schwerverwundeter. Elsa Brändström und Ethel von Heidenstam begleiteten den Transport. Beide Frauen besaßen klare Vorstellungen über das Mögliche und Notwendige. Sie hatten einen fertig gepackten Rucksack als Muster mitgebracht, den sie in Berlin vorlegten. Private Geschenkpakete bezeichneten sie als sinnlos. Statt dessen schlugen sie eine offizielle Hilfsaktion unter der Trägerschaft des Roten Kreuzes vor. Ein Aufruf zur Paketsammlung wurde im Sommer 1915 erlassen. Innerhalb eines Monats kam das Geld für mehr als hunderttausend Ausrüstungen zusammen.

In Wien übernahmen die beiden Schwedinnen dann russische Schwerverwundete und betreuten sie während der Rückfahrt. Nach ihrer Bestätigung als offizielle Delegierte des Schwedischen Roten Kreuzes wechselten sie ihre St.-Georgs-Tracht mit der Schwesternkleidung des Roten Kreuzes.

Am 8. Oktober 1915 konnte der erste »Liebesgabenzug« von Deutschland über Schweden nach Petrograd fahren. Dort übernahmen ihn die beiden Frauen und begleiteten den Transport auf der berühmten eingleisigen Strecke der Transsibirischen Eisenbahn bis nach Irkutsk. In Srjentensk, einer Kleinstadt von 7000 Einwohnern, östlich des Baikalsees, herrschte Fleckfiebertyphus. In zwei großen Barackenlagern lebten dort elftausend Kriegsgefangene. Trotz Ansteckungsgefahr besuchte Elsa Brändström die Deutschen.

»Der Boden war mit Menschen übersät, die einen halb nackt, andere in Uniformen und Stiefeln. An einigen Plätzen standen eiserne Bettstellen ohne Stroh, auf jedem Bett lagen zwei Kranke und oft noch zwei darunter. Im ganzen Krankenhaus war nicht eine einzige Decke oder ein Kissen vorhanden«, stellte sie fest. »Da und dort hatte einer ein Stück Holz als Kopfpolster. Es gab kaum soviel Wasser, daß jeder Gefangene einen Becher voll bekommen konnte, und doch sollte es zum Waschen, Trinken und Kochen ausreichen.« Ein Arzt gestand ihr unter Tränen: »Können Sie verstehen, mit leeren Händen vor diesem Elend zu stehen? Ich habe keine Medikamente, keine Betten, keinen Topf – absolut nichts.«

Elsa Brändström zwang den Kommandanten zur Besichtigung des Lagers und erreichte, daß man ihr freie Hand ließ. Eine weitere

Baracke wurde errichtet. Aus den Beständen des Roten Kreuzes nähten Freiwillige Strohsäcke bei 40 Grad Kälte im Freien. Danach isolierte sie die Kranken. Jeder erhielt ein Kissen und zwei Decken.
Nach zwei Monaten erlosch die Seuche. Elsa Brändström berichtet nach Deutschland: »In Srjentensk verausgabten wir ungefähr 30000 Rubel. Wir richteten ein vollständiges Krankenhaus mit 550 Betten ein. Dafür beschafften wir Strohmatrazen, Kissen, Dekken, Laken, Eßschalen usw., kauften vier Pferde, welche nun den Gefangenen gehören (und künftig auch Wasser vom Fluß herbeischaffen), Wasserbehälter, Schlitten, Geschirre ... Wir haben unerhört viel furchtbar Schreckliches gesehen. Wenn man einmal dort gewesen ist und hat helfen können, hat man keine Ruhe in einem bequemen warmen Heim.«
Kurz danach erkrankte Elsa Brändström selbst am Fleckfieber. Man pflegte sie in Irkutsk gesund. Doch wohin die wenigen Helfer auch kamen, überall herrschten die gleichen chaotischen Zustände. Es fehlte am Nötigsten, und die Menschen starben an Ruhr, Cholera, an Tuberkulose und Malaria, an Skorbut und immer wieder am Flecktyphus. Wie in Krasnojarsk war es in Nowosibirsk. Dort lagen die Fleckfieberkranken in zwei Erdbaracken. Von elfhundert Kranken blieben nur siebzig am Leben.

Elsa Brändström

wurde am 26.3.1888 als Tochter des schwedischen Militärattachés, Oberst Edvard Brändström, in St. Petersburg (Leningrad) geboren. Nach der Schulzeit und dem Studium in Schweden kehrte sie nach Rußland zurück. Bei Ausbruch des Ersten Weltkrieges meldete sie sich zu einem Krankenpflegekurs und wurde russische Kriegsschwester. Über das Schwedische Rote Kreuz organisierte sie einen Austausch deutscher und russischer Schwerverwundeter. 1915 begleitete sie einen ersten ›Liebesgabenzug‹ von Deutschland bis nach Sibirien. Entlang der Transsibirischen Eisenbahnstrecke richtete sie Stützpunkte ein, die durch die Organisation der Selbsthilfe zu einem wichtigen Faktor gegen Hunger, Heimweh und Krankheiten wurden. Nach der Machtübernahme durch Hitler folgte sie ihrem Mann, Professor Robert Ulrich, in die USA. Dort widmete sie sich den Flüchtlingen und Verfolgten des Hitler-Regimes. 1945 organisierte sie erste Hilfssendungen in das zerstörte Deutschland. Sie starb am 4.3.1948 in Cambridge (Mass., USA).

Wollte man den Kriegsgefangenen jedoch wirkliche Hilfe bringen, brauchte man eine durchdachte Organisation. So richtete sie von Moskau bis Chabarowsk Stützpunkte ein und verteilte die Helfer auf die einzelnen Stationen. Elsa Brändström übernahm Pensa, Ethel von Heidenstam Charkow. Im Sommer 1916 mußte das Hilfswerk noch erweitert werden. Eine besondere Bedeutung kam dabei Moskau zu, das Elsa Brändström nun für sechs Monate übernahm.
Zu den wichtigsten Hilfen gegen Hunger, Heimweh und Krankheiten wurde die Selbsthilfe: Kunst in jeder Form – Gesang, Musik, Theater. Auch hier half sie mit Schnitzmessern, Holz, Farben, Textbüchern und Instrumenten. In diese Entwicklung brach der Umsturz, der im November 1917 die Zarenherrschaft erschütterte und in die Geschichte als »Oktoberrevolution« einging. Die deutsche Regierung hatte Lenin die Durchfahrt durch das Reichsgebiet im plombierten Zug ermöglicht. Es kam zum Friedensschluß. Aber die Hoffnungen der Kriegsgefangenen auf rasche Heimkehr erfüllten sich nicht.
Da entschloß sich Elsa Brändström zu ihrer dritten Sibirienfahrt. Es wurde eine Reise ins Chaos. Sie fuhr über Moskau nach Perm. Wenig später wechselte sie die Bürgerkriegsfronten. In Jekaterinburg schwebte sie tagelang in Lebensgefahr, weil man sie für eine Spionin hielt. Während sie auf die Verhöre wartete, verschluckte sie unter einer über den Kopf gezogenen Decke Blatt um Blatt ihres Tagebuchs.
Schließlich erlaubte man ihr die Weiterreise nach Omsk, wo sie sich in den Lagern, Lazaretten und Gefängnissen der Gefangenen annahm. Im April 1919 begleitete sie einen Kriegsgefangenenzug durch die Mongolei bis nach Wladiwostok. Doch sie nahm dort nicht das Schiff, um nach Europa heimzukehren, sondern reiste die alte Strecke mit der Bahn zurück.
Im Sommer des gleichen Jahres richtete sie ihr Quartier in Krasnojarsk am Jenissei ein, wo es ihr gelang, eine Gruppe ungarischer Gefangener vor dem Erschießen zu retten. Dort erkrankte sie schwer und schwebte wochenlang zwischen Leben und Tod. War es Flecktyphus? Vielleicht auch nur eine schwere Grippe, wie sie meinte, verbunden mit dem völligen Zusammenbruch ihrer Kräfte. Überraschend verhaftete man sie erneut. Doch der russische Kommissar sprach fließend englisch. Er erlaubte ihr, die Krankenpflege in den Lagern fortzusetzen.
Mit einem Invalidentransport konnte sie schließlich Sibirien verlas-

sen. Über Moskau reiste sie nach Petrograd. Ihr Haus diente inzwischen russischen Matrosen als Klubheim. So fuhr sie an Bord der »Lisboa« über Narva nach Stettin. Während der Fahrt schrieb sie dann am 8. Juli 1920 ihren »Aufruf an das Internationale Komitee des Roten Kreuzes in Genf«, der weltweit Aufsehen erregte. Nach einer umfassenden Sammelaktion konnten noch einmal Züge mit Lebensmitteln, Kleidern und Medikamenten nach Osten rollen.
In Stockholm holte der kranke Vater sie am Zug ab. Während sie ihn in den nächsten Monaten pflegte, schrieb sie in den Nachtstunden ihr Buch »Unter Kriegsgefangenen«: Keine der üblichen Autobiografien, keine Erlebnisdarstellung, sondern ein nüchternes Zahlen- und Faktenwerk, das in der Sprache der Statistik über die Kriegsgefangenenprobleme berichtet und in kurzer Zeit sechs Auflagen erlebte. Die Honorare reichten aus, um 1922 die Stiftung »Arbeitssanatorium für ehemalige kriegsgefangene Deutsche« zu gründen.
Sie kaufte das Gut Marienborn in der sächsischen Gemeinde Schmeckwitz, das durch seine Moor- und Schwefelbäder rheumakranken Sibirienheimkehrern half. Mit diesem Sanatorium fand Elsa Brändström neue Aufgaben. Wenig später kaufte sie noch das Gut Schreibermühle bei Lychen in der Uckermark hinzu. Nach einer Vortragsreise durch die USA konnte sie 1923 mit den 100000 Dollars, die sie mitbrachte, außerdem das Kinderheim Neusorge bei Altmittweida in Sachsen gründen, das die Kinder ehemaliger Kriegsgefangener aus Rußland, Frankreich und England bewohnen sollten.
Noch ein letztes Mal kehrte Elsa Brändström in die Sowjetunion zurück. Ehemalige deutsche und österreichische Kriegsgefangene hatten den Wunsch geäußert auszuwandern. Enttäuscht von Wirtschaftskrisen, Regierungsstürzen und Dauerarbeitslosigkeit wollten sie ein selbständiges Gemeinwesen jenseits des Urals nach dem Vorbild der Wolga-Deutschen gründen. Elsa Brändström riet zunächst ab, erklärte sich jedoch dann bereit, die Chancen eines solchen Unternehmens an Ort und Stelle zu erkunden. Bereits Anfang Februar verließ sie Deutschland, besuchte Kiew, Charkow, Odessa, die Krim, schließlich die Wolga-Republik und Moskau. Ende März schrieb sie aus Irkutsk. Dabei sah sie auch Omsk, Nowosibirsk und Krasnojarsk wieder. Letzte Station wurde Leningrad, ihr Geburtsort. Doch der Plan einer Ansiedlung war nicht zu verwirklichen, mußte sie in Berlin bekennen. Kleinunternehmen, Handwerk und privater Handel hatten nach der Kollektivierung keine Chance mehr.

Am 16. November 1929 heiratete Elsa Brändström den Ministerialreferenten für das Hochschulwesen Robert Ulrich, Professor an der Kulturwissenschaftlichen Abteilung der Technischen Hochschule Dresden.
Nach der Machtübernahme durch Hitler legte ihr Mann seine Ämter nieder, und Elsa Brändström folgte ihm, zusammen mit der zweijährigen Tochter, in die USA, wo er an der Havard-Universität einen Lehrstuhl erhielt. Auch widmete sie sich den Flüchtlingen, bemühte sich um Bürgschaften, sorgte für Unterkünfte und Verdienstmöglichkeiten. Als in dem harten Winter 1945/46 das ganze Ausmaß der Not in Deutschland offenbar wurde, beschloß sie zu helfen, organisierte sie erste Hilfssendungen, ja, sie erklärte sogar ihre Bereitschaft, wieder nach Deutschland zu kommen. Doch die Erlaubnis zur Ausreise wurde ihr verweigert. Wenig später erkrankte sie an Krebs. Am 4. März 1948, nur wenige Wochen vor ihrem 60. Geburtstag, starb Elsa Brändström. Ihre Urne wurde auf dem Waldfriedhof in Stockholm beigesetzt.
Mit ihr war jene Frau dahingegangen, die – wie es in der Ehrendoktorurkunde der Universität Tübingen heißt – »dem Gebot des Herzens folgend, mutig für die Bedrängten eintrat und Schwachen half, die das Recht der Menschlichkeit verteidigte gegen Gewalt, die Brükken schlug von Volk zu Volk und von Mensch zu Mensch, stärker als das Recht sie zu schaffen vermag«.

Edith Stein
Weg nach Innen

von Mareta Luchner

Am 15. April 1934, dem Sonntag des Guten Hirten, erlebt der Kölner Karmel ein Fest, wie es in seinen schlichten Mauern noch nie stattgefunden hat. Die kleine Kirche ist durch reiche Blumenspenden und -geschenke in einen blühenden Garten verwandelt worden, in ein Blumenmeer aus Duft und Farbe. Man war zwar auf viele Besucher gefaßt gewesen, aber die Menschenmenge, die jetzt herbeiströmt, übertrifft alle Erwartungen. Noch einmal wird sichtbar, welch große Verehrung man draußen in der Welt der Postulantin, die heute das Fest ihrer Einkleidung begeht, entgegenbrachte.
Eine Stunde vor Beginn der Feier verläßt Edith Stein, der all diese Aufmerksamkeiten gelten, die Klausur, um sich im Pfortenzimmer der Gratulationscour zu stellen. Sie trägt bereits das Brautgewand aus schwerer weißer Seide, ein Geschenk ihrer Schwester Rosa aus Breslau, das man Jahre später, zum Meßgewand umgearbeitet, als kostbare Erinnerung im Kölner Karmel aufbewahren wird. Mit der Schar der Gratulanten zieht noch einmal ihr ganzes bisheriges Leben an ihr vorbei, das sie in der bevorstehenden Feierstunde so ganz und gar in ein anderes, ein neues Leben verwandeln will.
Da reicht sie ihrer Freundin die Hand, Frau Dr. Hedwig Conrad-Martius, wie sie, Schülerin und Assistentin des berühmten Begründers der Phänomenologie Edmund Husserl. In ihrem Haus hat Edith Stein mehrfach Ferientage verbracht und erlebte dort an einem Abend die entscheidende Wende ihres Lebens: Als die Freundin ausgegangen ist und sie sich, allein geblieben, der reichhaltigen Bibliothek zuwendet auf der Suche nach einer Abendlektüre, fällt ihr wie zufällig das Buch »Leben der hl. Theresa von Avila«, von der Heiligen selbst verfaßt, in die Hände. Edith Stein liest und liest, sie beendet die fesselnde Lebensgeschichte erst im Morgengrauen mit der erschütternden Gewißheit, die Wahrheit, die ganze Wahrheit gefunden zu haben. Am darauffolgenden Morgen kauft sie sich einen katholi-

schen Katechismus und ein Meßbuch. Nicht lange danach bittet sie, Jüdin und bisher Atheistin, die nach dem Aufgeben des traditionell überkommenen Glaubens als Erwachsene von der Philosophie bis an das »Phänomen« des Glaubens herangeführt worden war, um die Taufe, um die Aufnahme in die katholische Kirche. Ihre Freundin Hedwig Conrad-Martius wird ihre Taufpatin und steht so mitverantwortlich am Anfang eines Weges, der schon damals, wenn auch noch verborgen, seine Richtung zum Karmel nahm.

Edith Stein begrüßt den Erzabt Raffael von Beuron, der das Pontifikalamt halten wird. Als geistlicher Berater nahm er seit mehreren Jahren eine besondere Stellung im Leben der von ihrem Glauben zutiefst Getroffenen ein, er hat ihre Klostersehnsucht immer wieder zur Besonnenheit aufgerufen, sie eindringlich auf ihre wichtigen Aufgaben in der Welt und an der Welt hingewiesen und sie energisch von einem verfrühten Klostereintritt abgehalten. So war Edith Stein nach ihrer Konversion zu ihrem gewohnten Leben als Wissenschaftlerin zurückgekehrt, hatte sich erneut auf Vortragsreisen begeben, hatte sich erneut der Philosophie gewidmet und war dabei auf den großen Aquinaten gestoßen. Ein Jahr, bevor sie unter das Nichtariergesetz des Hitlerstaates fällt und ihre Stelle als Dozentin am Deutschen Institut für wissenschaftliche Pädagogik in Münster in Westfalen aufgeben muß, erscheint ihre Übersetzung der »Questiones disputatae de veritate«, die »Untersuchungen über die Wahrheit« des Thomas von Aquin. Die Fachwelt äußerte sich begeistert über die Fähigkeit der Autorin, einerseits so ganz in der Gedankenwelt des großen Aquinaten zu Hause zu sein, andererseits sie aber zugänglich machen zu können in der Sprache der Gegenwartsphilosophie.

Kollegen verschiedener Universitäten des In- und Auslandes befinden sich unter den Gästen, um Edith Stein ein letztes Mal Anerkennung und Freundschaft zu zeigen, bevor die Gitter des Karmels sie endgültig von der Welt abtrennen. Sie begrüßt besonders herzlich den berühmten katholischen Philosophen Peter Wust, dem sie seit Jahren in guter Freundschaft verbunden ist. Edmund Husserl, ihr verehrter Lehrer, konnte nicht kommen. Aber er hat seiner begabtesten Schülerin ein Glückwunschtelegramm geschickt.

Freundinnen, Schülerinnen, Kolleginnen waren gekommen, Frauen, die Edith Stein irgendwann auf einer ihrer vielen Vortragsreisen kennengelernt hatte, die fasziniert waren von dem unerhört modernen Bild und Verständnis der Frau. Frauen, die ihre Vorlesungen besucht

hatten oder während der kurzen Zeit ihrer Lehrertätigkeit an der Klosterschule St. Magdalena in Speyer ihre Schülerinnen gewesen waren.
Es steht an diesem Tag außer Zweifel, daß die Bande zur Welt, zu den ihr anvertrauten Menschen, stark und unzerreißbar sind, daß der Weg in die Armut, Bedürfnislosigkeit und Stille des Karmels, in die Lebensgemeinschaft mit Schwestern, die vorher noch nichts von der Berühmtheit ihrer neuen Mitschwester gewußt hatten und sich auch jetzt noch nicht über ihre Bedeutung in der Welt im klaren sind, ein Weg ist, der in die Einsamkeit und in die Bedeutungslosigkeit führt. Aber es ist ein Weg, der sie nur scheinbar von denen trennt, die sie alle herzlich liebt und denen sie in all den Jahren ihres Klosterlebens treu und stark verbunden bleibt.
Aber der Mensch, an dem Edith Stein mit außergewöhnlich starker Zuneigung hängt, ist an diesem Tag nicht anwesend. Ihre Mutter in Breslau weiß nichts von der Feier der Einkleidung. Die mehr als achtzigjährige Frau hatte schon unendlich unter der Konversion ihrer jüngsten Tochter gelitten, als strenggläubige Jüdin konnte sie diesen Schritt weder gutheißen noch verstehen. Edith Stein hatte nicht zuletzt ihretwegen den Eintritt ins Kloster immer wieder hinausgeschoben, um die geliebte Mutter nicht noch mehr zu verletzen. Der Abschied von Breslau war bitter. Es war schlimm, Tränen ertragen zu müssen, die man selbst verursacht hatte und nicht vermeiden konnte. Als Edith Stein in den Kölner Karmel eintritt, ersucht sie ihre Vorgesetzten sofort darum, ihrer Mutter jede Woche schreiben zu

Edith Stein

wurde am 12.10.1891 in Breslau geboren und in strenger jüdischer Tradition erzogen. Nach den Studien in Breslau und Göttingen hat sie 1917 promoviert. 1921 konvertierte sie zum Katholizismus. Von 1922 bis 1931 war sie Deutschlehrerin am Lyzeum und Lehrerinnenseminar der Dominikanerinnen von St. Magdalena in Speyer. 1933 mußte sie ihre kurze Dozentur am Institut für wissenschaftliche Pädagogik in Münster aufgeben, da das Nichtariergesetz Hitlers jüdische Bürger aus öffentlichen Stellen ausschloß. 1937 Vollendung ihres philosophischen Lebenswerkes: »Ewiges und endliches Sein«, das erst nach dem Krieg veröffentlicht werden konnte. 1942 wurde Edith Stein mit tausend anderen Juden nach Auschwitz abtransportiert, wo sie am 9.8.1942 ermordet wurde.

dürfen. Es wird die einzige Ausnahme sein, die sie in der neuen Lebensgemeinschaft erbittet und die ihr auch unverzüglich gewährt wird. Ihre Mutter antwortet ihr jahrelang nicht ein einziges Mal. Erst nach Jahren antwortet sie auf die wöchentlich eintreffenden Briefe ihrer Tochter im Karmel mit kurzen Grüßen, die sie an den Rand der Briefe ihrer Tochter Rosa schreibt.

So zieht an Edith Stein mit den Menschen, die ihr gratulieren, auch ihre Vergangenheit vorbei und fügt sich nahtlos in die Gegenwart ein. Es gibt keinen Bruch, es gibt nur die Verwandlung.

Nach dem Pontifikalamt hält der Erzabt von Beuron eine Ansprache, in der er noch einmal alle Vorzüge und Verdienste der zweiundvierzigjährigen Postulantin festhält. Dann entspannt sich zwischen ihm und ihr der seit Jahrhunderten unveränderte Dialog:

»Was begehrst du?«

Und alle in der Kirche Versammelten hören deutlich und klar die Antwort:

»Die Barmherzigkeit Gottes, die Armut des Ordens und die Gesellschaft der Schwestern...«

Als Edith Stein sich feierlich mit brennender Kerze durch die Klosterpforte entfernt hat, drängen sich die Besucher vor dem Gitter, um dem zeremoniellen Anlegen der Ordenskleider beizuwohnen. Und dann sehen sie die neue Karmelitin in Kreuzesform am Boden liegen, mit ausgestreckten Armen ihr Lebensopfer, ihren mystischen Tod andeutend, während die Schwesterngemeinschaft den Hymnus »Veni creator spiritus« anstimmt. Peter Wust wird es einige Tage später in der Kölnischen Volkszeitung in seinem Artikel »Von Husserl zum Karmel« so beschreiben: »Verwundert und wie betäubt folgte man bei dieser Einkleidungsfeier den einzelnen Etappen des liturgischen Weges, bis zu jener ergreifenden Schlußszene, wo die junge Novizin unter dem Gesang des ›Veni creator spiritus‹ ihre Mitschwestern der Reihe nach umarmte, um dann von ihnen in die Mitte genommen, choreinwärts zu ziehen, choreinwärts, weltabwärts, als ›Schwester Benedicta‹, als die mit der Wahrheit, mit der ganzen Fülle der Wahrheit ›Gesegnete‹.«

Ihr Name ist nun »Teresia Benedicta a cruce«. Sie hat sich den Namen der großen Ordensgründerin selbst ausgesucht, die ihr in jener Nacht im Hause der Freundin den Weg wies und in deren Lebensweisen sie sich selbst so hinreißend wiedererkennt »Vom Kreuz«. Edith Stein hat geahnt, daß der Friede des Karmels nur ein

Atemholen ist. Sie hat diesen Namen bewußt gewählt, sie will als Jüdin in den schrecklichen Zeiten des Hitlerregimes das Kreuz ihres gequälten und gefolterten Volkes mittragen. Und sie wird nicht verschont bleiben ...
1938 flieht sie bei Nacht und Nebel über die Grenze in ein holländisches Karmeliterkloster. Dort wird sie entdeckt und 1942 von SS-Leuten abgeholt und in das holländische Sammellager Westerbork gebracht. Am 7. August bei Sonnenaufgang begibt sich Edith Stein inmitten ihres Volkes, inmitten langer Reihen von jüdischen Kindern, Frauen und Männern zum Abtransport in das Vernichtungslager Auschwitz.

Golda Meir
»Den Preis zahlen«

von Klaus Klöckner

»Wenn man einst die Geschichte des Landes schreibt, wird man sagen müssen, daß es eine jüdische Frau war, die das Wunder bewirkte, daß der Staat Israel das Licht der Welt erblickte.« Das sind Worte Ben Gurions, dem der erste Platz in der Gruppe derer zukommt, die man Gründer des Staates Israel nennt. Als am 14. Mai 1948 die Unabhängigkeitserklärung unterzeichnet wurde, zählten zu den 37 Unterschriften unter dieser Gründungsurkunde die Namen zweier Frauen: Rachel Kagan von der Internationalen Zionistischen Frauenorganisation WIZO (Women International Zionistic Organisation) und Golda Myerson, die etwa zehn Jahre später ihrem Namen eine hebräische Form gab: Meir, das heißt: jemand, der Licht bringt. Namen können Zeichen sein und Wünsche.

Das »Wunder«, das sie nach Ben Gurions Worten vollbrachte, läßt sich in nüchternen Zahlen ausdrücken: In wenigen Wochen brachte sie in den USA bei amerikanischen Juden eine ungeheure Spendensumme zusammen, 50 Millionen Dollar. Der Zweck dieses Geldes freilich weist auf das, was Golda Meirs Leben und die Geschichte des Staates Israels überschattet: Man brauchte Waffen, um sich gegen die arabischen Nachbarstaaten zu verteidigen.

Es war eine verzweifelte, eine wahrhaft tragische Situation. Im November 1947 rief Golda Meir bei einer großen Kundgebung in Jerusalem die Araber an: »Wir reichen euch die Hand als Zeichen des Friedens und der Freundschaft. Nehmt sie hin! Wir bieten euch Versöhnung.« Kaum zwei Monate später sagte sie in Chikago vor amerikanischen Juden: »Während der vergangenen Jahre hat das jüdische Volk sechs Millionen Menschen verloren, und es wäre eine Dreistigkeit unsererseits, das jüdische Volk in der ganzen Welt in Sorge zu stürzen, nur weil ein paar hunderttausend Juden mehr sich in Gefahr befinden. Das ist nicht der springende Punkt.

Der springende Punkt ist vielmehr der: Wenn diese 700000 Juden in

Palästina am Leben bleiben können, dann lebt das jüdische Volk als solches weiter, und die Unabhängigkeit der Juden ist gesichert. Wenn diese 700000 Juden abgeschlachtet werden, dann ist unser Traum von einem jüdischen Volk und von einer jüdischen Heimat für viele Jahrhunderte ausgeträumt.«

Das ist es, was diese Frau, was die Wegbereiter und Gründer des Staates Israel beseelte, was sie Unglaubliches vollbringen ließ: der Traum von einer jüdischen Heimat. Wer wollte dies in Gedanken und dürren Worten nachvollziehen, der nicht das gleiche Schicksal erfahren hat wie Ben Gurion und Golda Meir, wie die unzähligen Juden, die Not und Verfolgung erlitten haben, nur weil sie Juden waren, die Überlebenden von Auschwitz, die Nachkommen derer, die gefoltert und ermordet wurden.

Es kann hier die Geschichte der Juden auch nicht in knappster Form angedeutet werden: von der Zerstreuung, der »Diaspora«, bis zur Gründung des neuen Staates, der endlich errungenen, immer bedrohten »Heimstätte«. Aber Lebenslauf und Leistung solcher Menschen wie Ben Gurion und Golda Meir – deren Namen hier für viele andere stehen –, ihre Zähigkeit, Tapferkeit und Einseitigkeit, ihre Verdienste und das, was man ihnen vorwirft, sind nicht im geringsten zu verstehen, wenn man nicht bei jeder ihrer Taten die ungeheure Triebkraft mitbedenkt, die aus dem »Traum von einer jüdischen Heimat« erwuchs.

Golda Meir

kam am 3.3.1898 in Kiew als Tochter des russischen Schreiners Moshe Mabowitsch und seiner Frau Bluma zur Welt. 1906 Auswanderung in die USA. Golda wurde Lehrerin. 1915 trat sie in die zionistisch-sozialistische Arbeiterpartei ein. 1917 Heirat mit Morris Myerson, mit dem sie 1921 nach Palästina auswanderte. 1928 wurde sie Generalsekretärin des weiblichen Arbeiterrats und Leiterin der politischen Abteilungen der Histadruts und der Jewish Agency. Sie war Mitunterzeichnerin der Unabhängigkeitserklärung des Staates »Israel« am 14. Mai 1948. Sie wurde im israelischen Parlament Ministerin für Arbeit und soziale Sicherheit. 1956 Außenministerin. 1969 Ministerpräsidentin. Im Zusammenhang mit innenpolitischen Auseinandersetzungen nach dem fünften arabisch-israelischen Krieg trat sie 1974 zurück. Golda Meir starb am 8. Dezember 1978 in Jerusalem.

Dieser Traum hat viele Gründe, auch ganz persönliche. Wenn Golda Meir nach ihren ersten Erinnerungen gefragt wird, ist von glücklicher Kindheit nirgends die Rede, nur von bitterer Not – und dies gilt für unzählige Juden vieler Generationen. Die Not hat manche Namen, zum Beispiel Armut, Kälte und Hunger: »Es gab nie genug von irgend etwas«, sagt Frau Meir in ihrer Biografie, »keine Nahrung, keine warme Kleidung, keine Wärme zu Hause.« Zu solcher Not kam die Furcht vor Pogromen. Dieses russische Wort heißt Verfolgung und meint vor allem die Leiden der Juden, die man in der Zarenzeit »Christusmörder« schimpfte. Nicht mehr mit dem Wort Pogrom zu fassen ist das, was die Deutschen unter Hitler dem jüdischen Volk angetan haben: das war Völkermord. Diesem Verbrechen fielen – bis auf eine Person – auch die zahlreichen Verwandten Golda Meirs zum Opfer. »Wie schwer das Leben ist und daß es nirgends Gerechtigkeit gibt«, diese bittere Erfahrung war der ganz persönliche Antrieb für das, was Golda Meir aus ihrem Leben gemacht und für ihr Land vollbracht hat.

Geboren wurde Golda in Kiew in Rußland, Tochter des Schreiners Moshe Mabowitsch und seiner Frau Bluma. Von den acht Kindern aus dieser Ehe sind nur drei Mädchen aufgewachsen, die anderen sind nicht ein Jahr, zwei nicht einmal eine Woche alt geworden. Wie vielen Juden erschien auch der Familie Mabowitsch Amerika als das »Goldene Land«, in dem man der Not zu entrinnen hoffte. Der Vater fuhr voraus und fand bescheidenes Auskommen, so daß drei Jahre später die Familie nachkommen konnte. Das war im Jahre 1906, das Ziel hieß Milwaukee. Zwar begannen auch jetzt keine goldenen Zeiten, man schlug sich so durch. Aber für Golda waren es »gute Jahre«, sie konnte zur Schule gehen.

Als 10jährige organisierte sie eine Gruppe, die sich »American Young Sisters« nannte. Und damals erfuhr sie zum erstenmal, was man mit einer »Rede aus dem Kopf« alles zustande bringen kann. Es ging darum, einen »Fonds für Schulbücher« zu gründen, die an bedürftige Kinder verteilt werden sollten. Nicht ohne Grund berichtet die 75jährige diese Episode: Wie oft hat sie erfahren, was es heißt, um einer wichtigen Sache willen Menschen durch Reden zu überzeugen; und vielleicht auch, daß dabei glänzende Redekunst nicht so wichtig ist wie persönliche Ausstrahlung – und die hat man ihr nie abgesprochen: Immer war sie überzeugt von dem, was sie den anderen nahebringen wollte. Meir: eine, die ausstrahlt. Dabei hat sie sich niemals überschätzt: »Diese Dollars«, schreibt sie über ihren Sammelerfolg des Jahres 1948, »wurden nicht mir gegeben, sondern Israel«. Sie hat die große Aufgabe ihrer Person übergeordnet, das erklärt ihre ungewöhnliche Leistung und ihre außerordentliche Tapferkeit.

Das junge Mädchen, das den Erfolg seiner ersten »Rede aus dem Kopf" erlebte, konnte noch nicht ahnen, welcher Weg vor ihm lag, den zu beschreiten es schon begonnen hatte. Aber es wußte, daß es einen eigenen Weg gehen mußte. Nicht den, der den Eltern vorschwebte, die nichts vom Besuch der High School hielten: »Ein Mädchen heiratet doch einmal.« Also zog Golda für zwei Jahre nach Denver zu Schejna, der neun Jahre älteren Schwester, die dort mit ihrem Mann lebte. Schejna und ihre Freunde gaben ihr Einblick in eine neue, eine für die Zukunft erträumte Welt. Sie waren »Arbeiter-Zionisten« (Paolei Zion). Zion ist der biblische Name für Jerusalem, Zionismus war die politische Bewegung, die das Ziel verfolgte, den Juden in Palästina eine neue Heimat am Ort der alten Heimat zu schaffen, einen »Judenstaat«. Theodor Herzls Buch vom Jahre 1896, das diesen Titel trägt und das den Zionismus begründete, beginnt mit den Worten: »Wenn ihr wollt, ist es kein Märchen.« Für Golda Meirs ganzes Leben ist die Verbindung von Zionismus und Sozialismus bestimmend geblieben

In diesem Kreis der Arbeiter-Zionisten lernte Golda auch ihren künftigen Mann kennen: Morris Myerson, einen sehr sanften, intelligenten, humorvollen Menschen, der sich mit Dingen beschäftigte, die ihr eigentlich fremd geblieben sind: Dichtung, Malerei, Musik. »Er ist nicht sehr hübsch, aber er hat eine schöne Seele.« Als 16jährige ging Golda zurück nach Milwaukee. Sie entzog sich dem starken Einfluß der Schwester, und zu Hause hatten sich die wirtschaftlichen Verhältnisse gebessert. Sie schloß die High School ab, besuchte die Normal School, eine Lehrerbildungsanstalt. Sehr lange hat sie nicht unterrichtet.

Was sie privat in dieser Zeit am meisten beschäftigte, war die Frage, ob Morris bereit sein werde, mit ihr nach Palästina zu gehen. Das Private jedoch hielt sie niemals von der Arbeit für die Sache ab, um die es ihr ging, und das war die Sache der Arbeiter-Zionisten: Reden halten, Versammlungen organisieren, Geld sammeln. »Es gab immer etwas, das wichtiger war als meine privaten Sorgen und das mich deshalb von ihnen ablenkte – daran sollte sich in den nächsten sechs

Jahrzenten nicht viel ändern.« Manchmal allerdings schien beides miteinander zu gehen, das war Glück. Im Jahre 1917 gab der britische Außenminster Balfour das Versprechen, die britische Regierung werde »die Schaffung einer nationalen Heimstätte in Palästina für das jüdische Volk« begünstigen und bemüht sein, »die Erreichung dieses Zieles zu erleichtern«: die berühmte »Balfour-Declaration«, der erste weltpolitische Schritt auf dem Wege zum Staate Israel. Morris war nun bereit, mit nach Palästina zu gehen: Der Heirat stand nichts mehr im Wege.

Dreieinhalb Jahre später legte die »Pocahontas« in New York ab; unter den dreiundzwanzig Juden, die sich an Bord befanden, Golda und Morris mit geringem Gepäck. Aber viele Decken hatten sie mitgenommen – und ein Grammophon und Schallplatten.

»An unserem ersten Freitagabend in Tel Aviv ging ich die Straße entlang. Ich fühlte, daß es im Leben für mich kein größeres Glück gab, als dort zu sein, wo ich war – in der ersten rein jüdischen Stadt der Welt.« Tel Aviv war zwölf Jahre alt. Aber nicht in der Stadt begann das neue Leben des zukünftigen Staates: Am Anfang waren die Gemeinschaftssiedlungen auf dem Lande, vor allem die Kibbuzim, in denen jeder leistete, was er vermochte, und erhielt, was er nötig hatte – sofern es schon vorhanden war. Dies war praktischer Sozialismus, gelebt von Menschen unterschiedlicher »Weltanschauungen«.

Und es war auch Befreiung aus den uralten Rollenzwängen der Geschlechter. »In jener Zeit haßten Kibbuz-Frauen Küchendienst . . ., weil sie ihn als erniedrigend empfanden. Sie kämpften nicht um gleiche ›Bürger‹-Rechte, die sie im Überfluß hatten, sondern um gleiche Lasten . . . Tatsache ist, daß die Kibbuz-Frauen zu den ersten und erfolgreichsten Streiterinnen der Welt um wahre Gleichheit gehörten.« Golda hatte nichts gegen Küchendienst: »Ich interessierte mich damals mehr für die Qualität unseres Essens als für die Emanzipation der Frau« – die war ihr persönlich nie ein Problem. Gleichstellung der Geschlechter war für sie eine Selbstverständlichkeit, nicht nur im Kibbuz, wo sich das von selbst ergab. Dies ließ sie aber nicht übersehen, daß Frauen es auch in der neuen jüdischen Gesellschaft häufig schwerer hatten als die Männer.

Und oft genug empfand sie es bitter, zwischen Familie und Beruf hin- und hergerissen zu werden: Hat sie den eigenen Kindern nicht Schaden zugefügt damals, als sie so oft von ihnen getrennt sein mußte? Aber wie viele Kinder des jüdischen Volkes hat sie vor dem

Tode bewahrt! Der Schmerz über die Enttäuschungen ihrer eigenen Kinder wurde dadurch nicht geringer. Ist es Trost, wenn die 75jährige Großmutter sagen kann: »Sie wuchsen zu gesunden, produktiven, begabten und guten Menschen heran, und sie sind ausgezeichnete Eltern ihrer eigenen Kinder und meine wundervollen Gefährten.« Die großen, einmaligen Leistungen ihrer politischen Laufbahn haben diese Fragen nie aus der Welt schaffen können: ob nicht die Ehe daran zerbrochen, ob sie ihren beiden Kindern eine gute Mutter gewesen ist. Die Kinder haßten die zahlreichen Reisen der Mutter, sie freuten sich, wenn sie einmal wegen Kopfschmerzen nicht zur Arbeit gehen konnte. »Aber man kann sich an alles gewöhnen, wenn man muß, selbst daran, sich ständig schuldig zu fühlen.«

Wenn man muß. Sie hatte ihr Leben in den Dienst des Zionismus gestellt, um mitzuhelfen, den Juden eine Heimat zu erringen, einen Staat aufzubauen. Den einzigen Weg zu einer jüdischen Gesellschaft, die diesen Staat verwirklichen könne, sah sie in einem praktischen Sozialismus. Sie wurde Mitglied der Mapai, der vereinigten Arbeiterpartei des Landes Israel; sie arbeitete in der »Jewish Agency«, die unter anderem das Geld für Landkäufe aufbrachte, und in der Gewerkschaft »Histadrut«, die in Wahrheit eine Form jüdischer Selbstregierung in Palästina war. In diesem Dienst übernahm sie Aufgaben und Posten, ohne sich je darum zu bewerben. Sie war immer da, wenn man sie brauchte: als Botschafterin in Moskau, dann als Ministerin für Arbeit und soziale Sicherheit. Das war ihre glücklichste Amtszeit, weil der Erfolg sichtbar, mit Händen zu greifen war, in einer Zeit, da sich die Bevölkerung des Landes im Laufe von zwei Jahren verdoppelte. Sie wurde Außenministerin, schließlich Ministerpräsidentin. Sie konnte Freundschaft schließen mit anderen Völkern, vor allem in Afrika, war um Waffenstillstand mit den Arabern bemüht und konnte doch den Krieg nicht verhindern: 2500 Israelis fielen im »Jom-Kippur-Krieg« im Oktober 1973. »Fünfzig Jahre im Dienst meines Volkes« – als die Grenze der Belastbarkeit überschritten war, setzte sie, im Alter von 76 Jahren, ihrer politischen Laufbahn ein Ende.

In Israel wird erzählt, Ben Gurion habe Golda Meir einmal den »einzigen Mann« in seinem Kabinett genannt. Wenn das stimmt, wäre das ein unbedachtes, ein törichtes Wort des »Weisen« vom Kibbuz Sde Boker. Welchen Preis sie als Frau gezahlt hat, darüber hat sie nichts sagen wollen, auch nicht da, wo sie vom Tode ihres Mannes berichtet. Dieser Teil ihres Lebens, dieser Verlust, gehört ihr allein. Ihr Anteil am Staate Israel, an der Geschichte des jüdischen Volkes, ihre Verdienste und ihre Fehler, ihre Güte und ihre Härte, ihre Zuwendung und ihr Eigensinn – das gehört ihren Kindern und Enkeln und all den anderen, für die sie gelebt hat. Darum konnte sie, als das Ende nicht mehr weit war, sagen: »Was mich betrifft, so ist mein Leben gesegnet gewesen.«

Simone de Beauvoir
Rebellin aus gutem Hause

von Ursula Carl

»Das Wunderbare an Simone de Beauvoir ist, daß sie die Intelligenz eines Mannes ... und die Sensibilität einer Frau hat.« Dieser Ausspruch ihres Lebensgefährten Jean-Paul Sartre nimmt auf, was in Kindheit und Erziehung Simone de Beauvoirs entscheidend gewesen ist und ihre spätere Haltung wesentlich geprägt hat: die Dualität einer männlichen und weiblichen Welt. Auf der einen Seite die streng katholische Erziehung durch die fromme Mutter, auf der anderen Seite das Vorbild des ungläubigen, brillianten, geistigen und weltlichen Interessen verbundenen Vaters – diesen Gegensatz, der für ihre Zeit und Gesellschaft typisch ist, macht sie in »Memoiren einer Tochter aus gutem Hause« dafür verantwortlich, »daß eine Intellektuelle aus mir geworden ist«; er sollte für Simone de Beauvoirs Einstellung in allen Fragen der Frau entscheidend sein. Diese Haltung machte sie für den kollektiven Frauenkampf zu einem Idol, zur Verkörperung ihrer Revolte.

Simone de Beauvoir wurde am 9. Januar 1908 in Paris geboren. Ihre Eltern, George und Françoise de Beauvoir, waren gut situiert, der Vater war Jurist, die Familie gehörte dem französischen Bürgertum an. Das Gefühl der liebevollen Geborgenheit im Elternhaus wurde auch nach dem Ersten Weltkrieg, als die Familie nach finanziellen Spekulationen des Vaters zu den neuen Armen gehörte, in sehr viel bescheideneren Lebensverhältnissen bei der nunmehr elf Jahre alten Simone nicht erschüttert. Durch die Geldknappheit bedingt, legte man mehr Wert auf kulturellen als auf luxuriösen Aufwand. So wurde hier die Liebe Simone de Beauvoirs für Bücher, für Ideen, für Philosophien und Kultur geprägt. Ihr ganzes Leben lang hegte sie für den Konsum- und Repräsentationszwang des wohlhabenden Bürgertums nur Verachtung. Im übrigen aber blieb sie in den mittlerweile als Künstler- und Intellektuellenviertel berühmten Pariser Stadtteilen Montparnasse und Saint Germain-des-Prés, dem besonderen Milieu ihrer Kindheit, immer verwurzelt.

Der Versuch, die Fesseln dieser Gesellschaftsklasse, in die sie hineingeboren wurde, abzulegen, begann im Alter von vierzehn Jahren, als sie, die gläubige, fromme und brave Tochter, nach der Lektüre eines Balzac-Bandes plötzlich erkannte, daß nichts sie zum Verzicht auf die irdischen Freuden bringen könnte. Da es für sie nur die Möglichkeit gab, sich eher eine Welt ohne Schöpfer zu denken, als einen Schöpfer, der mit allen Widersprüchen der Welt beladen war, wurde sie in dem Bekenntnis »ich glaube nicht mehr an Gott« niemals mehr schwankend. Diese für ihr ganzes Leben und Werk einschneidende Feststellung änderte nichts an ihren moralischen Wertvorstellungen, die die eines Christen blieben, wenn auch ihre Werke auf den Index der Kirche kamen und von dieser scharf angegriffen wurden.

Als die Musterschülerin 1925 das französische Abitur am Cours-Désir, einem katholischen Mädcheninstitut, ablegte, wurde die Entfremdung zwischen Eltern und Tochter, die die Pflichten einer »Tochter aus gutem Hause« schon seit Jahren nicht mehr kritiklos akzeptierte, endgültig. Simone gestand den bislang vor Eltern, Lehrern und Mitschülern verborgenen Verlust ihres Glaubens ein, die Entfremdung zwischen Mutter und Tochter wurde vollständig, da Simone sich nicht nur gegen den Glauben, sondern gegen die ganze Form der Existenz der Mutter und die traditionelle Rolle der Frau in der Familie auflehnte.

Schon mit fünfzehn war Simone de Beauvoir fest entschlossen, sich in der Welt der Schriftsteller und Denker einen Platz zu schaffen. Der Vater selbst hatte, für ihre gesellschaftliche Stellung damals noch ungewöhnlich, Simone nach dem Abitur für das Studium und den Lehrberuf bestimmt, da sie, wie auch ihre zwei Jahre jüngere Schwester, wegen der mangelnden Mitgift doch nicht heiraten würden, also arbeiten müßten. Die anfänglich noch andauernde Bewunderung und Zustimmung des Vaters schlug um, als Simone in jenen Jahren immer weniger Wert auf ihre äußere Erscheinung legte und die gesellschaftlichen Pflichten eines jungen Mädchens immer mehr vernachlässigte. Zwar wohnte Simone, von ihnen streng be- und überwacht, bis zum Abschluß ihrer Studien bei ihren Eltern, sie bestimmten sogar die Wahl ihrer Studienfächer – Philologie und Philosophie – mit, doch die Kluft zwischen ihnen wurde immer größer. Sie leugnete die ihr in der Kindheit vermittelten Werte niemals ab, doch die »hohlen Worte, die heuchlerische Moral, die Hierarchien, Zeremonien und eitlen Überheblichkeiten« des Bürgertums waren es, wogegen sie sich

wirklich und eigentlich auflehnte. Sie identifizierte sich mit den jungen Autoren ihrer Zeit, mit denen sie das Unbehagen und die Kritik am Bürgertum, dem sie alle entstammten, verband.
1928/29 schrieb Simone de Beauvoir ihre Diplomarbeit über Leibniz, legte ihre Probezeit als Lehrerin am Lycée Janson-de Sailly ab und bereitete sich an der Sorbonne auf die »agrégation« in Philosophie vor (eine sehr anspruchsvolle Prüfung, durch welche die besten Lehramtskandidaten Frankreichs für die wichtigsten Stellen an den Gymnasien des Landes ausgewählt werden).
In das Jahr 1929 fällt auch die Bekanntschaft mit Jean-Paul Sartre, der bis zu seinem Tode ihr Freund, Gefährte und Geliebter bleiben wird; eine Beziehung, die auf einem Pakt beruhte, der beiden gleichermaßen absolute Freiheit und Gleichberechtigung zugestand. Durch diesen genialen Philosophen und Schriftsteller fand und behauptete Simone de Beauvoir ihren Platz in einer Art geistigen Elite, die sich zu den Privilegierten zählte – zu denen, welche die Wahrheit besaßen. Mittelmäßige und Andersdenkende fanden vor ihren Augen wenig Gnade. 1929 bestand sie, als Zweitbeste hinter Sartre, die »agrégation«. Der Wunsch, Bücher, Romane zu schreiben, war in ihrem Kopf noch undeutlich, ungeordnet, aber klar war für sie das Ziel: »... den Irrtum bekämpfen, die Wahrheit finden und künden, die Welt aufklären, vielleicht sogar ihr zu einer Wandlung verhelfen«.
Die Befreiung vom Elternhaus, vom sozialen Umfeld, war nun vollzogen. Freiheit – ein Grundbegriff existentialistischer Philosophie – dieses Gefühl wurde für sie zunächst vorherrschend und bedeutete finanzielle Unabhängigkeit von den Eltern, ein eigenes Zimmer, zunächst ein Mietzimmer bei der Großmutter, später verschiedene Hotelzimmer. Erst 1954 hatte sie Lust und die finanziellen Mittel, sich ein Studioappartement gegenüber dem Friedhof Montparnasse in Paris zu kaufen. Nur während des Krieges kochte sie für Sartre und sich, sonst ging sie in Restaurants essen und vermied jede Hausfrauentätigkeit.
Im Glück sah sie die Wahrheit und den Sinn ihrer Existenz und der Welt, und sie fand es sowohl in der endlich erreichten Selbständigkeit wie auch in der das ganze Leben dauernden Bindung an Sartre, von dem sie sich geistig beherrscht fühlte und der ihr durch seine Klugheit, seine Kultur, seine Autorität unbegrenzt imponierte. Das Anlehnungsbedürfnis, das hier deutlich wird, widerspricht nach Meinung vieler Kritiker den Forderungen, die sie in dem Buch »Das andere Ge-

schlecht« vertrat. Auch sie selbst fühlte so etwas wie Unbehagen in dieser Abhängigkeit, weshalb sie die von 1929 bis 1936 beruflich bedingte räumliche Distanz zu Sartre (sie unterrichtete zuerst in Marseille, dann in Rouen) als Möglichkeit zur Selbstfindung nutzte. Die Probleme zwischenmenschlicher Beziehungen, die auch in der Idealverbindung Sartre/Beauvoir auftraten, beschäftigten sie ein Leben lang und nahmen in ihrem schriftstellerischen Werk einen festen Platz ein, eine Problematik, die sie in ihrem ersten, den Durchbruch bringenden Roman »Sie kam und blieb« behandelt.

War sie damals noch fasziniert von allem, was außerhalb der bürgerlichen Norm stand, von allen, die »auf die eine oder andere Art ihre Zugehörigkeit zur zivilisierten Menschheit verleugneten«, wie Kriminelle, Narren, Prostituierte, Bettler, die Helden von Kriminalromanen und Wildwestfilmen aus Amerika, so machten die Geschehnisse des Zweiten Weltkrieges aus der politisch kaum interessierten Individualistin eine politisch und geistig engagierte Frau. Verantwortung und Solidarität wurden fortan zum obersten Lebensprinzip. Im geistigen Widerstand und in der schriftstellerischen Auseinandersetzung mit der Besetzung Frankreichs sah sie ihre Aufgabe in jener Zeit.

Die Solidarität mit einer ihrer Schülerinnen und einem spanischen Juden brachte ihr 1943 die Entlassung aus dem Schuldienst ein, doch fand sie bald eine wenn auch schlecht dotierte Verwendung als Programmgestalterin bei Radio Nationale. Die Entbehrungen der Kriegsjahre ertrug sie lächelnd, da sie die Dinge auf das Wesentliche konzentrierten, wie sie sagte. Schwerer traf sie die Auseinandersetzung mit dem täglich zu befürchtenden Verschwinden oder dem Tod von Freunden und Bekannten, die im Widerstand engagiert waren. Diese Situation führte damals bei ihr zu einem Gefühl der Sinnlosigkeit menschlicher Existenz. Doch festigte sich gerade auch in dieser Zeit in ihr wie auch ihren Freunden der Plan, für die Nachkriegszeit eine Ideologie, eine neue Möglichkeit des Weiterlebens anzubieten. Sie sollte auf der Idee der Freiheit und des selbstverantwortlichen Handelns des Menschen beruhen, in einer Welt, die nicht von einem göttlichen Willen, sondern vom Willen und der Verantwortung des Menschen getragen wird. Bei Simone de Beauvoir kann man diese Philosophie auch auf die Worte »Freude, Ziel, Tätigkeit, Bemühen« bringen und damit ihren positiven Charakter unterstreichen.

In dieser Zeit entstand der Roman »Das Blut der Anderen«, der jedoch, da er direkt das Thema von Besetzung und Widerstand behandelt, erst

1945 veröffentlicht werden konnte. Auch der historische Roman »Alle Menschen sind sterblich« kann im weiteren Sinne als von dieser Zeit inspiriert angesehen werden. Sie selbst hielt ihn für ihren besten, die Kritiker waren und sind anderer Meinung. In den folgenden Jahren konzentrierte sie sich daher hauptsächlich auf Essays und Reportagen; mit Sartre und einigen anderen war sie Herausgeberin der Zeitschrift »Les Temps Modernes (Moderne Zeiten)«.

Ihre Artikel, die berüchtigte Bezeichnung »Existentialistin«, die Verbindung ihres Namens mit dem berühmteren Sartres, dies alles rückte beide ins Rampenlicht der Öffentlichkeit, was Simone de Beauvoir zumindest einige Zeit lang durchaus genoß.

Ihrem Ruhm war es auch zu verdanken, daß sie schon bald nach Kriegsende, durch keine beruflichen Verpflichtungen gehemmt (sie war wieder in den Schuldienst aufgenommen worden, hatte sich jedoch beurlauben lassen), Reisen ins Ausland unternehmen konnte. Glücklich darüber und zugleich zutiefst betroffen, verarbeitete sie das Gesehene mit sozialem Bewußtsein in zwei Reisebüchern, in ihren umfangreichen Memoirenbänden und in den »Mandarins von Paris«. Länder kennenlernen, ihre sozialen Verhältnisse schreibend einer größeren Öffentlichkeit bekanntmachen und damit die Verhältnisse vielleicht ein wenig verbessern, dies sah sie als ihre Aufgabe an. Politisch standen sie und Sartre seit Kriegsende der Kommunistischen Partei nahe; der Glaube an die Idee des Kommunismus geriet jedoch auf den Reisen ins kommunistische Ausland immer wieder ins Wanken und wurde schließlich gänzlich erschüttert.

Simone de Beauvoir

wurde am 9. 1. 1908 in Paris als erstes Kind wohlhabender Eltern geboren. Nach einem Studium der Philologie, Mathematik und Philosophie arbeitete sie zunächst im Lehrberuf. Die Bekanntschaft mit dem Philosophen und Schriftsteller Jean-Paul Sartre (1929) bestärkte ihren Wunsch, als Schriftstellerin ihren Ideen und Zielen von einer neuen Gesellschaft in Freiheit und Verantwortung Ausdruck zu verleihen. Unter dem Einfluß der existentialistischen Philosophie entstanden eine Reihe von Romanen, Essays und theoretischen Abhandlungen. Ihr berühmtestes Buch »Das andere Geschlecht« ordnet sie in die Reihe der modernen Frauenbewegung ein. Tod am 14. 4. 1986.

Da Unterdrückung, Gewalt und Ungerechtigkeit die großen Themen Simone de Beauvoirs waren, konnte sie kaum an der Unfreiheit der Frau in einer von Männern beherrschten Welt vorbeigehen. Das Ergebnis dieser Auseinandersetzung wurde ihr berühmtestes Buch: »Das andere Geschlecht«, 1949 erschienen, das mit der Verneinung einer naturgegebenen Unterlegenheit der Frau gegenüber dem Mann und der Ablehnung aller herkömmlichen weiblichen Rollenzuweisung, auch der Mutterschaft, zum Grundlagentext für die emanzipatorische Frauenbewegung wurde.
Immer mehr war sie auch dazu bereit, in tagespolitischen Arbeiten, Wahlversammlungen, bei Kongressen, Demonstrationen und Aufrufen mit ihrem Namen und persönlichem Einsatz für Gerechtigkeit und Freiheit einzutreten. So finden auch die Werke Simone de Beauvoirs, die sich mit ihrem eigenen und dem allgemeinen Problem des Altwerdens auseinandersetzen, eine Art Lösung im Tätigsein für einzelne, für Gruppen oder für eine Sache.

Simone Weil
Die Kompromißlose

von Volkmar Zühlsdorff

Dieses Buch handelt von großen Frauen unserer Zeit. Wer darunter Persönlichkeiten versteht, die in diesem Leben Erfolg hatten, der mag das Kapitel über Simone Weil getrost überschlagen. Erfolg hat diese ungewöhnliche Frau in den kurzen vierunddreißig Jahren ihres Lebens nie gesucht. Und Ruhm gewann sie erst nach ihrem Tode.

Das Große an Simone Weil war, daß sie die Wahrheit über alles liebte und entschlossen war, bedingungslos gemäß dem, was sie als wahr erkannt hatte, zu leben. Dabei war Wahrheit für sie etwas anderes als das, was die moderne Wissenschaft mit ihren Zahlen, Maßen, Fakten darunter versteht – unlöslich verbunden nämlich mit Gerechtigkeit und Schönheit. Sie erkannte diese drei als Erscheinungsformen des Guten, ihrem Ursprung nach nicht von dieser Welt. Für Simone Weil, die ohne Glauben aufwuchs und doch in der Tiefe ihrer Seele immer von Gott wußte, war Wahrheit ein Teil dessen, was sie die »andere Wirklichkeit« nannte, Teil des Jenseitigen also.

Die Atmosphäre ihres Elternhauses in Paris, wo sie am 3. Februar 1909 geboren wurde, war die des liberalen jüdischen Bürgertums. Ihr Vater, der Arzt Bernard Weil, war Elsässer. Seine Eltern hatten in Straßburg noch die Synagoge besucht, die Eltern seiner Frau Salomea Reinherz aus Rostow am Don waren bereits Freidenker gewesen. Simone und ihr drei Jahre älterer Bruder André wuchsen mit den griechischen Sagen und Grimms Märchen auf, vom Alten und Neuen Testament wußten sie nichts.

Als 1914 der Krieg ausbrach, war Simone erst fünf Jahre alt, und doch begriff sie bereits, daß Krieg Leid bedeutet. In einem heißen Mitgefühl, das später die ganze Menschheit umfassen würde, versuchte sie, das Leid zu lindern. Sie sparte sich Zucker und Schokolade vom Munde ab, um sie den Soldaten an der Front zu schicken.

Man mag dies vielleicht noch damit erklären, daß Simone, weil der Vater als Arzt sogleich eingezogen wurde und die Familie mitnahm, mehr als andere Kinder von den Leiden der Verwundeten erfuhr. Doch was bei Sieg und Friedensschluß fünf Jahre später in ihr vorging, war in höchstem Maße erstaunlich. Sie spürte, daß in Frankreich »der Wille, den geschlagenen Feind zu demütigen, überall zutage trat«. Sie fand dies abscheulich. »Es hat genügt, mich ein für alle Mal von jeder Art von naivem Patriotismus zu heilen.« Und dann fügt sie hinzu: »Unter den Demütigungen, die mein Land anderen antut, leide ich mehr als unter denen, die ihm selber zugefügt werden.«

Daß ein junger Mensch im Alter von zehn Jahren inmitten allgemeinen Siegestaumels die innere Kraft aufbrachte, sich davon abzusetzen und mitzuempfinden, was der Friedensvertrag von Versailles 1919 den Unterlegenen antat, das war nicht nur ein Zeichen für die ungemeine Unabhängigkeit des Fühlens und Denkens, die Simone ihr ganzes Leben hindurch auszeichnete. Es ist auch die Offenbarung eines leidenschaftlichen Sinnes für Gerechtigkeit, den sie seit frühester Kindheit verspürte, den sie mitbrachte in diese Welt. Und mehr noch als Gerechtigkeit – es war, wie ihr später bewußt wurde, in Wahrheit christliche Nächstenliebe, der sie, als sie von Christus noch nichts wußte, den Namen Gerechtigkeit gab.

Hochbegabt von Kind auf, lernte sie, noch ehe sie zur Schule ging, heimlich von ihrem Bruder lesen und überraschte den Vater, wie ihr Biograph Jacques Cabaud berichtet, zu Neujahr 1915 damit, daß sie ihm aus der Zeitung vorlas. Mit elf Jahren schrieb sie ihr erstes Märchen, »Die Feuergeister«, dessen Gestalten alle griechische Namen tragen – es wurde 1962, lang nach ihrem Tode, in der Zeitschrift »Figaro Littéraire« veröffentlicht. Eine Musterschülerin war sie nicht. Sie galt als exzentrisch, da sie keinerlei Wert auf ihr Äußeres legte, und sie »verhaute« 1927 auch einmal eine Semesterprüfung, weil sie, statt zu studieren, in Pariser Cafés, rauchend wie ein Schlot, nur über Philosophie diskutiert hatte. Aber daß sie wegen der Tiefe, Originalität und Spannweite ihres Denkens zur Spitzengruppe gehörte, daran war nie ein Zweifel. In der Tat errang sie bei der akademischen Aufnahmeprüfung 1928 in Paris den ersten Platz, vor Simone de Beauvoir, der später so berühmten Schriftstellerin, und vor dreißig männlichen Kandidaten; beim Abschluß wurde sie als »brillant« beurteilt.

Simone selber hatte in ihrer Jugend tiefe Selbstzweifel. Sie hielt sich für mittelmäßig, insbesondere wohl im Vergleich zu ihrem geliebten Bruder, der damals schon als mathematisches Genie galt. So verzweifelt war sie darüber, daß sie mit vierzehn ernsthaft daran dachte, sich das Leben zu nehmen. Nicht deshalb etwa, weil sie gefürchtet hätte, sie könnte keinen Erfolg haben, das war ihr gleichgültig. Sondern weil sie glaubte, nur das Genie habe Zugang zu jener »anderen Wirklichkeit«, dem jenseitigen Reich, nach dem sie sich von Jugend an sehnte. Dessen Wahrheit, und die allein, schien ihr von irgendwelchem Wert auf dieser Welt. »Ich wollte lieber sterben, als ohne sie zu leben«, schrieb sie viel später in ihrem Briefwechsel mit dem Dominikanerpater Jean-Marie Perrin, dem wir so viel der Kenntnis von ihrem geistlichen Werdegang verdanken.

Doch nach Monaten »innerer Verfinsterung« empfing sie »persönlich und für immer die Gewißheit, daß jedes menschliche Wesen, auch wenn es fast keine natürlichen Fähigkeiten besitzt, in das dem Genie vorbehaltene Reich der Wahrheit eindringt, sofern es nur die Wahrheit begehrt und sein nie nachlassendes Bemühen mit offenem Geiste darauf richtet, sie zu erkennen«. Das Wort, das sie für dieses Bemühen gebraucht, ist »Aufmerksamkeit«. Was sie aber damit meint, ist eine auf das Jenseitige gerichtete Versenkung. Diese Vierzehnjährige, die sich noch für eine Atheistin hielt, entdeckte in ihrer äußersten Not die schweigende Meditation, eine Vertiefung ins Gebet ohne Worte, bei dem ihr Geist oftmals wie außerhalb des Leibes war, so wie man es von Gläubigen, Christen wie Nichtchristen, kennt.

In ihrem vierzehnten Jahr begannen auch jene dauernden Kopfschmerzen, die sie ihr ganzes Leben lang nicht mehr verließen. Sie wurden heftiger und quälender seit dem Winter 1931, nach einem wilden Rugbyspiel, und hörten auch während des Schlafs nicht mehr auf. Die Ärzte nannten es einen chronischen Stirnhöhlenkatarrh. Simone selber sprach von einem Schmerz »im Mittelpunkt meines Nervensystems, dort, wo Seele und Körper zusammenkommen«. Für sie war diese lähmende, zuweilen unerträgliche Pein nicht bloßer Zufall. Sie nahm sie, wie alles in ihrem Leben, als vom Schicksal auferlegt hin und trug sie in vollkommenem Gehorsam. Später, nachdem Christus ihr begegnet war, wird sie sagen, daß jedes Unglück, jeder verzehrende Schmerz ebenso wie jede tiefe Freude eine Berührung durch Gott ist, vom Menschen, je nach seiner Liebe zu ihm, als Freude oder Leid empfunden.

Man begreift, wie bewundernswert stark Simone Weils Charakter war, wie spartanisch ihre Selbstdisziplin, wenn man sieht, was sie in den zehn Jahren von 1930 bis 1940, als die Schmerzen am zermürbendsten waren, dennoch geleistet hat. Nach ihrer akademischen Abschlußprüfung 1931 wurde sie Lehrerin. Da war zunächst der Unterricht, den sie an den Oberstufen der Schulen in Le Puy, dann Auxerre, Roanne, Bourges und St-Quentin gab. 1931 gab sie ohne Entgelt Kurse in einer Studiengemeinschaft von Arbeitern in St-Etienne und schrieb Artikel für drei oder vier Zeitschriften.

Im Sommer 1932 war sie in Berlin und verfaßte eine Serie von Aufsätzen über die Lage in Deutschland vor Hitlers Machtergreifung. 1934 und 1935 arbeitete sie in drei Fabriken und lebte von dem kärglichen Lohn – als sie arbeitslos wurde, von 3.50 Franken am Tag. Im Spanischen Bürgerkrieg ging sie 1936 zwei Monate lang auf republikanischer Seite an die Front. Immer wieder Aufsätze und Vorträge. Dazwischen Reisen nach Portugal, in die Schweiz und nach Italien.

Als Hitler im März 1938 in Prag einmarschiert, gibt sie ihren Pazifismus auf, »weil der Verlust für die Menschheit unermeßlich wäre, fiele Europa mehrere Generationen lang einer blinden Tyrannis zum Opfer«. Bei Kriegsausbruch am 3. September 1939 kehrt sie von Nizza nach Paris zurück, hilft Flüchtlingen, flieht dann nach der deutschen Besetzung über Vichy nach Marseille und arbeitet dort für die Résistance. Im Juni 1942 gelingt es ihr, mit den Eltern über Algerien New York zu erreichen. Aber schon im November schifft sie sich wieder nach England ein mit dem Ziel, von dort ins besetzte Frankreich zur Résistance zurückzukehren.

Zur gleichen Zeit verfaßte sie den größten Teil ihrer Werke, die später, fast alle nach ihrem Tode 1943, in mehr als zwanzig Bänden erschienen. Es ist ein unermeßlicher Reichtum an Gedanken, Essays, kritischen Betrachtungen, die da in diesem kurzen Leben zusammenkamen – über Gesellschaft, Staat und Politik, Glaube und Philosophie, Geschichte, Wissenschaft, Kunst, Bildung und so fort. Mit harten Urteilen oft, denn sie litt an dem Verfall von Geist und Gesellschaft in unserer Zeit, wie an einem persönlichen Unglück.

Ein Leben angestrengter Tätigkeit also, wobei fast alles, was sie unternahm, wesentlich war für ihre geistige Entwicklung und sogleich Niederschlag fand in ihren Schriften. Da war etwa ihre Liebe zu den Armen. Schon als Studentin hatte sie Fühlung zu Gewerkschaftsführern gehabt, sie schrieb in linken Blättern, nahm teil an Protestzügen und Streiks, hielt Ansprachen, wurde als Lehrerin strafversetzt. Leo Trotzki traf die »Rote Jungfrau«, wie sie sehr bald hieß, 1933 im Haus

ihrer Eltern in Paris und erklärte beim Abschied: »Sie können sagen, daß die Vierte Internationale in Ihrem Hause gegründet wurde!«
Daß sie sich nie mit bloß Gedachtem begnügte, ist bezeichnend für diese kompromißlose Frau. Sie wollte wissen, wie das in Wahrheit ist, zu leben als Fabrikarbeiter. Sie zog ins Arbeiterviertel, ging als Ungelernte. Und das war dann wirklich eine Leib und Geist zerrüttende Erfahrung – acht oder zehn Stunden täglich im Akkord, nichts mehr denken können als Erfüllung des Solls, manchmal bis zum Weinkrampf, am Ende mit dem Gefühl, zum Sklaven ihrer Maschine geworden zu sein. Aber sie hielt durch.
Und sie erkannte, daß es nicht die körperliche Anstrengung, nicht einmal die Armut ist, was die Menschen erniedrigt – sondern der Zwang zu endlos stumpfsinnigen Handgriffen ohne eine Beteiligung am Sinnzusammenhang des Ganzen durch eigenes Denken und Entscheiden. Und sie folgerte sogleich, daß also nicht »die Revolution« das Heilmittel sei. Denn an dieser Entwürdigung würde sie nichts ändern – siehe das Beispiel der Sowjetunion, die die Arbeiter in »ungezügelter Brutalität« einer noch härteren Bürokratie unterworfen und ihnen sogar die freien Gewerkschaften genommen habe.
In ihrer unerbittlichen Wahrheitsliebe veröffentlichte Simone Weil all dies am 25. August 1933 in der kommunistischen Gewerkschaftszeitung »La Révolution Prolétarienne«. Und sie fügte hinzu: »Wir wollen nicht das Kollektiv als höchsten Wert verteidigen, sondern den einzelnen Menschen ... Die wahre Demokratie ist ihrem Wesen nach nichts anderes als die Unterordnung der Gesellschaft unter den Menschen.« Kein Wunder, daß ihr Verhältnis zu den Marxisten sich von da an abkühlte. Trotzki nannte sie hinfort kleinbürgerlich. Und Simone erklärte später in einer ihrer glänzenden Formulierungen, nicht die Religion, wie Karl Marx behaupte, sondern die Revolution sei »Opium für das Volk«.
Als Simone zu Ostern 1938 mit ihrer Mutter in der Benediktinerabtei Solesmes war und den Gregorianischen Choral hörte, den sie überaus liebte, überfiel sie wiederum der unerträgliche Kopfschmerz. »Jeder Ton traf mich wie ein Schlag.« Und doch gelang es ihr, während sie sich unter Qualen wand, »aus diesem elenden Fleisch herauszutreten« und in befreitem Geist sich ganz und voller Liebe in die unendliche Schönheit der Gesänge zu versenken.
Da plötzlich verspürte sie, »obwohl gänzlich unvorbereitet auf dergleichen (ich hatte nie die Mystiker gelesen), eine Gegenwart –

persönlicher, gewisser und wirklicher als die irgendeines menschlichen Wesens. Dies ergriff weder die Sinne noch die Phantasie, es war wie die Liebe, die einem aus dem zärtlichsten Lächeln eines geliebten Menschen entgegenstrahlt.«

Was sie nie für möglich gehalten hatte, geschah ihr – der unendliche Gott, Christus, bemächtigte sich ihrer, »in einer wirklichen Berührung, von Person zu Person, hier auf Erden, einer Berührung zwischen dem menschlichen Wesen und Gott«.

Dies war fünf Jahre vor ihrem Tod und geschah ihr von da an noch mehrmals. »Ich glaube an Gott«, bekannte sie gegen Ende ihres Lebens in ihren »Letzten Texten« in England, »an die Dreifaltigkeit, an die Menschwerdung, an die Erlösung, an die Eucharistie, an die Lehren des Evangeliums.« Daß sie glücklich wäre, für Christus ihr Leben geben zu können, hatte sie mehr als einmal bekannt.

Daß Simone Weil, diese glühende, von Natur aus christliche Seele, sich dennoch nicht taufen ließ, ist wiederum Ausdruck ihrer Entschlossenheit zu äußerster, bedingungsloser innerer Wahrhaftigkeit. Sie war überzeugt, daß Christus von Anfang an, lang vor seiner Menschwerdung, in allen Völkern der Erde gegenwärtig war und daß alle, je nach

Simone Weil,

philosophische und gesellschaftskritische Schriftstellerin, wurde am 3. Februar 1909 von jüdischen Eltern in Paris geboren. Obgleich glaubenslos erzogen, beschäftigte sie sich von Jugend an mit dem Jenseitigen, der »anderen Wirklichkeit«. Nach dem Studium von Philosophie, klassischer Philologie und Naturwissenschaften lehrte sie von 1931 bis 1938 an französischen Schulen. Zugleich engagierte sie sich leidenschaftlich durch Aufsätze in radikalen Zeitschriften, Reden, Teilnahme an Protestmärschen und Streiks für soziale Fragen. Nach persönlicher Erfahrung mit Fabrikarbeit (1934–35) kam sie jedoch zur Überzeugung, daß die Revolution kein Heilmittel sei. 1936 ging sie im Spanischen Bürgerkrieg auf republikanischer Seite nach Barcelona. 1938 hatte sie eine mystische Begegnung mit Christus, trat jedoch, obgleich vom christlichen Glauben durchdrungen, der Kirche nicht bei. Nach Hitlers Einmarsch in Frankreich (1940) engagierte sie sich in der Résistance, gelangte 1942 in die Vereinigten Staaten, kehrte aber nach wenigen Monaten um, weil sie zur Résistance zurückwollte. Sie starb am 24. August 1943 in Ashford (England). Ihre umfangreichen Arbeiten und Aufzeichnungen wurden zum größten Teil erst nach ihrem Tode veröffentlicht.

ihrer geistigen Bereitschaft, in verschiedener Art göttliche Offenbarungen empfangen haben. Die universale christliche Kirche müsse dies anerkennen und mit in sich aufnehmen. Sie hat ein ganzes Buch von fünfunddreißig Thesen darüber geschrieben und trug in sich ein brennendes Gefühl weltweiter Mitverantwortung. Simone de Beauvoir sagte einmal von ihr, sie beneide sie um ein Herz, das für den ganzen Erdkreis zu schlagen imstande sei.
Simones zerrüttete Gesundheit verhinderte, daß man ihr erlaubte, von England aus zur Résistance nach Frankreich zurückzugehen. Aber in einer leidenschaftlichen Geste mitmenschlicher Solidarität bestand sie darauf, nur gerade so viel zu essen, wie es den Menschen im besetzten Frankreich, gemäß den amtlichen Rationen, erlaubt war. Dies hat zu ihrer Entkräftung und zu ihrem frühen Tod beigetragen. Sie starb am 24. August 1943 in Ashford in der Grafschaft Kent, nach ärztlichem Zeugnis an »Herzversagen auf Grund einer durch Hunger und Lungentuberkulose verursachten Herzmuskelschwäche«.
Für Simone Weil gilt das Wort, daß niemand größere Liebe habe, als wer sein Leben gibt für seine Freunde.

Mutter Teresa
Für die Ärmsten der Armen

von Gerda Neumann

»Es war einmal ein albanisches Bauernmädchen, das hieß Agnes. Es lebte froh und zufrieden mit seinen Eltern, mit Bruder und Schwester in der gebirgigen Umgebung von Skopje in Jugoslawien.« Unsere Geschichte beginnt wie ein Märchen und könnte eins sein, so wunderbar ist der weitere Verlauf. Als Agnes achtzehn Jahre alt war, veränderte sich ihr Leben plötzlich von Grund auf. Sie erhielt einen Ruf Gottes. Das kam so: In einer Zeitschrift der Marianischen Kongregation ihrer Heimat las Agnes von der Tätigkeit jugoslawischer Jesuiten in Indien. Da spürte sie plötzlich, daß Gott ihr befahl, auch dorthin zu gehen und sich seinem Dienst zu weihen. Sie erkundigte sich, wie sie das bewerkstelligen könne, und erfuhr, daß die irischen Schwestern von Loreto eine missionarische Tätigkeit in Indien ausübten. So entschloß sich Agnes, die Heimat und alles, was ihr bis dahin liebgewesen, zu verlassen und reiste nach Dublin ins Mutterhaus der Loreto-Schwestern in Rathfarmham. Dort wurde sie zunächst in der englischen Sprache unterrichtet und auf ihren Dienst vorbereitet. 1928 schickte man sie nach Darjeeling im Himalaya, wo sie ihr Noviziat ableistete.

Die großartige Landschaft beeindruckte sie tief und galt ihr als Zeichen göttlicher Allmacht. Am Ende ihres zweijährigen Noviziats legte sie ihre Gelübde ab und nahm den Namen Teresa nach der »kleinen« Heiligen an. Sie wurde sodann nach Entally gesandt, das im Osten von Kalkutta liegt, um dort an der von den Schwestern unterhaltenen High School für bengalische Mädchen Geographie und Geschichte zu unterrichten. Unmittelbar hinter dem Schulgelände begannen die Slums von Kalkutta. Schwester Teresa ging nie dorthin. Sie war glücklich und erfolgreich in ihrer Arbeit als Lehrerin und Erzieherin und wurde Rektorin der Schule, an der sie fast zwanzig Jahre unterrichtete.

Als Schwester Teresa am 10. September 1946 zu einem Erholungs-

aufenthalt nach Darjeeling reiste, erging während der Eisenbahnfahrt die Berufung an sie. Ganz plötzlich spürte sie, daß Gott sie zum Dienst der Nächstenliebe an den Allerärmsten ausersehen hatte. Dies war für sie »der Tag der Entscheidung«. Doch zunächst mußte sie sich von der Oberin ihres Ordens die Erlaubnis erbitten, das Kloster verlassen und allein außerhalb arbeiten zu dürfen. Dazu brauchte sie die Genehmigung des Erzbischofs von Kalkutta, die dieser ihr nach eingehender Prüfung ihrer Gründe gewährte. Nach einer kurzen Ausbildung in der Krankenpflege verließ sie das schützende Haus am 8. August 1948 im weißen Sari mit blauer Borte und einem Kreuz auf der linken Schulter, also ohne das Gewand der Klosterschwester. Dieser Abschied war schwer für sie, schwerer als einst der von ihrer Familie, den die jugendliche Begeisterung erleichterte. Sie verzichtete damit auf die Sicherheit, die der Orden ihr bot und auf die Gemeinschaft mit den Schwestern. Dennoch blickte sie zuversichtlich in die Zukunft, denn sie folgte ja Gottes Gebot. An Geld besaß sie nicht mehr als fünf Rupien.
Sie mußte sich, obwohl er fast vor ihrer Tür lag, den Weg in den Slum erst erfragen. Binnen kurzem fand sie ein überaus bescheidenes Quartier und begann sofort, ihre ersten Schüler, fünf an der Zahl, zu unterrichten. Es waren größere Kinder, die sie das Alphabet und ein wenig Hygiene lehrte. Für gutes Lernen gab es als Belohnung ein Stückchen Seife. Es ist ein Rätsel, wie sie es fertigbrachte, zu existieren, zu helfen und zu geben. Doch sagt sie selbst, daß sie nicht betteln mußte, sondern von Anfang immer Menschen fand, die sie unterstützten, weil sie ihr Tun beobachtet hatten. Schwester Teresas Charme, der aus Güte und Frömmigkeit stammte, war und ist unwiderstehlich. Eine indische Familie, die Gomes, bot ihr eine leere Etage in ihrem Haus an, die sie im Februar 1949 bezog. Bereits im März stellte sich die erste Helferin ein, Schwester Agnes, eine Schülerin, die aus Liebe zu ihr Teresas Taufnamen angenommen hatte. Es kamen mehr und mehr Mitarbeiterinnen hinzu, darunter ausgebildete Ärztinnen und Schwestern, und so war Teresas Hilfstruppe auf achtundzwanzig angewachsen, als sie ein unweit gelegenes Haus im Stadtteil Kalighat beziehen konnten. Jetzt waren die Voraussetzungen zur Gründung und Anerkennung einer Kongregation erfüllt. Die »Missionarinnen der Nächstenliebe« lebten nach Regeln, die Mutter Teresa, nun Oberin, entworfen und mit Experten ausgearbeitet hatte. Unbedingte Armut und die Verkündigung der Frohen Botschaft

durch den Dienst an den Ärmsten waren die obersten Gebote. Zehn Jahre lang durften die »Missionarinnen der Nächstenliebe« ihren Dienst nicht über Kalkutta hinaus ausdehnen, so verlangen es die Regeln der Kirche. Ein Orden braucht diese Zeit, um sich in Ruhe zu konstituieren und das für seine Zwecke nötige Team aufzubauen. Das war hart für Mutter Teresa, die in einem Alter stand, in dem sich der Mensch seiner besten Kräfte bewußt ist und diese entsprechend einsetzen möchte. Sie und ihre Schwestern übernahmen die schwersten sozialen Aufgaben, die man sich vorstellen kann: Sterbepflege, Sammeln und Aufziehen verwaister und unerwünschter Kinder und die Versorgung von Leprakranken.

Auf den Straßen von Kalkutta fand Mutter Teresa eines Tages eine sterbende Frau, die sie nach lebhaftem Protest schließlich in eins der Hospitäler bringen durfte. Doch es war zu spät. Die Frau starb auf dem Transport. Die Vorstellung, daß es unter den 100000 Obdachlosen in Kalkutta viele gab, die unbeobachtet, von Ratten und Ungeziefer angenagt, buchstäblich in der Gosse verreckten, war ihr unerträglich.

Sie ruhte deswegen nicht eher, bis ihr die Behörden ein Heim für solche Fälle zuwiesen, es war ein leerstehendes Pilgerheim auf dem Gelände des Tempels der Göttin Kali. Das machte böses Blut. Ein führendes Mitglied der Kali-Verehrer versprach seinen Glaubensbrüdern, die Nonnen von dort zu vertreiben. Aber ein Rundgang durch

Mutter Teresa

wurde am 27.8.1910 als Bauernkind in Skopje (Jugoslawien) geboren. Mit 18 Jahren vernahm sie ihre erste religiöse Berufung: Sie ging nach Dublin zu den Schwestern von Loreto, um von dort als Missionsschwester nach Indien geschickt zu werden. Fast 20 Jahre unterrichtete sie in Kalkutta. 1946 fühlte sie sich zum zweitenmal berufen: Gott hatte sie für den Dienst an den Allerärmsten ausersehen. Nach der Ausbildung in Krankenpflege eröffnete sie eine Laienschule. Nach zwei Jahren übernahm sie mit 30 Mitarbeiterinnen schwerste soziale Aufgaben. Ab 1960 konnte sich ihr Orden »Missionarinnen der Nächstenliebe« über die ganze Welt ausbreiten. 1971 erhielt Mutter Teresa den Friedenspreis des Papstes, 1972 den Nehru-Preis für Internationale Verständigung, 1973 den Templeton-Preis für Fortschritt in Religion, 1979 den Friedensnobelpreis in Oslo.

das Haus belehrte ihn eines Besseren. Er erklärte, daß er die Schwestern nur fortschicken würde, wenn die Kali-Anhänger dazu bereit wären, ihren eigenen Müttern und Schwestern den schweren Dienst aufzubürden, den die Missionarinnen verrichteten. Natürlich konnten sie bleiben. Fast die Hälfte der aufgelesenen Sterbenden erholte sich und verbrachte noch eine gute Zeit im Heim. Von denen, die starben, sagte einer: »Ich habe als Bettler gelebt und sterbe wie ein König.«

Viele Kinder werden in Indien ausgesetzt, vor die Türen von Heimen und Pfarreien gelegt, »weggeworfen«. Oft sind es Kinder von Jugendlichen, die Idolen nacheifernd, Sex probieren, ohne die geringste Ahnung von Verhütungsmitteln zu haben. Diese winzigen Wesen am Leben zu erhalten und tüchtige Menschen aus ihnen zu machen, gehört zu den Aufgaben der »Missionarinnen der Nächstenliebe«. Es gibt im Waisenhaus Sishu Bhavan, das auch aus dem Nichts erstand, Verkrüppelte und Behinderte, manche von ihnen sterben. Aber viele bringt man durch, lehrt sie ein Handwerk und entläßt sie unter günstigeren Bedingungen ins Leben. Auch ledige Mütter werden aufgenommen und können dort ihr Kind zur Welt bringen. Ein Lebensmittelvorrat wurde angelegt, und hier gab es von nun an regelmäßige Speisen für die Armen.

Auf der Welt gibt es schätzungsweise 4 Millionen Leprakranke, davon leben allein in Indien 2 Millionen. Sie wurden, wenn ihre Krankheit bekannt wurde, von den eigenen Angehörigen verstoßen und mußten – oft aus begüterten Familien stammend – ihre Heimat verlassen, um irgendwo unerkannt sich bettelnd durchs Leben zu schleppen. Mutter Teresa kam auf indirekte Weise dazu, sich auch um die Leprakranken zu kümmern. Ein Heim der Barmherzigen Schwestern von Gobra sollte aus Gründen der Stadtsanierung geschloßen werden. Damit wären 150 Patienten obdachlos geworden. Mutter Teresa wandte sich an ihren einflußreichen Gönner, den Gesundheitsminister, der ihr eine Unterkunft in einem Distrikt anbot, den sie wegen Mangels an gutem Wasser für ungeeignet hielt. Noch durften die Patienten in ihrem Heim bleiben. Aber Mutter Teresa wurde aktiv, sie informierte sich über die neuen Heilmethoden des belgischen Arztes Dr. Hemerycks. Nach ihnen durften die Leprakranken, solange keine akute Ansteckungsgefahr bestand, bei ihren Angehörigen bleiben und wurden regelmäßig ambulant behandelt. Diesen Dienst übernahmen die Schwestern mit mobilen

Behandlungsstationen. So blieben die Familien zusammen und viele, die sich nicht der Öffentlichkeit gezeigt hatten, kamen zu diesen Stationen. Die Chancen der Besserung, ja der Heilung sind um so größer, je früher die Behandlung einsetzt. Es war den Schwestern klar, daß sie selbst vor Ansteckung nicht sicher waren, und eine ganze Reihe erkrankte auch, aber wie ihr Beichtvater mitteilt, »danken sie dem Herrn für diese Gnade«. Doch auch Einrichtungen alten Stils wurden gebraucht, so wurde mit der »Stadt des Friedens« eine Kolonie für Leprakranke samt Rehabilitationszentrum gegründet. Als die 10jährige Wartezeit um war, begann Mutter Teresa noch am gleichen Tage, Niederlassungen in Neu-Delhi und anderen indischen Städten vorzubereiten. Inzwischen war die Kunde von ihrem Wirken weit in alle Welt gedrungen. In der Nähe von Caracas (Venezuela) wurde die erste überseeische Station der »Missionarinnen« 1965 gegründet. Es folgten weitere in Tansania und in Rom, in Australien (ein Zentrum für Eingeborene, die Weißen hatten keinen Bedarf), in Jordanien. 1970 entstand ein Noviziat für Novizen aus aller Welt in London. Der Orden weitete sich 1971 bis New York aus, nach Nordirland und Bangladesh. Weitere Gründungen folgten: Im Jemen, in Peru, in Äthiopien und Neuguinea, wie auch an neuen Stätten in Ländern, die bereits von Schwestern betreut wurden. Seit 1969 wurde auch die »Internationale Vereinigung der Mitarbeiter Mutter Teresas« dem Orden der »Missionare der Nächstenliebe« angegliedert, und Papst Paul VI. segnete die Verfassung ab. Öffentliche Ehrungen kamen von allen Seiten: 1971 der Friedenspreis von Papst Paul VI., der Nehru-Preis für Internationale Verständigung 1972; der Templeton-Preis in London 1973 und schließlich in Oslo der Friedens-Nobelpreis im November 1979.
Wie konnte es einer kleinen, unauffäligen Frau gelingen, das Interesse der Weltöffentlichkeit auf Dinge zu lenken, die getan werden mußten? Mutter Teresa ist völlig ohne Eitelkeit. Sie fühlt sich als Werkzeug Gottes, nicht anders als etwa »sein Bleistiftstummel«. In den Armen, denen sie dient, liebt und ehrt sie Christus. Die Liebe zu ihm verleiht ihr die Kraft, täglich vierundzwanzig Stunden in seinem Dienst zu sein. Sie arbeitet von morgens früh bis spät in die Nacht, und ihre Güte, ihr Optimismus haben sie in allen den Jahren auch der anstrengenden Reisen nicht verlassen, sondern strahlen noch heute ebenso auf andere aus. Ohne Bettelei vermag sie den Reichen klar zu machen, daß sie geben müssen, aber nicht nur Almosen, son-

dern auch Gaben, die Opfer bedeuten. Allein die BBC-Sendung über sie brachte 20000 Pfund für ihr Werk ein.

Die Verkündigung der Frohen Botschaft ist nicht leicht. Man stelle sich vor: Sechs junge Mädchen ziehen, der Landessprache unkundig, in den Jemen und bauen dort eine Leprastation auf, fern der Heimat, fern der Oberin, fern allen geistlichen Zuspruchs, dessen sie bedürfen, aber zunächst umgeben von Mißtrauen. Sie wissen nicht, ob sie je ihre Heimat wiedersehen. Die »Schwestern der Nächstenliebe« müssen jederzeit reisefertig sein. Sie besitzen nichts außer drei Ordensgewändern – den blauen Sari über weißem Gewand –, einen Koffer und das Nötigste für die Körperpflege. Für noch wichtiger als ihre ständige Bereitschaft hält Mutter Teresa die Beständigkeit der Freude am schweren Dienst.

Mutter Teresa versieht jedes Haus mit sieben bis acht Schwestern. 209 befinden sich zur Zeit im Noviziat. 50 Bewerberinnen haben sich aus Europa und Amerika gemeldet. Doch brauchte sie mindestens 450 Anwärterinnen, wollte sie alle 58 Anmeldungen auf Errichtung neuer Häuser berücksichtigen.

Mutter Teresa ist Optimistin geblieben und hat Grund dazu. Wie oft hat sie erlebt, daß die Sorgen von gestern sich bereits heute von selbst erledigten! Sie ist ein Beispiel dafür, daß der Glaube Berge versetzen kann, und sie vertraut dem Opfersinn junger Menschen, von denen man nach ihrer Erfahrung nicht wenig, sondern viel verlangen muß. Was sie mit ihrem Orden praktisch erreichte, mag wie ein Tropfen im Ozean des Leides der Welt sein. Aber das Beispiel ist, was zählt. Es wirkt weiter und hat ein weltweites Echo gefunden.

Indira Gandhi
Die Unbeugsame

von Gisela Bonn

Indira Gandhi war nicht nur die Tochter eines großen Vaters. Bereits als junges Mädchen entwickelte sie ein eigenes und sehr eigenwilliges Profil. Zwar leugnete sie nicht, in ihren politischen Vorstellungen von ihrem Vater Jawaharlal Nehru geprägt worden zu sein, aber mit der Rolle eines bloßen Nachfolgers hätte sie sich niemals zufriedengegeben. Auch liebte sie es nicht, als »Frau« apostrophiert zu werden. Sie war der Ministerpräsident von Indien – Madame Primeminister.

Es kann kein Zufall gewesen sein, daß Indira Gandhi die politische Szene Indiens seit 1966, seit sie zum ersten Mal Ministerpräsident wurde, beherrschte. Selbst als sie 1977 das hohe Amt für zwei Jahre und neun Monate verlor, blieb sie im Brennpunkt der Politik als eine Frau, die sich biegt, aber nicht bricht.

Ihr schmales Gesicht mit den Zügen einer Römerin oder einer Rajputen-Prinzessin verriet Ernst, Energie und Disziplin, in manchen Augenblicken sogar Unduldsamkeit und Strenge gegen sich selbst. Aber hatte es wirklich, wie der Amerikaner Welles Hangen schreibt, etwas »abschreckend Königliches«? Wo immer ich sie auftreten sah, geschah das ohne königlichen Pomp, so als käme sie zufällig vorbei. Sie besaß die große Gabe, sich unter einfachen Menschen zu bewegen, als gehöre sie zu ihnen. Bharat Mata – Mutter Indiens. Nicht Public-Relations-Fachleute legten ihr diesen Beinamen zu, er kam aus einem Volk, dessen Hoffnung sie war.

Fast schien es, als wollte sie sich nicht erlauben, was anderen Frauen selbstverständlich ist: Sie trug keinen Schmuck, kein Make-up, für die Dienststunden wählte sie einen einfachen Sari aus Baumwolle. Man war versucht zu glauben, was ihre Anhänger behaupteten: Solange Indien leide, wolle Indira nicht glänzen. Mehr als innenpolitische Taktik war hier menschlicher Takt im Spiel – ein Sinn für das Angemessene und Mögliche.

Im Gegensatz zu fast allen Inderinnen, die ihre glatten Haare zu einem schweren Knoten am Hinterkopf aufbinden, trug Indira leicht gewelltes, kurzgeschnittenes Haar. Ihre dunklen Augen, über denen die Brauen sich in einem originellen Schwung wölbten, verrieten Nachdenklichkeit und Melancholie. Wenn sich Indira von ihrem Partner angesprochen fühlte, vermochte sie ihn durch ein fast mädchenhaftes Lachen zu entwaffnen. War sie amüsiert, zuckte etwas wie kindliche oder auch verschmitzte Heiterkeit um ihre Mundwinkel. Langweilte oder ärgerte sie sich, reagierte sie wie Vater Jawaharlal Nehru mit eisigem Schweigen. Sie konnte sich in einer Weise zurückziehen und unbeteiligt erscheinen, daß ihre jeweiligen Gesprächspartner sie voller Wut verließen und von Hochmut und Arroganz, ja sogar von Demütigung durch sie sprachen.

Über Indiras Persönlichkeit ist viel geschrieben worden, am meisten von jenen, die sie nie empfangen hat, die sich kein Bild machen konnten oder wollten, wer Indira wirklich war. Nur wenigen gelang es, sie treffend zu beschreiben, das heißt, die Distanz zu überwinden, die Indiens Regierungschefin in ihrem ganzen Leben gegenüber anderen zu wahren verstand. Sie machte es gewiß weder Freunden noch Feinden leicht, sie zu begreifen. Sie war nicht »easy-going« – wie die Engländer sagen – nicht leicht zu haben, nicht einfach zu durchschauen. Wie sollte sie auch. Ihr Leben hatte sie gelehrt, auf der Hut zu sein, auf Distanz zu gehen. Der Freiheitskampf gegen die englischen Kolonialherren hatte bereits in ihrer Kindheit und Jugend tiefe Spuren im Wesen der Indira Gandhi hinterlassen. An frühen Erfahrungen mit Macht und Gewalt hat es Indira nicht gefehlt. Mit fünf Jahren sah sie, wie ihr Vater, einen Protestmarsch gegen die Engländer durch Allahabad anführend, von der berittenen Polizei der Fremden mit Stockschlägen traktiert wurde, aber, wenn auch blutüberströmt, aufrecht und wortlos weiterschritt, getreu den Forderungen Gandhis nach passivem Widerstand und gewaltloser Abwehr. Der Mahatma wurde zu einer der großen Bezugspersonen in Indiras Leben, zu einem Ratgeber, der ihr eine Welt eröffnete, die sich erheblich von der des reichen, den Luxus liebenden, sie mit Geschenken verwöhnenden Großvaters Motilal Nehru unterschied. Durch Mahatma Gandhi lernte Indira, einfach und asketisch zu leben, sie lernte zu dienen.

Ihre erste Feuerprobe bestand sie mit fünf Jahren. Die Nehrus hatten beschlossen, nicht nur – wie der Mahatma verlangte – englische Waren zu boykottieren, sondern alles, was sie an britischen Gütern besaßen, zu verbrennen. Von diesem Feuer, das im Hofe des großväterlichen Hauses, des Anand Bhavan, loderte und alle europäischen Gegenstände zerstörte, sprach die ganze Nation. Wenige Tage nachdem die fressenden Flammen das weiße Haus in ein glühendes Rot getaucht hatten, lehnte die kleine Indira ein Kleid ab, das ihr ein Freund des Vaters aus England mitgebracht hatte. Der unvernünftige Mann machte seinem Ärger Luft und erklärte ihr ironisch, wenn sie so fanatisch sei, müsse sie auch ihre Lieblingspuppe wegwerfen, da sie ebenfalls aus England stamme. Das unglückliche Kind geriet in einen schlimmen Konflikt. Es liebte die Puppe mehr als alle anderen Spielsachen, aber es war gleichzeitig erfüllt vom Kampfeswillen gegen alles Britische. Schließlich opferte Indira die Lieblingspuppe, warf sie in ein Feuer, das sie selbst auf dem Dach von Anand Bhavan entzündete. Nach mehr als 60 Jahren hatte sie den Zwischenfall noch nicht vergessen. »Ich erinnere mich genau, was ich fühlte, mir war es damals, als ermordete ich jemanden. Seither hasse ich es, ein Streichholz zu entzünden.«

Eigenartig genug – aber charakteristisch: Die Frau, die das mit leiser Stimme und ohne Pathos erzählte, suchte kein Mitleid, und vielleicht warb sie – in einen einsamen Stolz gehüllt – nicht einmal um Verständnis.

Von ihrer Kindheit sagte sie: »Alle meine Spiele waren politischer Natur, für mich war die Politik einfach da. Sie gehörte zu meinem Leben.« Ihr Einsatz für Indien war groß. Sie bezahlte ihr Rendezvous mit der Politik mit dem höchsten Preis, ihrem Leben. Es wird zu den großen Tragödien des Landes gerechnet werden, daß sie selbst, um ihre Vorurteilslosigkeit und ihren Willen zum inneren Frieden zu beweisen, gegen den Rat der Sicherheitsbehörden die beiden Sikh-Soldaten behielt, die am 31. Oktober 1984 zu ihren Mördern werden sollten.

»Geschichte zu lesen ist gut«, schrieb einst Jawaharlal Nehru aus dem Gefängnis an seine Tochter Indira, »besser ist es jedoch, mitzuhelfen, Geschichte zu machen.«

Indira Gandhi hat Geschichte gemacht, anders, dramatischer und tragischer, als der Vater es ahnen konnte. Nehru legte das Fundament, auf dem Indira bauen sollte. Für sie bedeutete das die Ablösung einer großen Vergangenheit, die Transformierung einer traditionell religiösen Gesellschaft in eine säkulare Gemeinschaft. Nicht mehr Transzendenz-Erfahrung, sondern wissenschaftliche Erkenntnis galt nun als Quintessenz des Lebens. Das bedeutete von Anfang an die Konfron-

tation mit den Traditionalisten, den sicher nicht unbedeutenden Gestalten aus der Gründerzeit. Schätzte Indira Gandhi diese Opposition richtig ein, als sie im Juni 1975 versuchte, ihre Gegner durch Ausrufen des Notstandes in die Knie zu zwingen?
Was immer zwischen 1975 und 1977 an Verdunkelung der demokratischen Szene in Indien geschah, Indira nahm eine mutige Kurskorrektur vor, als sie für den März 1977 Wahlen ausschreiben ließ. Sie wurde auf ganz demokratische Weise abgewählt, um im Januar 1980 nach neuen vorzeitigen Wahlen auf den Sessel des Ministerpräsidenten zurückzukehren. Sie triumphierte, nicht nur weil ihre Gegner schwach waren. Für ihren Sieg gab es andere Gründe, Imponderabilien, die man nicht mit der Elle messen konnte. Sie besaß, was ihre Feinde nicht besaßen, das Charisma, die Ausstrahlung eines allindischen Führers, das heißt, sie wurde im kontroversen Indien fast überall akzeptiert. Jedermann kannte sie, und Millionen trauten ihr zu, daß sie bewahren würde, was ihr Vater Jawaharlal Nehru geschaffen hatte: die Einheit der Nation. Diese entstand erst, nachdem die Bewohner der indischen Union über Rassen, Kasten und Religionen hinweg die indische Identität als ihren gemeinsamen Nenner gefunden hatten. Sie zu bewahren und damit die indische Einheit zu erhalten war die große innenpolitische Aufgabe der Tochter Nehrus. Bedeutete ihr tragischer Tod, daß Indien an dieser Aufgabe scheitern könnte und daß damit in Gefahr geriete, was für Europa und Amerika so wichtig ist: die indische Demokratie?
Indira Gandhis Rückkehr auf den Posten des Ministerpräsidenten fiel in eine dramatische Periode asiatischer Geschichte. Als sie am 14. Januar 1980 zum vierten Mal in ihrer politischen Laufbahn auf das hohe Amt vereidigt wurde, waren gerade 19 Tage nach dem Einmarsch sowjetischer Truppen in Afghanistan vergangen. Mit den Russen ante portas erhielt die Frage nach Indiras politischem Credo eine erhöhte Priorität. Auf gesellschaftspolitischem Gebiet hatte Indira seit ihrem Regierungsantritt 1966 ihre Karten aufgedeckt. Sie wollte Indien verschaffen, was der Nation noch immer fehlte: soziale Gerechtigkeit. Wahrlich eine Aufgabe von historischen Dimensionen. Wer sie als Illusion abtut, verurteilt Millionen Menschen in Indien zur Hoffnungslosigkeit.
Mit der Verstaatlichung von Banken im Jahre 1969 siedelte sich Indira links von der Mitte an, sie wurde zur Wortführerin der jungen progressistischen Generation. Einige ihrer Gegner nannten sie seither

bald eine Kommunistin, bald eine Faschistin. Weder das eine noch das andere traf zu. Es hatte wenig Sinn, Noten wie prokommunistisch, anti- oder prowestlich zu verteilen. Indira Gandhi war vor allem proindisch.

1969 leitete sie mit der dramatischen Spaltung ihrer Partei in den »alten« und den »neuen« Kongreß eine historische Wende ein. Durch ihren Bruch mit den Traditionalisten und die vernichtende Wahlniederlage, die sie ihnen im März 1971 bereitete, erzwang sie die Wachablösung, den Generationswechsel, den Nehru heimlich gewünscht haben mag.

»Indira weiß, was sie will und setzt sich auf jeden Fall durch«, betonten ihre Freunde, kritisierten ihre Feinde. Nur eine kurze Zeit in ihrem Leben schien sie zu schwanken, war es, als geriete sie in den Willensbereich eines anderen. Er hieß Feroze Gandhi und hatte bereits neun Jahre lang um sie geworben, als sie ihn 1942 trotz der Einwände ihrer Familie heiratete. Obwohl weltoffen und dem Säkularismus verschrieben, hatte der Brahmane Nehru gegen den Parsen Feroze Gandhi Bedenken, und er behielt recht.

»No personal comment« – keine Bemerkungen, die das Persönliche betreffen, das war eigentlich immer Indiras Haltung. Es muß eine besondere Stunde gewesen sein, als sie auf die Frage einer Journalistin, ob ihre Ehe unglücklich gewesen sei, antwortete: »Alles ist relativ, Konflikte und Unglück sind nicht immer die schlimmsten Dinge, die sich ereignen können. Es ist die ganze Erfahrung, die einer machen muß – je umfassender die Erfahrung, um so stärker wird die eigene Persönlichkeit.«

An der Stärke ihrer Persönlichkeit gemessen, müssen die Lebenserfahrungen der indischen Ministerpräsidentin dramatisch gewesen sein. Sie trat unter einem anderen Stern als ihr Vater an. Nehru wurde nach Erlangung der Freiheit noch durch den Willen von Millionen getragen, die gemeinsam gegen etwas gekämpft hatten. Dieser Gemeinschaftsgeist hielt im Grund bis zu seinem Tode an, Indira aber konnte nicht mehr mit ihm rechnen. Sie mußte mit dem grauen Alltag innen- und außenpolitischer Probleme fertig werden, mit einer internationalen Presse, die sich am bedrückenden Elend des Landes festsaugte und nur wenig anerkennende Worte für Indiens Entwicklung unter der Regierung Gandhi fand.

Indira Gandhi war nicht die erste Aristokratin in der Geschichte, die sich zum Sozialismus bekannte, zu den Visionen einer wissenschaftlich regierten, gemeinwirtschaftlichen und gerechten Welt, sie wollte erreichen, was dem Vater vorschwebte, eine auf Indien zugeschnittene sozialistische und säkularisierte Gesellschaft. In den Beziehungen zu

Indira Gandhi

Die Tochter des ersten Ministerpräsidenten des freien Indien, Jawaharlal Nehru, wurde am 19.11.1917 in Allahabad im Anand Bhavan, dem Hause des Großvaters Motilal Nehru geboren. Sie war schon als Kind in der Freiheitsbewegung tätig. Als Zwölfjährige gründete sie die »Affenbrigade«, eine Organisation von tausend Mädchen und Jungen, die als Überbringer geheimer Nachrichten unter den Freiheitskämpfern wirkten. 1935/36 studierte Indira in Shantiniketan, der Universität des indischen Philosophen, Dichters und Nobelpreisträgers Rabindranath Tagore. 1936 starb ihre Mutter Kamala. 1937 begann sie in Oxford Verwaltungswissenschaften, Geschichte und Anthropologie zu studieren.
1942 heiratete sie den Parsen Feroze Gandhi. 1942/43 in britischer Haft. 1944 wurde der erste Sohn Rajiv geboren, der am 31.10.1984 Ministerpräsident wird. 1946 Geburt des zweiten Sohnes Sanjay. Danach zieht Indira in das Haus ihres Vaters nach Delhi. Sie unterstützt Nehru bis zu seinem Tod im Mai 1964 als »First Lady«, als persönliche Begleiterin und politische Beraterin. 1959/60 war sie Präsidentin der Kongreß-Partei. 1964–1966 Minister für Information im Kabinett Lal Bahadur Shastri. 1966 übernahm sie das Amt des Ministerpräsidenten. 1969 spaltete sie die Kongreß-Partei. 1971 gewann sie die Wahlen mit einer 2/3-Mehrheit. Im August 1971 Freundschaftsvertrag mit der Sowjetunion. Im Dezember 1971 kurzer Krieg mit Pakistan, um die Befreiung der Ost-Bengalen, Unterstützung bei der Gründung des Staates Bangladesh. 1974 scharfe innenpolitische Auseinandersetzungen. 1975 läßt sie den Notstand ausrufen. 1977 schreibt sie Wahlen aus und verliert. 1980 wird sie wieder zum Ministerpräsidenten gewählt. Große außenpolitische Erfolge. Anerkannter Führer der Blockfreien Nationen, deren offizielle Führung sie im März 1983 von Fidel Castro übernimmt und damit den alten Prinzipien: Blockfreiheit, Neutralität und friedliche Koexistenz wieder zum Durchbruch verhilft. Ab 1982 Verstärkung der Unruhen im Punjab, wo extremistische Sikhs »Khalistan«, einen unabhängigen Sikh-Staat verlangen, der die Einheit der indischen Union bedroht. Am 6. Juni 1984 Sturm auf den »Goldenen Tempel«, wo die extremistischen Sikhs ein Waffenlager unterhielten. Am 31. Oktober 1984 wird Indira Gandhi von ihren beiden Sikh-Leibwächtern Beant Singh und Satwant Singh ermordet.

anderen Ländern war für sie sein politisches Testament verpflichtend: Neutralität und friedliche Koexistenz.

Indira Gandhi wollte keine Frau sein, die bezauberte, sie war eine Politikerin, die sich durchzusetzen, ein Mensch, der zu überzeugen wünschte. Sie beherrschte ein Instrument, das mit »Propaganda« nicht definiert ist. Man entdeckte es, wenn sie zu den Massen sprach und auch ohne Aufwand von Pathos die Menschen mitriß.

Eine Frage aber ließ diese oft bejubelte, viel diskutierte und hart kritisierte Frau unbeantwortet: Was würde in Indien geschehen, wenn die Hoffnungen der Massen auf sie unerfüllt bleiben müßten? Indiras Rivale Desai sagte 1971 nach ihrem überwältigenden Wahlsieg: »Wir haben sie mit Blumen bekränzt, in Wahrheit haben wir ihr eine Dornenkrone aufs Haupt gedrückt.« Sie wußte schon damals, daß aus ihrer Krönung leicht eine Kreuzigung werden könnte. Wer aber ahnte 1971, daß über ein Jahrzehnt später mit Indiras innen-politischen Problemen eine neue Passion Indiens beginnen würde?

Indira blieb ihr ganzes Leben lang, wie einer ihrer Berater einmal bemerkte, »a very lonely person«, ein Mensch der fast melancholischen Distanz.

Mit Nehru teilte sie eine Erkenntnis: Der Preis für das hohe Amt war Einsamkeit, war der Verzicht auf Sicherheit und persönliches Glück.

Sophie Scholl
Gewalten zum Trotz

von Klaus Klöckner

»Ich sehe sie noch vor mir, meine Schwester, wie sie ... dastand, reisefertig und voll Erwartung. Eine gelbe Margerite vom Geburtstagstisch steckte an ihrer Schläfe, und es sah schön aus, wie ihr so die dunkelbraunen Haare glatt und glänzend auf die Schultern fielen. Aus ihren großen, dunklen Augen sah sie sich die Welt an, prüfend und doch mit einer tiefen, warmen Teilnahme. Ihr Gesicht war noch sehr kindlich und zart. Ein wenig von der schnuppernden Neugier eines jungen Tieres war darin und ein großer Ernst.«
So taucht ihr Bild auf in der Erinnerung der vier Jahre älteren Schwester Inge. Der Tag, den sie erinnert, lag schon über zehn Jahre zurück. Es war der 9. Mai 1942, Sophie Scholls einundzwanzigster Geburtstag, der Tag also, an dem sie, nach damaligen Gesetz, volljährig wurde. Und ganz unabhängig von diesem äußeren Datum: der Tag, an dem ein neuer, ein ganz anderer – ein sehr kurzer Lebensabschnitt begann. Reisefertig war sie für die Fahrt von Ulm nach München, neugierig auf andere Menschen und Erfahrungen, voll Erwartung, was das Studium bringen sollte. Aufbruch unter dem Zeichen der Hoffnung, so sah es aus, so erlebte sie es selbst. Was ließ sie hinter sich?
Da gibt es kaum etwas zu berichten, das sich abgehoben hätte von den frohen und schmerzlichen Erfahrungen anderer junger Menschen der damaligen Zeit. Aufschlußreicher wäre es, den Weg des drei Jahre älteren Bruders Hans zu betrachten: Erfahrungen mit der Welt zu machen, abenteuerliche und gefährliche, war, wie es von außen schien, mehr Sache der Jungen, der jungen Männer. Es war Krieg, und vorausgegangen war, auch wenn es viele nicht merkten, die Abrichtung für den Krieg. Hans, der sie jetzt in München erwartete, hatte den Frankreich-Feldzug als Sanitäter mitgemacht und gehörte nun als Medizinstudent einer Studentenkompanie an. Werner, der jüngste Bruder, war als Soldat in Rußland.

Fünf Geschwister waren sie; der Vater, Liberaler und Demokrat, war Bürgermeister einer Kleinstadt im Kochertal nördlich der Schwäbischen Alb, dann in Ulm, wo Sophie und ihre Geschwister die Höhere Schule besuchten: Kinder einer angesehenen, gutbürgerlichen Familie, religiös geprägtes Bildungsbürgertum.
Sophie war zwölf, als die Nationalsozialisten unter Hitler die Macht in Deutschland an sich rissen. Was das bedeutete, konnten die Heranwachsenden nicht begreifen – begriffen es denn die Erwachsenen? Da war von Heimatliebe, Volksgemeinschaft und Vaterland die Rede – was sollte daran schlecht sein? Heimat, das war für die Kinder im Hause Scholl etwas leicht Faßbares, hatte Namen und Gesicht, natürlich liebten sie ihre Heimat. Und Vaterland, das war gemeinsame Sprache, das waren die Lieder, die man von Kind an sang. Das alles und viel mehr sollte also nun von allen neu begriffen und weitergetragen werden. Begeisterung steckt an, flatternde Fahnen und singende Kolonnen im Gleichschritt können mitreißen – wer sah schon klar, wohin da marschiert wurde! »Wir waren mit Leib und Seele dabei«, erinnert sich Inge Scholl, »und wir konnten es nicht verstehen, daß unser Vater nicht glücklich und stolz ja dazu sagte.« Der Vater wollte dämpfen, warnen; er verglich Hitler mit dem »Rattenfänger von Hameln, der die Kinder mit seiner Flöte ins Verderben gebracht hatte«. Schwach ist die Flöte des Rattenfängers gegen Trommeln und Fanfaren, gegen das überwältigende Gefühl einer großen Kameradschaft, in der die Jugend ernst genommen zu werden schien.
Aber sehr rasch zerbrach, was einmal gläubige Hoffnung auf einen großen Aufbruch gewesen war; die dunklen Warnungen des Vaters begannen Wirklichkeit anzunehmen. Die »Sache mit den Juden« blieb auch den jungen Menschen nicht verborgen, und ein zunächst unverstandenes Wort nahm drohende Umrisse an: Konzentrationslager. Es gibt Dinge, die Grauen erregen können, ehe man sie begreift; und es gibt Vorgänge, die man überhaupt nicht begreift. Die so unbegreiflich sind, daß manche sich heute noch einreden wollen, sie könnten nicht wirklich gewesen sein.
Man mußte freilich auch damals schon Augen und Ohren verschließen, wollte man von nichts etwas wissen. Im Frühjahr 1942 fanden die Scholls – und manche andere – vervielfältigte Texte im Briefkasten (und gelegentlich regneten sie als Flugblätter vom Himmel), Auszüge aus Predigten des Bischofs von Münster: Kardinal Graf

von Galen war einer der wenigen, die es wagten, Nazi-Greuel öffentlich anzuprangern: die gewaltsame Auflösung der Klöster, die massenhafte Ermordung psychisch Kranker.
Und dieser Staat, von den millionenfach Unrecht ausging, schmückte sich mit großsprecherischen Parolen und nahm die Menschen ausnahmslos in Pflicht. Für Sophie hieß das, ehe sie mit dem Studium beginnen konnte, ein halbes Jahr »Reichsarbeitsdienst« und anschließend ebensolange »Kriegshilfsdienst«. Dienst leisten für einen solchen Staat, das stürzte einen denkenden und empfindsamen Menschen in schlimme Konflikte. In erzwungener »Gemeinschaft«, im Lagerleben, das kaum Spielraum für eigene Wege läßt, fand Sophie niemanden, mit den sie wenigstens darüber hätte reden können. Die schützende – und doch selbst schon bedrohte – »Insel« der Familie war fern
Das alles lag nun schon hinter ihr – im Mai 1942. So konnte sie das, was vor ihr lag, als Chance einer Freiheit erhoffen, die es zu erringen galt. Hans erwartete sie in München auf dem Bahnhof. Im Kreise seiner Freunde feierte man am Abend Geburtstag. Es war ein frohes – und doch kein unbeschwertes Zusammensein. Auch von der Arbeit der Medizinstudenten in Lazaretten war die Rede, von Krieg und Tod. Und zum erstenmal – jedenfalls zum erstenmal so, daß sie darauf aufmerksam wurde – hörte sie das Wort »Widerstand«. Widerstand gegen einen Unrechtsstaat, den zu ertragen eigentlich Schuld bedeutete. So endete dieser zukunftsträchtige Tag, Sophies Geburtstag, der ihr letzter war.
Die kommenden Wochen und Monate waren bedrängend erfüllt von Ereignissen und Taten, die nicht nur für die unmittelbar Beteiligten einmalig waren. Im Juni 1942 geschah, zunächst an der Münchner Universität, etwas Ungeheures: Flugblätter tauchten auf, in denen die Verbrechen des Nazi-Staats beim Namen genannt wurden. Die – scheinbare oder wirkliche – Teilnahmslosigkeit der Deutschen wurde angeklagt, passiver Widerstand gegen die »braune Horde«, die »Diktatur des Bösen« wurde gefordert.
An Zitaten aus Büchern, die auf ihres Bruders Schreibtisch lagen, erkannte Sophie sehr rasch, daß Hans an dem gefährlichen Unternehmen beteiligt war – und sie war nun Mitwisserin. Die Texte der vier Flugblätter der »Weißen Rose«, wie sich die Widerstandsgruppe nannte, die nicht nur in München, sondern auch in anderen Städten Süddeutschlands und Österreichs verteilt wurden, sind erhalten,

man kann sie nachlesen. Es ist freilich schwer, sie richtig einzuschätzen, sie mit den Augen der damaligen Zeit zu lesen, zu begreifen, wie die Machthaber darauf reagieren mußten.

In den Semesterferien kamen die Medizinstudenten zum Fronteinsatz nach Rußland. Sophie fuhr nach Hause. Aber auch die Familie war keine »Insel« mehr, auf der man Ruhe finden konnte. Wegen »unvorsichtiger« Äußerungen, er hatte Hitler eine »Gottesgeißel« genannt, wurde der Vater denunziert und von einem »Sondergericht« zu vier Monaten Gefängnis verurteilt.

Im Spätherbst 1942, zu Semesterbeginn, trafen die Freunde wieder in München zusammen; die Angehörigen der Studentenkompanie kamen aus Rußland zurück. Die Mitglieder der kleinen Widerstandsgruppe, in ihrer Mitte der Professor für Psychologie und Philosophie Kurt Huber, wurden nun rastlos tätig. Im Keller eines Hinterhauses vervielfältigten sie Flugblätter und verteilten sie in München und anderen Städten. In jenen Wochen war schon der Name Stalingrad in aller Munde, mit dem sich bis heute das Gedächtnis an Hunderttausende verbindet, die durch verbrecherische Befehle sinnlos geopfert wurden.

Sophie Scholl

wurde am 9. Mai 1921 als Tochter des Bürgermeisters von Forchtenberg bei Heilbronn geboren. Sie wuchs in Ulm auf, wo sie durch das, was sie von der Praxis des Gewaltregimes erfuhr, zur Gegnerin der Nazi-Ideologie wurde. 1942 begann sie in München mit dem Studium der Biologie und Philosophie. Ihr Bruder Hans studierte dort Medizin. Zusammen mit den katholischen Publizisten Carl Muth und Theodor Häcker und dem Professor für Psychologie und Philosophie Kurt Huber organisierten die Geschwister Scholl die Widerstandsgruppe »Die Weiße Rose«. Vor allem unter dem Eindruck der Kämpfe um Stalingrad entschloß man sich, die Öffentlichkeit aufzurufen. In Flugblättern prangerte man die Verbrechen der Nationalsozialisten an. »Die Weiße Rose« rief zum passiven Widerstand auf, forderte die Erneuerung Deutschlands im Zeichen der Grundrechte durch einen »vernünftigen Sozialismus« in einem föderativ aufgebauten Staat. Es gab nur eine Parole: Kampf gegen die Partei. Bei der Verteilung der Flugblätter wurden sie am 18. Februar 1943 in der Münchner Uni festgenommen. Sie wurden zum Tode verurteilt und am 22. Februar 1943 hingerichtet.

Am 30. Januar 1943 war die Schlacht um Stalingrad zu Ende. Wenige Tage später waren an vielen Stellen in München, besonders an der Universität, Inschriften zu lesen: »Nieder mit Hitler!« – »Hitler der Massenmörder« – »Freiheit«. Hans Scholl und Alexander Schmorell hatten das getan; und Sophie erfuhr davon, wollte mitmachen. Ungeheure Aufregung und Betriebsamkeit bei der Geheimen Staatspolizei. Freunde warnten Hans. Am 18. Februar legten Hans und Sophie in den Gängen der Universität über 1500 Flugblätter aus; einen Teil davon ließ Sophie vom zweiten Stock in den Lichthof des Eingangsgebäudes hinabflattern. Der Hausmeister beobachtete sie dabei. Hans und Sophie wurden verhaftet, kurz darauf ein weiteres Mitglied der Gruppe: Christoph Probst, Vater von drei kleinen Kindern; das dritte war gerade zur Welt gekommen. Die Geheime Staatspolizei hatte mit diesen Verschwörern keine schwere Arbeit. Die anfänglichen Versuche zu verschleiern, um zu überleben, scheiterten rasch. Dann ging es nur noch darum, andere zu schonen, möglichst viel »Schuld« auf sich zu laden. Alle, die mit diesen jungen Widerstandskämpfern zu tun hatten und später darüber aussagten, berichten von einer bewundernswürdigen Tapferkeit, ja Gelassenheit. Nur der 23jährige Vater bat um sein Leben: um seiner kleinen Kinder willen.
Die Verhandlung des »Volksgerichtshofs« leitete Roland Freisler, dessen entsetzliches Gebrüll, wenn wir es heute aus Aufzeichnungen vernehmen, ein Zeichen ist für die Unsicherheit des Terror-Regimes angesichts der Tapferkeit äußerlich Wehrloser. »Allen Gewalten zum Trotz sich erhalten«, dieses Goethe-Wort schrieb Hans an die Wand seiner Zelle. Über ihre Schwester berichtet Inge Scholl: »Sophie hatte in diesen letzten Nächten, sofern sie nicht vernommen wurde, den festen Schlaf eines Kindes.«
Die Haltung der zum Tode Verurteilten erschien allen, die ihnen in den letzten Stunden begegneten, wie etwas Unerklärliches. Die Eltern durften sie noch einmal besuchen, eine große Ausnahme, und die Gefängniswärter handelten gegen strenge Vorschrift, als sie die drei unmittelbar vor der Hinrichtung noch einmal kurz zusammenführten. In Sophies Zelle blieb die Anklageschrift zurück, darauf hatte sie ein Wort geschrieben: »Freiheit«. Aus dem Bericht der Wärter: »Dann wurden sie abgeführt, zuerst das Mädchen. Sie ging, ohne mit der Wimper zu zucken. Wir konnten alle nicht begreifen, daß so etwas möglich war. Der Scharfrichter sagte, so habe er noch nieman-

den sterben sehen.« Hans rief, ehe er starb: »Es lebe die Freiheit!« Sie fielen unter dem Fallbeil. Es war der 22. Februar 1943. »Durch ihren Verrat an unserem Volk«, heißt es in der entsetzlichen Sprache des Urteils, »haben die Angeklagten ihre Bürgerehre für immer verwirkt.«

Schulen und Straßen sind heute nach den Geschwistern Scholl benannt; ihre Namen stehen auch für die vier anderen, die mit ihnen oder kurz danach hingerichtet wurden. »Sie haben nichts Übermenschliches unternommen«, sagt Inge Scholl. »Sie haben etwas Einfaches verteidigt, sie sind für etwas Einfaches eingestanden, für das Recht und die Freiheit des einzelnen Menschen, für seine freie Entfaltung und sein Recht auf ein freies Leben.«

Dieses »Einfache«, das Ausdruck eines tiefen Glaubens war, hat Sophie Scholl kurz vor ihrem Tod so erklärt: »Was liegt an meinem Tod, wenn durch unser Handeln Tausende von Menschen aufgerüttelt und geweckt werden.«

Haben wir diese Hoffnung erfüllt?

EIN STREIFZUG DURCH DIE GESCHICHTE

Georg Popp (Hrsg.)
Die Großen der Geschichte

Über 300 Taschenbuch-Seiten Information und Unterhaltung: eine repräsentative Auswahl von Beiträgen aus den gebundenen Ausgaben »Die Großen der Welt«, »Große Frauen der Welt«, »Große Frauen des 20. Jahrhunderts« und »Die Großen der Menschenrechte«.
55 spannende Porträts, jeweils ergänzt durch eine sorgsam bearbeitete Kurzbiographie, stellen einige der herausragendsten Persönlichkeiten der Geschichte vor, vom Altertum bis ins 20. Jahrhundert.
336 Seiten. Arena-Taschenbuch – Band 1800. DM 9,90.
Ab 13

Arena

ÜBER 1.000.000 VERKAUFTE EXEMPLARE

Popp »Die Großen...«

Georg Popp (Hrsg.)
Die Großen der Welt
»Wir kennen kein Buch, in dem so gekonnt und liebevoll Persönlichkeiten vom Altertum bis zur Gegenwart vorgestellt werden.«
(Arbeitskreis für Jungend und Buch)

»Ein Band, der das Weltbild erweitern hilft.«
(Esslinger Zeitung)

»Ein Buch, das die Vorzüge eines guten Nachschlagewerks mit denen eines spannenden Unterhaltungsbuches in sich vereint.«
(Westdeutsche Allgemeine)

Gebunden. 816 Seiten. Abbildungen. Ab 13

Arena

BÜCHER, DIE MUT MACHEN

Georg Popp (Hrsg.)
Die Großen der Menschenrechte
Kein anderes Thema bewegt so nachhaltig die Menschen wie der Kampf um die Menschenrechte. Wie Frauen und Männer aller Jahrhunderte sich für die Verwirklichung ihrer Freiheiten und Rechte eingesetzt haben, zeigt dieses Buch in 47 faszinierenden Beiträgen.
Gebunden. 288 Seiten. Abbildungen. Ab 13

Die Großen der Versöhnung
Dieser Band schildert das Leben großer Frauen und Männer, die sich wie Konstantin, Klaus von Flüe, Erasmus von Rotterdam, Comenius, Briand, Martin Buber, Dag Hammarskjöld, Roger Schütz und viele andere für die Verständigung unter den Völkern und Religionen eingesetzt haben.

Arena